KRÜGER

STINE VOLKMANN

Das Schweigen meiner Schwestern

Roman

KRÜGER

Aus Verantwortung für die Umwelt hat sich der S. Fischer Verlag zu einer nachhaltigen Buchproduktion verpflichtet. Der bewusste Umgang mit unseren Ressourcen, der Schutz unseres Klimas und der Natur gehören zu unseren obersten Unternehmenszielen.

Gemeinsam mit unseren Partnern und Lieferanten setzen wir uns für eine klimaneutrale Buchproduktion ein, die den Erwerb von Klimazertifikaten zur Kompensation des CO_2-Ausstoßes einschließt.

Weitere Informationen finden Sie unter: www.klimaneutralerverlag.de

FSC
www.fsc.org
MIX
Papier | Fördert gute Waldnutzung
FSC® C083411

Originalausgabe
Erschienen bei FISCHER Krüger

Satz: Dörlemann Satz, Lemförde
Druck und Bindung: CPI book GmbH, Leck
Printed in Germany
ISBN 978-3-8105-0363-3

Für Opa,
mein erster Roman sollte immer dir gehören.

Danke, Mama,
dass du deine Langeoog-Liebe zu unserer gemacht hast.

Prolog

Die Augen versuchen seit einer Weile sich zu öffnen. Immer wieder driften die Gedanken in Richtung Schlaf, in das schöne schwarze Nichts, in dem es kein Streben gibt. Und dann blitzt wieder der Gedanke auf, wie der Funke eines Streichholzes, das sich noch nicht entzünden will, und sagt: Wach auf.

Dann herrscht wieder Finsternis. Man entweicht in den Schlaf, bis erneut ein Ratschen am Papier hörbar ist. Zwei Funken: Wach auf. Wach auf.

Finsternis.

Da ist die Präsenz der Person, die das Streichholz hält, es wieder an der Schachtel entlangratscht und es unentbrannt auf den Betonboden fallen lässt.

Die Momente zwischen den Funken sind die schönsten, sind reiner, tiefer Schlaf. Man will dableiben, es gibt dort nichts zu erinnern, nichts zu ersehnen.

Erneut ein Ratschen, die Funken fliegen, das Streichholz entflammt. Man schlägt die Augen auf.

Dunkelheit. Nur ein künstliches blaues Licht wird von jemandem durch den leeren Raum getragen. Hörbar raschelt das Laub und kleine Steinchen kratzen unter den Schritten auf Beton. Die Person sieht einen bei ihrem Streifzug nicht an, der Blick ist abgewandt.

Der Körper will sich bewegen, hat aber selbst vergessen, wie man den Finger krümmt – alles ist Kälte.

Der Wind rauscht ganz leise durch die Blätter – so einschläfernd. Man sollte zurückkehren zu dem schwarzen Nichts. Wie schön es da war. Wie kältelos.

Die Augenlider flackern wie die Streichholzflamme, die langsam an Höhe verliert. Gleich ist sie aus. Da dreht sich die Gestalt zur Seite. Und als hätte das Feuer neuen Sauerstoff bekommen, wird das Bewusstsein wieder hell. Die Schritte entfernen sich, man wird hier liegen gelassen.

»Warte.« Nicht mehr als ein Flüstern. Der Finger tastet, in der Hoffnung, etwas zu finden, das man werfen kann, denn das Sprechen tut weh. Aber die Hand, so eingefroren, fühlt nicht, ob auf dem Beton etwas liegt oder nicht. Egal, dann schläft man eben, doch irgendetwas in einem übernimmt die Kontrolle, und man hört sich selbst beim Rufen zu. »Hilfe.« Es ist kaum zu verstehen. Wie ironisch, den, der einen hierhergebracht hat, um Hilfe zu bitten.

Noch einmal tief Luft holen, und der Brustkorb hebt sich: »Hil…« Da kommt die Gestalt um die Ecke, starrt auf einen hinab. Der Ausdruck lässt sich nicht deuten.

Das Streichholz erlischt.

2018

JENNI sieht auf das Wasser. Ruhig liegt es vor ihr. Kein Windhauch weht über die Oberfläche – sie ist spiegelglatt, keine Bewegung, kein Leben. Es zieht Jenni immer ans Wasser, wenn ihre Gedanken so wirr sind, dass sie sich selbst nicht hören kann. Und dann bringt der Anblick des Blaus – oder, wie jetzt in der Dunkelheit, des tiefen Schwarzes – zwar keine Ordnung, aber die lauten Gedankenfetzen verschwinden gänzlich. Jenni hört sich ohne Stimme. Es ist ein reines Wahrnehmen ihrer selbst ohne Bewertung. Sie fühlt ihre Seele als etwas unendlich Tiefes in der Farbe von Tintenblau. Und als etwas Kaltes; die Art von Kälte, die einen nicht frieren lässt, aber Klarheit bringt und Akzeptanz; diese Schwermut ist nur ein Moment, der vergehen wird. Hier am See, wo die Laternen wie kleine gelbe Monde auf der Oberfläche prangen, da ist es, als flüstere das Wasser ihr ein Versprechen zu: Ich werde dich weiterhin tragen.

Langsam kehren die Geräusche der Straße wieder in ihr Bewusstsein zurück: ein fernes, gleichmäßiges Rauschen.

Jenni verlässt den Weißensee, tritt unter dem Blätterdach hervor und findet sich auf den grauen Straßen Berlins wieder. Seit fünfzehn Jahren lebt sie hier, und noch immer hat die Stadt sich ihr nicht erschlossen. Sie ist das, was einem Zuhause am nächsten kommt, ohne wirklich ein Zuhause zu sein. Als hätte Jenni gesagt: Ich mache hier kurz Rast – und als sie wieder aufwachte, hatte sich in der Zwischenzeit ein Leben angehäuft: Arbeit, Kollegen, Freunde, eine Wohnung und ein Mann, der ein Kind in die Beziehung mitbrachte und dann überlegte man, sich einen Hund zu holen, weil das Kind doch schon so groß war, und wer wusste schon, ob man als Paar in der Stille funktionieren würde.

Jenni bereut Berlin nicht. Sie besitzt keine unstillbaren Sehnsüchte, kein Verlangen oder den einen großen Lebenstraum. Sie funktioniert innerhalb des Systems – gut und zufrieden.

Meist kommt die Schwermut ohne Grund, legt sich kurz nieder, und dann legt sich Jenni mit ihr schlafen, bis sie wieder verschwunden ist. Nur in den hartnäckigen Fällen braucht sie das Wasser, und für die gibt es meistens einen Grund. Dieser vibriert nun abermals in Jennis Jackentasche. Auch ohne aufs Display ihres Smartphones zu sehen, weiß sie, wer geschrieben hat. Ihre Finger tasten das Handy ab, als könnte sie nur dadurch die Nachricht entziffern. Ihr Daumen streicht über den Ring an ihrem Finger, bewegt ihn im Kreis, bekommt den Stein zu fassen und dreht ihn mit Schwung weiter. Es ist kein Verlobungsring, auch kein Ehering. David hat ihr vergeblich einige Anträge gemacht, denn Jenni glaubt nicht an Unterschriften auf Papier, und so ist der Ring ein Kompromiss: ein Symbol ihrer Verbundenheit und Treue, ohne vor dem Staat ein Gelöbnis abzulegen. Sie liebt David, weil er ihr Raum gibt. Er lässt sie durch die Nacht stromern, versucht weder, sie aufzuhalten, noch, sie zu erreichen, und wenn sie zurückkehrt, wird er keine Fragen stellen.

Jenni holt das Handy hervor.

Sonja: Kommst du jetzt am Wochenende? Wäre gut, wenn …

Mehr zeigt die Vorschau der Benachrichtigung nicht an. Vermutlich folgen Vorwürfe, Unterstellungen oder emotionale Erpressungsversuche. Sonja kann nichts schreiben, was Jenni überzeugen wird, und je mehr Druck sie macht, desto größer wird ihr Widerstand. Jenni steckt das Handy zurück in die Tasche und setzt ihren Weg fort.

Im Laufen bewegen sich die Reflexionen der Lichter auf den Straßenbahngleisen mit, die um diese Uhrzeit nur noch sporadisch befahren werden. Sie lässt sich durch die Nacht treiben, passiert triste Häuserblocks, die unzählige Wohnungen beherbergen – unterschiedliche Leben finden hinter den gleichförmigen Fassaden statt. Hinter manchen Fenstern brennt noch Licht; an allen Rahmen hat sich der Feinstaub der Stadt abgesetzt. Die Luft ist grau und schwer. Es gibt zu wenig Grünes, das sie reinigt, nichts Blaues, das sie mit Salz verfeinert.

Auf Langeoog ist die Luft eine andere, und es gibt wenige Herbsttage in Berlin, an denen Jenni über eine regennasse Wiese geht und der Wind genauso riecht wie auf Langeoog – nach Dünengras, Moos und weichem Regen. Sie sieht vor sich, wie sich das Dünengras zur Seite neigt und sanft erzittert, hört den Sand über den Strand fegen. Wenn diese Erinnerung an Langeoog in ihr hochkommt, dann ist es stets Herbst. Der Geruch des Sommers ist ein ganz anderer, einer der ihr noch nie in Berlin oder einem anderen Ort begegnet ist. Sie vermisst ihn nicht. Zwanzig Jahre ist es her, seit sie das letzte Mal auf der Insel war.

Sie hatte gute Gründe, nicht mehr hinzufahren, und wie zur Untermauerung ihrer Gedanken sieht sie über den Bauzaun am Bürgersteig auf das eingefallene Dach der ehemaligen Kinderklinik. Es ist nur Beton und Holz – und doch fühlt Jenni die unheimliche Ausstrahlung der Ruine, in ihrem Zustand zwischen Verfall und Überdauern. Ein Zeitzeuge, der einfach nicht totzukriegen ist und durch seine bloße Existenz an Vergangenes gemahnt.

Das Licht von Taschenlampen flackert im Untergeschoss auf, und schrille Rufe von jungen Stimmen schallen in die Nacht hinaus. Abenteuer und Verbote ziehen Teenager an wie das Meer die Matrosen. So wie sie selbst damals auf Langeoog durch eine andere Ruine gegeistert ist, und obwohl sie inzwischen erwachsen ist und das ehemalige Internat der Insel endgültig vom Feuer vernichtet wurde, hat das Versprechen, nie wieder einen Fuß auf die Insel zu setzen, weiterhin Bestand.

Jenni steckt die Hände in die Manteltaschen. Aber ihr Schwur allein hält sie nicht davon ab, Sonja zu antworten. Sie sucht nach einem Weg, um David nicht mitnehmen zu müssen, sollte sie doch fahren. Er darf nicht mit der Insel in Kontakt kommen, sonst wird Jennis Vergangenheit auch an ihm haften bleiben.

Als sie die rote Haustür erreicht hat, weiß sie noch immer nicht, was sie Sonja antworten wird. Sie betritt das Treppenhaus mit der wuchtigen Holztreppe, die sich emporschlängelt, vorbei an grauen Wohnungstüren mit dicken Schlössern, die eher an Gefängniszellen erinnern. Jenni geht in den dritten Stock, lauscht dem Nachhall ihrer Schritte, dann steht sie vor der eigenen grauen Zellentür und schließt auf.

Wärme schlägt ihr entgegen und gelbes Licht, das vom Wohnzimmer in den Flur fällt. Sie hört Gemurmel, dann ein zartes ehrliches Lachen. Sie streift die Stiefel von den Füßen, hängt den Mantel auf und geht in die Küche, ohne das Licht einzuschalten. David hat ihr den geöffneten Rotwein und ein Glas bereitgestellt. Sie trinkt im Dunklen, lauscht seiner Stimme.

Der Rotwein erinnert sie an ihre Mutter, die hat ihn auch so trocken getrunken, dass er im Hals kratzt. Jenni lässt den Wein lange auf der Zunge liegen, schmeckt jedes Aroma heraus: dunkle Früchte, Walnuss, Waldboden, Rosmarin. In den letzten Jahren hat ihre Mutter keinen Tropfen Alkohol mehr angerührt. Wenn der Krebs den Körper zerfrisst, will man nicht weiter nachhelfen. Ganz anders war da ihr Vater gewesen. Der hatte keinen Krebs und ließ sich vom Alkohol zerstören.

Jenni füllt das halb volle Glas auf und geht auf Wollsocken ins Wohnzimmer.

»Ja, sie kommt gerade rein«, spricht David in das Handy und schenkt Jenni ein Lächeln. »Dann mach nicht mehr so lange. Hab dich lieb.« Ein paar Küsse, dann legt er auf und breitet die Arme aus. Jenni setzt sich nicht auf seinen Schoß – manchmal brennt die Nähe auf ihrer Haut. Aber sie lehnt sich so weit mit dem Oberkörper herüber, dass er sie umarmen kann und ihren Rücken streichelt. »Wie geht es dir?«

»Ich weiß es nicht.« So ehrlich ist sie in den letzten drei Wochen nicht zu ihm gewesen. »Was macht Edith?«, fragt Jenni, um das Gespräch, das unweigerlich folgen wird, noch für ein paar Minuten hinauszuzögern.

»Sie war im Kino mit ihrer Mutter. Wir brauchen immer noch ein Geburtstagsgeschenk für sie, aber dieses Kind hat einfach keine Wünsche.« Er lacht, und sie kann hören, wie stolz er auf die Genügsamkeit seiner Tochter ist. »Was hast du zu deinem vierzehnten Geburtstag bekommen?«

Jenni richtet sich auf und sieht zur Decke. »Zu welchem Geburtstag ich was bekommen habe, weiß ich gar nicht mehr. Aber die Highlights waren ein Super Nintendo …« Sie schlägt sich mit der Hand aufs Bein. »Das Traumtelefon! Das habe ich geliebt! Das kennst du nicht? Im Grunde ist es wie Cluedo, du musst herausfinden, wer dein Traumtyp ist, und dabei gibt dir ein pinkes Telefon Hinweise. Mo war in den einen ganz verknallt, sie hat sich manchmal die Spielkarte aufs Kissen gelegt.« Jenni lacht bei der Erinnerung, die so klar ist, aber verstummt, als sie Davids überraschten Blick spürt. Sie hat ihm zu wenig gute Geschichten von ihren Schwestern erzählt. »Na ja, damit kannst du heute kein Mädchen mehr beeindrucken.« Sie spürt Davids Hand im Nacken, entzieht sich ihr, indem sie sich nach vorne zu ihrem Glas Wein lehnt. Vorsichtshalber bleibt sie auf der Kante hocken.

»Wir können ihr doch einen Ausflug schenken, wenn sie nichts Materielles will. Zu einem Geburtstag ist meine Mutter mit mir nach Hamburg gefahren, weil die *Queen Mary* dort anlegte. Es war ganz früh am Morgen und richtig kalt, aber wir standen eine Ewigkeit vor dem riesigen Schiff und haben die Leute beobachtet. Dann waren wir noch auf einem U-Boot und im Maritimen Museum. Schiffe liegen … lagen nicht in ihrem Interesse, aber sie hat alles mit Begeisterung über sich ergehen lassen.« Jenni lacht sanft auf. »Wenn dir mal jemand einen Tag geschenkt hat, vergisst du das nie.« In ihren Augenwinkeln sammeln sich Tränen, die sie wegblinzelt.

David bleibt auf Abstand, Jennis Tränen wollen nie von anderen getrocknet werden. Doch seine Stimme ist sanft und gibt den Trost, vor dem sie sich nicht verschließen kann. »Sie hat lange gekämpft.« Nach einer Pause. »Hat Sonja endlich gesagt, wann die Beerdigung ist?«

Sie holt tief Luft. »Am Samstag.«

»Der in drei Tagen? Jenni, da ist das Anwaltsbankett!«

Jenni versucht, sich ihre Erleichterung nicht anmerken zu lassen. Ihr war nicht bewusst, dass es bereits einen Ausweg für ihr Problem gibt. In den letzten Wochen fiel es ihr schwer, richtig anwesend zu sein, dennoch hätte sie Davids größten Auftrag, seitdem er das Cateringunternehmen gegründet hat, nicht vergessen dürfen.

»Ich verstehe einfach nicht, warum ich das jetzt erst erfahre.«

»Sonja hat es mir gerade erst gesagt.« Die Lüge geht ihr leicht über die Lippen.

»Das macht die doch mit Absicht! Ich kann das unmöglich absagen, wir sind schon unterbesetzt und …«

»Das musst du auch nicht. Ich fahre alleine.«

David setzt sich auf und greift nach Jennis Hand. Er will protestieren, aber ihm scheinen keine Argumente einzufallen.

»Ich kann dich doch nicht auf der Beerdigung alleine lassen, schon gar nicht mit deinen Schwestern.«

Jenni streichelt über die raue Haut seiner Fingerknöchel. »Mit denen komme ich zurecht.«

SONJA steht, die saubere Bettwäsche hinter den gefalteten Händen, in dem Zimmer, das sie sich früher in den Ferien mit Kaja geteilt hat. Es kommt ihr so klein vor: zwei Betten in L-Form aufgestellt, so dass sich die Fußenden berühren, ein Tisch samt Stuhl, ein Schrank, ein dicker blauer Teppich mit abstrakten Mustern darauf füllen den Raum komplett aus. Früher wirkte er so groß. Manchmal haben sie zu viert darin geschlafen, weil sie Kassetten zum Einschlafen hörten und es im Ferienhaus nur einen Rekorder gab. Dann lag immer eine Große mit einer Kleinen im Bett: Mo und Kaja, Jenni und Sonja. Es war warm und eng. Der Atem der einen streifte den Hals der anderen. Sie diskutierten über die richtige Lautstärke, und Sonja musste immerzu den Arm hinausstrecken und den Regler einen Millimeter nach rechts oder links schieben, bis wieder eine zu meckern begann. Oft übertönten die Gespräche die Hörspielstimmen, und doch verloren sie nie die Orientierung in der Geschichte. Das überschaubare Repertoire aus *Wendy*, *TKKG* und den *Fünf Freunden* kannten alle auswendig. Die Enge des Zimmers, die eng aneinandergedrängten Körper, die Hitze unter den Decken bedeuteten Geborgenheit. Jetzt aber wirkt der Raum so beengt, dass sich Sonja nicht einmal vorstellen kann, wie sie hier zu viert gelegen haben.

Sie lässt die Wäsche aufs Kopfkissen fallen und räumt die Umzugskartons von Kajas Bett. Seit drei Monaten ist sie schon auf der Insel, und noch immer hat sie nicht alles verstaut, was nur zeigt, wie viel Überfluss sie besitzt. Sie schüttet die Inhalte aus halb ausgepackten Kartons zusammen und stapelt sie auf ihr altes Bett, die leeren faltet sie und stellt sie in der Küche ab. Dann bezieht sie Kajas Bett mit der alten Bettwäsche von früher: Leuchttürme und Seehunde auf blauem Hintergrund. Kaum etwas hat sie verändert. Noch nicht. Das Haus ist eine Aufgabe, die so groß ist, dass Sonja keinen Anfang findet. Es sieht ihr nicht ähnlich, Sachen aufzuschieben, aber es sieht ihr auch nicht ähnlich, in das Haus zu ziehen.

Sie ist einer inneren Eingebung gefolgt, wie sie es immer tut. Nach dem Abitur war sie damals aus ihrer Heimatstadt Detmold nach Würzburg gezogen, hat nach dem Studium der Sozialen Arbeit in Freiburg, Ulm und Rosenheim gelebt. Die letzten fünf Jahre hat es sie nach München verschlagen, wo sie im Jugendamt gearbeitet hat, um Kindern zu helfen, die ihren Familien ausgeliefert waren. Doch viel zu oft hatte sie miterleben müssen, wie die Bürokratie Hürden aufbaute und Prozesse bis zum Stillstand lähmte. Das Scheitern machte nicht wett, was sie an positiver Veränderung erreichte. Sie hatte sich in der Vorstellung verrannt, eine Retterin zu sein, und musste schließlich einsehen, dass es nicht die Rolle ihres Lebens war. Auch in München blieben die Rastlosigkeit und das Unvermögen, feste Freundschaften zu schließen. Der Drang nach Veränderung, danach, sich selbst neu zu definieren, war so übermächtig, dass ihr Langeoog wie ein radikaler, aber guter Neuanfang erschien.

Vielleicht lag es auch am Zustand ihrer Mutter, der sich zusehends verschlimmerte, und dem Wunsch, sich ihr nah zu fühlen. Diese hatte schon als Kind ihr Herz an die Insel verloren und alle Urlaube bis zu jenem tragischen Sommer stets mit den Töchtern auf Langeoog verbracht. Und obwohl das Ferienhaus nach der Scheidung ihrem Mann und nach dessen Tod dann Sonja gehörte, hatte sie sich während des jahrelangen Leerstands weiter darum gekümmert. Sie hatte es immer wieder an Zeitarbeiter untervermietet, die nie lange genug blieben, um etwas zu verändern, und gleichzeitig die Gemäuer vorm Verfall bewahrten. Die Augen ihrer Mutter hatten geleuchtet, als Sonja ihr bei ihrem letzten Besuch in Detmold von ihrem neuen Leben auf der Insel erzählte. Dass die Familie Neumann zwanzig Jahre lang keinen Urlaub dort gemacht hatte, hatte ihre Mutter wohl schwerer getroffen, als sie hatte zugeben wollen.

Vielleicht ging es Sonja aber auch weniger um ihre Mutter, sondern darum, der Vergangenheit ihren Schrecken zu nehmen – darum, sich zu beweisen, dass ein Monster, das man als Kind gesehen hat, sich aus der Perspektive des Erwachsenen nur als Schatten eines Baumes entpuppt.

Sie streicht die Bettdecke glatt. Bis auf ihr damaliges Kinderbett sind jetzt alle bezogen, obwohl sie nicht einmal weiß, ob alle Schwestern kommen werden. Jenni entzieht sich, wie so oft, jeglicher Verantwortung und lässt die anderen im Unklaren.

Ihr Handy klingelt, und im ersten Moment denkt sie, dass Jenni sich doch noch meldet, doch dann fällt ihr ein, dass sie niemals anrufen würde.

Düne 13 leuchtet auf dem Display auf, der Name der Bar, in der sie arbeitet.

»Moin.«

»Sonja, kannst du einspringen? Till ist umgeknickt, und hier ist die Hölle los!«, schreit ihr Chef in den Hörer. Obwohl das Telefon im Hinterzimmer steht, kann sie die dröhnende Musik hören. Zum Glück laufen die Backstreet Boys schon, dann bleibt ihr das Lied nach ihrer Ankunft erspart. Nie hätte Sonja geglaubt, dass das Jahrzehnt des schlechten Geschmacks ein Comeback feiern würde.

»Klar. Ich komme sofort.«

»Danke.«

Prüfend wirft Sonja einen letzten Blick auf das Zimmer.

Kaum vorstellbar, dass Kaja hier schlafen wird in ihrem ehemaligen Bett mit der ehemaligen Bettwäsche. Sie schaltet das Licht aus, geht durch die schmale Küche ins Wohn- und Esszimmer und dann die Treppe hinauf. Jeder Schritt hallt auf den alten Stufen, und die Metallstreben des Geländers geben blecherne Laute von sich. Oben, wo der Kunstdruck von Picasso hängt, macht der Flur eine Biegung, und es gehen drei Türen ab. Am Kopfende befindet sich Jennis und Mos Zimmer. In einigen Monaten soll hier Sonjas Lesezimmer entstehen, mit Büchern bis unter die Decke. Noch stehen hier die beiden bezogenen, klobigen Holzbetten. Auch der alte Röhrenfernseher, der nur mit Videorekorder zu gebrauchen ist, verstaubt noch vor dem Fenster. Sonja hat es zum Lüften geöffnet und schließt es nun. Der schmale Garten auf der Rückseite des Hauses liegt meist im Schatten der umliegenden Häuser. Ihr Vater hat dort einen Schuppen errichtet. Beim Anblick der klobigen Tür hört sie im Kopf die Melodie der quietschenden Scharniere wie Gespensterschreie.

Sie wendet sich ab und geht ins rechte Zimmer. Im großen Doppelbett haben ihre Eltern geschlafen. Dieser Raum ist der einzige, bei dem sie bereits Veränderungen vorgenommen hat. Die beigen Vorhänge wurden durch lichtblaue ersetzt, die maritimen Bilder durch urbane Schwarz-Weiß-Fotografien ausgetauscht, welche sich um ein imposantes Porträt von Maya Angelou gruppieren.

Sonja zieht sich ein schwarzes Poloshirt und eine schwarze Hose an, auf der man Getränkeflecken kaum sieht. Vor dem Spiegel im gegenüberliegenden Bad kämmt sie sich das lange rote Haar nach hinten. Es ist dünn und hängt glatt nach unten, deshalb trägt sie es am liebsten in einem Zopf oder Dutt. Sie zieht sich das Haar weit nach oben zu einem hohen Pferdeschwanz und platziert ihn leicht seitlich. Sie scheint immer fehl am Platz. Im Jugendamt war sie so akkurat gekleidet, dass die Menschen, die ihre Hilfe brauchten, sich von ihr angegriffen fühlten. Als hielte sie sich für etwas Besseres in ihren eng anliegenden Blusen und den spitzen Pumps. Es war ihr Stil, der nicht zum Beruf passte, und jetzt, da sie mit dreiunddreißig als Barkeeperin anfing, versucht sie, lässiger zu wirken, doch die strengen Züge in ihrem schlanken Gesicht – mit den schmalen Lippen und eng zusammenstehenden Augen – bleiben.

Sonja zieht ihre dicke Jacke an und fährt mit dem Rad zehn Minuten bis zur *Düne*. Es ist so voll, dass die Leute draußen an den Biertischen sitzen müssen oder rauchend im Kreis stehen. Hinter dem schmalen Eingang schiebt sie sich durch die Menschenmasse, um hinter den Tresen zu gelangen. Auf der kleinen Tanzfläche aus Metallplatten, die zur Hälfte von einem deckenhohen Spiegel eingerahmt ist, kreisen die bunten Lichtstrahlen über der zappelnden Masse.

»Sonja, tausend Dank!«, schreit ihr Chef hinter dem Zapfhahn.

Vom Alter der Gäste ist alles vertreten, und alles trinkt und schreit und tanzt. Sie begrüßt ihre Kollegen, die von einer Bestellung zur nächsten hetzen, bevor auch Sonja einsteigt.

Im Sommer quillt die Insel über, danach ebbt der Touristenstrom langsam ab. Beim Allerheiligenschwimmen bäumt sich die Gästewelle ein letztes Mal auf, bevor sie im November gänzlich abflaut.

»Was kann ich dir bringen?« Sonja wendet sich zu der Frau, die ihre Brüste auf die Theke legt und mit einem Zwanzigeuroschein wedelt. Eine nach der anderen arbeitet sie die Bestellungen ab, von gelallten über gebrüllten zu geflüsterten, bei denen man die Getränke von den Lippen ablesen muss, bis hin zu den pantomimischen. Von Paaren, Freunden und Angestellten auf Langeoog, die ihr Gehalt in der *Düne* versaufen – selten verirrt sich jemand alleine hierher. Vielleicht fällt ihr deshalb der Mann an der Bar auf: Mitte dreißig, mit kastanienbraunem Haar, groß gewachsen und unter dem Pearl-Jam-T-Shirt spannt sich sein Bizeps. Ihr Blick geht immer wieder zu ihm und dem Bier in seiner Hand, das sich langsam leert. Sie wartet auf ihre Chance, ihn zu bedienen. Er ist genau ihr Typ. Die, die alleine hier sind, arbeiten in der Regel nicht auf Langeoog, also läuft man nicht Gefahr, dass es kompliziert wird. Manchmal treffen sich ihre Blicke, und Sonja lächelt schüchtern und senkt ihren. Es passiert nicht oft, dass ein Mann diese Wirkung auf sie hat. Normalerweise hält sie das Zepter in der Hand.

Zwei Frauen wenden sich ihm zu, die eine wirft ihr Haar über die Schulter und hängt sich schwankend an seinen Arm. Sie ist deutlich älter als er, aber ihr tiefer Ausschnitt, den sie ihm entgegenreckt, verrät, dass sie noch auf Abenteuersuche ist. Er lächelt höflich, spricht ganz nah an ihrem Ohr. Die Freundin steht nutzlos daneben. Doch sein Blick bleibt distanziert, er erwidert auch keine Berührungen, und bald schon geben sie auf. Als sich die Frauen abwenden, sieht er wieder zu Sonja herüber und lächelt sanft, wobei sich feine Grübchen bilden. Sie wartet darauf, dass er sein Glas leert und sie ihn bedienen kann.

»Sonja!« Vor ihr steht Patze, breit grinsend, das braune dünne Haar klebt verschwitzt an ihrer Stirn. »Machst du mir zwei Gin Tonic?«

»Heute scheint die ganze Insel hier zu sein«, schreit Sonja und bereitet die Getränke zu.

»Noch einmal die Fetzen fliegen lassen, bevor der Totenschlaf kommt«, lacht Patze. Sie sieht älter aus als vierzig, hat sich charakterlich aber kaum weiterentwickelt: überdreht und nervtötend, genau wie früher. So wie die Neumanns kam auch Patze immer in den Ferien mit ihrer Mutter nach Langeoog und war in dieser Zeit mit Sonjas ältester Schwester eng befreundet.

Sonja hatte nie verstanden, was die beiden verband. Immerhin waren sie so unterschiedlich, und die sonst so willensstarke Jenni schien sich Patze unterzuordnen, als sei sie bloß ihre Marionette. Hin und wieder begegnet Sonja Patze auf der Insel, die inzwischen das halbe Jahr hier verbringt. Auch wenn sie manchmal gemeinsam über den Strand spazieren, wissen beide, dass es keine Freundschaft zwischen ihnen gibt, weder damals noch heute.

Sonja gibt ihr die Longdrinks und zwei Friesengeist. »Geht aufs Haus.«

Patze schiebt einen Zwanzigeuroschein rüber. »Stimmt so.«

Sonja steckt grinsend das Geld ein und wirft wieder einen flüchtigen Blick auf den schönen Fremden, der sie auffällig mustert. Durch seine Aufmerksamkeit fühlt sie sich selbstbewusst und schön.

»Den Schnaps trinkst du mit mir!«, schreit Patze über den Tresen.

Sonja lässt sich nicht zweimal bitten, stößt mit ihr an und kippt den klaren, scharfen Schnaps in einem Zug herunter. Er hat keinen Geschmack, brennt nur lange nach.

Musikalisch lassen sie die deutschen Dauerbrenner hinter sich, und nachdem Culcha Candela und Cro ihre »hamma Kids« besungen haben, beginnt die Schlagerplatte. In den letzten beiden Monaten ist die Musik zu einem ständigen Hintergrundgeräusch geworden, das sich täglich wiederholt.

Sonja verpasst ihre Chance, dem schönen Mann ein Bier zu bringen, ihr Chef hat ihn schon bedient.

»Samstag ist doch die Beerdigung!« Patze setzt eine mitfühlende Miene auf und schiebt die Lippe zum Schmollmund. Es kostet Sonja alle Kraft, die Augen nicht zu verdrehen. »Deine Schwestern kommen doch?«

Sonja zuckt die Schultern.

»Wie geht es Jenni?«

»Wie immer.« Sonja weiß nicht, wie oft sie noch ausweichende Antworten geben soll, bis Patze endlich versteht, dass sie nicht darüber reden will und offensichtlich nicht allzu viele Antworten hat.

»Ruf sie doch einfach mal an«, gibt Sonja zurück.

»Ach du wieder«, winkt Patze ab. »Brauchst du denn noch Hilfe?«

Sonja schüttelt den Kopf. Ihr ist bewusst, dass das Angebot nur kommt, weil klar ist, dass sie es nicht in Anspruch nehmen wird.

»Hey, ist dir aufgefallen, dass dich der süße Typ da mit Blicken verschlingt?« Patze schielt zu dem Fremden hinüber, und Sonja nickt, kann sich ein Grinsen nicht verkneifen.

»Wo ist dein Mann?«, fragt Sonja.

Patze winkt lasch in Richtung Tanzfläche. »Ich hoffe, ich kann mich mit Jenni treffen. Sagst du ihr Bescheid? Hey!« Sie richtet sich gerade auf. »Ist dir eigentlich klar, dass wir dann wieder alle zusammen wären? Das erste Mal seit – wie lange ist es her? Sechzehn Jahre?«

»Zwanzig.«

»Nein!« Patze sieht sie ungläubig an, aber Sonjas fester Blick zeigt Gewissheit. »Wahnsinn, wie die Zeit vergeht.«

1998

KAJA berührte die gebräunte Haut ihrer Mutter, als sie über den Verlobungsring strich. Er funkelte im Sonnenlicht und blendete in Kajas Augen. Ein kleines Sandkorn hatte sich in der Fassung verfangen. Kaja bohrte ihren Fingernagel zwischen Metall und Stein.

»Lass das, Schatz.«

»Aber da ist Sand drin.«

»Das macht nichts.«

Sie saß auf dem Schoß ihrer Mutter im Strandkorb. Zu ihren Füßen lag Sonja im Sand, das lange Haar zu einem Zopf geflochten, und war in ein riesengroßes Buch mit rotem Einband und teils vergilbten Seiten vertieft. Noch war Kaja sechs Jahre alt, aber sobald auch sie dreizehn wurde, durfte sie endlich die Geschichte lesen, die Jenni und Mo schon lange verschlungen hatten. Der Roman handelte von einem Clown, der in der Kanalisation lebte und Kinder fraß; deshalb durfte Sonja ihr nicht daraus vorlesen, aber manchmal tat sie es heimlich, wenn sie abends im Bett lagen. Kaja gruselte sich nur leicht, es war ja bloß eine Geschichte und nichts, was wirklich passiert war – wie der Spuk des Klabautermanns.

»Papa kommt gleich mit dem Essen. Hol schon mal deine Schwestern.« Kaja hüpfte vom Schoß ihrer Mutter und sprang über Sonja, die ein Bein in die Höhe hob. Kaja blieb daran hängen und landete mit dem Gesicht voran im Sand.

»Das ist gemein!« Kaja rieb sich die Körner von Stirn und Wange, darauf bedacht, keines in die Augen zu bekommen. Sonja hatte sich auf den Rücken gedreht und hielt sich lachend den Bauch.

»Sei nett zu deiner Schwester.«

»Das sah *so* witzig aus!«

Kaja stiegen Tränen in die Augen.

Sonja kroch auf sie zu und wuschelte ihr durchs Haar. »War doch nur Spaß. Musst auch mal über dich selber lachen.«

Kaja nahm eine Handvoll Sand und warf ihn Sonja ins Gesicht. Sie sprang auf und rannte zum Meer, während sie Sonja fluchen und ihre Mutter schimpfen hörte. Im Pudersand fiel es ihr schwer zu laufen, die pelzige Luft drang in ihre Lungen. Erst als der Sand fester wurde, kam ihr die kühle Meeresbrise entgegen und trocknete die Schweißperlen auf ihrer Stirn.

Vor ihr standen Jenni und Mo bis zur Hüfte im Wasser und warfen sich einen Ball zu. Kaja bewunderte ihre großen und schlanken Körper, Jennis Becken war etwas breiter und ihre Brüste größer. Die dunkelblonden Haare waren hinten kürzer geschnitten und reichten vorne bis zum Hals. Im Frühling war sie achtzehn geworden. Mo war drei Jahre jünger, einen Kopf kleiner und drahtiger. Sie hechtete dem Ball entgegen, das schulterlange silberblonde Haar, das dem ihrer Mutter ähnelte, schimmerte in der Sonne. Der Ball berührte ihre Fingerkuppen und rollte darüber hinweg, und Mo tauchte der Länge nach im Wasser unter.

»Essen!«, schrie Kaja, doch die beiden reagierten nicht. Das Wasser kroch auf Kaja zu, umspülte ihre Füße. Der blaue Himmel mit den Wolkenfetzen spiegelte sich makellos auf den glatten Ausläufern, färbte die graugrüne Nordsee südseeblau – die Illusion wurde nur durch die Gischtflocken getrübt. Das Salzwasser lief zurück, zerrte an Kajas Füßen und nahm den Sand unter ihr mit, als würde es seine Untertanen zusammentrommeln und in Tritons Palast rufen. Sie sank leicht im Boden ein.

»Jenni! Mo!«

Der Wind trug ihre Stimme und die Jubelrufe ihrer Schwestern zu den Strandkörben.

Sie ging zwei Schritte weiter. Die Wellen waren höchstens für Babys groß. Sie konnte ja schwimmen, musste im Meer aber noch die verhassten Schwimmflügel tragen. Kaja watete ins Wasser, immerhin hatte sie einen Auftrag zu erfüllen, da durfte man Regeln brechen. Sie rief nicht noch mal nach ihren Schwestern.

Vor ihr glitzerte das Sonnenlicht wie Diamanten auf der Oberfläche. Sie sprang auf sie zu, das Wasser stob auseinander, und die Juwelen funkelten schwankend um sie herum. Keines ließ sich fangen. Kaja stand jetzt bis zur Brust im Wasser. Die Vorfreude, etwas Verbotenes zu tun, ließ ihr Herz höherschlagen. Sie legte sich auf die Oberfläche, konzentrierte sich auf die Arm- und Beinzüge und glitt wie ein Frosch hindurch.

Jenni wandte den Kopf in ihre Richtung. »Was machst du hier?«

»Gibt Essen«, keuchte Kaja.

»Du darfst doch ohne Flügel nur in den Priel.«

»Ihr habt mich aber nicht rufen gehört!«

Jenni griff ihrer Schwester unter die Arme und hob sie im Wasser hoch und runter, wie auf einem Karussellpferd.

»Zeig mal, ob du auch ohne Flügel fliegen kannst. Eins.« Kaja begann zu quieken. »Zwei.« Ihr Herz schlug schneller. »Drei!« Sie flog durch die Luft, schrie vor Aufregung, durchbrach mit dem Rücken voran die Oberfläche – das kühle Wasser umspielte ihren Kopf. Sie fühlte den Boden nicht, wusste nicht, in welche Richtung sie schwimmen musste – dann fanden ihre Füße den Sand, sie stieß sich ab und kam heraufgeschossen.

Jenni und Mo nahmen je eine Hand von ihr und zogen sie bis ans Ufer.

»Sagt Mama nicht, dass ich im Wasser war!«, rief sie.

»Und wie willst du erklären, dass du nass bist?«, fragte Mo.

»Vielleicht trocknest du noch, wenn du ganz schnell rennst.«

Kaja sah skeptisch zu Jenni.

»Das ist wie ein Föhn«, erklärte ihre Schwester.

Das leuchtete ein. Mit ausgebreiteten Armen lief Kaja zum Strandkorb, wo Sonja noch immer auf dem Handtuch lag und las.

Ihre Mutter lehnte sich nach vorne und sah über den Rand hinweg. »Kaja! Du warst im Wasser.« Mit einer Umarmung wurde sie in ein Handtuch gewickelt, es roch nach Salz und Liebe.

»Jenni und Mo haben aufgepasst.«

Inzwischen waren die beiden fast am Strandkorb angelangt. Mos weiße Haut unterschied sich kaum vom Sand. Kaja sah auf ihre Hand, der olivfarbene Teint hob sich deutlich vom gelben Handtuch ab.

»Mama, ich muss noch mal eingecremt werden.«

»Du wurdest schon zweimal eingecremt.«

»Aber jetzt war ich im Wasser.«

»Das macht nichts. Zu viel ist auch nicht gut.«

Kaja wand sich aus der Umarmung und ließ sich auf den Boden plumpsen. Mit dem Handtuch bedeckte sie möglichst viel ihres Körpers, über die Beine schob sie eine dicke Sandschicht.

»Du bekommst keinen Sonnenbrand, Kaja.«

Trotzig schob sie die Unterlippe vor. Ihre Mutter verstand gar nichts!

»Papa kommt!« Sonja sprang auf.

Lachend versuchte ihr Vater, die Pommes nicht fallen zu lassen, als Sonja ihre Arme um seine Hüften schlang. »Vorsicht, Sonni.«

Sonja grapschte die erste Schachtel aus seinen Händen, Mo und Jenni ließen sich auch nicht bitten.

Ihr Vater beugte sich zu Kaja und hielt ihr eine Schachtel hin. »Passt auf die Möwen auf, Kinder. Die klauen euch das Essen aus den Händen.«

Kaja sah sich um und entdeckte drei Möwen, die auf den Strandkörben hockten und mit entschlossenem Blick patrouillierten. Die eine reckte ruckartig den Kopf zur Seite, verharrte, zuckte in eine andere Richtung, blieb starr – die perlenförmigen Augen taxierten ein altes Ehepaar, das über den Holzsteg flanierte und an einem Eis schleckte. Das Tier flatterte mit den Flügeln, erhob sich schwerfällig in die Luft und segelte im Sturzflug über die Köpfe hinweg. Die Frau schrie und blickte auf die halbe Waffel in ihrer Hand.

»Gibt es denn im Meer keine Fische?«, fragte Kaja und überlegte, ob sie ihr Essen mit den Tieren teilen sollte.

»Doch, aber Möwen sind faule, dicke Biester.« In diesem Fall entschied sie, die Pommes für sich zu behalten, und aß, so schnell sie konnte, denn neben den Vögeln boten auch ihre Schwestern eine hungrige Gefahr. Sobald sie aufgegessen hatten, würden sie sich über Kajas Portion hermachen, allem Zetern zum Trotz.

SONJA setzte sich mit ihrer Familie an den großen Tisch auf der Restaurantterrasse. Am Abend war sie stets ausgebucht, doch jetzt, am frühen Nachmittag, gab es weniger Kundschaft. Ihre Mutter zog einen Stuhl hervor und setzte sich Sonja gegenüber. »Ich verstehe nicht, warum ihr immer hier hinwollt.«

»Nur hier gibt es den Elefantenbecher!«, rief Kaja.

»Aber wir können doch auch zu einer richtigen Eisdiele gehen, das hier ist doch mehr ein Restaurant.«

»Mama, du hast gesagt, wir dürfen entscheiden!« Sonja stampfte mit dem Fuß auf.

»Ja, ja schon gut.«

»Ich verstehe nicht, warum du nie hier hinwillst«, sagte Jenni und schnappte Mo die Eiskarte vor der Nase weg.

»Ah, die große Familie!« Der großgewachsene Kellner mit den buschigen Augenbrauen bediente die Neumanns, seit Sonja denken konnte. Mit seinem osteuropäischen Dialekt und dem breiten Grinsen war er ihr von Anfang an sympathisch gewesen.

Er zeigte mit dem gezückten Kugelschreiber auf Kaja: »Elefantenbecher, nur mit Schokoeis.« Dann weiter auf Sonja: »Elefantenbecher, zweimal Stracciatella, einmal Schoko.« Und dann deutete er auf Mo und Jenni: »Zwei Elefantenbecher, wie sie in der Karte stehen.«

»Für mich nicht«, sagte Jenni und klappte die Karte zu. »Ich nehme den Amarettobecher.«

»Keinen Elefantenbecher?!« Sonja war entsetzt. Ihre Schwestern wurden älter, und manche Gewohnheiten veränderten sich, aber sie hatte immer geglaubt, sie würden ihn noch von der Kinderkarte bestellen, wenn sie achtzig waren.

Der Kellner zog anerkennend die Augenbrauen hoch.

»Dann schließe ich mich mal meiner Tochter an«, sagte ihr Vater und zwinkerte Jenni zu.

»Und für die schöne Dame?«

Ihre Mutter sah kurz von der Karte auf und senkte den Blick dann wieder. »Einen Kaffee.«

»Oh, Mama!«, schimpfte Mo. »Jetzt iss man tüchtig.«

Sonja kicherte. Wie oft hatte sie diesen Satz von ihrer Mutter gehört.

»Den Schwedenbecher.« Sie reichte ihm die Karte, ohne sein Lächeln zu erwidern.

»Jetzt weiß ich, warum Mama nie hier hinwill«, rief Jenni, als der Kellner ins Restaurant gegangen war. »Der flirtet immer so peinlich mit dir.«

»Der redet doch mit allen so, um sein Trinkgeld zu erhöhen«, gab sie lächelnd zurück.

»Heike ist eben eine schöne Frau«, sagte ihr Vater und gab ihr einen Kuss.

Eklig. Sonja wandte den Blick ab und sah eine ältere Dame mit riesiger Sonnenbrille und geblümtem Kleid, unter dem ihre speckigen Oberarme hervorblitzten. Sie saß vor einem geöffneten Groschenroman und schien die Familie darüber hinweg regelrecht anzustarren. Zumindest falls die Augen hinter den Gläsern geradeaus blickten.

»Gibt es noch mal einen Bastelkurs in der Spöölstuv?«, fragte Kaja.

»Da müssen wir vorbeifahren und aufs Programm gucken«, antwortete ihre Mutter.

»Ich komme aber nicht wieder mit«, sagte Sonja. »Das sind immer so Babykurse.«

»Gar nicht.« Kaja schob die Unterlippe vor. Diesen Sommer wollte Sonja unbedingt mehr mit Mo und Jenni unternehmen. Abends um die Häuser ziehen, Straßenlaternen austreten, durch Gärten schleichen, im Dunkeln schwimmen gehen. Sie hatte sich so vieles ausgemalt, was die Großen taten, wenn ihre Eltern nicht dabei waren.

Der Kellner kam zurück und stellte vor jeden einen überquellenden Eisbecher auf den Tisch. »So, lasst es euch schmecken.«

Er wandte sich an den anderen Tisch zu der alten Frau. Während er mit ihr sprach, berührte er ihren Rücken – manche Menschen kannten einfach keine Grenzen.

Sonja nahm den Löffel, pflückte die Gummibären von der

Sahne und schob sie unter die Eiskugeln, um sie einzufrieren. Kaja und Mo taten es ihr gleich. Sie linste zu Jenni, die an einem Amarettini-Keks knusperte und verstohlen zu ihren Schwestern sah. Bestimmt bereute sie ihre Wahl.

»Mama, wann essen wir heute Abend? Wir wollten später noch in die Stadt«, sagte Jenni.

»Mit wem?«

»Patze.«

»Ihr alle vier?«

»Nein?! Mo und ich.«

»Was ist mit mir?«, fragte Sonja.

»Das ist nur was für Große.«

»Ich bin nur zweieinhalb Jahr jünger als Mo«, protestierte Sonja.

»Wir können doch auch was Schönes zusammen unternehmen.«

»Aber, Mama, ich will mit *denen* mit. Ich bin ja kein Kleinkind mehr.«

»Ich auch nicht«, protestierte Kaja.

»Ich sag euch was: Nach dem Abendbrot nehmt ihr Kaja und Sonja mit, bis acht, wir holen sie ab, und ihr könnt noch bis zehn raus.«

»Bis elf!«

»Meinetwegen auch bis elf.«

JENNI fuhr neben Mo auf der Barkhausenstraße ins Dorf – vorbei an dem Steinsockel des Fahnenmasts, auf dem eine schreiende Schulklasse hockte wie Möwen auf der Sandbank. Vor ihnen radelte Kaja, Sonja bildete die Spitze.

Kling-kling-klingeling.

»Aus dem Weg!« Sonja spreizte die Beine weit vom Fahrrad

ab. Eine Oma am Rollator schrie ihnen »Fußgängerzone!« hinterher und reckte dabei die Faust in die Höhe.

Jenni machte eine entschuldigende Handbewegung, stieg aber nicht ab. »Deshalb wollte ich sie nicht mitnehmen«, sagte sie zu Mo.

»Wartet auf mich!« Kaja trat so fest in die Pedale, dass das kleine Fahrrad hin und her schwankte.

»Gleich fällst du!«, rief Mo.

»Waaas?« Kaja drehte sich um, dabei hielt sie den Lenker zu weit nach rechts.

»Pass auf!«

Sie schaute nach vorne, der Bordstein war direkt vor ihr. Kaja drehte den Lenker mit einem Ruck herum, das Schleudern verstärkte sich. Die Reifen schrammten an der Bordsteinkante entlang und rissen das Fahrrad unter Kajas Körper weg. Sie flog seitlich in die mannshohe Heckenrose, deren Äste unter ihrem Gewicht brechend nachgaben. Das Fahrrad rutschte noch einen halben Meter weiter, bevor es scheppernd zum Halten kam.

Jenni sprang vom Rad, drückte es Mo in die Hand und schaute ins Gebüsch.

In Zeitlupe richtete Kaja ihren Fahrradhelm, und als sie auf ihre zerkratzten Hände sah, füllten sich ihre Augen mit Tränen.

Besorgt drängte Sonja sich vor die Hecke. »Alles in Ordnung? Geht es dir gut?« In ihrer Stimme war deutlich ein Schmunzeln zu hören.

»Neeein«, jaulte Kaja und ließ sich von Jenni aus den Heckenrosen ziehen.

»Sind doch nur ein paar kleine Kratzer.« Tröstend pustete Jenni den Schmerz auf Kajas zerschrammten Händen und dem Gesicht weg, dann konnte sie ihr Lachen nicht mehr unterdrücken. »Das sah so witzig aus.«

»Das tat weh!«, heulte Kaja.

»Du bist gefahren wie der Teufel. Nicht schlecht.« Sonja gab ihr einen Klaps auf die Schulter.

»Gefahren wie der Teufel und gelandet wie ein besoffener Bär«, rief Mo.

Jetzt musste auch Kaja lachen. »Ich bin nicht besoffen.«

»Nein, aber ein Bär bist du schon.« Jenni holte Kajas Rad. Alle Kinder hatten auf dem rosafarbenen Drahtesel, der von Rost und Kratzern überzogen war, fahren gelernt.

Kaja verzog das Gesicht, als ihre Hände den Lenker umschlossen. »Kann ich doch nach Hause fahren?«

»Ein Indianer kennt keinen Schmerz. Fahr einfach nicht so schnell.«

»Ich wollte nur zeigen, dass ich das auch schon kann.«

»Los, du alte Heulsuse«, rief Sonja und reckte die Faust in den Himmel. »Der Stamm der Neumann-Indianer wagt sich nun vor in den Menschenrummel, den sie ›den Ort‹ nennen.«

Grinsend zog Kaja den Schnott hoch.

»Die furchtlose Bärentochter Kaja steigt nach einem gefährlichen Sturz wieder auf ihr Ross und reitet in die Meute hinein.« Sonja senkte die Hand und trat in die Pedale.

»Häuptlingstochter Sonja, auch bekannt als Schleichender Panther, führt den Trupp an.«

»Wohl besser bekannt als Quasselstrippe.«

»Da ist auch schon Jenni, Zorniger Adler. Gefolgt von Mo, Listiger Luchs. Zusammen schlagen wir die Bösen in die Flucht. Aiyaiyai!«

»Ich hoffe, das Gequatsche hört bald auf. Ich will mich nicht vor meinen Freunden blamieren«, sagte Jenni.

»Was für Freunde?«, rief Sonja über die Schulter.

»Du kannst gleich Kaja nehmen und abzischen, wenn du noch mal so frech bist.«

»Ich habe doch gar nichts gesagt«, jammerte Kaja.

»Guck lieber, wo du hinfährst.«

Der Ort war nach diesem sonnenreichen Tag noch voller als sonst. In einer Stunde würden die Ladenbesitzer ihre Kleider, Postkartenständer und Sommerrabattschilder hinter die Eingänge schieben und die Touristen in die Supermärkte und Restaurants strömen. Ein Elektrokarren schunkelte surrend vorbei, das Geräusch wurde von den klirrenden Getränkekisten auf der offenen Ladefläche begleitet.

»Der Panther hat das Ziel gesichtet«, rief Sonja und deutete auf ein Mädchen, das sich die Nase am Schaufenster des Bernsteinstübchens platt drückte.

»Das kannste dir doch eh nicht leisten«, rief Jenni und bremste scharf vor den Treppen des Geschäfts.

Patze zuckte zusammen. »Mann, hast du mich erschreckt!« Sie lief auf ihre Freundin zu.

Vor zwölf Jahren hatten sich Jenni und Patze auf Langeoog kennengelernt, und seitdem hatte es keinen Sommer gegeben, in dem sie sich nicht gesehen hatten. Jenni fragte sich, ob der spärliche Kontakt der Grund dafür war, dass diese Freundschaft ihre beständigste war.

Obwohl Patze nur achtzig Kilometer entfernt in Osnabrück wohnte, trafen sie sich nie auf dem Festland, telefonierten auch nicht miteinander, schickten sich nur gelegentlich Briefe, wenn es etwas Dringendes zu berichten gab. In der Schule wären sie wohl kaum miteinander befreundet gewesen, so unterschiedlich waren sie. Patze genoss es, von einer Schar aus Bekanntschaften umringt zu sein. Sie brauchte Bewunderung und Anerkennung, dabei wirkte ihre Freundlichkeit meist aufgesetzt, zu bemüht. Andererseits schätzte Jenni ihre Loyalität und dass Patze es verstand, aus dem langweiligsten Vorfall ein denkwürdiges Ereignis zu erschaffen.

Die gemeinsame Liebe zu Langeoog hatte ihre Freundschaft vor Jahren zu einer Vertrautheit gefestigt, die auf der Insel stets wiederkehrte; unabhängig davon, wie viel Zeit vergangen war oder wie sehr sie sich verändert hatten. Jeder Sommer begann dort, wo der letzte aufgehört hatte.

»Also, Mädels, was machen wir?«, fragte Mo, als sie ihre Räder abgestellt hatten.

»Ihr glaubt es nicht!« Patzes Stimme war hell, und die Worte sprudelten so schnell aus ihr heraus, als versuchten sie, einander zu überholen. Sie klatschte in die Hände. Ihre langen aschblonden Haare, die sie mit einem grünen Zopfgummi links und einem pinken rechts weit nach oben gebunden hatte, schwangen hin und her. Das Gesicht wurde durch zwei dünne Haarsträhnen eingerahmt und in die Länge gezogen. »Ich habe *total* den süßen Typen kennengelernt.«

»Erzähl!«, forderte Jenni sie begeistert auf.

»Aus dem Schullandheim. Er kommt heute mit Freunden zum Wasserturm.« Patze holte einen lila Lipgloss aus ihrer Hosentasche und zog die bereits glänzenden Lippen nach. »Und er bringt Bier mit.«

»Was ist mit der *Düne 13*?«, fragte Jenni.

»Keine Chance. Wir haben gestern versucht reinzukommen, die kontrollieren die Ausweise. Wer hat schon Lust auf eine Apfelschorle?«

»Ich«, rief Kaja.

Sonja verpasste ihr mit dem Ellenbogen einen Stoß in die Rippen.

»Ich habe sie bis acht am Hals, dann holt Mama sie ab.«

Patze nickte und hakte sich bei Jenni unter, als sie die Straße hinunterliefen. »Die Jungs wollten uns um halb acht am Wasserturm treffen. Ich könnte schon mal vorgehen, und ihr kommt nach.«

»Ein geduldiger Mann würde auch eine halbe Stunde warten«, sagte Mo, die dicht hinter ihnen ging.

»Oh mein Gott, Mo, ich will den ja nicht heiraten.«

»Wir haben ja noch Zeit.« Jennis Augen funkelten. »Wie wäre es mit einer Mutprobe? Schnick-Schnack-Schnuck darum, wer anfängt?«

KAJA sah die blauen Buchstaben, die hoch über dem Eingang an der Backsteinfassade prangten: *Wat Besünners.* Trotz der Hitze kroch ein kalter Schauer über ihre Wirbelsäule und legte sich wie eine eisige Hand um ihren Nacken. Die braune Flügeltür mit dem goldenen Griff stand offen. Von drinnen drangen die Geräusche der Touristen hinaus, die sich durch die engen Gänge schoben. Das Höhlenartige des Ladens passte nicht zu den bunten Schaufeln, Eimern und Keschern, die draußen im Sonnenlicht Spalier standen. Neben der Tür gab es auf jeder Seite ein quadratisches Schaufenster. Von oben bis unten zugestellt, sperrten sie das Sonnenlicht aus. Weißes Ostfriesengeschirr mit blauem Muster reihte sich an Teekannen, Bilder, Dekorationen aus Seilen und Muscheln, daneben stapelten sich Puzzles, Spielzeug, Barbie- und Babyborn-Kartons, dessen Motive von der Sonne ausgebleicht waren und sich nur noch erahnen ließen.

Sie wusste, dass links neben Büchern und Schreibwaren auch Steiff-Tiere zur Schau gestellt waren, aber sie sah nicht dorthin, denn Kaja befürchtete, von deren toten Augen angestarrt zu werden. Manchen von ihnen hing eine Zunge zwischen verbogenen Zähnen aus dem Maul. Spinnweben hatten sich zum Teil um das Fell gelegt, als wollten sie die Tiere im Zaum halten.

Der Laden hätte ein Kinderparadies sein sollen, doch Kaja

hielt sich darin nur mit Unbehagen auf und wich ihrer Familie nie von der Seite. Dabei war es so verlockend. Die bunten Farben und Strukturen riefen förmlich dazu auf, berührt zu werden: Welche Puppe hatte das weichste Haar? Waren die Stacheln des Igels wirklich spitz? Wie glibberig war das Schleimmonster? Kaja wollte die Dinge erforschen, doch sie behielt ihre Hände bei sich, seitdem Jenni letztes Jahr von der Verkäuferin angeschrien worden war, als sie ein Modellflugzeug in den Händen hielt: »Leg das sofort wieder hin! Hier wird *nichts* angefasst!«

Seitdem ging auch Jenni nur noch widerwillig in den Laden. Wenn selbst Kajas älteste Schwester sich nicht traute, wie sollte sie es erst schaffen, dort ganz alleine eine Mutprobe zu bestehen? Andererseits war es ihre Chance zu zeigen, dass sie es verdient hatte, mit den Großen zu spielen.

»Du gehst rein, drehst eine ganze Runde durch den Laden und fasst dabei alles an.«

»Dann musst du zur Kasse gehen und fragen, warum hier alles so teuer ist.«

Kaja schluckte.

»Nein, nein, sie soll fragen, warum ihre Katze so dämlich faucht, wenn man nachts gegen die Tür klopft.«

Kaja blieb fast das Herz stehen.

»Nein, das ist zu gemein.«

»Es heißt ja auch Mutprobe.«

»Selbst du würdest dich das nicht trauen.«

»Klar würde ich, wenn ich müsste.«

Die Stimmen vermengten sich zu einem Gewirr, das vom Rauschen in Kajas Kopf übertönt wurde. Ihre Beine bewegten sich so ferngesteuert wie die Autos im Schaufenster. Sie trat durch die Tür in die Höhle des Feuer speienden Drachen. Nur ein Gedanke trieb sie an: Wenn sie diese Aufgabe bestand, würde keiner mehr sagen: Kaja ist zu klein dafür, Kaja nervt, oder Kaja kann das nicht. Der Geruch von kaltem Zigarettenrauch und zentimeterdickem Staub drang in ihre Nase. Sofort fühlte sie sich erschlagen von der Fülle an Waren. In den Regalen waren bis zur Decke braune Kartons gestapelt, deren handgeschriebene Zettel den Inhalt verrieten. Die oberen Schachteln verbargen sich teils hinter Taschen und Strandtüchern, die an einer Schnur hingen, die einmal ums Innere des Ladens gespannt war.

Neben Schrauben, Nägeln, Farbe und Werkzeug reihten sich die pastellfarbenen Tuben der Kosmetikartikel ein. In der Mitte des schmalen Ladens war ein Tisch aufgebaut, auf dem sich verschiedenes Spielzeug angesammelt hatte und *TKKG*-Kassetten im Drehständer verstaubten. Die gruseligen Steiff-Tiere stapelten sich vor vergilbten Schreibheften und edlen Füllern. Die Atmosphäre erinnerte Kaja an den Dachboden ihrer Oma, auf den sie zwar die Neugier trieb, aber dessen unbekannte Kisten sie nie ganz ohne Furcht durchstöbern konnte. Sie konzentrierte sich auf die Ladentheke, die einmal quer durch den Raum verlief und hinter der Sammlerstücke und Zerbrechliches in deckenhohen Regalen lagerten. Auf der Theke lag ein Sammelsurium aus Druckerpapier, Kalendern und aufgestellten Kinderbüchern, hinter denen die Verkäufer hindurchspähten; für die Kundschaft standen sie halb im Verborgenen, doch ihnen selbst schien nichts zu entgehen.

Der Mann und die Frau sahen einander alles andere als ähnlich, der Mann war klein mit rosigen Wangen und trug eine Nickelbrille. Haare waren nur noch an den Seiten des Kopfes vorhanden. Die Frau hingegen war groß und hager, hatte kurzes dunkelblondes Haar, welches am Ansatz ergraute. Sie behielt mit starren Möwenaugen ihr Revier im Blick, bereit, jederzeit Alarm zu schlagen. Der Mann wirkte verbissen, aber etwas nachgiebiger. Gerade kassierte er ein Memoryspiel ab und beugte sich weit über den Tresen, um dem Jungen das Wechselgeld zu geben, ohne die Bücher umzustoßen.

»Wir haben nur das, was da liegt!«, antwortete die Verkäuferin einem jungen Mann, der sein Baby vor dem Bauch trug. Kaja zuckte zusammen. Schweiß breitete sich auf ihren Handflächen aus. Sie versuchte, tief einzuatmen, doch der Ladengeruch machte es nur noch schlimmer. Schon jetzt stieg ihr die Röte ins Gesicht, als sie auf den Tresen zuschritt. Sie versuchte, nicht an ihre Schwestern zu denken, die sicherlich aufgereiht in der Tür standen und kichernd hineinspähten.

Die Worte ihrer Mutter schossen ihr in den Kopf: »Erwachsen sein ist nicht schön. Da musst du Dinge machen, die du nicht machen willst.« Vielleicht wurde Kaja heute erwachsen, zumindest ein ganzes Stück.

Nur noch wenige Meter trennten sie von dem Mann. Sie sah zu ihm hoch. Er war das kleinere Übel, ihm würde sie es sagen, das mit dem Geld oder der Katze oder beides. Ja, beides! Sie war so weit gekommen, da konnte sie gleich alles sagen. Ihr T-Shirt klebte an Rücken und Brust. Sie presste die Lippen aufeinander. Jetzt! Der Mann drehte sich um, verschwand hinter dem Tresen in einer Tür. Womöglich gab es dort ein Verlies.

Kaja schluckte, jetzt musste sie zu der Frau. Ihre Blicke taxierten unaufhörlich den Laden, sprangen von Kunde zu Kunde, jetzt hatten sie Kaja erreicht.

»Willst du was kaufen?«, fauchte die Frau mit hängenden Mundwinkeln.

»Warum ist Ihre Katze so teuer und alles faucht, wenn man gegen die Tür klopft?!«, stieß Kaja hervor. Ihre Wangen brannten wie Feuer, und ihr Körper war zu einem einzigen starren Brett geworden; aber sie hatte es gesagt und wie sie es gesagt hatte! Hinter dem Tresen beugte sich die Frau wie ein Drache hervor, der seinen Schatz vor einem Eindringling schützen wollte. Das war Kajas Moment, der Überraschungsschlag war ihr gelungen, jetzt konnte sie auch sagen, was ihr auf der Zunge lag. »Und überhaupt sind Sie ganz schön gemein zu Kindern, dann sollten Sie kein Spielzeug verkaufen!«

Sie hörte die Frau lautstark nach Luft schnappen. »Was fällt dir ein?«, donnerte ihre Stimme durch den Laden, brachte Puppen und Kuscheltiere zum Zittern.

Kaja rannte los, ohne zu gucken, ob der Drache bereits Feuer spie oder die wild gewordenen Steiff-Tiere sie verfolgten. Sie quetschte sich an langen Beinen vorbei und sprang aus der Tür auf die Straße.

Ihre Schwestern und Patze hatten Tränen in den Augen vor Lachen.

»Weg hier!«, prustete Mo. Sie liefen die Straße hinunter zum Rathaus, wobei Kaja leicht zurückfiel. War da das Fauchen zu hören? Die Hitze von Feuer zu spüren? Sie bogen beim Rathaus ein und setzten sich grölend auf die Mauer.

»Das war nicht ganz die Aufgabe«, sagte Patze, und Kaja rutschte das Herz in die Hose.

»Lass sie in Ruhe, das war noch viel besser. Meinen Respekt!« Jenni nahm Kaja in den Schwitzkasten und rieb ihr mit der Faust über den Kopf, bis sie quiekte.

»Du hast ganz schön was drauf.« Mo klopfte ihr auf die Schulter.

Kajas Herz schwoll vor Stolz an, bald würde es aus ihrer Brust quellen. Diesen Moment würde sie nie vergessen.

»Wer ist als Nächstes dran?«, fragte Sonja.

»Wie spät ist es denn?« Patzes Blick hing an Sonjas Armbanduhr, die Figuren Flik und Flak deuteten auf die Ziffern.

»Gleich halb acht.«

»Ich gehe schon mal vor zum Wasserturm, ihr beiden kommt

in einer halben Stunde nach?« Patze grinste. »Ich sage nur Johnny Depp.«

Jenni klatschte in die Hände. »Bitte sag jetzt *21 Jump Street* und nicht *Gilbert Grape*!«

Patze nickte vielsagend und zog erneut den Lipgloss nach.

»Kurt Cobain wäre mir lieber«, murrte Mo.

»Du bist ja auch ein Grufti.«

»Wisst ihr, wer süß ist? Nick Carter!«

»Oh, Sonja, mehr Klischee geht wohl nicht.«

»Was denn?«

Kaja wusste, dass sie über Leute redeten, die in Zeitschriften standen – endlich ein Thema, zu dem sie auch etwas sagen konnte: »Ich mag Bummi Bär.«

Stille. Alle Augen waren auf sie gerichtet. Dann brach wieder Gelächter aus, doch es klang anders als zuvor.

Irgendetwas hatte sie falsch gemacht. Sie betrachtete ihre aufgeschürften Handflächen. Ihr großer Triumph und die ganze Anstrengung, die sie unternommen hatte, um ihren Schwestern zu gefallen, waren wieder in Vergessenheit geraten.

MO und Jenni liefen auf die Buchhandlung Krebs zu. Das letzte Geschäft im Ort präsentierte im seitlichen Schaufenster die Kinderbücher – überwiegend Piraten- und Seegeschichten. Dieses Fenster hatte über viele Jahre eine anziehende Wirkung auf Mo ausgeübt, jetzt warf sie im Vorbeigehen nur einen flüchtigen Blick auf die Werke und zog Jenni zur Frontseite des Ladens.

»Nur mal kurz gucken«, sagte Mo.

Auch ohne hinzusehen, wusste sie, dass Jenni die Augen verdrehte. »Wir sind schon spät dran.«

»Das dauert nur eine Minute.« Aufmerksam spähte Mo durch die gläserne Tür. Auf dem Boden waren fächerförmig Taschenbücher und gebundene Ausgaben ausgebreitet, als wären sie selbst zu Fliesen geworden. Jeden Abend ruhten sie vor der Tür. Ihr Blick wanderte über die Titel, über die Bilder, die versuchten, die Stimmung eines ganzen Romans einzufangen.

Jenni ging zurück auf den Weg. »Komm, oder ich gehe ohne dich.«

Mo seufzte und folgte ihr. Die Straße stieg für Inselverhältnisse steil an, links auf der Düne thronte der weiße Wasserturm. Erhaben schaute das achteckige Wahrzeichen Langeoogs auf sein Reich hinab. Über der grünen Tür prangte das blaue Wappen: aufgeschäumte Wellen, darüber flogen Möwen, und zwei rote Segel bäumten sich im Sturm auf. Das Wappen sah so lebendig aus, dass Mo förmlich hörte, wie die Gischt die Rufe der Segler erstickte.

Die Schwestern liefen die rund vierzigstufige Treppe hinauf zum Wasserturm. Die eine Seite bot einen Ausblick aufs Dorf. Auf orangenen, braunen und roten Dächern wuchsen Moosansammlungen wie grüner Schnee, der noch nicht ganz geschmolzen war. Dazwischen spähten die runden Kronen der Bäume hervor, der Rest verborgen hinter Giebel und First. Die Schwestern gingen rechts um den Turm herum. Wieder hielt Mo inne, bewunderte wie jedes Mal den Anblick. Die Dünenlandschaft erstreckte sich in Wellen bis zum Horizont, dahinter war nur ein schmaler Streifen Nordsee sichtbar und darüber der Himmel. Mit weißen Wattefetzen beklebt, wirkte er so nah, als könne Mo die Wolken herunterzupfen.

Jenni zog sie weiter um den Turm herum. Auf einer Bank saßen zwei alte Damen, die mit geschlossenen Augen ihre Gesichter in die Abendsonne reckten. Hinter der nächsten Kurve saß Patze auf der Bank neben einem dunkelhaarigen Jungen, der eine Lederjacke trug. Beide schauten amüsiert auf die Dünen.

»Was gibt's denn zu sehen?«, fragte Jenni.

Patze blickte kurz auf und winkte die beiden näher zu sich heran. »Die haben wohl eine tote Möwe entdeckt.«

Mo ging näher an den Draht heran, der die Plattform umzäunte. Dahinter hockten zwei Jungen in den Dünen, die mit Stöcken auf den leblosen Körper einstachen.

»Ich habe mein Messer dabei, wollen wir sie aufschneiden?«, fragte der sommersprossige Junge aufgeregt. Seine dunkelblonden Haare hatte er mit viel Gel zu kleinen Stacheln gestylt. Er war doppelt so breit wie sein schwarzhaariger Kumpel, auf dessen Oberlippe sich bereits ein leichter Flaum abzeichnete. Mo schätzte, dass die Jungs jünger waren als sie, vielleicht dreizehn, vierzehn Jahre alt. In Sachen Kleidung schienen sie sich einig zu sein: Beide trugen zu große T-Shirts, die um ihre Baggy Pants schlabberten.

»Schon mal was von Totenruhe gehört?«, fragte Mo angriffslustig.

Der Blonde drehte sich um. »Was willst du denn?«

Mo zog an ihrer Tattookette und ließ sie zurück an ihren Hals schnellen. Diesen Kindern war sie keine Antwort schuldig. Sie drehte sich auf dem Absatz um, ging zurück zur Bank und setzte sich den dreien gegenüber auf die warmen Pflastersteine. Hoffentlich gab es wirklich Bier, ansonsten konnte sie auch zurückgehen und am Neumann'schen Spieleabend teilnehmen – der war weniger albern.

»Das ist Alex«, sagte Patze und berührte den braunhaarigen Jungen am Arm.

Alex nickte ihr zu. »Die Spacken da drüben sind mein Cousin Julian und sein Kumpel Hakan.« Er griff in seine Jackentasche und holte eine Schachtel Zigaretten heraus. »Wollt ihr?«

Mo verschränkte die Arme vor der Brust. Wann würde es endlich uncool werden zu stinken? Schon bei dem Gedanken an Rauch im Mund wurde ihr schlecht.

»Ich nehme eine.« Jenni schüttelte sich ungeschickt ein paar Zigaretten in die Hand. Sie nahm eine und stopfte den Rest zurück in die Schachtel.

Alex nahm die Packung zurück, klopfte mit dem Finger gegen den Boden, und eine einzelne Kippe sprang hervor. Er steckte sie lässig zwischen die Lippen und zog das Feuerzeug heraus.

»Habt ihr was zu trinken, oder könnt ihr nur quarzen?«, fragte Mo.

Alex holte unter der Bank eine Flasche Orangensaft hervor. »Russen-Mische«, nuschelte er mit der Zigarette im Mund.

Neugierig schraubte Mo den Deckel ab, ein künstlicher Orangengeruch stieg ihr in die Nase. Sie setzte die Flasche an. Der Saft kratzte in ihrer Kehle, aber es war nicht so schlimm, wie sie gedacht hatte. Eigentlich schmeckte es ganz lecker.

»Nicht so hastig, du bist erst fünfzehn«, sagte Jenni. »Seit wann trinkst du überhaupt Hart-Alk?«

»Seitdem du rauchst.« War ja klar, dass Jenni jetzt wieder ihr Alter raushängen lassen musste; nur um vor den anderen cooler dazustehen.

»Hast du Feuer?« Jenni streckte die Hand aus.

»Komm her, ich zünd sie dir an«, forderte Alex sie auf.

»Sie ist wohl in der Lage, ein Feuerzeug zu bedienen«, motzte Mo, bevor Jenni antworten konnte.

»Meine kannst du anzünden.« Mit einem süffisanten Lächeln beugte Patze sich zu Alex herüber – wie sie sich anbiederte!

Als er am Rad des Feuerzeugs drehte, sah er ihr in die Augen. Die Flamme hüpfte auf und brachte knisternd den Tabak zum Glühen. Dann warf Alex Jenni das Feuerzeug in den Schoß.

Hinter sich hörte Mo Stimmen und verdrehte die Augen, als die beiden Jungs über den Draht stiegen und auf sie zueilten.

»Die Möwe hat schon voll gerochen.«

»Hakan hat sie sogar angefasst.«

Provozierend streckte Hakan den Zeigefinger aus und strich damit Julian über die sommersprossige Wange.

»Bah, das ist voll eklig.«

»Eklig? Du hast ihr mit dem Stock das Auge ausgestochen.«

Julian zuckte die Schultern. »Wollte halt mal wissen, wie das von innen aussieht.«

»Und war ihr Hirn größer als deins?« Mo setzte die Flasche wieder an. Sie bemerkte, dass Alex sie grinsend musterte, und musste sich eingestehen, dass seine Augen eine anziehende Wirkung besaßen, selbst wenn sie seine draufgängerische Art nicht ausstehen konnte. Die braune Iris hatte einen Bernsteinschimmer, und wenn er lachte, wurden die Augen zu schmalen Schlitzen, die von seinen dichten Wimpern betont wurden. Seine markante Nase passte zu den scharfkantigen Kinn- und Wangenknochen. Sein dichtes Haar stand vom Meersalz in alle Richtungen ab. Mit der Lederjacke (die definitiv zu warm für den Abend war) und den zerrissenen Jeans hatte er in der Tat Ähnlichkeit mit Johnny Depp. Nur gab er sich zu viel Mühe, heruntergerockt auszusehen, mit Sicherheit spielte er höchstens Blockflöte – wenn überhaupt.

»Woher kommt ihr?«, fragte er.

»Detmold«, antwortete Mo.

Er nickte. »Aus unserer Nähe. Wir kommen aus Paderborn. Meine Mutter betreut hier im Schullandheim Feriengruppen. Aber wir können mit, ohne den Kinderkram zu machen.«

»Wie lange bleibt ihr?«, fragte Jenni.

»Noch bis nächste Woche Samstag.«

»Cool, wir bis Sonntag.« Sie strich sich die Haare hinters Ohr, nur um sie gleich wieder hervorzuholen, als wolle sie damit einen Makel bedecken.

»Schluss mit dem Gequatsche.« Patze klatschte in die Hände.

Von der Zigarette zwischen ihren Fingern rieselte Asche auf ihre Sandalen. »Wie wäre es mit einem Spiel?« Mit spitzen Fingern schob sie Alex' Ärmel hoch und sah auf seine Armbanduhr. »Wenn wir uns beeilen, schaffen wir es noch in den Supermarkt.«

»Was denn für ein Spiel?«, fragte Hakan.

»Kennt ihr Kirschen küssen?«

2018

JENNI steht vor dem Spiegel und hält sich das schwarze Kleid vor den Körper. Hinter dem taillierten Schnitt schaut ihr Strickpullover hervor. Sie hat es zu der Beerdigung ihres Vaters vor drei Jahren getragen und seitdem nicht mehr angezogen, weil Tod und Abschied daran haften. Sie sieht die kleine Kapelle vor sich, in der sich einige wenige Nachbarn und ein paar Freunde aus der Kindheit eingefunden hatten. Ihre Mutter hatte stumm ins Taschentuch geweint, obwohl die Scheidung schon Jahre her war. Jenni hatte sie um ihre ehrliche Trauer beneidet, sicherlich hatte ihre Mutter auch Bedauern gefühlt, aber keine Wut. Die Wut hatte sie ihrer Tochter überlassen, und die frisst sich seit Jahrzehnten durch Jennis Inneres.

Jenni wirft das Kleid aufs Bett. Ob sie überhaupt noch hineinpasst? Sie beginnt, in die Breite zu gehen, anders als ihre Mutter, die trotz ihrer vier Kinder immer schlank geblieben war. Es ist das einzige schwarze Kleid, das Jenni besitzt. Und wozu ein neues kaufen, nur damit sich daran eine weitere Erinnerung festsetzt, vom Sterben der Familie?

Jenni betrachtet sich selbst ausdruckslos. Sie ist eine Frau, die höchstens durch ihre etwas über dem Durchschnitt liegende Größe auffällt. Sie trägt ihr dunkelblondes Haar meist in einem im Nacken sitzenden Pferdeschwanz. Ihre Oberteile sind einfarbig, figurbetont, aber unaufgeregt geschnitten, dazu trägt sie Jeggings in Schwarz oder Blau mit Sneakern oder Stiefeletten im Winter. Sie mag es, in der Menge unterzugehen, als wäre sie unsichtbar.

Jenni tritt näher an den Spiegel heran und sieht sich selbst tief in die Augen. Ihre langen Wimpern verzeihen dem ansonsten unscheinbaren Gesicht, dass es ohne Make-up auskommen muss. Sie sieht das Blau ihrer Iris, nicht so eisig wie das ihrer Mutter, eher etwas schmutzig, mit grünen und braunen Schatten wie die Nordsee. Die Lider beginnen, sich zu senken, und um die Augenwinkel haben sich kleine Fältchen gelegt. Zwischen den dunklen, breiten Augenbrauen ist eine große Falte zu erkennen. Sie ist kein Zeichen des Alters, schon in der Kindheit trat sie beim Lesen hervor und in der Teeniezeit, wenn sie zornig war. Doch jetzt zeichnet sie sich auch im reglosen Gesicht ab.

Auf ihrer Haut hat sie in den letzten Jahren kleine Muttermale bekommen, nicht viele, zwei auf der Schläfe, eins unter dem Auge und ein ganz zartes, fast wie eine Sommersprosse, sitzt über der Oberlippe.

Sie hört das scheue Lachen eines Jungen und fühlt einen warmen Atemhauch, der ihre Wange streift. Jenni schließt die Augen. Wie lebendig manche Erinnerungen sind, wie tief gespeichert in der Seele, dass sie immer noch hervorkommen und nicht nur Bilder sind, sondern Sinneseindrücke und Gefühle.

Jenni schämt sich, dass sie über so viele Menschen nachdenkt, dabei sollte ihre ganze Aufmerksamkeit ihrer Mutter gelten. Ihre Schönheit rührte von der Offenheit ihrer Persönlichkeit her. Wenn sie auf Menschen zuging, zog ihre Mutter sie sofort in ihren Bann. Sie lachte viel und laut und war voller Liebe für ihre Kinder. Eine Liebe, die Jenni in dieser Intensität nicht erwidern konnte, aber vielleicht lieben Kinder ihre Mütter immer etwas weniger.

Jenni zieht die Haut nach hinten, ihre Augen werden schmal,

und die Wangenknochen treten hervor. Ist sie schön? Sie denkt eigentlich nicht darüber nach. Die Jugend ist schon lange verblasst, aber noch fehlen ihr zwei Jahre vor der vierten Null. Sie mag das Altern, es ist, als würde sie mit jedem Jahr mehr in sich hineinwachsen, und gleichzeitig hat sie das Gefühl, sich immer mehr von dem Kind zu entfernen, das sie einst gewesen ist. David hat ein lautes inneres Kind, das täglich zum Vorschein kommt. Er nimmt die Dinge nicht allzu ernst, folgt seinen Impulsen, nicht dem Kopf. Jenni hingegen hat die Kindheit abgestreift, und mit den Jahren wächst ihre Gleichgültigkeit. Sollen sie doch reden über ihren Bauch und den Hüftspeck, der in dem schwarzen Kleid zu sehen sein wird. Ihre Schwestern können an die Lästereien anknüpfen, mit denen sie auf ihrer Abwesenheit bei der Trauerfeier mit Sicherheit begonnen haben: Jenni ist zu feige und zu kaltherzig, um an der Zeremonie teilzunehmen.

Dabei ist es die Farce, die sie nicht erträgt. Bei ihrem Vater hat sie noch mitgespielt, aber ein zweites Mal hält sie das Schauspiel nicht aus: der Gott, zu dem gebetet wird, an den sie nicht glaubt und dem auch ihre Mutter nur an Weihnachten mit schwachem Glauben gehuldigt hat. Der Pastor, den sie noch vom Konfirmationsunterricht kennt, spricht über ihre Mutter, als habe er sie tatsächlich gekannt, erzählt Anekdoten, die ihm zugeflüstert wurden und die er und der Großteil der Anwesenden nicht verstehen. Und es sind nur die guten Geschichten, die erzählt werden – Lobpreisungen, die der Wahrheit nicht gerecht werden. Es wird geheuchelt, weil Tote sich nicht verteidigen können, doch verneigen können sie sich auch nicht.

Vor allem aber sind es die Leute, die zusammenkommen, die alle ihre Mutter ach so gut kannten, und sie stehen da und schütteln ihr die Hände mit diesem aufgesetzten Hundeblick und schlagen sich anschließend lachend die Bäuche voll, nur um im Auto darüber zu reden, dass die Schnittchen zu trocken waren und der Käse zu fad, und überhaupt hat es keinen Kuchen gegeben.

Jenni ist nicht zur Trauerfeier gekommen, weil sie sich das Bild ihrer Mutter bewahren wollte, mit ihren eigenen Geschichten. Jenni ist an dem Tag zum Weißensee gegangen, und am späten Herbstabend, als niemand am Ufer stand, stieg sie ins eisige Wasser und tauchte unter. In der Stille und der Dunkelheit war sie ihrer Mutter ganz nah; all ihre Gedanken waren bei der Frau, die Jenni das Leben geschenkt hatte: bei all den Vorwürfen und Streitereien, all der Unterstützung und Zuneigung. In dem Element, das ihre Mutter so sehr geliebt hatte, sammelte Jenni all die Liebe, die sie empfand, formte sie groß und voll und schickte sie an den Ort, wo die Seele ihrer Mutter ruhte, bis Jennis Körper sie zwang, wieder Luft zu holen.

Sie liebt diese Frau und all die Eigenschaften, die sich in Jenni wiederfinden. Trotz allem.

KAJA sieht die Zeilen verschwimmen. Sie horcht in sich hinein, welche Formulierung besser klingt, aber wenn sie die eine ändert, passen die Zeilen nicht mehr in den Drucksatz, dann muss irgendwo anders wieder gekürzt werden. Was hinter ihrer Arbeit steckt, sieht keiner. Die Leser werden nicht darüber nachdenken, dass in der Theaterkritik von *Anatevka* »wohltuend unsentimental« knackiger geklungen hätte als »nicht rührselig«, doch dann wären die Zeilen so sehr verrutscht, dass in den Absätzen Schusterjungen und Hurenkinder entstanden wären. Die Leser werden den Artikel vielleicht auch nur überfliegen oder vorbeiblättern, in den Kaja ihr Herzblut gesteckt hat, und doch kann sie ihren Perfektionismus nicht ausschalten.

»Kaja, machst du noch die Infobox zur Jobmesse, wenn du fertig bist?«

»Ich bin eigentlich gar nicht hier.« Sie sieht ihren Kollegen Hauser streng an. Kaja hat heute frei und ist nur in die Redaktion gefahren, um ihrer Kollegin auszuhelfen, die einen Haufen Notizen zurückgelassen hat. Deshalb schreibt Kaja nun einen Artikel, über ein Stück, das sie selbst nicht gesehen hat. Die Handschrift ihrer Kollegin ist krakelig, sie nutzt das linierte Blatt mehr als groben Vorschlag: eingeschobene Sätze, Pfeile, eigene Abkürzungen, Sternchen – das alles schafft Zusammenhänge, die Kaja nicht versteht. Doch in ihrem Beruf ist sie daran gewöhnt, wie ein Profi zu klingen, auch wenn sie selbst nur die groben Hintergründe kennt. So ist das in der Lokalredaktion: Man muss Experte sein für alles.

»In zwanzig Minuten muss alles in den Druck, also beeil dich bitte.«

Kaja schlägt mit der Hand auf den Tisch.

Hauser zuckt zusammen, verschränkt dann aber lässig die Arme vor der Brust. »Stell dich nicht so an, wenn du einen familiären Notfall hättest, würde auch jemand für dich einspringen.«

Kaja springt auf. »Ich *habe* einen familiären Notfall!«

Unbeeindruckt sieht er sie an.

»Ich hatte zwei Jahre lang einen und habe es trotzdem geschafft zur Arbeit zu kommen. Dann müssen eben mehr Leute eingestellt werden!«, ruft sie.

»Was regst du dich auf? Wir sind nicht erst seit gestern unterbesetzt. Mach die Infobox, und du kannst gehen.«

Sein selbstgefälliges Grinsen kann er sich sonst wohin stecken. Kaja tippt die letzte Formulierung, und während sie schreibt, sieht sie aus den Augenwinkeln, wie sich Hauser umdreht. »Geht doch.«

Kaja klickt auf Speichern, packt ihre Sachen und stapft auf dem Flur an ihm vorbei. »Die Infobox kannst du selbst machen. Ich habe frei.«

Sie nimmt die Treppe, und im Laufen löst sich die Anspannung langsam. Vor ein paar Stunden war sie noch froh über die Anfrage, die das Kofferpacken und ewige Nachdenken unterbrochen hat. Doch je länger sie es aufschiebt, desto stressiger wird der Abend werden. Viel Zeit bleibt ihr nicht mehr, morgen wird sie das Vormittagsschiff nehmen. Sonja hat ihr geschrieben, dass sie auch nichts von Jenni gehört hat. Aber wenn sie zur Trauerfeier nicht gekommen ist, wird sie wohl kaum zur Beerdigung gehen.

Wie immer, wenn es um ihre Familie geht, steigt die altbekannte Wut in ihr auf, sie spürt Machtlosigkeit, fühlt sich wie so oft ungehört und ungesehen. Ihr inneres Kind schiebt die Unterlippe vor und verschränkt trotzig die Arme. Keiner liebt mich, sagt es und meint: Keiner liebt dich – nein, jetzt nicht in die Opferrolle verfallen.

Einem Impuls folgend, beginnt Kaja zu rennen. In der Ferne, über den gezackten Kronen des Teutoburger Walds, blinkt der Bielstein, und die schwarzen Umrisse der Sparrenburg ragen über Bielefeld auf. Sie biegt ab, läuft an der stark befahrenen Hauptstraße entlang, unter Laternenlicht hindurch, vorbei an der Bushaltestelle mit erotischer Parfumwerbung, sie rennt durch eine Gruppe Jugendlicher, die im Kreis stehen und aufs Leben warten, und weiter über die kleinen Ausläufe der Lutter. Die Luft dringt tief in ihre Lungen, der kalte Smog und all die Lichter und Gerüche der Großstadt lösen endlich den Druck.

Völlig außer Atem steht sie vor der Haustür in der Wohnanlage und kramt in ihrer Tasche. Sie versucht, sich zu konzentrieren und ihren Puls zu beruhigen. Falls Lou doch noch da sein sollte, will sie keine Fragen beantworten, und so wartet sie noch ein paar Minuten im schwachen Licht des Bewegungsmelders, bis sie die Haustür öffnet, in den ersten Stock geht und die Wohnungstür aufschließt.

Auf dem kleinen Esstisch, an dem zwei Stühle stehen, prangt ein großer Blumenstrauß. Vier Sonnenblumen leuchten im orangenen Licht der Küchenzeile, eingerahmt von verschiedenen Gräsern, Halmen und Blättern. Darunter liegt ein Zettel:

Ich bin bei dir, Lou.

Kaja lächelt und fühlt, wie die Liebe ihr Herz erweicht. Lou ist ihr in den letzten beiden Jahren eine große Stütze gewesen, auch als Kaja während der letzten Monate zu ihrer Mutter gezogen ist, die langsam vom Krebs besiegt wurde. Sie hat mitbekommen, wie sich Kaja abends in den Schlaf weinte oder sich morgens weigerte aufzustehen. Lou hat bei der Trauerfeier in der Kirche ihre Hand gehalten. Sie war ihre erste richtige Liebe, nicht nur eine für Sommertage, eine, die blieb.

Ihre Freundin stammt aus einer Familie, in der die Geschwister und Cousinen zum Studieren fortgehen, aber alle wiederkehren. Im Sommer wird jedes zweite Wochenende zusammen gegrillt, und im Winter gibt es jeden Sonntag Kuchen bei ihrer Oma. Und Kaja wurde zu einem Teil dieser Familie, in der die Angehörigen mehr sind als nur eine durch die Geburt festgelegte Gemeinschaft. Und obwohl dieses Modell von Kajas eigenem Familienleben abweicht, hatte Lou Verständnis, als Kaja sagte, sie würde alleine zur Beerdigung fahren.

»Langeoog war immer der Ort unserer Familie, und auch wenn ich dich gerne dabeihätte, fühlt es sich nicht richtig an. Ich brauche das, meinen Schwestern dort alleine zu begegnen.«

»Und wenn sie ihre Partner mitbringen?«, fragte Lou. »Ich will nicht, dass du dich alleine gelassen fühlst.«

»Das tue ich nicht.«

Lou nickte und umarmte sie lange, bis die Anspannung von Kaja abfiel. Ihre Freundin kannte die Gründe nicht, aus denen sich die Schwestern entfremdet hatten. Anfangs hatte sie ein paarmal danach gefragt, und zweimal war Kaja kurz davor gewesen, es ihr zu erzählen, doch es ist ein Geheimnis, das das Leben unvermeidbar vergiftet, sobald man es ausspricht – und so verwahrt Kaja es tief in ihrem Inneren. Ohnehin war sie damals zu jung, um alles zu verstehen, und ihre Schwestern haben ihre Fragen zu den Geschehnissen nie beantwortet. Es ist, als hätte es diesen Sommer nie gegeben, obwohl nach drei Wochen Inselurlaub ihr ganzer Familienalltag auf dem Festland ein anderer geworden war, und niemand bereute es laut.

Kaja streicht über die Blüten der Sonnenblumen, das helle Gelb setzt sich von ihrer olivfarbenen Haut ab. Hoffentlich wird der Blumenstrauß ihre Abwesenheit überstehen. Im Schlafzimmer steht ihr halb gepackter Reiserucksack, und oben auf der Kommode liegt in einer smaragdgrünen Urne die Asche ihrer Mutter. Sie berührt den kalten Marmor, fühlt die glatte Struktur. Seit drei Wochen sind die Überreste ihrer Mutter in dem Gefäß. Die Bürokratie hat sich hingezogen, und Kaja ist froh darüber. Eine fehlende Beerdigung bedeutet, dass es noch nicht abgeschlossen ist, der Abschied noch nicht vollzogen. Dabei ist ihre Mutter nicht mehr hier. Kann auf die Fragen, die Kaja in ihren Gebeten stellt, nicht antworten, ihr keine Ratschläge mehr geben. So muss Kaja sich die Frage selbst beantworten, wieso es der letzte Wille ihrer Mutter war, auf Langeoog beerdigt zu werden. Vielleicht war es ihre mütterliche Gerissenheit, mit der sie so ihre Kinder wieder einander näherbrachte und sie gleichzeitig auf die Insel führte: Erinnert euch, wie glücklich wir hier waren. Ihre Mutter hat es geschafft, den letzten Urlaub auszublenden und nur an die guten Jahre zu denken, während die Geschehnisse ihre Töchter nie losgelassen hatten. Wäre ihr Wunsch ein anderer gewesen, wenn sie gewusst hätte, was ihre Töchter dort getan hatten?

In zwei Tagen wird ihre Mutter für die Ewigkeit begraben sein – auf der Insel fürs Leben, wie der Slogan besagt, und die nun für immer mit dem Tod verbunden ist.

Kaja legt die Urne in einen Karton und stopft ihn mit Zeitungspapier aus. Sie schreibt Lou: *Danke für den Strauß. Ich melde mich, wenn ich wieder da bin. Ich liebe dich.* Dann löscht sie den letzten Satz wieder. So wie er dort prangt, ist er kitschig und aufgeblasen wie eine Valentinskarte, die man kauft, weil der Tag es vorschreibt. Worte gehören zu ihrem Beruf, doch privat fällt es ihr schwer, sie richtig einzusetzen. Es ist leichter, ihre Gefühle zu zeigen und in Zärtlichkeiten und Gesten auszudrücken. Den letzten Satz ersetzt sie durch: *Ich bin dankbar für dich.*

Kaja geht in die Küche, schmiert sich ein Käsebrot und streut frische Kresse darüber. Es schmeckt nach zu Hause. Da fällt ihr wieder ein, dass sie ihre Mutter nicht nach dem Hühnersuppenrezept gefragt hat und nach dem für den Sanddornkuchen. Während der letzten drei Wochen sind ihr ständig Dinge eingefallen, die sie ihre Mutter nicht mehr fragen kann. Rezepte wären einfach gewesen, aber andere, persönlichere Fragen waren schwer zu stellen. Was Kaja für immer verborgen bleiben wird, ist, wie ihre Mutter als Kind gewesen ist. Mit welchen Träumen und Idealen sie sich identifiziert hat, die im Erwachsenenalter auf der Strecke geblieben sind.

Ihre Mutter wird nicht sehen, wie Kaja heiratet, wie sie irgendwann ihre Kinder großzieht. Ihr ist es verwehrt geblieben, Großmutter zu werden, genau wie Kajas Vater, Großvater zu sein. Sie selbst ist nun Vollwaise mit sechsundzwanzig Jahren – ein Gefühl, als würde sie schweben. Und jetzt ist es so leicht, bei Sturm die Richtung zu ändern, machtlos in alle Himmelsrichtungen getrieben zu werden. Sie hat Lou und die Arbeit, dafür ist sie dankbar, denn sie halten sie meist auf dem Boden. Auch ihr kleiner, aber sehr enger Freundeskreis hat zu ihr gestanden, aber sie alle kennen ihre Vergangenheit nicht. Ihre Wurzeln werden morgen beerdigt, und die, die noch leben und eine Verbindung dazu herstellen könnten, gehen ihr aus dem Weg. Wie viel Zeit hat sie damit verschwendet zu versuchen, ihren Schwestern nach deren Auszug nahe zu bleiben? Ihnen zu schreiben, sie anzurufen, sie einzuladen? Für sie waren es nur obligatorische Besuche bei der kranken Mutter, und Kaja war dann eben auch anwesend. An ihr hatten sie kein wirkliches Interesse. Und irgendwann reicht die Kraft nicht mehr aus, um daran zu glauben, dass eine Annäherung möglich ist.

Es gab einmal eine Zeit, da waren ihre Schwestern ihre besten Freundinnen, vor ihnen musste sie sich nie verstellen. Sie konnten jeden Blick deuten und wussten, welche Gefühle sich dahinter verbargen, in einer Klarheit, die ihren Eltern immer verwehrt geblieben war. Und diese Mädchen sind zu völlig fremden Frauen geworden.

Kauend geht sie zur Küchentür und betrachtet die Fotos daran: Partybilder aus der Volontariatszeit, von ihren Schulfreunden, Bilder von ihr und Lou, und rechts, etwas am Rand, so dass man sich leicht bücken muss, um es zu betrachten, klebt ein Foto, das sie mit ihren Schwestern am Strand zeigt.

Kaja trägt einen gelben Sonnenhut und hat eine Schaufel in der Hand. Vor ihr sitzt grinsend Sonja, die Hände ausgebreitet, nimmt sie den Sand entgegen, den Kaja hineinschüttet. Mo liegt ausgestreckt daneben und liest in einem dicken Buch, etwas abseits ruht Jenni aufrecht im Schneidersitz, die Kopfhörer ihres Walkmans auf den Ohren und das Gerät selbst in einen Gefrierbeutel eingewickelt, der es vor dem Sand schützen soll. Sie wendet dem Fotografen den Rücken zu und schaut zum Meer, das weit von ihnen entfernt liegt. Es ist das einzige Bild ihrer Schwestern, das sie aufgehängt hat, auch wenn viele noch in den Schubladen liegen. Dieses zeigt, wie es einmal gewesen ist, und gleichzeitig ist es alt genug, dass es nur an die guten Zeiten auf Langeoog erinnert.

MO wirft den Schlüsselbund in die Schale auf dem Beistelltisch. Ohne den Mantel auszuziehen, hetzt sie in die Küche. »Ich weiß, mein Schatz, es ist wieder spät geworden im Büro.«

Murkel, ihr weißer Kater, streicht um ihre Beine und hinterlässt eine Spur aus feinen Haaren auf ihrer schwarzen Jeans.

»Ich muss dich leider schon wieder alleine lassen. Vishal wartet auf mich. Aber ich versuche, nicht zu lange zu bleiben. Ich bin schneller wieder da, als du miau sagen kannst.« Sie stellt Murkel die Schale mit Trockenfutter hin. Die Monologe sind längst zur Normalität geworden. Es ist ihr völlig gleichgültig, dass er keine Antwort gibt. Hauptsache, da sind zwei Augen, die sie ansehen, und manches Mal ein verständnisvolles Schnurren. Amüsiert betrachtet sie seinen prüfenden Blick, mit dem er wie immer das Essen inspiziert, bevor er es mit großen Bissen verschlingt.

Sie sieht auf die Uhr: Es ist bereits nach sieben. Mo schenkt sich einen Whiskey ein und prostet Murkel stumm zu, bevor sie ihn auf ex austrinkt. Das Brennen tut gut, weckt sie kurzweilig auf.

Dann eilt sie ins Schlafzimmer, ihr Chef hat sie wieder nicht gehen lassen. Er hat Mo gerne um sich, und normalerweise kann sie mit dem schmalen Grat zwischen Belästigung und Flirt umgehen; sie ist gut darin, Männer höflich, aber bestimmt in ihre Schranken zu weisen. Bei Herrn Schmidt beißt sie jedoch auf Granit. Anstatt auf Abstand zu gehen, werden seine Anspielungen direkter, und seine Hand findet immer öfter, wie beiläufig, den Weg zu ihrem Rücken oder auch gelegentlich zu ihrem Bein.

Inzwischen reißen die Kollegen aus der Kanzlei darüber schon ihre Witze – die Gehilfin und der Anwalt. Mo kann schon lange nicht mehr darüber lachen. Sie fühlt sich unbehaglich, vor allem wenn sie so spät noch alleine mit ihm im Gebäude ist –

Tür an Tür. Ständig steckt er den Kopf in ihr Büro, um sich nach einer Nichtigkeit zu erkundigen.

Es ist Zeit für einen Urlaub, denkt Mo, als sie vor dem Spiegel dunkelgrauen Lidschatten aufträgt und Kajal, den sie mit dem Finger verwischt – in ihrem Haus ist alles reinlich, nur bei ihrem Aussehen erschafft sie Unvollkommenheit. Sie wirft den Mantel aufs Bett, tauscht ihre Bluse gegen ein schwarzes Top aus und wirft sich eine dünne Bomberjacke über. Es ist das Beste vom Tag, die adrette Hülle abzulegen und wieder in ihre Haut zu schlüpfen. Die Jeans behält sie an. Im Gehen streift sie den Mantel wieder über, er hat die Wärme ihrer Haut noch gespeichert.

»Murkel, ich werde gegen zehn wieder da sein. Nicht später als elf.«

Der Kater miaut und läuft – die Schale ist noch halb gefüllt – in den Flur, als er sieht, wie Mo sich die Schlüssel greift.

»Bis später.« Sie lächelt ihn an.

Trotzig blickt er zurück, springt dann mit einem gekonnten Satz auf die Kommode und landet mit einem weiteren lautlos auf der Hutablage der Garderobe. Zwei Briefe klatschen auf die weißen Fliesen, und der Kater blickt ihnen gleichgültig nach.

»Du bist ein Miesepeter. Glaub mir, ich würde auch gerne auf dem Sofa liegen und mit dir kuscheln.«

Mo wendet sich wieder zur Tür, greift nach der Klinke und erstarrt, als das Metall ihre Haut berührt. Wenn sie die Briefe aufhebt, muss sie sie öffnen, und sind es Rechnungen, müssen sie direkt beglichen werden. Deshalb hat sie ihre Putzfrau beauftragt, die Briefe immer oben auf die Hutablage zu legen, wo Mo sie nicht gleich sieht und so ihren Zwängen nicht sofort nachkommen kann. Lass sie einfach auf dem Boden liegen, sagt sie sich. Vishal wartet. Aber sie gehören nicht auf den Boden. Sie gehören geöffnet.

Das Gesicht noch immer zur Tür gerichtet, krallt sie ihre Zehen in die Bikerboots, bis ihre Muskeln verkrampfen. Lass sie liegen, heb sie später auf. Ihr Zeigefinger berührt ihre Lippen, sie knabbert an dem kurzen Nagel. Wenn du jetzt gehst, passiert etwas Schlimmes. Ein Auto überfährt dich. Ein Mann überfällt dich.

Mo lässt die Klinke los und bückt sich nach der Post, kurz erscheint ihr müdes Spiegelbild auf dem glänzenden Marmorimitat. Das erste Schreiben stammt von Vodafone. Als sie das zweite umdreht, sieht sie den feinen schwarzen Rand, der einmal um den Umschlag verläuft. Er warnt den Empfänger bereits, dass dieser Brief nicht mit freudiger Neugier, sondern mit angemessener Bestürzung zu öffnen ist.

Murkel springt auf ihre Schulter, als wolle er mitlesen. Natürlich schickt Kaja noch eine offizielle Danksagung. Auf der schlichten, in der Mitte gefalteten Karte mit einer Fotografie vom Sonnenuntergang am Meer stehen die Geburts- und Todesdaten ihrer Mutter. Unter dem obligatorischen Dankestext für die Spenden ans Hospiz stehen die Namen aller Schwestern. Wie komisch, sie so dicht beieinander zu sehen. Mo wirft die Karte in die Box mit den persönlichen Briefen und die Handywerbung in den Mülleimer, dann zieht sie die Tür hinter sich zu.

Schnellen Schrittes läuft sie los, wobei ihr silberblonder Pagenschnitt hin und her wippt. Immer mal wieder wollte sie sich das Haar färben, jetzt ist sie froh darüber, es nie getan zu haben. So trägt sie mit Stolz die gleiche Haarfarbe wie ihre Mutter. Diese wollte Mo eigentlich noch in Bremen besuchen kommen. Erst zweimal war sie auf dem Freimarkt gewesen, da hatten sie gemeinsam auf dem Riesenrad gesessen und den Blick über die bunten Lichter und die lärmende Kirmes schweifen lassen. Sie hatten Champignons in Knoblauchsoße gegessen und Glühwein mit Schuss getrunken. Es hatte Mo an die Andreasmesse erinnert, die Kirmes ihrer Heimatstadt. Nach Detmold strömten nicht die Menschenmassen wie nach Bremen, da kannte man einander aus der Schule oder vom Sport oder weil es Freunde der Familie waren. Ohne Eltern über den Kronenplatz zu laufen, lässig am Autoscooter zu stehen – zu cool, um damit zu fahren –, war das erste Gefühl von Unabhängigkeit gewesen. Es folgten die Jahre, wo sie die Karussells gegen Bierbuden eintauschten, und schließlich die Zeit, in der sie wieder gemeinsam mit den Eltern über die Kirmes liefen. Der Vormund war zum Freund geworden. Doch diese letzte Zeit mit ihrer Mutter ist viel zu kurz gewesen. Und vor drei Wochen ist ihre Mutter gestorben, und es kommt ihr vor wie gestern. Manchmal ist der Schmerz ganz frisch, und dann fühlt er sich wieder taub und vernarbt an – da kommt kein Gefühl, keine Erinnerung mehr durch.

Es gibt so vieles, was Mo ihr noch gerne in Bremen gezeigt hätte. Sie geht weiter über die Bürgermeister-Smidt-Brücke. Schwarz liegt die Weser vor ihr, im Wasser spiegeln sich die bunten Lichter der Restaurantschiffe, die ihre Masten stolz in den Himmel recken. Auf der Mitte der Brücke, dort, wo Gebäude den Wind nicht abschirmen, weht er stark und kalt. Mo hält inne, um die Atmosphäre in sich aufzunehmen. Sie kann nicht über die Brücke laufen, ohne die Gedanken an das Wasser zu richten und sich dessen Schönheit bewusst zu sein.

Vishal hat mal gesagt, dass nur echte Bremer bei jedem Gang über die Weser pausieren. Er ist ein Patriot dieser Stadt, und seine Begeisterungsfähigkeit hat sie damals so fasziniert. Aber wo die Liebe wie ein Blitz einschlägt, läuft sie auch Gefahr, schnell zu verglühen. Mo und Vishal haben es geschafft, von einer Spontanhochzeit über eine Scheidung zu einer Freundschaft zu gelangen, ohne dass die Erinnerung an die Liebe Schmerzen hervorruft. Wenn Mo zurückdenkt, dann an die lustigen Momente. Sie verdrängt die romantischen genauso wie die, in denen Teller gegen Wände flogen. Sie beide gehören zu den wenigen Paaren, die sich geschieden besser verstehen als verheiratet, und ihre Freundschaft wächst ohne Eifersucht oder Ansprüche. Für Vishals Freundinnen ist das nicht immer einfach zu akzeptieren. Mo hat es da leichter. Nach Vishal ist ihr die Liebe nicht noch einmal begegnet.

Mo steigt die Kellerstufen hinab, die glatt sind vom modrigen Laub. Die Tür ist nicht abgeschlossen, und Wärme schlägt ihr entgegen.

Vishal sitzt mit geschlossenen Augen auf dem Sofa, die E-Gitarre in den Händen, der Kopf wippt langsam, während die Finger über die Saiten und Bünde rasen. Sie kann nicht hören, was er spielt, die Kopfhörer sind eingesteckt, und alles, was zu ihr herüberdringt, sind stumpfe, metallene Laute, fast ohne Klang. Mo sieht ihm eine Weile lang zu. Sie beneidet ihn um seine Leidenschaft. Mos eigene ist so groß, dass sie die Musik niemals aufgeben würde, aber nicht groß genug, um alles für die Musik aufzugeben.

Langsam geht sie zu Vishal und legt sachte ihre Hand auf sein dichtes schwarzes Haar. Er zuckt leicht zusammen, spielt aber weiter, ohne die Augen zu öffnen. Mo geht zur Bar und schenkt sich einen Whiskey ein. Der Raum ist klein, aber ausreichend für ihre Zwei-Mann-Band. Während sie die Schärfe und die karamellisierte Note genießt, beobachtet sie Vishal, der seine Melodie beendet hat und die Akkordfolge auf ein Blatt Papier kritzelt; erst dann nimmt er die Kopfhörer ab, legt die Gitarre aufs Sofa und begrüßt sie mit einer Umarmung. »Du bist spät heute.«

»Sorry. Schmuddel-Schmidt hat mich wieder aufgehalten, und ich kann heute nicht lange. Ich muss noch packen.«

Vishal nimmt sie noch einmal in den Arm, länger und fester, dann sieht er Mo prüfend an. Sie weicht seinem Blick aus. Er ist gut darin, sie zu lesen. »Hast du den Song fertig geschrieben?«

Mo schüttelt den Kopf. »Ich werde ihn nicht schreiben.«

»Mo, Schmerz ist Kreativität. Als Künstler bist du verpflichtet, deine Gefühle und Erfahrungen zu offenbaren, für die Menschen, die dazu nicht in der Lage sind. Die besten Songs der Musikgeschichte sind entstanden, weil jemand sein Inneres nach außen gekehrt hat.«

»Vishal, wir sind Mitte dreißig und sitzen in einem Kellerloch. Die Wahrscheinlichkeit ist groß, dass kein Welthit diesen Raum verlassen wird.«

»Aber für uns will ich einen produzieren, und dein Anfang war so vielversprechend!«

»Ich fühle mich damit nicht wohl. Es ist zu früh.« Sie trinkt ihr Glas leer und schenkt sich nach.

»Es würde dir so guttun!«

Sie geht zum Mikrophon, tippt dreimal darauf, bevor sie es einschaltet. »Fangen wir mit *Black Water* an?«

»Sing noch mal die ersten Zeilen.«

»Vishal, es reicht.«

»Ach komm schon. Das hat Seele, das spüre ich. Es wird der beste Song, den du je geschrieben hast, und ich habe gerade die perfekte Bridge kreiert.«

»Nicht jetzt!«

»Denk an *Tears in Heaven, The Sound of Silence, Hurt* – diese Songs sind Lebenserfahrung! Das hat sie unsterblich gemacht.«

»*Knocking on Heavens Door* hat Bob Dylan für einen Film geschrieben. *I Will Always Love You* hat Dolly Parton für ihren Mentor geschrieben, mit dem sie nicht mehr zusammenarbeiten wollte. Ich muss nicht an meine Mutter denken, um über Verlust zu schreiben.«

»Dein notgeiler Chef wird kaum dafür geeignet sein.«

In Mos Augen blitzen Tränen auf, und ihr Kinn zittert. Sie hasst es, dass ausgerechnet die Wut sie so schwach aussehen lässt.

»Ich bin nur hart zu dir, um das Beste aus dir herauszuholen.«

»Du respektierst meine Grenzen nicht. Ich schreibe den Song, wenn ich ihn schreiben will. Du kannst ja über deine tote Mutter schreiben, ach warte, sie lebt ja noch.«

Entwaffnend hebt Vishal die Hände. »Solange du ihn schreibst.« Doch um Mos Wutausbruch zu entgehen, lenkt er ab. »Willst du hören, woran ich gearbeitet habe?«

»Nein, ich will jetzt singen.« Diesen Triumph braucht sie. Nichts ist schlimmer für Vishal, als seine Arbeit nicht präsentieren zu dürfen.

Seufzend holt er seine Gitarre und positioniert sich neben Mo. *»Black Water?«*

Sie nickt und schließt die Augen. Kurz bevor Mo singt, stellt sie sich immer vor, dass eine Menschenmenge vor ihr steht und ihre stille Vorfreude den Raum elektrisiert. Sie haben hin und wieder Auftritte in Kneipen und auf unbekannten Festivals, aber einmal auf der Breminale zu spielen, vor einer Masse, die gesichtslos die Hände in die Höhe reckt und ihre Songs laut mitsingt, die Worte, die sie geschrieben hat – was muss das für ein Gefühl sein?

Vishal spielt, und die Gitarrenriffs klingen ausgezehrt, fast hilferufend, bevor sie sich einpendeln und melodischer werden. Es ist der beste Beginn, den er je geschrieben hat. Mo spürt unter sich nicht mehr den Linoleumboden, sondern die klappernden Bühnenbretter, und sie riecht den künstlichen Nebel und die Freiheit der Leute, die sich zur Musik bewegen.

»Finally I drown.«

Ihre Stimme ist ein Flimmern, sie singt tief und wird mit jedem Ton kraftvoller.

»*Nothing is left for me to breathe.*«

Sie fühlt die Worte und die Musik in ihren Adern pulsieren und weiß, dass nichts auf der Welt so magisch ist wie das Erschaffen von Sätzen und Melodien. Das Kreieren eines Gefühls, das sich auf andere übertragen lässt.

Bei der letzten Strophe überkommt sie wieder der Gedanke, dass, wenn sich jemals der Traum von der großen Bühne erfüllen sollte, ihre Mutter nicht dabei sein wird. Bisher hat Mo nicht einmal um sie geweint, weil irgendetwas in ihr glaubt, dass sie wiederkommt.

Jetzt zittert ihre Stimme und bricht im letzten Satz ab. Mo greift zum Glas, noch bevor Vishal die letzten Noten gespielt hat.

»Mo, du trinkst zu viel. Deine Stimme kackt ab.«

»Sagt der Kiffer.«

»Die Stimme ist dein Instrument. Ich zünde ja auch nicht meine Gitarre an.«

Mo sieht ihn an, und sie hofft, dass ihre schwarz geschminkten Augen genauso böse funkeln wie beabsichtigt. Vishal weiß genau, welche Knöpfe er bei ihr drücken muss. Nichts hasst sie mehr, als bevormundet zu werden, insbesondere von einem Mann. Und während sie ihn anstarrt und versucht, ihre Atmung zu kontrollieren, so wütend auf ihn und auf die Welt, da singt sie, und ihre Stimme ist wider Erwarten laut und klar.

Vishal erstarrt für einige Sekunden, bevor er mit seiner Gitarre eilig zu ihr aufschließt und Mo begleitet, die bald beim Refrain angelangt ist.

Wenn sie singt, ist sie frei. Sie ist voller Leben, vollgepumpt mit Emotionen, die sie dann anders als sonst nicht versteckt. Beim Singen fürchtet sie nicht, in ein Loch zu fallen, wenn sie die Traurigkeit zulässt. Es ist ein guter Schmerz. Sie darf alles spüren, was das Lied ihr gibt, ohne Angst, alles gelangt nach draußen, befreit sie von innen heraus.

Mo hat die Augen geschlossen, schüttelt den Kopf, die Haarspitzen fliegen gegen ihre Wange. Sie hüpft zum Gitarrensolo, greift sich den Mikrophonständer, als sei es ihr Geliebter, und schreit in das Mikro hinein. Alles rauslassen, alles fühlen, nicht denken, nur sein. Dann ist der letzte Ton verklungen, und sie ist leer und glücklich. Nach drei weiteren Liedern lassen sie sich aufs Sofa fallen.

»Wann fährst du morgen?«, fragt Vishal und schenkt ihnen beiden Whiskey ein.

»Ich nehme eine späte Fähre. Ich will nicht so früh da sein. Wir alle auf engstem Raum, das wird merkwürdig.« Mo wischt sich den Schweiß von der Stirn und prostet Vishal zu.

»Werdet ihr darüber sprechen?«

Beinahe verschluckt sie sich. *Darüber*. Sie weiß genau, was er meint. Es war ein einziger Moment der Schwäche. Eine Nacht, in der sie alkoholtrunken und traurig über das Scheitern ihrer Ehe war – und wenn etwas zerbricht, erinnert man sich an alles, was zuvor zerbrochen ist –, und in dem schwindeligen Versuch, einmal die Wahrheit zu sagen und damit die Liebe festzuhalten, erzählte sie ihm, wenn auch nur vage, von ihrer Familiengeschichte, von jenem Sommer auf Langeoog und wozu sie fähig gewesen waren. Und diese Aufrichtigkeit hat sie seitdem bereut. Sie glaubt manchmal, Entsetzen und Unsicherheit in seinem Blick zu lesen. Zudem ist sie mit ihrer Offenheit gescheitert – Vishal ist nicht geblieben.

»Du kannst mich jederzeit anrufen«, sagt er, nachdem Mo nicht auf seine Frage geantwortet hat. »Das weißt du.«

Mo nickt. Sie will nur noch gehen, zu ihrem Kater auf die Couch.

»Ich fahre am Wochenende nach Hamburg.«

»Schon wieder?« Sie ist dankbar für den Themenwechsel. »Wird es etwas Ernstes?«

Vishal zuckt die Schultern. »Es ist etwas Angenehmes.«

»Dann viel Spaß.« Mo steht auf und geht zum Mikrophon. Sie darf nicht zeigen, wie sehr er sie getroffen hat. Sie hat keine Gefühle mehr für ihn, aber es schmerzt, dass sein Leben weitergeht, während ihres auf der Stelle tritt.

SONJA spült seit zwei Minuten das Glas, nur um etwas zu tun zu haben. Drei Tische sind besetzt, und aus einer Ecke dringt in den Pausen der Housemusic das Lachen der Dartspieler herüber. Auf der kleinen Tanzfläche kreisen die bunten Lichtstrahlen, ohne die Körper zu berühren. Gestern war der Höhepunkt des Herbstes gewesen, bis zur Silvesterparty werden nur noch die Insulaner, Arbeiter und einige wenige Touristen kommen, die die Vorzüge einer stillen Insel erkannt haben.

Die Tür geht auf, und in schwarzer Jacke und mit Mütze tritt der schöne Fremde von gestern Abend herein. Er grinst leicht verlegen und setzt sich zu Sonja an die Bar.

»Du bist wieder hier.« Sie versucht, nicht allzu euphorisch zu klingen.

»Ich bin dir aufgefallen?« Mit einem sanften Lächeln zieht er die Mütze vom Kopf. »Ich nehme ein Bier.«

Unter seiner Jacke kommt ein dicker Wollpullover mit Norwegermuster zum Vorschein. Er erinnert Sonja an Rosamunde Pilcher, wo die Carmichaels und Chapmans mit ihrer Angebeteten vor dem knisternden Kaminfeuer sitzen, nachdem sie von einem plötzlichen Regenschauer überrascht wurden. Jeden Sonntag war es das Pflichtprogramm im Hause Neumann für das sich nur Kaja, Mo und ihre Mutter begeisterten. Aber auch bei Sonja löst der Anblick des Pullovers das primitive Bedürfnis aus, sich in seine Arme zu schmiegen.

»Ich hätte nicht gedacht, dass es so leer ist, nach gestern Abend.«

Sonja nickt. »Voller wird es jetzt nicht mehr. Bist du zum ersten Mal auf Langeoog?«

Der Mann nickt. »Zu dieser Zeit, ja. Ich war als Kind oft hier. In den Osterferien.«

»Ah, dann haben wir uns verpasst. Team Sommer und Herbst.« Sonja reicht ihm das Bier. »Und was verschlägt dich so alleine auf die Insel?«

Er zuckt die Schultern, trinkt einen Schluck, wobei feiner Schaum an seiner Oberlippe hängen bleibt, den er mit dem Handrücken wegwischt. »Ich habe in den letzten Jahren viel gearbeitet. War selbständig im IT-Bereich, und jetzt ist es Zeit für eine Auszeit.«

»Die meisten würden dafür den Kontinent wechseln oder zumindest das Land.«

»Ich war schon lange nicht mehr hier und wollte ein paar Kindheitserinnerungen auffrischen.« Er zupft am Bierdeckel, sieht ihr dann in die Augen. »Die Insel fühlt sich ganz anders an zu dieser Jahreszeit. Ich habe das Gefühl, komplett abgeschieden zu sein.«

Sonja stützt sich auf den Rand der Theke und lächelt. »Ja, man ist so anonym.«

»Und es gibt viel Zeit zum Nachdenken.« Sein Blick ist intensiv, hält sie ein paar Sekunden gefangen, bevor er zur Seite geht. »Ich bin Tom«, sagt er und streicht sich über das dunkle Haar.

»Sonja.«

Er nickt vielsagend, als wolle er sagen, *schöner Name* oder *du siehst auch aus wie eine Sonja*, doch er bleibt stumm.

»Wie lange warst du nicht mehr hier?«, fragt sie.

»Ein paar Jahre.«

»Es hat sich viel verändert. Ich kann dich ja mal herumführen.« Sie schenkt ihm ein schiefes Lächeln, und ihr Blick verrät, dass sie ihm nicht nur die Insel zeigen will.

»Sehr gerne.« Er lacht, und ihr wird warm.

1998

JENNI saß wieder mit den anderen am Wasserturm, nachdem sie zum Supermarkt gelaufen waren. Sie hatten die Sonne, klein und orange, hinter den Dünen untergehen sehen, doch das Licht hatte sie noch nicht gänzlich mit sich genommen. Jetzt saßen sie alle im Kreis auf dem Boden, in der Mitte eine Packung Kirschen.

Jenni nahm eine heraus, legte sie zwischen ihre Lippen und beugte sich zu Alex herüber.

Er streckte seine langen Finger aus, die Spitzen berührten ihr Kinn und zogen ihren Kopf näher an sein Gesicht. Von ihrem Kiefer breitete sich eine Gänsehaut aus, die über die Wangen zur Stirn hochlief. Alex roch nach Erdbeerkaugummi und Tabak. Seine Muskeln unter den scharfen Wangenknochen bewegten sich wie der Körper einer Schlange, während er kaute und sich Zentimeter für Zentimeter näherte. Seine braunen Augen glänzten im schwachen Laternenlicht, der äußere Rand seiner Iris zackte sich um den Bernsteinton herum und war von Dunkelheit zerfressen.

Jenni senkte den Blick.

Ein kleines Muttermal saß halb auf dem geschwungenen Bogen seiner Oberlippe und halb auf der gebräunten Haut. Ein weiteres zierte sein Kinn.

Sie fühlte ein leichtes Kribbeln im Bauch, das langsam hochstieg und ihr Herz zum Pochen brachte. Ging ihr Atem schneller? Waren ihre Lippen trocken oder feucht? War dazwischen noch eine Kirsche, die er ihr abnehmen konnte, oder war sie schon heruntergefallen? Sie erwartete den Moment, den sie immer für albern und kitschig gehalten hatte, jetzt mit elektrisierender Spannung.

Den ersten Kuss.

Alex' Lippen strichen über die ihren. Die feinen Härchen in ihrem Gesicht stellten sich auf, die Nerven sendeten die Berührung alarmierend durch ihren Leib, in ihrem Inneren zog etwas an einer Strippe, ein riesiger Kessel voll flüssigem Gold neigte sich zur Seite. In seiner glänzenden Wärme umschloss es jedes Organ, jeden Muskel, jede Vene ihres Körpers.

Alex versuchte, ihr die Kirsche abzunehmen, doch Jenni gab dem Druck nicht nach. Sie spürte, wie sein Atem ihre Wange streifte, als er ein Lachen durch die Nase stieß. Seine Zunge drängte gegen die Kirsche, sie fiel in ihren Mund. Schwer wie ein Stein lag sie dort und drückte ihren Kiefer nach unten. Alex' Zunge glitt zwischen ihre Lippen und jagte in Zeitlupe der Frucht nach.

Jenni lehnte sich nach vorne, wünschte sich, dass seine Arme sie halten würden.

Wieder streifte sein Atem ihre Wange und hinterließ eine ewig währende Brandnarbe, die immer dann aufflackern würde, wenn sie an ihren ersten Kuss zurückdenken würde.

Abrupt zog sich Alex zurück und gab ihr Gesicht frei.

Der Abendwind schlug in ihr erhitztes Gesicht. Erst jetzt nahm Jenni das Kichern wahr, das langsam zu lautem Gelächter anschwoll. Sie blinzelte und sah Alex an, der zu Boden guckte, sein Lächeln war verschwunden.

»Du hast wohl gewonnen«, murmelte er.

Dann erst schaute Jenni in die Runde: Die anderen saßen auf dem Boden und krümmten sich vor Lachen. Wütend schlug sie gegen Hakans ausgestreckten Finger. Die Kirsche in ihrem Mund fühlte sich faulig an. Jenni spuckte sie auf den Boden.

Mo sah schockiert aus, dann breitete sich ein Grinsen auf ihrem Gesicht aus. Das war immer noch leichter zu ertragen als das Gejohle der anderen.

»Was gibt es da zu lachen? Ihr kommt auch noch dran«, drohte Jenni.

»Das war ja schon fast ein Porno«, japste Patze zwischen zwei Atemzügen.

»Halt die Klappe.« Jennis Wangen glühten. Wie konnte sich Magie binnen eines Wimpernschlags in eine derartige Peinlichkeit verwandeln?

Zu allem Überfluss hatte auch Alex seine Stimme wiedergefunden. »Tja, so eine geile Show gibt es nicht gratis. Fünf Mark, meine Damen und Herren.«

»Fünf Mark in deinen Arsch. Ich zeig dir mal, wie das geht.« Hakan nahm ebenfalls eine Kirsche aus dem Plastikschälchen und schob sie sich zwischen die Lippen, dann beugte er sich zu Mo herüber.

Die zuckte mit den Schultern und hielt ihren geöffneten Mund ganz dicht vor seinen. Mit einer Hand schlug sie Hakan gegen den Hinterkopf, und die Kirsche flog in ihren Mund. Sofort spuckte Mo sie auf den Boden. »Geht ganz einfach.«

Patze kreischte vor Lachen. »Ja, wirklich eine Wahnsinnsshow, Hakan!«

»Mo, das musst du mit mehr Gefühl machen.« Julian grinste, wodurch seine speckigen Wangen noch runder wurden.

»Nicht so viel Gefühl wie bei Jenni, aber etwas mehr. *Ich* zeig dir das.« Doch auf halber Strecke schien ihn der Mut zu verlassen, als er zitternd seine Kirsche mit dem Mund an Patze übergab. Diese reichte sie souverän an Hakan weiter. Der zögerte, als er sich Mo näherte, doch sie nahm sie diesmal ohne Schläge entgegen und lehnte sich zu Alex. Jenni spürte einen Stich im Herzen.

Mo ließ das Obst in Alex' Schoß fallen. »Nach dem, was du mit meiner Schwester gemacht hast, komm ich dir lieber nicht zu nahe.«

Jenni lachte. »Besser ist es. Ich habe Aids.« Provozierend leckte sie an ihrem Finger und wischte damit Mo über die Wange.

»Schnell, Medizin!« Mo streckte die Hände aus und sah Hilfe suchend in den Kreis.

»Mayday, mayday, alle Vorräte sind aufgebraucht.« Hakan schüttelte die leere O-Saft-Flasche.

»Wie spät ist es denn?«, fragte Patze.

»Halb elf«, antwortete Alex.

»Oh, kacke. Ich muss nach Hause.« Patze stand auf.

»Wir müssen auch bald los«, meinte Mo.

Die Truppe hüpfte die Stufen des Wasserturms hinunter, Jenni hielt sich hinten. Wenn die anderen vorliefen, würde Alex vielleicht neben ihr gehen, vielleicht würde er sogar ihre Hand halten. Fast schon spürte sie seine Finger, die über ihre Haut krabbelten und sich zwischen die ihren schoben.

Doch Alex stieß gegen ihre Schulter, rannte an ihr vorbei und sprang zwischen Patze und Mo.

Natürlich hatte der Kuss ihm nichts bedeutet. Sie kam sich so dumm vor. Mit geballten Fäusten ließ sie sich zurückfallen, bis die Gespräche der anderen zu einem monotonen Gemurmel verschmolzen.

Vor *Fokko Gerdes*, einem Laden, wo es alles zu kaufen gab, verabschiedete sich Patze mit einer Verabredung für morgen. Zeit oder Ort abzusprechen, war unnötig – tagsüber waren sie am gemieteten Strandkorb und abends zu Hause anzutreffen. Ausnahmen gab es kaum.

Die Schwestern holten ihre Räder und schoben sie neben den drei Jungs her. Mo versuchte, alle Freundinnen von Patze aufzuzählen, die sie schon einmal mit nach Langeoog genommen hatte – eine schräger als die andere –, und vertiefte sich in Anekdoten.

Jenni hätte normalerweise gelacht, aber sie konnte nicht aufhören, sich zu fragen, was in Alex vorging. Hörte er Mo wirklich zu, oder tat er nur so, um sein Verlangen nach Jenni vor den anderen zu verbergen? Sie spürte wieder seinen Atem an ihrer Wange, wie es gebrannt hatte. Vorsichtig ließ sie ihren Finger über die Stelle gleiten, um sich zu vergewissern, dass die Erhebung einer Narbe nicht zu fühlen war.

Als sie das Schullandheim erreicht hatten, verabschiedeten sich die Jungs mit einer Umarmung. Hakan schwang seine Arme stürmisch um Jenni und klopfte ihr dabei hart auf den Rücken. Julian verrenkte sich eigenartig und ließ jede Menge Abstand zwischen ihren Körpern, vielleicht damit es nicht so sehr auffiel, dass Jenni fast zwei Köpfe größer war. Alex trat vor und umarmte Jenni locker. Weder unbeholfen noch nervös, seine Haltung und sein Blick zeugten von Gleichgültigkeit.

Ihre Augen wurden feucht, wie hatte sie nur glauben können, dass er auch etwas fühlte?

»Ich hoffe, wir wiederholen das bald«, flüsterte Alex ganz dicht an ihrem Ohr. »Ohne die anderen.«

Sie glaubte zu halluzinieren, doch als Alex sie losließ, sah sie seine Augen aufblitzen.

Sie grinste. »Schauen wir mal.«

Jenni schwang sich aufs Rad und fuhr mit Mo die Straße entlang, während ihre Schatten im Licht der Laternen wie die Zeiger einer Uhr um sie herumtanzten.

SONJA hielt zwei Hände voll mit Tomaten unter den Wasserstrahl in der Küche. Mit den Daumen strich sie über die rote Haut, das pelzige Gefühl ließ nach. Eine Tomate rollte ihr aus der Hand, zerplatzte in der Spüle, der Strahl traf in die Mitte des Fruchtfleischs und spritzte die Kerne an den Rand des Beckens. Sonja stellte den Hahn aus und warf die Reste in den Mülleimer. Von der Küche aus sah sie durch die gläserne Wohnzimmerfront ihren Vater auf das Grundstück radeln.

»Moin«, rief er Herrn Jansen zu und klappte scheppernd den Fahrradständer runter. Ihr Nachbar war ein offenherziger Insulaner, der jeden Morgen mit der Rasenbewässerung verbrachte, auf seiner Pfeife kaute und nach Gesprächspartnern Ausschau hielt – schnell schlüpfte ihr Vater durch die offene Haustür. Im Sommer nutzten sie die Tür als Fenster; sie war immer weit geöffnet, um das Wetter, die Geräusche und die Luft hereinzulassen.

Ihr Vater warf die Brötchentüte auf den Tisch und strich Sonja beiläufig über den Kopf, die gerade die Tomaten in einem Schälchen auf den Frühstückstisch stellte. Er sah zur Treppe hinauf. »Heike?«, rief er.

»Ich glaube, die ist laufen.«

Ihr Vater kratzte sich am Kopf, seine mit Sommersprossen überzogene Kopfhaut schimmerte immer mehr durch das dünne Haar.

»Papa, guck mal, wie schön ich den Tisch gedeckt habe.« Sonja breitete die Arme aus und präsentierte die Tafel, in der Hoffnung, wie die Frau auszusehen, die beim *Glücksrad* die Buchstaben umdrehte.

»Schön.« Er hatte nicht mal richtig hingesehen. »Ist das Bad frei?«

Sonja ließ die Arme sinken. »Ich glaube, Jenni ist drin.«

Oben klackte ein Schlüssel, eine Tür wurde aufgerissen, und

ihre ältere Schwester kam die Treppe herunterstolziert. Ihr Haar war vorn geglättet, und das kürzere Haar am Hinterkopf hatte sie nach oben gegelt. Ein breiter Zickzackscheitel zierte ihren Kopf. Der weiße Lidschatten bildete einen starken Kontrast zu dem schwarzen Kajal auf dem unteren Lidrand. Kleine Mascarakrümel hatten sich in den Wimpern verfangen.

»Gehst du geschminkt an den Strand?«, fragte Sonja.

»Warum nicht?«

»Weil es blöd aussieht, oder, Papa?«

Ihr Vater war schon die halbe Treppe hinaufgestiegen und sah aus wie ein Dieb auf der Lauer. »Ja, ja«, murmelte er.

»Was ist mit ihm?«, fragte Jenni.

»Vielleicht hat er einen Geist gesehen.«

Jenni täuschte einen Tritt an. »Sei nicht immer so frech.«

Sonja wehrte ihn mühelos ab und ging in Kampfposition, bereit zurückzuschlagen. Sie mochte die gelegentlichen Rangeleien, das körperliche Kräftemessen, selbst wenn sie immer verlor und aus dem anfänglichen Spaß eine handfeste Prügelei werden konnte. Übermütig blitzten ihre Augen auf, sie sprang auf Jenni zu, wurde jedoch beiseitegeschoben.

»Jetzt nicht.«

Enttäuscht ließ sich Sonja auf einen Stuhl fallen, das Korbgeflecht ächzte unter ihrem Gewicht.

»Mensch, wo sind denn alle?«, fragte Jenni und strich sich prüfend über das Haar.

Wie aufs Stichwort kam ihre Mutter ins Haus gejoggt, die Wangen gerötet, mit Schweißperlen auf der Stirn. »Kaffeeduft und ein gedeckter Tisch. Ihr seid die Besten«, brachte sie stoßweise zwischen schnellen Atemzügen hervor.

»Können wir endlich essen?«, maulte Sonja. »Ich will an den Strand!«

»Ich zieh nur kurz ein anderes T-Shirt an.« Eilig lief ihre Mutter die Treppe hoch, die Schlafzimmertür schabte über den Teppich.

Gedämpft drang die Stimme ihres Vaters nach unten. »Wo warst du heute joggen?« Dann fiel die Tür ins Schloss.

»Ich habe Hunger.«

Sonja wandte den Blick von der Decke ab und sah zu Kaja, die ins Wohnzimmer schlurfte, eine Hand auf dem Bauch, auf der anderen Seite ein Buch unter den Arm geklemmt. *Der Regenbogenfisch* hatte einst Sonja gehört und war nun zu Kajas Lieblingsbuch geworden. Wenn ihr Vater es vorlas, hörte Sonja noch immer gerne zu, weil er den gruseligen Tintenfisch in der Höhle mit einer ganz tiefen Stimme sprach.

»Ich kann vor Hunger nicht mal mehr lesen.«

»Du kannst doch eh nicht lesen.«

Kaja rollte die Augen. »Ich kann mir aber die Bilder angucken, und dann weiß ich auch so, was da steht.« Sie knallte das Buch auf einen Stuhl.

»Ich habe doch nur gefragt, wo du heute joggen warst!«, schallte es von oben.

Sonja zuckte zusammen und starrte erneut an die Zimmerdecke.

Poltern, Stimmengewirr, ihre Mutter lachte auf. »Hörst du dir eigentlich selber zu?«

»Warum streiten die sich?«, fragte Kaja und zwängte sich zwischen Sonjas Knie.

»Was weiß denn ich?« Sonja strich ihrer kleinen Schwester durchs Haar. »Die hören sicher bald auf.« Sie versuchte, sich an den letzten Streit ihrer Eltern zu erinnern, aber ihr fiel nur einer ein, in dem es um die richtige Jahreszahl einer Filmpremiere ging. Da hieß es immer, *Kinder* würden sich grundlos streiten. Dabei waren herumschnüffelnde, schlagende und nervende Schwestern doch ein triftigerer Grund als ein Ereignis, das vor vierzehn oder fünfzehn Jahren stattgefunden hatte. Sonja legte ihr Kinn auf Kajas Kopf und schlang die Arme um den Körper ihrer Schwester. Plötzlich ging die Tür auf, und ihr Vater kam die Treppe heruntergerannt.

»Papa, essen wir jetzt?«, fragte Sonja.

Er drehte sich auf dem Absatz zu seinen Töchtern um. »Fangt schon mal ohne mich an.« Barfuß lief er durch den Garten und verschwand hinter der Hecke aus ihrem Sichtfeld.

MO kam die Treppe herunter, als die anderen schon mit dem Frühstück begonnen hatten. Jennis fragenden Blick beantwortete sie mit einem Schulterzucken.

Ihre Mutter sah nicht auf, als sie sich ihr gegenübersetzte; hatte sie nicht bemerkt, dass Mo während des Streits nur eine Tür weiter in ihrem Zimmer gesessen hatte? Der Blick ihrer Mutter durchbohrte den Käseteller, fixierte die Paprikastücke im Schnittkäse. Ihre Augen blieben regungslos, selbst als sie ihr Brötchen nahm und ein Stück abbiss. Sie kaute langsam und gleichmäßig. Wenn die Zähne auseinandergingen, bewegten sich die Kiefer mit einem Rechtsruck.

Jenni warf einen bösen Blick auf Sonja, die am Kopfende lautstark ihren Kakao schlürfte, und schaltete mit einem genervten Seufzen das Radio am CD-Player an, der hinter ihnen im Regal stand. Die Klänge von *Lemon Tree* übertönten nicht nur Sonjas Geräusche, sondern auch die ansonsten vorherrschende Stille am Frühstückstisch.

Kaum merklich zuckte ihre Mutter zusammen, den leeren Blick noch auf den Käseteller gerichtet.

Kajas Beine streiften Mos. Sie schwang sie unterm Tisch wild hin und her, wodurch auch ihr Oberkörper auf dem Stuhl hüpfte. Die kleinen Zähne waren mit Nutella beschmiert.

Mo würde ihren Schwestern nicht sagen, dass sie jedes Wort im Streit gehört hatte, denn hätte sie die Wahl gehabt, wäre auch sie lieber im Ungewissen geblieben.

»Könnt ihr heute alle zusammen zum Strand gehen?« Die Stimme ihrer Mutter klang weit entfernt.

Mo wandte den Blick von ihr ab. »Klar.«

»Ich komme später mit Papa nach.«

»Lasst ihr euch scheiden?«, fragte Kaja und nahm einen großen Bissen. Der Aufstrich klebte an ihren Pausbacken.

»Natürlich nicht. Manchmal streiten sich Erwachsene eben genauso doof, wie ihr Kinder das macht.«

»Worum ging es denn?« Jennis Augenbrauen waren zusammengezogen, dieser herausfordernde Blick hatte Mo schon viele Male auf dem Schulhof verteidigt.

»Nur ein Missverständnis.«

»Scheint ein großes zu sein.«

»Jenni, bitte.«

Ihre Mutter stand auf, die halb aufgegessene Brötchenhälfte schwankte auf dem Teller wie ein Schiff im Sturm, als sie es in die Küche trug. »Räumt bitte den Tisch ab, wenn ihr fertig seid. Wir sehen uns später am Strand.« Sie legte die Hände auf Kajas Schultern, ihre Blicke sprangen zwischen Mo und Jenni hin und her. »Ich möchte, dass ihr alle zusammenbleibt, keine Streitereien. Kann ich mich darauf verlassen?«

»Aye, aye, Käpten!« Jenni salutierte mit vorgereckter Brust.

Sonja und Kaja kicherten.

»Bis später. Ich habe euch lieb.« Ihre Mutter warf Küsschen in die Luft, Kaja und Sonja fingen sie wie Schmetterlinge ein und drückten sich die Hände auf die Wangen.

Hastig nahm Mo einen Schluck Kaffee aus Jennis Tasse, entschlossen, die letzte Stunde mit der Bitterkeit des Getränks hinunterzuspülen.

Sobald ihre Mutter das Haus verlassen hatte, stand Jenni auf und beugte sich über den Tisch, blickte mit finsterer Miene in die Runde: »Ich habe jetzt hier das Kommando, also: Tisch abräumen, umziehen, eincremen, packen, pinkeln, losfahren. Noch irgendwelche Fragen?«

Sonja riss den Arm in die Höhe. »Was ist mit aufessen, Herr Kommandant?«

»Wird eingepackt und mitgenommen. Los geht's, los geht's, los geht's.«

JENNI schwamm ihre Bahnen in der ruhigen See, Markierungen gab es keine. Sie bestimmte die Länge nach Gefühl, tauchte den Kopf unter Wasser und drehte sich mit einer Rolle, um in die andere Richtung zu schwimmen. Sie stellte sich vor, dass unter ihr Meeresungeheuer lauerten, die ihre Tentakel nach oben reckten, obwohl ihr das Wasser im Stand nur bis zur Hüfte reichte. Verführerisch zog die Ebbe ihren Körper still und scheinheilig ins Meer. Das vergaß sie nie.

Die Sonne brannte auf ihr Haar nieder. Wieder tauchte sie unter, vollführte eine Drehung und reckte den Kopf heraus. Erst jetzt fiel ihr ein, dass sie geschminkt war. Ihr Finger glitt unters Auge, Mascara blieb an seiner Spitze kleben. Jetzt hatte sie sich ganz umsonst für Alex schön gemacht. Sie konnte es nicht erwarten, ihn zu sehen, und hoffte gleichzeitig, er würde nicht auf ihre Eltern treffen. Jenni konnte sich deren Streit noch nicht erklären: Ihre Mutter war joggen gewesen, ihr Vater Brötchen holen – was konnte da schon passiert sein? Noch nie hatte sie ihren Vater beleidigt davonrennen sehen, er hatte so fahrig gewirkt, der Blick gehetzt.

Ein mulmiges Gefühl breitete sich in ihr aus, sie drehte sich auf den Rücken, ließ sich möglichst regungslos an der Oberfläche treiben, mit den Ohren unter Wasser tauchte sie die Umgebung in Stille.

Stufenlos änderten sich die Farben am Himmel über ihr. Am Horizont war er fast weiß, wurde über ihr türkis und zum Strand hin azurblau. Sie fühlte sich wie unter einer Glasglocke – nicht eingesperrt, sondern geschützt.

Jenni tauchte noch einmal unter, stellte die Füße auf den Grund, ließ die Sorgen im Wasser zurück und drückte sich hoch. Die Geräusche um sie herum erschienen ihr nach der Stille umso lauter. Die Schreie der mit Schaufeln und Eimer gewappneten Kinder verschmolzen zu einer einzigen Klangmasse. Einzelne Stimmfetzen lösten sich, als Jenni an ihnen vorbeiging, vermengten sich erneut, als sie sie hinter sich ließ.

Jenni winkte ihren Schwestern zu, die auf dem harten Sand Hammerwerfen spielten. Mo hatte eine alte Tennissocke gefunden, sie mit Sand gefüllt und den Saum zugeknotet. Die Schwestern hatten einen großen Kreis in den Sand gezeichnet, in dem nun Sonja stand. Den Bund der Socke mit beiden Händen fest umklammert, drehte sie sich um die eigene Achse – viermal, fünfmal –, dann ließ sie den Strumpf los. Er flog gute sechs Meter und landete dumpf auf dem Sand, wo er noch eine Armlänge weiterschlitterte.

»Super Wurf«, jubelte Mo, und Kaja lief nach vorne, markierte die Stelle mit einem großen X und brachte den Socken zurück.

Jenni streckte sich vor dem Strandkorb auf ihrem Handtuch aus. Mit geschlossenen Augen fühlte sie, wie die Hitze ihren Körper trocknete. Da, wo der rote Bikini die Haut bedeckte, war es noch angenehm kühl, doch bald würde auch der Stoff nicht mehr nass sein. Sie legte die Hände auf den Bauch, platzierte die Arme so, dass sie das Becken bedeckten und schmaler wirken ließen. Obwohl sie schlank war, hatte sie das Gefühl, durch die breiten Beckenknochen wie eine Birne auszusehen. Jenni war immer die Größte in der Klasse gewesen, sie hatte gelernt, sich gegen die Hänseleien zu wehren, bis alle Stimmen verstummt waren, trotzdem wurde dadurch ein Samen der Unsicherheit gesät, der über die Jahre Wurzeln geschlagen hatte.

Sie stellte sich vor, wie sie Alex davon erzählte, von jedem Kummer wollte sie berichten, auch dem Streit am Morgen, und er würde sie fest in die Arme nehmen. Der Stoff seiner Lederjacke würde an ihrer Haut kratzen. Sie würde den Kopf an seine Brust legen, den süßlichen Geruch nach Schweiß und Deo riechen. Ihr Bauch kribbelte. Sie spürte wieder seine Zunge an ihrer reiben – schleimig-schön. Ihre Finger krallten sich in den heißen Sand – was, wenn er seine Meinung geändert hatte? Seine Stimme, die ihr ins Ohr flüsterte, seine Schulter, die grob gegen ihre stieß, sein sanftes Lachen, seine dummen Sprüche, seine Augen, ihre Hand, die ins Leere griff.

Angestrengt versuchte Jenni, sich auf die Wärme der Sonne zu konzentrieren, aber in ihr breitete sich eine kalte Angst vor Zurückweisung aus. Noch nie zuvor hatte sie so viel für einen Jungen empfunden. Der Gedanke an Alex gab ihr das Gefühl von Lebendigkeit, sie wollte alles Potenzial aus sich herausholen, liebevoller, stärker sein, und gleichzeitig zweifelte sie daran, überhaupt gut genug für ihn zu sein.

Etwas schlug neben ihr auf den Boden, Sand spritzte auf ihren Bauch. Jenni schrie auf und schoss senkrecht hoch.

»Sorry!«, rief Mo und rannte auf sie zu, um die Socke zu holen. »Hab zu spät losgelassen. Willst du nicht mitspielen?«

Jenni schüttelte den Kopf. »Keine Lust.« Sie sah ihrer Schwester nach, die zurück auf den harten Sand lief.

Da hörte sie, wie sich Schritte von hinten näherten.

Ihr fiel die Schminke wieder ein, und sie wischte hektisch mit dem Handtuchzipfel unter ihrem Auge entlang. Neben ihr fielen Sandalen in den Sand.

Jenni drehte den Kopf zur Seite. Sie musste mit der Hand die Sonne abschirmen, um etwas sehen zu können.

»Hey, Schlafmütze.« Patze ließ sich neben ihre Freundin fallen.

Jenni schaute suchend in die Richtung, aus der ihre Freundin gekommen war.

»Die Jungs haben Programm.« Patze grinste. »Wir können sie aber heute Abend treffen.«

»Ist mir doch egal.« Jenni ließ den Körper wieder sinken.

»Ja, sicher, ist dir total egal, mein Rotbäckchen.«

Jenni rollte sich grinsend auf den Bauch. »Halt die Klappe.«

KAJA presste sich zitternd in die Arme ihrer Mutter. »Das ist so gemein. Ich mache immer alles, was sie sagen, und am Ende darf ich doch nie mit.« Die Ungerechtigkeit schlug von innen gegen ihren Bauch und trieb ihr Tränen in die Augen. Da half auch die warme Hand nicht, die ihr über den Rücken strich.

»Das ist nun mal so, Kaja. Da mussten deine Schwestern auch durch. Ich musste als Kind noch *viel* früher ins Bett, als ich so klein war.«

»Ich bin schon groß, ich kann genauso lange wach bleiben wie die anderen!« Kaja vergrub ihr Gesicht am Hals ihrer Mutter. Sie wollte sich nicht wie ein Baby aufführen, aber alle hatten sich plötzlich gegen sie verschworen. Der Tag am Strand war so schön gewesen. Sie hatten zusammen gelacht, gespielt, und nicht einmal Sonja hatte sie geärgert. Doch letztendlich war ihre bestandene Mutprobe doch ohne Bedeutung gewesen – wieder wurde sie abgeschoben. Vielleicht lag es nicht mal am Alter. Ständig sagten ihre Schwestern, sie sei adoptiert oder am Straßenrand gefunden worden. »Sogar Sonja darf mit!«

»Sonja ist auch sieben Jahre älter als du, Kaja. Aber wir können genauso gut hier was Schönes zusammen machen. Papa ist auch unterwegs, das wird ein richtiger Mädchenabend.«

»Den haben wir ja auch selten.«

Hinter ihr lachte Mo. Kaja spürte eine zweite, kältere Hand auf ihrem Rücken. »Es wird langweilig am Strand, nur Gerede, keiner spielt was«, sagte Mo.

»Dann bleib hier.« Kaja drehte den Kopf und sah durch ihre feuchten Haarsträhnen zu ihrer Schwester auf.

Mo hatte sich Wellen in das blonde Haar gekreppt und die Augen schwarz umrandet. Um ihren Hals lag eine Tattookette, so eng, als würde sie erwürgt werden. Das rot karierte Hemd war um Mos Hüften gebunden und das Einzige an ihr, das nicht schwarz war. »Das gehört nun mal dazu, wenn man älter wird – weniger Spiele, mehr Langeweile. Morgen bist du wieder dabei.«

»Siehst du, Kaja. Alles halb so schlimm«, sagte ihre Mutter. »Kommt nicht so spät wieder. Sonja soll um zehn hier sein, und ihr liefert sie mir persönlich ab, keine Alleingänge.«

»Machen wir doch nie.«

»Mo?«, fragte Kaja und zog den Schnodder hoch. »Wenn irgendwas Lustiges passiert, erzählst du es mir dann?«

»Na logo. Aber lustiger als du bei *Wat Besünners* wird es sowieso nicht werden.«

Kaja kicherte. »Gestern war ich bei *Wat Besünners*, Mama, und ich habe gesagt, das ist aber ganz schön teuer hier.«

»Wow, das würde ich mich im Leben nicht trauen.«

Kaja rutschte vom Schoß ihrer Mutter und leckte sich mit der Zunge über den Mund, um die restlichen Tränen aufzufangen. »Ich weiß. Dazu braucht man ganz viel Mut.«

SONJA pustete den Sand aus dem Schraubenkopf. Die Körner flohen über das Metall wie Soldaten über ein Feld. Einige versteckten sich im kreuzförmigen Schützengraben, bis auch sie von Sonjas Atem davongeweht wurden. Der Mond und vereinzelte Sterne prangten bereits am königsblauen Himmel, der sich mit jeder Minute verdunkelte.

Sie hob den Blick und sah Jenni, die sich im Nachbarstrandkorb in Alex' Arme kuschelte. Zuvor hatten sie drei Strandkörbe wie ein Dreieck aneinandergeschoben und sich jeweils zu zweit in einen gesetzt. Zwar sah Sonja jeden, doch durch die hohen Seitenwände des Strandkorbs, die Wind und Geräusche abschirmten, war man wie in eine Blase eingehüllt, sobald man sich in die gestreifte Rückenlehne sinken ließ – abgeschottet trotz der Nähe zu den anderen.

Die Gruppenunterhaltung, während der noch alle auf der Kante ihrer Bank gehockt hatten, war schon lange verebbt. Erst hatten sich Jenni und Alex zurückgelehnt, dann auch Mo und Hakan, die sich nach einem stockenden Beginn angeregt unterhielten – je mehr Mo trank, desto geschwätziger wurde sie.

Sonja selbst saß mit Julian in dem blauen Geflecht Nummer 828.

»Wo ist noch mal Patze?«, fragte Julian mit lauter Stimme, als hätte er Angst, Sonja könnte ihn überhören.

»Mit ihrer Mutter im Kino«, antwortete Hakan. »Hör doch mal zu, Junge.«

Die Rückenlehne wackelte, als sich Julian nach hinten fallen ließ. Sie hörte, wie er mit seinem Taschenmesser spielte, die Klinge auf und zu schnappen ließ.

Sonja starrte erneut auf den Schraubenkopf. Vier Kerben wie die vier Schwestern. Erstmals war die Zwei-zu-zwei-Konstellation aus Groß und Klein zu einer Drei-zu-eins-Konstellation geworden. Zum allerersten Mal durfte sie mit den anderen mitgehen. Als Sonja heute am Strand gefragt hatte, ob sie mitkönne, da hatte sie fest mit einem Nein gerechnet, doch Mo hatte sich plötzlich auf ihre Seite geschlagen und ein gutes Wort für sie eingelegt.

Mit dem Finger vor Sonjas Nase wedelnd, hatte Jenni gesagt: »Wehe, du petzt!«

Was hätte sie schon petzen sollen? Sonja hatte immer geglaubt, ihre Schwestern würden spektakuläre Dinge machen, wenn sie nicht mitdurfte, dabei saßen sie einfach nur da. Zu Hause hätte sie jetzt mit ihrem Vater *Tatort* gucken können – wenn er überhaupt da war. Ihre Mutter war am Nachmittag alleine an den Strand gekommen, ihren Vater hatte sie den ganzen Tag über nicht gesehen. Aber sie wollte sich keine Sorgen machen. Auf lange Sicht war es nie etwas Ernstes.

»Du hast schöne Haare.« Sie spürte, wie Julian eine Haarsträhne von ihr zwischen die Finger nahm. »Wie Feuer.«

Sonja beugte den Oberkörper über die Seitenwände, ihr Haar glitt aus seiner Hand. Sie legte den Arm auf die Stütze, ihr Kinn darauf und schaute nach hinten. Der Strand war nicht mehr so breit, in den letzten Stunden hatte sich das Meer wie eine schwarze Nebelwand herangeschlichen. Wenn sie jetzt hinausschwamm, würde die Dunkelheit sie sofort verschlucken. Sonja pustete eine Haarsträhne hoch, die in der Luft flackerte, bevor sie sich wieder über ihr Gesicht legte.

»Willst du vielleicht einen Schluck?« Julian stupste sie mit dem Ellenbogen an.

Sonja drehte sich um und wäre beinahe mit der Bierdose zusammengestoßen, die Julian dicht vor ihre Nase hielt.

Er grinste mit seinen dicken Pausbacken und sah dabei deutlich jünger als fünfzehn aus. Helle Sommersprossen saßen dichtgedrängt auf seinem Nasenrücken und stoben auf seinen Wangen auseinander. Ein kleines Muttermal zierte sein rechtes

Ohrläppchen wie ein Stecker. Seine vermutlich blauen oder grünen Augen, so genau war das in der Dunkelheit nicht zu erkennen, waren von langen Wimpern eingerahmt.

»Klar.« Sonja griff zögernd nach der Dose und nahm einen Schluck. Die Kohlensäure des Bieres prickelte auf ihrer Zunge, bevor ihr der herbe Geschmack die Kehle hinunterlief. Sie zog die Mundwinkel nach unten und reichte Julian die Dose.

Er kramte in seinem Rucksack. »Vielleicht magst du das lieber.« Auffordernd hielt er eine Flasche mit einer roten Flüssigkeit in die Höhe. »Ist was Süßes.«

»Okay.« Sonja sah sich um, doch ihre Schwestern beachteten sie gar nicht.

Julian schraubte den Deckel ab und reichte ihr die Flasche.

Vorsichtig trank sie einen Schluck, es schmeckte nach Kirsche, war aber komisch im Nachgeschmack.

»Ey, was soll der Scheiß?« Jenni war mit einem Satz bei ihnen. »Gibst du meiner Schwester Alkohol?«

»Ihr trinkt doch alle«, sagte Julian kleinlaut.

»Mann, die ist erst *dreizehn*!«

»Beruhige dich, Jenni.«

»Du bist jetzt mal ganz still, sei froh, wenn ich Mama nichts sage.«

»Ach ja? Dann erzähl ich ihr auch so einiges.«

»Ich warne dich, Fräulein, lass es mich nicht bereuen, dich mitgenommen zu haben.«

»Gönn ihr doch den Spaß.« Mo winkte ab.

»Wenn wir die betrunken nach Hause bringen, reißt uns Mama den Kopf ab, und von Papa will ich erst gar nicht sprechen.«

»Der ist doch eh weg. Einfach verpufft.« Mo krümmte sich vor Lachen, auch Hakan stieg mit ein.

»Bei den Scheißalkopops merkst du erst was, wenn du schon

kotzend über der Toilette hängst.« Jenni nahm die Flasche und setzte sich damit wieder zu Alex.

»Sorry«, sagte Julian. »Ich dachte, du bist schon älter.« Seine Finger lagen im Schoß ineinander verschränkt, und die Handflächen rieben gegeneinander.

Wenn sie hier eh nicht wegkam, sollte sie sich vielleicht doch mit ihm unterhalten. »Geht ihr drei auf eine Schule?«

»Ja. Ich und Hakan gehen in eine Klasse. Alex ist mein Cousin und zwei Klassen über uns. Wir teilen uns hier zu dritt ein Zimmer, das ist ganz cool.«

»Ich muss mir auch mit meiner Schwester eins teilen.«

»Mit Mo?«

»Nee, Kaja. Sie ist noch zu klein, um mitzukommen.«

Sonja fühlte wieder einen Anflug von Stolz, dass sie diese Grenze überschritten hatte, so langweilig der Abend auch war. »Hast du Geschwister?«

Julian schüttelte den Kopf. »Nee, aber Alex ist wie ein Bruder für mich.«

Sonja sah zu Alex, der Jennis Wange streichelte und sie küsste. Gerade wollte sie sich lauthals darüber lustig machen, als sie fühlte, wie Julians warme, klebrige Quallenhand die ihre umschloss.

KAJA hockte geschützt hinter dem langen Dünengras und spähte aufs Meer und den Strand hinunter. Der Sand schob sich zwischen ihre Zehen, sie war nackt bis auf eine rote Bikinihose. Ihr dunkles Haar stand wirr vom Kopf ab, und ihre drahtigen Gliedmaßen wirkten gelenkig wie die einer Spinne.

Der Strand, trübe und weit, war in graue Schattierungen gehüllt. Dicke Nebelschwaden verbargen den Übergang zwischen Himmel und Meer. In der Ferne standen zwei Figuren –

schwarze Mäntel, schwarze Melonenhüte, im Dunst nur zu erahnen – einander reglos gegenüber.

Dann ein Schuss. Jemand fiel ins Nebelbett. Der Strand verschluckte die Tat.

Kaja spitzte die Ohren. Sie fühlte sie länger werden, das kleinste Geräusch wahrnehmend. Eine spürbare Bedrohung spannte ihre Muskeln an. Stimmen waren zu hören. Gestalten tauchten rechts und links in ihrem Sichtfeld auf, gingen aufeinander zu – ihre Mutter, Sonja und Mo, auf der anderen Seite Jenni mit ihrem Vater. Ein Ungleichgewicht, das sie richten musste. Kaja lief auf vier Beinen auf sie zu, die Dünen hinunter, mit dem Abhang immer schneller werdend. Sand wirbelte hinter ihr auf. Die anderen blieben stehen. Sahen sie an. Kaja wollte sprechen, aber es kam nur ein Knurren aus ihrer Kehle.

Jenni warf einen Schuh nach ihr. »Verschwinde! Wir haben nichts zu fressen.«

»Faules, dickes Biest«, rief ihre Mutter.

Kajas Mund wurde trocken. Wieso erkannten sie sie nicht?

»Du gehörst nicht zu uns«, schrie Sonja, doch da lief Kaja schon wieder die Dünen hinauf.

Oben in einer Senke wartete ein Rudel Wölfe. Kaja fühlte eine Liebe zu ihnen, stärker als zu ihrer Familie, doch auch sie drehten sich weg.

»Du bist nur ein Findelkind, das wir aufgenommen haben. Du musst jetzt zu den Menschen gehen«, sagte der Alphawolf mit zottigem Fell.

»Aber sie wollen mich nicht«, antwortete Kaja.

Die Wölfe waren mit einem Wimpernschlag verschwunden. Sie war ganz allein.

Auf allen vieren schlich Kaja wieder an den Dünenrand.

Der Strand war leer. Das Meer hatte sich geteilt, vorne glich es einem See mit sanftem Plätschern, hinten tobte es mit Schaum vor dem Maul in seinem grauen Kleid. Ein einziges Dröhnen.

Kaja hielt sich die Ohren zu, doch das Rauschen blieb, als würde sie sich eine Muschel ans Ohr halten. Es floss in ihr Bewusstsein. Drang durch das geöffnete Fenster.

Kaja öffnete die verklebten Augen.

Das Zimmer lag in tiefer Dunkelheit, die ihren Körper auf die Matratze drückte. Nach einigen Sekunden wurden die Umrisse im Raum deutlich – Sonjas Bett war leer, Klamotten lagen auf dem Boden verstreut. Irgendetwas musste Kaja geweckt haben. War jemand im Zimmer? Schweiß überzog ihre Haut, ihr Atem wurde flacher. War es ein Geist? Konnte er sie auch dann sehen, wenn sie sich nicht bewegte? Sie zog die Decke bis ans Kinn hoch, damit kein Monster sie riechen konnte, das junge Kinderfleisch. Hirngespinste. Konzentrier dich auf das, was real ist. Wieder schloss sie die Augen und stellte sich vor, wie ihre Ohren immer größer und spitzer wurden, ganz wie in dem Traum, der trotz seiner Grausamkeit bereits verblasste.

Bumm. Kaja zuckte zusammen. Ein Wimmern.

»Du bist völlig verrückt geworden«, schrie ihr Vater. Wieder ein dumpfer Knall. »Du zerstörst unsere ganze Familie.«

Kaja konnte den Sinn der Worte nicht ausmachen. Sie wollte aufstehen, doch alle Kraft war aus ihrem Körper gewichen. Ihre Zimmertür führte in die schmale Küche und von dort aus ins Wohnzimmer, wo ihre Eltern sich die Köpfe einschlugen. Unwillkürlich stellte sich Kaja vor, wie ihre Mutter und ihr Vater, gebeugt wie zwei Stiere, Anlauf nahmen und mit gesenkten Hörnern aufeinander zuliefen, bis ihre Schädel krachend gegeneinanderstießen.

JENNI und Alex bogen auf das Grundstück des Ferienhauses ein. Sonja stand vor der erleuchteten Fensterfront, die Hände rechts und links neben das Gesicht gelegt und starrte ins Innere des Hauses. Die Vorhänge waren zugezogen, doch in der Mitte blieb ein schmaler Spalt offen, durch den ein Lichtstreif auf den Rasen fiel und auf Jennis und Alex' ineinandergefalteten Händen endete, als wolle er sie durchtrennen.

Alex' Daumen strich über Jennis Haut. Ein Kribbeln kroch ihren linken Arm hinauf, multiplizierte sich in ihrem Herzen. Auf dem ganzen Weg vom Strand zum Haus hatte Alex ihre Hand gehalten, und sobald sie Sonja abgesetzt hatten, würden sie den ganzen Rückweg für sich alleine haben. Vielleicht konnten sie in der Telefonzelle an der Kreuzung ein bisschen knutschen. Jenni zog Alex hinter sich her in den schwachen Lichtkegel auf der Terrasse.

Die Stimme ihres Vaters donnerte gegen die Scheibe: »Sag mir, warum!«

Jenni legte Sonja die freie Hand auf die Schulter und sah selbst durch den Spalt, sah ihre Mutter am Esszimmertisch sitzen. Ihre Mundwinkel zuckten, sie erhob sich, als ihr Vater ins Bild trat.

Reglos standen sie sich gegenüber, bewegten stumm die Lippen.

Plötzlich holte ihr Vater aus und schlug ihrer Mutter mit der flachen Hand ins Gesicht.

Ihr Kopf kippte zur Seite, aber sie hielt sich aufrecht.

Jennis Herz setzte für einen Moment aus. Wer waren diese Leute? So etwas gab es im Fernsehen oder in anderen Familien, aber nicht bei ihnen.

Der Hinterkopf ihres Vaters bewegte sich, seine Hände an den schlaffen Armen gestikulierten leicht, er verschwand aus ihrem Blickfeld.

Ihre Mutter setzte sich zurück auf den Stuhl und hielt sich die Wange. Warum wehrte sie sich nicht?

Sollte Jenni reingehen und sie schützen? Absurd. Er hatte nie die Hand gegen seine Kinder erhoben. Das dadrin war doch nicht ihr Vater. Ein Gedanke flammte in ihr auf, vielleicht hatte ihre Mutter es verdient. Das hat niemand verdient, wies eine innere Stimme sie zurecht.

Ihr Vater tigerte hin und her, die Fäuste geballt. Er verschwand hinter dem Vorhang in Richtung des Kamins, Bücher flogen aus dem Nichts gegen die Treppe. Das Metallgeländer heulte durch den Raum.

»Hör auf, bitte hör auf!«, jammerte ihre Mutter. »Kaja schläft.«

Stille.

Jenni sah hinunter zu Sonja. Sie regte sich nicht, aber Tränen liefen ihre Wangen hinab.

»Was ist los bei euch?«, fragte Alex. Er versuchte, Jenni etwas beiseitezudrängen.

»Nichts, warte auf der Straße.«

»Ich geh da nicht rein.« Sonjas Stimme überschlug sich. »Ich geh da nicht rein!«

»Schon gut. Wir warten einen Moment.«

»Ich geh da nicht rein!«, schrie Sonja.

Jenni riss ihre Hand von Alex los und hielt Sonja den Mund zu.

Im Wohnzimmer stand ihr Vater jetzt schweigend neben ihrer Mutter, in sich zusammengesunken starrte er auf die gegenüberliegende Wand, auf das Strandbild, auf dem sich ein Sonnenuntergang durch eine graue Wolkendecke kämpfte.

Wenn sie jetzt reingingen, was würde passieren? Taten ihre Eltern, als sei nichts gewesen? Aber wer würde Mo holen, die mit den Jungs am Strand wartete? Alex fiel ihr wieder ein. Wenn sie da reinging und alle in Streit gerieten, was würde er denken? Würde er sie überhaupt noch wiedersehen wollen?

»Okay, wir gehen zusammen zurück zum Strand«, flüsterte Jenni.

Sonjas Stimme zitterte. »Was ist mit Kaja?«

KAJA sah zum orangenen Lichtpunkt des Schalters, der schwach wie ein Glühwürmchen in der Dunkelheit flackerte. Es war ganz leicht: aufstehen, drei Schritte gehen und ihn einschalten – vielleicht würde die Helligkeit ihr den Druck von der Brust nehmen.

Kaja zuckte zusammen – das Treppengeländer heulte auf. Sachen fielen klatschend auf den Boden. Auf gar keinen Fall durfte sie das Licht anmachen und damit verraten, dass sie wach war. Wenn jemand reinkam, musste sie sich schlafend stellen. Sie atmete tief ein und aus, versuchte, sich an den Rhythmus zu erinnern, den sie schon so viele Male vorgetäuscht hatte. Ihr Name wurde gesagt. Die Stimme klang nach ihrer Mutter, doch sie traute dem Geschrei nicht. Das konnten unmöglich ihre Eltern sein. Das waren Dämonen, die von ihnen Besitz ergriffen hatten, oder Gastaltenwandler. Sie wünschte sich ihre Schwestern herbei oder die Wölfe aus ihrem Traum, irgendjemanden musste es doch geben, der sie beschützen wollte.

Zitternd zog Kaja sich die Bettdecke übers Gesicht. Ihr Herz klopfte wild. Dass sie jetzt nicht mal mehr den Lichtpunkt des Schalters sehen konnte und in völliger Finsternis lag, war noch beängstigender, aber die Hoffnung auf ein sicheres Versteck ließ sie in der stickigen Luft verharren. Kaja lag eingerollt auf der Seite, die Augen zusammengekniffen; eine Träne löste sich und blieb im Augenwinkel hängen.

»Kaja.« Ihr Name geflüstert in einem schnellen Atemzug. Er

klang viel näher als der von vorhin. Sie presste sich die Hände vor den Mund. Bitte lass mich träumen, bitte lass mich träumen.

Ein Klopfen an der Fensterscheibe. »Kaja? Bist du wach?«

Jetzt war sie sich sicher. Kaja riss die Decke hoch, sprang aus dem Bett, wobei sie ihre zu große Schlafanzughose am Bund festhalten musste. Ihre Augen hatten sich noch nicht an das neue Licht gewöhnt, sie stolperte gegen den Stuhl, der über die Fliesen quietschte. Ein scharfer Schmerz stieg in ihren Zeh, sie biss die Zähne zusammen, zerrte mit Fingerspitzen hektisch an der Gardine. Die schweren Vorhänge bewegten sich nicht. Kaja kletterte erst auf den Stuhl, dann auf den Tisch und zog den Stoff beiseite.

Jennis Gesicht klebte vor der Scheibe.

»Die streiten sich«, wimmerte Kaja.

»Ich weiß, wir nehmen dich mit. Wenn wir wiederkommen, haben sie sich beruhigt.« Jennis Stimme war durch das gekippte Fenster nur leicht gedämpft. »Kannst du das Fenster ganz öffnen?«

Kaja stemmte sich mit aller Kraft gegen das kalte Glas, bis der obere Teil im Rahmen einrastete, mit beiden Händen schob sie den Riegel zur Seite. Sie wich Jenni aus, die die Scheibe aufdrückte. Am liebsten wäre sie ihr gleich in die Arme gesprungen.

»Was ist mit den Kindern?«, rief ihr Vater. Kaja horchte auf, doch sie konnte ihre Mutter nicht antworten hören.

»Sonja, warte hier kurz.«

Erst jetzt sah Kaja, dass Sonja etwas abseits im Dunkeln stand. Ihre grauen Umrisse hoben sich von der Schuppenwand ab.

Jenni kletterte ins Fenster, stieg vom Tisch und schaltete das Licht ein. Die Helligkeit brannte in Kajas Augen. Ihre Schwester drückte ihr ein paar Klamotten vom Fußboden in die Hand, und Kaja zog sie wortlos an. Sie stand noch immer auf dem

Tisch, so nah am Fluchtweg fühlte sie sich sicherer. »Was ist, wenn Mama und Papa kommen und ich weg bin?«, fragte sie.

Jenni ließ den Blick suchend durchs Zimmer schweifen und griff zu Block und Federmappe auf Sonjas Nachttisch. Sie kritzelte eine Vielzahl an Buchstaben darauf, von denen Kaja nur die Vokale erkannte und ihren eigenen Namen. Dann legte Jenni den Zettel auf Kajas Bett und löschte das Licht.

»Was hast du geschrieben?«, fragte Sonja.

»Dass wir Kaja mitgenommen haben zum Strand und auf euch aufpassen, bis sie sich wieder beruhigt haben.«

»Ich habe keine Schuhe«, flüsterte Kaja. »Die stehen vorne im Flur.«

»Es ist nicht kalt. Die Socken reichen.«

Kaja protestierte nicht, sie war nur froh, das Haus zu verlassen.

Jennis dunkler Umriss näherte sich ihr, stieg auf den Tisch und kniete sich neben sie. Wie eine Wolfsmutter hockte sie hinter ihr. Kaja fühlte den starken Griff unter ihren Achseln, dann baumelte sie auch schon in der Luft und wurde in Sonjas Arme übergeben.

Sonja hatte Schwierigkeiten, das Gleichgewicht zu halten, als Jenni losließ, doch Kaja glitt langsam an ihrer Schwester hinunter, bis sie das Gras unter ihren Socken fühlte.

Jenni sprang mit einem Satz hinaus und schloss das Fenster mit so viel Schwung, dass es im Rahmen einrastete.

Leicht gebückt liefen sie ums Haus herum, obwohl es in der westlichen Wand kein Fenster gab.

Auf der Straße stand ein Junge, den Kaja noch nie gesehen hatte, doch er schien auf sie zu warten.

»Los, schnell«, zischte Jenni ihm zu. Gemeinsam rannten sie durch die Nacht, weg von den Schreien und hin zum Meeresrauschen.

MO sah in den Sternenhimmel – weiße Sommersprossen auf schwarzer Haut. Ihre Hand kämpfte gegen die Schwerkraft, als sie sie ins Weltall hob, wie gerne würde sie darin schweben.

Hakan hatte die Lehne des Strandkorbs so weit nach hinten geklappt, dass sie beinah darin lag. Er war ins Gespräch mit Julian vertieft, doch ihre Stimmen wurden von Mos Bewusstsein ausgeblendet, für sie gab es nur Licht und Dunkelheit. Hakan griff nach ihrer erhobenen Hand. Enttäuscht fühlte Mo, wie er sie aus dem Himmel holte.

»Sie kommen zurück«, sagte Julian.

Es kostete sie Kraft, den Kopf von der Lehne zu lösen und aufzusehen. Über den Dünenaufgang liefen vier Schattengestalten wie Räuber aus einem Cartoon. Ihre Schritte polterten über die Holzplanken, versanken dann lautlos im Sand.

Erst quetschte sich Alex zwischen den Ecken zweier Strandkörbe hindurch, gefolgt von Jenni, Sonja und schließlich Kaja.

»Was ist passiert?«, fragte Mo kichernd. »Du solltest eine wegbringen und kommst mit zweien wieder. Das ist Magie!« Sie lachte und lehnte ihren dröhnenden Kopf an Hakans Schulter.

»Mama und Papa haben mega Zoff«, sagte Jenni.

»Die schlagen sich die Köpfe ein!« In Kajas aufgerissenen Augen schimmerte das Mondlicht.

Mo verging das Lachen. »Warum streiten sie sich?«

»Keine Ahnung. Papa hat Mama … ach, ich erzähl es dir später. Besser, wir bleiben noch etwas hier«, meinte Jenni.

»Oder für immer«, schluchzte Sonja. »Ich will mich nicht entscheiden, zu wem ich gehe, wenn die sich trennen.«

»Noch hat sich keiner getrennt.«

»Ich bleibe bei Mama«, rief Kaja und fing jetzt auch an zu weinen.

»Soll ich etwa alleine zu Papa?«, schrie Sonja auf.

Mos Augen füllten sich mit Tränen, ohne dass sie es wahrnahm. Erst als sie ihre Wangen hinunterliefen und sich an Kinn und Nasenspitze sammelten und sie kitzelten, wischte sie sich mit dem Jackenärmel übers Gesicht.

»Mann, bin ich froh, dass meine Eltern schon geschieden sind.« Alex legte seinen Arm um Jenni und zog sie näher zu sich heran.

Mo glaubte, die Bewegung auf ihrem eigenen Körper zu fühlen, oder war es Hakan, der seine Hand auf ihren Rücken gelegt hatte? Von einer Sekunde auf die andere saß sie in einem Karussell, das sich mit hundert Stundenkilometern drehte, an ihr Ohr drangen Sprachfetzen:

»Wo sollen … hin?«

»Monster … Bett.«

»Ihr … bei uns.«

»… Mama … kein Platz.«

Mos Körper sackte in sich zusammen, rutschte immer weiter auf Hakans schmächtigen Schoß. Sie versuchte, sich hochzustemmen und sich an ihrer Seite der Strandkorbwand anzulehnen, doch die Geschwindigkeit des Karussells drückte ihren Körper mit einer ungeheuren Kraft nach unten. Panik ergriff sie. Sie hatte keine Kontrolle mehr, war in einer unbekannten Schwerkraft gefangen, sie fühlte sich ganz nah bei sich und gleichzeitig unwahrscheinlich weit weg, irgendwo mitten im Universum, was von tausend Sonnen erhellt wurde, aber alles in einem nur aus einer ewigen schwarzen Nacht bestand.

»Seht ihr das nicht? Ich falle aus der Welt!« Hatte Mo das gesagt oder nur laut gedacht, sie konnte weder sich noch die anderen hören. Wieder versuchte sie, sich aufzurichten, aber das Gewicht auf ihren Schultern war zu groß, lieber sank sie auf die Erde, als in der Schwebe festzuhängen. Ihr Oberkörper rutschte von Hakans Beinen, ihre Knie gruben sich in den

Sand. Sie konnte sich mit den Händen abfangen, vielleicht auch weil jemand an ihrer Jacke zerrte und den Sturz in die Länge zog.

Auf allen vieren krabbelte Mo an den Füßen ihrer Schwestern vorbei und zwischen den Seitenwänden hindurch auf die Rückseite des Strandkorbs. Stimmen prasselten auf sie ein wie Hagelkörner, sie versuchte, sie mit einer Hand wegzuwischen und zum Schweigen zu bringen – vergebens. Tränen fielen in den Sand und hinterließen winzige Krater.

Ihr Magen krampfte sich zusammen, sie spürte die Brocken der Pizza, die sie am Abend gegessen hatte, schmeckte den Alkohol und die ätzende Galle in ihrer Kehle, auf ihrer Zunge, bevor sie alles in den Sand erbrach. Das Karussell verlor endlich an Tempo.

»Scheiße, Mo, wie viel hast du getrunken?«

Mo wandte den Kopf und blickte auf Jennis Schuhe.

»Wenn Mama und Papa dich so sehen, bin ich dran.« Jenni beugte sich runter und strich Mo über die Stirn. Die Kälte ihrer Hände tat gut. Ihre Stimme klang jetzt sanfter. »Wie geht's dir denn?«

Mo fand keine Worte.

Jenni hielt ihr etwas unter die Nase. »Hier, nimm mal ein Kaugummi, das hilft.«

»Ich trink nie wieder.«

Ihre große Schwester lachte. »Das habe ich schon oft gesagt.«

»Nein, wirklich. Nie wieder. Ich weiß gar nicht, wer ich bin.« Sie hob den Kopf und versuchte, das Bild der auf sie herabblickenden Gestalten scharf zu stellen. »Wisst ihr denn, wer ihr seid?« Die Tränen lösten sich, da war so viel Leere in ihr, die alles andere zu betäuben schien. Die Worte klangen gar nicht nach ihr. Wer suchte da nach Antworten? Mo ließ sich auf den Rücken fallen.

Wie ein Flüstern drang Kajas Stimme aus der Ferne zu ihr. »Ist Mo krank?«

Ach, kleine Kaja, du solltest dich lieber schlafen legen. Schlafen unterm Firmament. Ihre Augen wurden so schwer, das Karussell drehte sich noch, aber mit Erbarmen.

Jenni riss sie aus dem schönen Schlummer. »Steh auf, du darfst nicht einschlafen.«

Mo öffnete die Augen. Die Sterne funkelten so klar und tief hängend. Wieder streckte sie die Hand nach ihnen aus, wieder wollte sie schweben, als wäre sie nicht erst gerade gefallen. Eine Sternschnuppe durchkreuzte den Großen Bären. Mo folgte der Laufbahn des toten Himmelskörpers und versuchte, sich an einen Wunsch zu erinnern.

JENNI fühlte sich manchmal wie eine Ersatzmutter, wenn ihre Schwestern zu ihr kamen, um Rat fragten oder sich nach einem Albtraum in ihr Bett kuschelten. Sie mochte das Gefühl, gebraucht zu werden, gleichzeitig war sie neidisch – ihr war damals nur der elterliche, oft generationsfremde Rat geblieben, vieles hatte sie selbst herausfinden müssen.

Kajas gleichmäßiger Atem streifte ihren Hals. Seitdem sie auf Jennis Arm eingeschlafen war, schien sich ihr Gewicht verdoppelt zu haben. Jenni schubste Kaja etwas höher und verschränkte die Finger unter ihrem Hintern.

»Soll ich sie mal nehmen?«, fragte Alex. Er hatte einen Arm um Mos Hüfte gelegt, um sie zu stützen. Ihr Kopf hing herunter, was ihr beim Laufen nicht zu helfen schien – ständig stolperte sie über ihre eigenen Füße.

»Ich kann auch helfen«, rief Hakan, der mit Sonja und Julian schweigend hinter ihnen ging.

Jenni schüttelte den Kopf und legte die Wange auf Kajas Haar.

Sie roch das Erdbeershampoo ihrer Schwester, und als sie die Nase noch tiefer in den dunklen Schopf vergrub, überdeckte ihr Eigengeruch die künstliche Note. Da war noch ein Hauch des Babydufts, den Jenni bis vor ein paar Jahren auch bei Sonja wahrgenommen hatte. Sie konnte ihn nicht beschreiben, aber ihr kamen die Worte *Unschuld* und *machtlos* in den Sinn. Der Duft weckte in ihr den Wunsch, alles zu tun, um Kaja zu beschützen, um sie möglichst lange Kind sein zu lassen. Noch einmal atmete sie tief ein, schloss die Augen, versuchte, die Bestandteile zu entschlüsseln und fest in ihrem Gedächtnis zu verankern. Es würde nicht mehr lange dauern, bis Kaja aus dem Geruch herausgewachsen war und er endgültig verlorenging.

»Soll ich euch noch begleiten?«, fragte Alex, als sie an der Abzweigung zur Andersenstraße angekommen waren.

»Nein danke, das geht schon«, meinte Jenni.

Sonja nahm Alex' Platz ein und stützte Mo, was schwierig aussah, da sie deutlich kleiner war.

Julian trat einen Schritt auf Sonja zu, als wollte er sie umarmen, wich dann aber zurück. »Viel Glück mit euren Eltern.«

Sonja nickte.

Flüchtig gab Alex Jenni einen schnellen Kuss. »Sorry, dass wir euch nicht helfen können, aber das sind echt zu viele, um sie reinzuschmuggeln.«

»Schon okay, wir schaffen das.« Jenni sah den drei Jungs nach, die an der Kreuzung um die Ecke bogen.

Sie betraten den spärlich beleuchteten Pflasterweg der Andersenstraße, als in der Dunkelheit Reifen quietschten und ein Fahrrad scheppernd zu Boden knallte.

Eine Gestalt rappelte sich auf und stieg erneut aufs Rad. Erst da erkannte Jenni ihn. »Was macht ihr denn hier?« Die Stimme ihres Vaters war ein Gewittergrollen – sie zählte die Sekunden zwischen Blitz und Donner. Eins, zwei … »Warum seid ihr nicht zu Hause?«

»Lasst ihr euch scheiden?«, weinte Sonja.

»Warum ist Kaja bei euch? Alle Mann sofort nach Hause!« Schon entlud sich das Gewitter über den Schwestern.

»Wo fährst du hin?« Jenni hielt dem Blick ihres Vaters stand – hier draußen zwischen den Häusern, wo Nachbarn Zeugen sein konnten. »Bist du fertig damit Mama zu verprügeln?«

Ihr Vater erstarrte.

Jenni wappnete sich gegen einen Schlag, reckte ihm provozierend den Kopf entgegen, darauf bedacht, genug Abstand zu Kajas zu lassen.

Die Augen ihres Vaters waren nur Schatten in einem alten Gesicht. Nacheinander sah er die Mädchen an: Jenni, Kaja, Sonja und Mo, die ihren Kopf immerhin oben hielt, aber selbst im Stehen leicht schwankte. Jennis Worte hatten ihn jeder Kraft beraubt. Seine jetzt kaum hörbare Stimme wurde von der sanften Brise fortgeweht. »Geht nach Hause.« Er setzte sich auf den Sattel und trat so fest in die Pedale, dass Jenni befürchtete, die Kette würde reißen.

Sie sah ihm nach, sah, wie seine Gestalt in der Dunkelheit verschwand. Hoffentlich stürzte er in einen Graben oder in eine Hecke, die ihm das Gesicht zerkratzte. Trotz der Wut war sie vor allem traurig – wieder entschied er sich zur Flucht.

Sonjas Hand griff nach Jennis Jackenärmel und hielt sich daran fest, als sie schweigend weitergingen. Wie brachten es nur Einzelkinder fertig, ihre Eltern zu ertragen? Nie war sie dankbarer für ihre Schwestern gewesen.

2018

»JENNI?« Edith steht in der Tür und sieht verlegen zu ihr auf. Mit den dunklen Haaren, die wild von ihrem Kopf abstehen, erinnert sie Jenni an Kaja. Beide sind immer schon ihrem Alter voraus gewesen, und in ihren Augen schimmert eine alte Seele.

»Ja?« Sie schließt den Koffer und hebt ihn vom Bett.

»Das ist für dich.« Edith hält die Hand ausgestreckt, ohne auf sie zuzugehen.

Jenni lächelt, geht zu ihr hinüber und streckt die Hand aus.

Edith lässt einen kleinen goldenen Delfinanhänger hineinfallen. »Ich habe ihn immer bei mir, wenn ich Angst vor etwas habe.«

»Danke, Edith. Das ist lieb von dir. Brauchst du ihn denn nicht?«

»Du kannst ihn mir später wiedergeben.«

»Du bist so fürsorglich. Ich hatte in deinem Alter ganz andere Dinge im Kopf.« Die Kindheit kommt ihr so weit weg vor, so unwirklich, als hätte es sie nie gegeben.

»Ich finde es so gemein.« Edith stockt und sieht zu Boden. »Dass du keine Mutter hast, und ich … ich habe gleich zwei.«

Jenni streicht ihr übers Haar. »Ich hatte viele Jahre lang eine Mutter und war darauf vorbereitet, dass sie diese Welt verlässt. Wir können uns das Schicksal nicht aussuchen.«

Lächelnd nickt Edith. »Und dafür hast du Schwestern.«

Jenni steckt den Anhänger in ihre Hosentasche, die Finne drückt hart gegen ihr Bein, als sie den Koffer zur Haustür bringt.

»Ich würde mich auch gerne von Oma Heike verabschieden. Kann ich nicht mitkommen?«, fragt Edith.

»Du kannst ihr ein Gebet sprechen.«

»Das ist nicht das Gleiche.« Der Satz klingt wie eine Frage.

»Deine echte Mutter vermisst dich sonst.« Auch ohne hinzusehen, weiß sie, dass sie Edith getroffen hat. Jenni beißt sich auf die Unterlippe und hält inne, den Rücken noch immer ihrer Stieftochter zugewandt. »Ich meine, genieß die Zeit, die du mit ihr hast.« Langsam dreht sie sich um und sieht, dass Ediths Augen mit Tränen gefüllt sind. Immer stößt sie die Menschen weg, die ihr Fürsorge entgegenbringen. Sie erträgt sich selbst nicht in diesen Momenten. Entschuldige dich, schreit sie sich selbst an, aber Jenni schweigt. Obwohl sie es fühlt, kann sie es nicht sagen.

Edith verschwindet den Flur hinunter, die Zimmertür knallt laut ins Schloss.

David wird sauer auf Jenni sein, zu Recht. Und sie wird dasitzen und schweigen und es aussitzen, bis er ihr verzeiht. Am Ende verzeiht er immer, und auch Edith wird drüber hinwegkommen. Kinder kommen über viel hinweg, denkt Jenni und erschrickt vor sich selbst.

Wann ist sie so alt geworden? Wann hat sie vergessen, wie es ist, ein Kind zu sein? Denn dann wüsste sie, dass sie alles mitbekommen, was die Erwachsenen zu verbergen versuchen, und dass manche Erlebnisse nie vergessen sind. Manchmal hat sie Angst vor dem Teil ihrer Persönlichkeit, der sich in ihrer Jugend gezeigt hat. Er kam anscheinend aus dem Nichts, und sie fürchtet, dass es wieder passieren könnte. Vielleicht versucht sie deshalb, ihr Leben so einfach wie möglich zu gestalten. Wer nichts ersehnt, wird nicht enttäuscht.

Sie kehrt um und klopft an Ediths Tür, doch bevor eine Reaktion kommt, ruft sie durch das Holz: »Danke für den Anhänger. Ich freue mich sehr darüber.« Ihre Stimme zeigt die Freude nicht.

Plötzlich wird die Wohnungstür aufgerissen, und David stolpert über Jennis Koffer. »Scheiße!« Dann: »Jenni?«

Fragend läuft sie zu ihm.

Er lächelt. »Gott sei Dank, ich dachte schon, ich erwische dich nicht mehr. Hast du alles eingepackt? Brauchst du noch was?«

»Ich habe alles.«

»Hat sich Edith schon von dir verabschiedet?«

»Ja.« Sie sieht über ihre Schulter.

»Alles okay?«

»Ich habe etwas Blödes zu ihr gesagt. Ich habe es nicht so gemeint.«

»Was denn?« Davids Augen sind groß vor Sorge. Das Hin-und-hergerissen-Sein zwischen den Bedürfnissen dieser zwei Menschen hat ihn am Anfang der Beziehung fast kaputtgemacht. Jenni hat gerne zurückgesteckt für sein Kind. Das hat es auch für sie einfacher gemacht, Freiräume zu schaffen.

»Ich muss jetzt los.« Sie küsst David flüchtig, doch er schlingt die Arme so fest um sie, dass sie sich nicht mehr bewegen kann, und flüstert ihr zu: »Ruf mich immer an, wenn du mich brauchst.«

Jenni lächelt und kann ihn nicht ansehen. Auch wenn sie ihn braucht, wird sie ihn nicht anrufen. Sie wird es alleine mit sich ausmachen, so ist es immer schon gewesen mit Familienangelegenheiten.

KAJA steigt aus dem Bus und befindet sich direkt am Anleger in Bensersiel. Dunkel entsinnt sie sich der Aufregung, die hier in jenem Sommer geherrscht hat. Damals war sie sechs Jahre alt, und ihre Erinnerungen an den letzten Familienurlaub auf Langeoog gehören zu den prägendsten. Sie sieht noch vor sich, wie ein Mann mit Elbsegler-Mütze durch den Tumult schritt und den Reisenden rote Gepäckaufkleber verkaufte – jetzt ist der Vorplatz leer. Sie sucht den Kiosk, an dem sie früher immer Leckmuscheln und Baby Pops bekommen haben, doch das Fenster ist hinter einer neu gezogenen Wand verschwunden.

Kaja streicht sich die Kapuze ihres Parkas über die braunen Haare, als sie durch die Schiebetür ins Gebäude tritt. Drinnen ist alles renoviert: Die ranzige Bahnhofsatmosphäre mit gedrungenen, fensterlosen Backsteinwänden und rustikalen Holzbänken ist Fernsehern an vertäfelten Wänden gewichen und einem schicken Café, an dessen Tresen Männer im Blaumann belegte Brötchen bestellen. Ein Gepäckschalter mit Kofferwaage hat den Mützenträger abgelöst. Kaja reicht ihren Reiserucksack einem der Männer, der einen roten Sticker auf die Seite klebt und ihn in den Container wirft. Immerhin das ist gleich geblieben.

Den Karton mit der Urne trägt sie weiter vor ihrem Bauch. Am zweiten Schalter kauft sie sich ihre Langeoog-Card und geht durch die hintere, verglaste Schiebetür nach draußen. Die Fähre hat bereits angelegt. Ein letztes Mal läuft sie gemeinsam mit ihrer Mutter über die Rampe ins Innere des Schiffs. Auch dort hat sich einiges verändert. Die Bänke sind mit braunem Kunstleder bezogen, Panoramafotos von weißem Sand und leuchtendem Dünengras verzieren die schokoladenfarbenen Wände. Das Schiff hat seinen verlebten Charme zugunsten des guten Aussehens eingebüßt. Und doch hat der muffige Geruch gepaart mit Bockwurstdunst, der aus dem Kiosk weht, überlebt.

Suchend lässt Kaja ihren Blick über die Tische schweifen, nicht mal ein Drittel ist besetzt. Ist sie froh oder enttäuscht darüber, ihre Schwestern nicht zu sehen? Für die Vorbereitungen hat sie nur mit Sonja gesprochen, was notwendig war. Bei den anderen war ihr das Risiko zu groß, auf Ablehnung zu stoßen. Jahrelang war die Familienzusammenführung an den Unzulänglichkeiten ihrer Schwestern gescheitert.

Jetzt auf dem Schiff, alleine mit den alten Erinnerungen, wünscht sie sich, doch ihre Schwestern angerufen zu haben. Sie sieht sich um, ihre Blicke gehen die Bankreihen ab, prüfen Gesichter und Hinterköpfe. Und da – plötzlich setzt ihr Herz aus. Am Kiosk nimmt eine Frau zwei Jever entgegen. Ihren Kopf ziert glattes aschblondes Haar. Sie ist groß gewachsen und geht etwas in die Breite, nicht dick, eher mütterlich, wie eine Frau, die schon zwei, drei Kinder zur Welt gebracht hat. Die Frau dreht sich um, und das erzwungene Lächeln auf Kajas Gesicht erstirbt. Es ist nicht Jenni. Im Grunde besitzt sie nicht mal große Ähnlichkeit mit ihr. Es geht wieder los, denkt Kaja. Mein Verstand spielt mir Streiche.

Sie setzt sich ans Fenster, sieht Horizont und Meer vorbeiziehen, die die Fahrt über in ihrem trüben Grau unverändert bleiben.

Nach vierzig Minuten Fahrt streicht der Wind ihr durchs Haar, als sie von Bord geht und sich am Hafengebäude an die Gleise stellt. Hinter der kleinen roten Lok schimmern die Waggons in den Farben des Regenbogens. Sie steuert den gelben an, setzt sich aber nicht auf eine der Holzbänke im Inneren, sondern bleibt auf der überdachten Außenplattform der Bahn stehen.

Als der Zug losfährt, beruhigt sie das gleichmäßige Ruckeln der Räder. Noch begleitet sie der Motorengeruch des Hafens, welcher sich entfernt, je näher sie dem Inneren der Insel kommt. Die Sonne schaut hinter den grauen Wolken hervor, ihr Antlitz erhellt die Bäche, welche sich durch die saftigen Wiesen schlängeln. Hasenkolonien schauen den Waggons nach, die an dem Wäldchen und dem Flugplatz vorbeifahren. Links folgt der Minigolfplatz, dahinter stehen Pferde auf den Weiden, und dann kann sie schon die Backsteinmauern des Bahnhofs in der Ferne sehen.

Kaja betrachtet rechts die bunten Umrisse des ruhenden Spielplatzes, auf dem sie als Kinder kaum gewesen sind. In ihrem Rücken spürt sie die Ruine des früheren Internats mit den eingeworfenen Fensterscheiben und dem geheimen Bunker, in dem sie damals das Monster entdeckt hat. Gleich hinter der Reihe adretter Ferienhäuser hat das Gemäuer gestanden. Jetzt gibt es dort nur noch den nackten Rasen, und doch, schon alleine wenn sie daran denkt, riecht sie wieder den modrigen Gestank.

SONJA fühlt sich leer, auf angenehme Weise. Wenn das Leben sie niederdrückt, entwickelt sie ungeahnte Energie und Lebenslust. Dann muss sie sich spüren, sich fallenlassen in fremde Hände, deren Führung sie sich unterwirft. Einer dieser Fremden steht jetzt unter der Dusche. Sie sieht die Treppe rauf auf die weiße Badezimmertür. Dahinter summt Tom, der schöne Mann aus der *Düne*, eine zerrissene Melodie, die vom niederprasselnden Wasser überlagert wird. Sie riecht schwach die Schwere des heißen Dunstes, vermischt mit der blumigen Note des Duschgels.

Gern würde sie mit ihm die Hitze genießen, doch sie weiß nicht, wann ihre Schwestern auftauchen, und sie will noch einiges erledigen, um ihnen möglichst wenig Raum für Kritik zu geben. Sonja nimmt die Kartons, die sie am letzten Abend ausgeräumt hat, und geht zum Schuppen, wo sie die Pappe gegen Farbe und Pinsel eintauscht. Zwischen der Andersenstraße und der Kirschlorbeerhecke liegen, wie in so vielen Rasenabschnitten Langeoogs, kürbisgroße Steine. Sie hockt sich mit den Knien aufs Gras, öffnet die Dose und beginnt, die Steine zu reinigen.

Sonjas Zeigefinger zuckt zurück, als das vertrocknete Moos in ihr Nagelbett sticht. Der Daumen drückt gegen die Fingerspitze, um den Schmerz herauszupressen. Als das Pochen nachlässt, taucht sie den Pinsel in die Farbdose – träge umhüllt das Weiß die Borsten. Sie hält den Pinsel über den Stein, ein Tropfen löst sich und läuft an ihm hinunter, umschifft Gesteinsfurchen, rinnt durch abgesplitterte Farbschichten und verfängt sich schließlich im Geflecht einer kleinen Moosansammlung. Mit dem Pinsel setzt Sonja nach, und die Farbe legt sich in einer dicken, glänzenden Schicht um den Stein, die alle Spuren der zwanzigjährigen Witterung unter sich vergräbt. Nur die Herbstsonne lässt leichte Dellen sichtbar werden, die in ihrem Licht Schatten werfen.

Als der letzte Stein gestrichen ist, reiht sich Sonjas Garten allmählich in das ästhetische Gesamtkonzept Langeoogs ein. Sie schließt die Augen und legt den Kopf in den Nacken. Der Nordseewind löst ein paar orangene Strähnen aus ihrem Zopf und lässt sie um ihren Kopf tanzen. Ganz bewusst fühlt sie, wie ihre Rippenbögen sich weiten, als die klare Luft in ihre Lungen dringt und ihr Gewissheit bringt. Hier wird sie glücklich werden. Nach all den Jahren letztendlich doch, ausgerechnet hier.

Sonja öffnet die Augen, hinter der Glasfront des Wohnzimmers bewegt sich ein Schatten, der sie beobachtet. Ihr Unterleib kribbelt, als sie seine dunklen Umrisse betrachtet. Sie stellt sich vor, wie er sie vor der Glasfront von hinten nimmt, die nackte Haut ans kalte Glas gedrückt, den Blicken Vorbeilaufender ausgeliefert.

Erregt schließt sie die Farbdose, steht auf, durchquert den kleinen Garten und geht ins Haus hinein. Ohne den Mann zu beachten, stolziert sie an ihm vorbei in die schmale Küche, um den Pinsel zu reinigen. Sie reagiert auch nicht, als er ihr folgt und sich dicht hinter sie stellt, ihr Ohr küsst und ihre Brüste fast schmerzhaft drückt. Ihre Finger gleiten durch die weichen Borsten, die einen zähen Farbfilm auf der Haut hinterlassen.

Kurz bedauert sie, dass sie hinten in der dunklen Küche sind statt vor der Fensterfront. Doch der Gedanke verflüchtigt sich, als er ihren Nacken küsst und seine Hände um ihren Hals legt. Sie genießt das Gefühl der Machtlosigkeit. Der Pinsel fällt ihr aus der Hand, das Wasser prasselt weiter darauf ein, vermischt sich mit der Farbe und läuft als weißes Rinnsal in den Abfluss.

Er streicht über ihren geöffneten Mund, ihren Körper hinab und flüstert: »Was bereust du in deinem Leben?«

»Nichts.«

Er zieht ihren Zopf nach unten, überdehnt ihren schlanken Hals und hält sie im Griff gefangen.

Sonja kann die Anspannung kaum noch ertragen.

Doch anstatt dass er seine Jeans öffnet, hört sie etwas auf dem Rand der Spüle scheppern. Sie fühlt die Kälte von Metall auf ihrer Haut, dann lässt er ihr Haar los.

Sonja sieht das Blut in die Spüle laufen, noch bevor sie den Schmerz spürt. Es rinnt aus einem handbreiten Schnitt auf ihrem Unterarm. Mit der anderen Hand drückt sie die Wunde ab, atmet durch den schrillen Schmerz, doch das Blut läuft zwischen ihren Fingern hindurch, sammelt sich im Becken und mischt sich mit der weißen Farbe zu einem Rosaton, bevor das Rot die Oberhand gewinnt.

Sie dreht sich um, fragend und erschrocken. Er hat sie verletzt. Nicht wie letzte Nacht ein bisschen gröber angefasst oder ihr leicht die Kehle zugehalten, er hat ein Messer genommen und sie geschnitten.

Er steht noch immer da, ganz ruhig, mit dem Messer in der Hand, und sieht zu, wie das Blut in beängstigender Geschwindigkeit ihren Arm hinunter und in die Spüle hineinläuft.

In ihr steigt Panik auf: Warum tut er denn nichts? Dann bemerkt sie ihren eigenen Schock, der sie erstarren lässt. Sie greift zum Küchenhandtuch und drückt die Wunde ab, und erst da erwacht er, lässt einen Schwall an Entschuldigungen los.

»Ich … ich wollte … Ich habe das Messer da liegen sehen.« Tom zeigt auf die Anrichte. »Und dann habe ich. Die stumpfe Seite. Ich wollte die stumpfe Seite benutzen, ich dachte, es wäre aufregend. Das war ein Unfall. Es tut mir leid.« Und während er weiterredet und hektisch Schränke öffnet, fühlt sich für Sonja alles wie in Zeitlupe an.

Langsam hebt sie den Arm und zeigt auf den Besenschrank, aus dem Tom den Verbandskasten holt. Seine Worte prasseln weiter auf sie ein, und Sonja *will* ihm glauben, aber ein Zweifel bleibt. Etwas passt nicht ins Bild.

Er greift ihre Hand und zieht sie ins Wohnzimmer auf einen Stuhl.

Sonja ist eine Marionette, zwar fühlt sie die Schmerzen, doch alle Gedanken sind stumm, und so lässt sie sich willenlos lenken.

Tom nimmt ihr das Küchenhandtuch ab und schmiert braunrotes Jod auf den jetzt langsamer blutenden Schnitt, legt eine Kompresse darüber und wickelt eine Mullbinde in mehreren Lagen herum. Seine langen Finger gehen behutsam vor.

Sonja sieht auf die Strähne seines dunkelbraunen Haars, die durch die Neigung seines Kopfes nach vorne gerutscht ist und auf der Stirn tanzt. Seine Nase ist das Markanteste an ihm, lang und schief wirkt sie fehl in dem ansonsten symmetrischen Gesicht mit den scharfen Wangenknochen und den breiten Lippen, und doch macht gerade dieser Makel seine Schönheit aus.

Als Teenager hat er geboxt und sie sich zweimal gebrochen. Letzte Nacht hat sie über die unebene Struktur des Knochens unter der dünnen Haut gefühlt und sich vorgestellt, wie er im Ring stand mit der Wildheit eines Panthers in den Augen.

Tom fixiert das lose Ende des Verbands mit einer Klammer und haucht einen Kuss darauf, so zart, dass seine Lippen sie kaum berühren, seine andere Hand streichelt ihre Wange, und in seinem Blick liegt die Entschuldigung, die er in den letzten Minuten so oft ausgesprochen hat.

Und endlich wacht Sonja auf und bemerkt, was in der Küche nicht gestimmt hat, als er aufs Blut gestarrt hat: Er war nicht überrascht. Es hat ihm gefallen. Es hat ihm gefallen, sie bluten zu sehen.

Tom lächelt und steht auf. »Brauchst du noch etwas?«

Sie schüttelt den Kopf.

»Ist es okay, wenn ich erst mal nach Hause fahre?« Er küsst sie, und Sonja verspürt weder Widerstand noch Verlangen. »Ich würde dich aber gerne wiedersehen. Du bist eine interessante Frau.«

Sonja sieht ihn an und reagiert nicht. Die Zeit ist zäh, und sie fragt sich, wie ihr Gesicht aussieht. Was er in ihren Blicken lesen kann. »Ich bekomme am Wochenende Besuch.« Ihre Stimme klingt ihr selbst so fremd, dass sie sich räuspert.

»Ich bin noch länger hier.« Er zwinkert ihr zu. »Wer kommt denn?«

Ihr Mund ist trocken.

Tom hebt ergeben die Hände, als sei eine Waffe auf ihn gerichtet. »Ich komme doch nicht in Schwierigkeiten?«

Unwillkürlich erwidert sie sein Lächeln. »Nein, nein. Es sind nur …« Eine plötzliche Eingebung, die sie nicht näher fassen kann, bringt sie dazu zu lügen. »… Freundinnen.«

»Dann sag mir Bescheid, wenn du wieder zur Verfügung

stehst.« Er grinst. »Es ist zwar nicht so schön wie im Sommer, aber uns bleibt ja noch das Bett.«

Auf einmal ist Sonja wieder klar, und die Ahnung, die in ihrem Unterbewusstsein schon so lange schwelt, bekommt eine Kontur. »Du warst doch noch nie im Sommer hier.«

Er hält kurz inne, nur für eine Sekunde, und sagt: »Ich meinte damit außerhalb der Saison.«

Auch wenn Toms Lächeln in seiner typischen Selbstsicherheit erstrahlt, glaubt sie, in seinen Augen eine Lüge zu erkennen.

Sonjas Herz setzt aus, um dann umso schneller weiterzuschlagen. Sie versucht, sich das Zittern ihrer Stimme nicht anmerken zu lassen: »Du musst jetzt gehen. Ich habe noch viel zu tun.«

Er schaut verwirrt. »Es war nicht meine Absicht, dir weh zu tun. Ich hoffe, du meldest dich.« Tom nimmt den Kuli aus dem Regal und schreibt seine Handynummer auf ihre heile Hand. Dann beugt er sich zu ihr herunter. In den winzigen Sekunden spürt sie sein Zögern. Vielleicht bemerkt er ihren Verdacht, doch die Nacht liegt zwischen ihnen und verlangt nach einem Kuss, den er scheu einfordert und den Sonja ihm schnell gibt.

Er geht in den Windfang, schaltet das Licht ein und zieht sich Mantel und Schuhe an.

Sonja sitzt noch immer am Esstisch und will die Gedanken nicht zulassen. Wie konnte sie so blind sein? Und die letzte Nacht. Übelkeit steigt hoch. Vielleicht hat sie sich doch nur alles eingebildet, versucht, sie sich zu beruhigen. Du folgst keinen Fakten, nur einem Gefühl, das eine Reaktion auf einen Adrenalinschub ist. Nichts von dem ist rational. Doch da sieht sie die Nummer auf ihrer Hand. Er hat sie gebrandmarkt wie ein Stück Vieh. Panisch versucht sie, mit Spucke die Nummer wegzureiben. Erst als nur noch ein schwacher blauer Schimmer zu sehen ist, ebbt die Beklemmung ab. Jeden Gedanken an ihn wird sie verbrennen. Er existiert nicht mehr. Mit keinem Wort wird Sonja gegenüber ihren Schwestern erwähnen, dass ihrer aller Vergangenheit ebenfalls auf der Insel ist.

KAJA findet den Weg vom Bahnhof, ohne zu überlegen. Es hat etwas Zeremonielles, den Karton mit der Urne zum Haus zu tragen. Sie ist dankbar, dass ihr diese Aufgabe zugefallen ist. Hinter ihr bummeln Menschen mit Rollkoffern, die Kaja mit ihrem schnellen Schritt zügig zurücklässt. An der Kreuzung sitzen drei Dohlen auf der Straße und picken mit den Schnäbeln im Pferdemist. Ein E-Karren der Post schaukelt über die Schlaglöcher an ihnen vorbei und schreckt die Vögel hoch; mit flatternden Flügeln hüpfen sie auf den Grünstreifen und kehren zurück, als die Gefahr vorbei ist.

Die Abstände zwischen den Laternen werden deutlich größer, als Kaja in die Andersenstraße einbiegt. Sie ist froh, keinen Rollkoffer dabeizuhaben, der sie jetzt bereits angekündigt hätte. Die Häuser sind in unterschiedlichsten Architekturstilen gebaut, haben aber einiges gemeinsam: rote Backsteinfassaden mit weißen Fensterrahmen, die von den Grautönen des verhangenen Vormittags eingehüllt werden, umrahmt vom satten Rasen mit spärlich bepflanzten Gärten. Die pflegeleichten Büsche zeigen, dass die meisten Häuser von Touristen bewohnt werden, doch jetzt im November sind nur die Fenster im Haus von Herrn Jansen erhellt.

Kajas Schritte verlangsamen sich.

Da ist das Ferienhaus mit der grünen Tür. Sie besitzt so viele Fotos davon: Familie und Nachbarn, die lachend im Garten sitzen; Sonja auf dem Bauch liegend im Gras und in ein Buch vertieft; die Mädchen, die den Volleyball über die Hecke spielen. Nun wirkt das Haus fremd – wie die Cheopspyramide, die

Kaja unzählige Male im Reisekatalog betrachtet hat, doch als sie tatsächlich davorstand, hatte diese nichts mehr mit den Bildern gemein.

Es sind die Geräusche und Gerüche, die auf Fotos nicht eingefangen werden. Jetzt auf Langeoog ist es umgekehrt: Hier fehlt das Leben, das auf den Fotos zu sehen ist – die Fenster sind grau und hohl, der Garten ist leer und kalt. Wenngleich die Steine auf dem Grünstreifen die Eintönigkeit mit ihrem frischen Weiß durchbrechen.

Lautlos betritt Kaja über den rauen Waschbeton das Grundstück. Durch die verglaste Haustür sieht sie einen schwachen Lichtschein den Flur erhellen. Sie tritt vom Weg aufs Gras, als wollte sie sich verstecken. Das Licht geht aus, und Kaja verharrt in der Bewegung. Sie hört nichts bis auf den kalten Wind, der unter ihre Kapuze pfeift.

Auf einmal geht die Tür auf, und eine große schlanke Gestalt tritt heraus.

Beide zucken erschrocken zusammen, blicken einander abschätzend an, fragen sich, wer der andere wohl sein mag.

Sein Gesicht wird von einer schwarzen Mütze und dem grauen Schal umrahmt. Er ist gebräunt, die Überbleibsel eines langen Sommers. Die Augen stehen eng zusammen, haben etwas Schakalartiges, Bohrendes. Die Nase ist schief und besitzt eine Komik, die nicht zu dem scharfkantigen Gesicht passt. Er lächelt kaum merklich, und Kaja erkennt nicht, ob darin Freude oder Ironie enthalten ist.

Sie räuspert sich. »Ich wollte zu Sonja.« Ihre Stimme kommt ihr viel zu laut vor.

Der Mann tritt einen Schritt zur Seite und deutet mit dem Arm einladend auf die offene Tür. »Ich denke, sie erwartet dich.« Seine Selbstsicherheit irritiert sie. Er zeigt sich in der Umgebung so vertraut, die ihr fremd geworden ist.

Kaja überlegt, ob sie sich vorstellen sollte, geht dann aber stumm ins Haus. Sie löst eine Hand vom Karton, greift zur Klinke, doch er kommt ihr zuvor.

»Bis bald«, sagt er, schließt die Tür hinter Kaja und verschwindet aus dem Garten in Richtung der Dünen.

Kaja geht durch den Windfang in den Wohnraum, der durch das trübe Sonnenlicht nur dürftig erhellt ist.

Sonja sitzt am Esstisch und zieht hektisch ihren Pulloverärmel über einen Verband.

»Hi.« Kaja schaltet mit dem Ellenbogen das Licht an und stellt den Karton auf den Tisch. Sie lehnt ihren Rucksack ans Treppengeländer und hängt ihren Parka an die Garderobe. »Wer war der Typ?«

Sonja löst den Blick vom Paket und steht auf. »Niemand Wichtiges.«

Kaja fühlt die kurze Umarmung, vor allem die Fremde darin.

»Dein Lover? Er ist ein schöner Mann.«

»Hast du das Ufer gewechselt? Wo ist Lou?«

Kaja lässt das plumpe Ablenkungsmanöver unkommentiert. »Sie ist doch zu Hause geblieben.« Sie zuckt die Schultern. »Ich wollte alleine kommen.«

Sonja nickt, und Kaja fragt sich, ob sie es wirklich versteht.

»Ist sie darin?«, fragt ihre Schwester und deutet auf den Karton.

Kaja nickt und lässt den Blick durch den Raum schweifen. »Du hast nichts verändert«, bemerkt sie dann mit einem Blick auf die Einrichtung.

»Noch nicht. Am Anfang wollte ich alles rausschmeißen, es hat mich regelrecht erschlagen, aber jetzt nehme ich mir die Zeit, es nach und nach zu verändern. Auf der Insel dauert eh alles etwas länger. Kaffee? Tee?« Sonja sieht sie fragend an.

Kaja schüttelt den Kopf und bereut es sofort, weil sie sich jetzt wieder reglos gegenüberstehen.

»Wohnt Herr Jansen noch nebenan?«, fällt Kaja ein.

Sonja grinst und bejaht. »Da bekommst du immer noch den besten Inselklatsch. Ach, ich habe übrigens Patze gestern getroffen.«

Kaja verdreht die Augen. »Die ist auch hier? Redet die immer noch so viel?«

Sonja grinst. »Die hat sich kein Stück verändert. Aber manchmal ist es ganz nett, Gesellschaft zu haben. Gerade wenn in der *Düne* nicht viel los ist. Ach so, ich arbeite da.«

»Du hinter der Theke?« Kaja spürt einen Stich. Diese heiligen Hallen hat sie als Kind nie betreten dürfen. »Da hätte ich eher Mo vermutet. Das letzte Mal habe ich dich im Bleistiftrock mit diesen spitzen Schühchen gesehen. Seit wann arbeitest du da?«

»Seit zwei Monaten.«

»Davon hast du bei der Trauerfeier gar nichts erzählt.«

»Es hat niemand gefragt.« Barsch hebt Sonja die Arme und bindet ihr Haar zu einem lockeren Dutt nach oben. Unter ihrem Ärmel kommt der Verband zum Vorschein.

»Was hast du gemacht?«

Eine Spur zu hektisch senkt Sonja den Arm. »Nichts. Guck nicht so. Ich habe mich nur bei der Gartenarbeit am Ast geschnitten. Es ist nicht schlimm, brennt nur manchmal.«

Kaja sieht durchs Fenster auf den kümmerlichen Rasen. Die Kiefer und die Hecken sind zurechtgestutzt, durch die Blätter blitzen die weißen Steine auf der anderen Seite. »Glaubst du, Jenni kommt diesmal?«, fragt sie und sieht Sonja wieder an.

Die zuckt die Schultern. »Denke nicht. Sie hat mir nie geantwortet, und wenn sie nicht nach Detmold gekommen ist, wird sie kaum hierherkommen.«

»Es war eine schöne Trauerfeier«, sagt Kaja. Sie haben sich wirklich Mühe gegeben. Jeder war auf seine Aufgaben konzentriert, so dass kein Raum für die schwierigen Themen blieb. »In den letzten Jahren war immer irgendjemand nicht da. Wann haben wir uns das letzte Mal zu viert gesehen?«

Sonja muss nicht überlegen. »Auf Papas Beerdigung.« Sie lacht freudlos. »Irgendwie bringt uns nur der Tod zusammen.«

Kaja verkneift sich den Kommentar, dass es ihre Schwestern sind, die es für nötig halten, nur bei diesen Ereignissen vollzählig aufzutauchen. Und doch hat es sie damals überrascht, dass Jenni zur Beerdigung gekommen ist. In den Jahren zuvor hatte sie, wie die anderen auch, kaum Kontakt zu ihrem Vater gehabt. Nachdem sie ein paar Tage später beim Notar gewesen waren, riss es die Beziehung der Schwestern, die ohnehin nur noch aus Höflichkeiten bestand, endgültig auseinander. Jenni hatte getobt, dass Sonja ein Miststück sei, wenn sie das Erbe antrete, ohne das Ferienhaus mit ihnen zu teilen. Auch für Kaja war es eine schmerzhafte Zurückweisung gewesen, nur den Pflichtanteil zu bekommen, doch die Eifersucht hat sich mit der Zeit in den Wogen der Gleichgültigkeit verloren. Ohnehin wollte sie das Haus nie haben.

»Ich werde mal auspacken.« Kaja nimmt ihren Rucksack und läuft durch die Küche in das hintere Zimmer. Hier stehen noch immer die Betten, in denen sie und Sonja als Kinder geschlafen haben. Auf Sonjas stapeln sich Kartons. Kajas ist bezogen; Seehunde und Leuchttürme zieren das Wellenmuster des hellblauen Stoffs. Er ruft in ihr ein heimeliges Gefühl der Vorfreude aus ihrer Kindheit wach, selbst wenn Kajas erwachsener Verstand weiß, dass es keinen Grund zur Freude gibt. »Es ist noch die alte Bettwäsche von früher«, bemerkt sie lauter, als Sonja den Wasserhahn in der Küche aufdreht und darunter hantiert. »Ist die überhaupt noch gut?«

»Wird ja nicht schlecht, oder?«, ruft Sonja aus der Küche. »Sie roch zumindest nicht muffig.«

Kaja hievt den Rucksack auf die Matratze und öffnet das große Fach. Als sie sich umdreht, um ihre Kleidung in den Schrank zu räumen, sieht sie, dass Sonja in der Tür steht.

»Ich freu mich, dass du da bist«, sagt sie.

Kaja zieht die Augenbrauen hoch und grinst. »Ich glaube dir kein Wort.«

Sie sehen einander an, und für einen Moment glaubt Kaja, dass es wieder wie früher sein kann. In ihrer Brust brennt das Verlangen, Sonjas Körper zu spüren, sie ganz fest zu drücken, sie zu riechen, ihren Herzschlag zu fühlen – sie traut sich nicht.

JENNI riecht das Meersalz und das schwere Motorenöl der Schiffe, als sie aus dem Auto steigt. Ihr Bauch kribbelt, wie er es früher immer getan hat, wenn die Luft eine andere war und der Wind an ihren Haaren zerrte. Dieses Mal ist es nicht die Vorfreude auf die Insel, sondern die Angst vor ihr. Sie hat es sich geschworen, nie wieder einen Fuß auf Langeoog zu setzen. Nie wieder. Und jetzt, da sie so nah dran ist, beginnen wieder die Lügen.

Bin jetzt auf dem Schiff, melde mich heute Abend, schreibt sie David und kehrt dem Hafen den Rücken. Dann zieht sie ihren Koffer durch die Schiebetür des Hotels, diesen Notfallplan hat sie sich am frühen Morgen überlegt. Noch eine Nacht Schonfrist, eine Nacht, in der sie es sich anders überlegen kann. In der Lobby zahlt sie in bar, damit David die Abrechnung nicht auf dem Konto sieht.

Das Zimmer ist einfach gehalten, in altrosa Farbtönen und mit schweren Holzmöbeln: Bett, Schrank, ein Tisch samt Stuhl und zwei Sessel in der Ecke. Durchs Fenster sieht Jenni auf die grauen Wolken, die kaum Sonnenlicht hindurchlassen und dem Meer in seiner Farbe gleichen. Die weiße Fähre mit dem orangenen Schornstein hat das Hafenbecken bereits wieder verlassen und steuert auf den Horizont zu. Ob Kaja und Mo darauf sitzen? Keine der beiden hat sich bei ihr gemeldet. Bei Mo hätte sie es erwartet, bei Kaja vorausgesetzt.

Jenni schließt ihre Augen und sieht ihr achtzehnjähriges Ich vor sich, so selbstgerecht, sich selbst so fremd. Sie steht auf der Düne im wehenden Kleid und gleicht einem Gemälde von Caspar David Friedrich, vor Kitsch triefend. Als würde sie auf ihren geliebten Matrosen warten, doch hinter der hoffnungsvollen Fassade lauert die Wut. Jenni hat ihr altes Ich wie einen Dämon auf die Insel verbannt. So idiotisch die Vorstellung auch ist, das Gefühl bleibt, dass ein Teil ihrer selbst ausgelagert wurde und dort verweilt. Ob ihre Schwestern auch so fühlen?

Hastig öffnet sie die Augen, bevor sie sich noch in der Stille selbst begegnet, und verlässt das Zimmer.

Unten neben der Lobby ist ein Restaurant, durch dessen Glasfront man auf die leere Terrasse blickt. Sie setzt sich in eine Nische und bestellt einen Milchkaffee. Bis auf ein altes Ehepaar, das schweigend und mit zitternder Hand den Erdbeerkuchen zum Mund führt, ist der große Raum leer.

Hinten in einer Ecke fällt ihr ein mit einem Sammelsurium an Gegenständen gefülltes Regal auf: Bücher, Kosmetikartikel, unzählige Ladekabel, ein Föhn und ein Modellbausatz für ein Schiff im ungeöffneten Karton. Neugierig geht Jenni hinüber und sieht sich den Bausatz an: Frachter Colombo Express, so voll besetzt mit bunten Containern, dass die Brücke kaum noch zu sehen ist.

Als Kind hat sie oft verschiedene Modelle mit ihrem Vater zusammengebaut: Panzer, Schiffe, Autos. Das Ergebnis war ihr nie so wichtig wie der Prozess des Vorankommens, die Hingabe, die man in die filigrane Arbeit steckte. Vater und Tochter teilten eine Leidenschaft, bis Jenni den Klebstoff gegen den Walkman eintauschte und es ihr wichtiger erschien, die Zeit mit Freunden zu verbringen.

»Ihr Milchkaffee!« Der Kellner winkt, und Jenni setzt sich wieder.

»Danke. Was sind das für Sachen im Regal?«

Er folgt ihrem Blick. »Dinge, die im Hotel vergessen wurden. Alles, was nicht abgeholt wird und noch brauchbar ist, stellen wir zur Mitnahme ins Regal.«

»Das ist eine schöne Idee.«

»Sie glauben gar nicht, was die Leute alles vergessen oder nicht wiederhaben wollen.« Er grinst. »Alles können wir nicht ins Regal legen.«

»Ich kann es mir denken.«

Er lächelt. »Ich wünsche Ihnen einen schönen Aufenthalt.«

»Danke, den wünsche ich mir auch.«

MO braucht keinen Schlüssel, genau wie früher ist die Tür nicht verschlossen. Der Geruch des Hauses ist ihr sofort vertraut. Ein wenig muffig, als hätte die Winterkälte begonnen, die Wände anzunagen, bis die Sommerhitze sie wieder aus den Fugen vertreibt; doch etwas bleibt immer zurück und verströmt diesen Hauch von Moder – nicht unangenehm, eher charmant wie in einem alten Bauernhaus. Wann immer Feriengäste oder die Neumanns selbst hier gewohnt haben, überdeckten sie den Geruch nur kurzzeitig; sobald das Haus einige Tage leer stand, hatte es alles, was nicht zu ihm gehörte, wieder ausgeatmet.

Mo schließt die Haustür hinter sich, geht zwei Schritte durch die enge Diele, an deren Garderobe zwei Damenjacken hängen, und erreicht die gläserne Zwischentür, die den Windfang vom Wohnbereich trennt. Vor ihr führt die Holztreppe nach oben. Die mit Teppich bedeckten Stufen sind rechts in der nackten

Backsteinwand befestigt und schweben auf der anderen Seite frei, nur durch ein weißes Metallgeländer verbunden.

Der Treppenlauf endet vor einem Kunstdruck Picassos, den Mo von unten anstarrt, als würde das Mädchen darauf aus dem Rahmen steigen, wenn sie nur lange genug wartet. Es trägt ein weißes Kleid mit einer breiten grünen Schleife und hält eine Friedenstaube in den Händen. Die Wange lehnt am Kopf des Vogels, die großen Augen fixieren selig den Betrachter. Ihr Bubikopf leuchtet im gleichen Feuerrot wie Sonjas Haar.

Ohne den Blick abzuwenden, ruft Mo den Namen ihrer Schwester. Der Klang der zwei Silben, den sie in ihrem Leben unzählige Male gesagt hat, kommt ihr plötzlich fremd vor, als zweifelte sie an deren Richtigkeit.

Sie lauscht.

Nichts.

Die Stille wirkt jetzt noch erdrückender, als hätte sie mit dem Ruf den Nebel kurz durchbrochen, nur damit er sich dann umso schwerer auf sie legt. Mo wendet sich zur Sitzecke und streicht beim Gehen über die Holzvertäfelung an der Wand. Bei jedem Spalt zwischen den Brettern geben ihre Finger ein dumpfes Klacken von sich. Die Verkleidung endet am bodenlangen Vorhang, der die Glasfront des Wohnzimmers einrahmt.

Mo steht auf den bunt gesprenkelten Teppichfliesen, auf denen ein kreisförmiger Rotweinfleck prangt, umgeben von zwei ledernen Schwingstühlen, einem Holztischchen und dem großen Sofa. Nachdenklich sieht sie nach draußen in den tristen Herbsthimmel. Die Stille und Unbeweglichkeit hüllen sie ein, versetzen sie in eine Trance. Wie ein Geist, der an ein Haus gebunden ist, starrt sie auf die mit Plastikmöbeln spärlich ausgestattete Terrasse, den von der Sonne verbrannten Rasen und die Kirschlorbeerhecke.

Sie weiß nicht, wie viel Zeit vergangen ist, als sie sich auf das

Sofa fallen lässt. Neben ihr liegt zusammengeknüllt eine Decke aus blauem Fleece. Anders als die Möbel, die schon vor zwanzig Jahren hier gestanden haben, kennt sie diese nicht. Mo fühlt den weichen Stoff und überlegt, sie hochzunehmen, um an ihr zu riechen, zieht die Hand dann jedoch zurück.

Erschöpft rafft sie sich auf. Ihre Schuhe, die auf dem Teppich noch geräuschlos waren, hallen jetzt auf dem braunroten Steinfußboden wider, der dem Klinker an der Wand ähnelt. Als sie am offenen Kamin vorbeigeht, hört sie den Wind durch den Schornstein heulen. Daneben stapeln sich auf weißen Regalbrettern Exponate ihrer Kindheit: abgegriffene Buchrücken, die mit letzter Kraft die vergilbten Seiten zusammenhalten. Eine Etage höher: die Spielesammlung der Familie Neumann. Die Ecken der Kartons sind zum Teil eingerissen von all den Kinderfingern, die daran gezerrt haben.

Darüber hängt ein Gemälde, das den Innenhof des Seemannshus mit den weißen Wänden und grünen Fensterläden zeigt. Zum Apfelbaum führt ein Weg aus roten Backsteinen, in die die Initialen und Daten der Langeooger Hochzeitspaare eingraviert sind. Auch Mos Eltern haben einen Stein, der womöglich noch immer dort liegt und das Ende ihrer Ehe seit Jahren überdauert.

Das nächste Bild zeigt den Strand in beigen Tönen, zum Meer hin dunkler werdend. Mittig im goldenen Schnitt klafft eine offene Wunde. Rotes Sonnenlicht dringt durch die dichte graue Wolkendecke. Das Bild hängt über dem Esstisch mit den sechs Stühlen. Nein, es sind nur noch fünf. Am Kopfende, wo einst ihr Vater gesessen hat, steht der Tisch jetzt direkt an der Wand.

Mo zieht den Stuhl an ihrem alten Platz hervor und sieht auf das durchgesessene Polster. Jäh übermannt sie die Müdigkeit. Sie will die Räume durchsehen, und doch bleibt sie reglos. Sie ruft noch einmal Sonjas Namen. Ganz unwirklich hallt ihre

Stimme durch das Haus und verebbt auf dem Weg in den oberen Stock.

KAJA und Sonja laufen über den Dünenaufgang, auf der Kuppe offenbart sich das Meer in seiner tosenden Schönheit. Es ist nicht sonderlich windig, doch die Wellen überschlagen sich, laufen ineinander und ergießen sich über den Strand. Es ist das schönste Meer, denkt Kaja. Sie war in Neuseeland und Indien, auf Mauritius und Grönland, aber nirgends besaß das Meer diesen unnachgiebigen Charakter, wie er der Nordsee eigen ist.

»Was ist hier passiert?«, fragt Kaja und deutet Richtung Osten. Bagger ruhen auf dem Sand, und riesige Rohre laufen kilometerweit über den Strand.

»Die spülen den Sand aus dem Meer rauf. Aber ich denke nicht, dass es lange halten wird.«

Nach einigen Metern sieht Kaja, was Sonja meint. Sturmfluten haben bereits ihre Zähne am neuen Strand gewetzt, jetzt führt eine mannshohe Abbruchkante steil hinab – eine Klippe aus Sand und Muschelsplittern. Ein Stück weiter gehen sie durch eine Schneise, wo Menschen eine Art Rampe in den Sand hineingetreten haben. Für eine Weile laufen sie stumm am Meer entlang, und hier, in der Weite, ist die Stille nicht unangenehm – die See ist da, um Gedanken nachzuhängen. Doch in Kaja arbeitet es. Es gibt Fragen, die sie stellen möchte. Unzählige Male hat sie Sonja in ihrer Vorstellung Fragen gestellt, und jedes Mal verloren sie sich in imaginären Streitgesprächen. Kaja will nicht länger darüber nachdenken, wie es verlaufen könnte, sie will Antworten, jetzt, da Sonja nicht auflegen oder ins Auto flüchten kann.

Im Laufen sehen sie einander an, schweigend.

Ihr Herz schlägt schneller: jetzt, jetzt. Sie öffnet den Mund – nichts kommt heraus.

»Die Danksagung ist heute angekommen. Ist schön geworden.«

Kaja zuckt die Schultern. »Es ist nichts Besonderes, und ich habe sie viel zu spät losgeschickt.«

Sonja schweigt.

»Ich habe dich vermisst. Euch.« Kaja sieht auf den Boden, konzentriert sich auf die Schuhe, die im Sand Spuren hinterlassen. »Wir beide haben am längsten zusammengewohnt, ich hätte nie gedacht, dass du mich hängenlässt.« Kaja spürt Sonjas Blick und zwingt sich, sie anzusehen.

Ihre Augen blicken ungläubig, aber ihre Stimme klingt sachlich. »Du hängst auch an deiner Opferrolle, Kaja. Es ist ganz normal, nach dem Abi auszuziehen. Das hättest du auch machen können.«

Damit hätte sie nie gerechnet. »Und Mama alleine lassen?«, stammelt Kaja.

Sonja zuckt die Schultern. »Wir treffen unsere eigenen Entscheidungen. Zwischen uns liegen sieben Jahre, hätte ich solange warten und deine Hand halten sollen, bis du mit der Schule fertig bist?«

Kaja brennen Tränen der Wut in den Augen. »Du hättest ja nicht gleich nach Bayern ziehen müssen! Du hast ja nicht mal versucht, in der Nähe zu bleiben.«

Sonja tritt auf eine Schwertmuschel, die knisternd zerbricht. Kaja wartet auf eine Reaktion, doch als Sonja sie ansieht, verrät ihr Blick, dass sie weder etwas bereut noch es für nötig befindet, sich zu entschuldigen.

»Weißt du, wie das ist? Die Kotze von Mama wegzuwischen? Sie ins Bett bringen, ihr Essen kochen, die vollgepissten Laken wechseln? Sie konnte am Ende gar nichts mehr, der Krebs hat alles zerfressen.«

»Ich weiß, dass es schwer gewesen sein muss, denn ich konnte es nicht. Meine Beziehung zu ihr war … schwieriger. Ich liebe sie, aber die Besuche haben mich fertiggemacht. Glaub mir, es ist mir nicht leichtgefallen, aber zu dem Zeitpunkt war es die richtige Entscheidung für mich.«

»Ihr hattet alle die Wahl, und ich war übrig geblieben. Pech gehabt, oder wie? Ich war Anfang zwanzig. Meine Freunde sind in Klubs feiern gegangen, überlegten, wen sie flachlegen, und ich stand alleine da mit der Pflege von Mama, und keine von euch, keine, hat sich bemüht, uns zu unterstützen. Alle zwei Wochen mal ein Anruf, und alle Jubeljahre kam jemand für ein Wochenende vorbei.« Kaja will nicht weinen. Sie kämpft gegen die Tränen an, kann aber nicht gewinnen. Die letzten Worte sind nur ein Schluchzen. »Wir standen uns mal so nah.«

»Ach, Kaja.« Sonja hebt den Arm, lässt ihn aber wieder sinken, dafür verbannt sie die Kälte in ihrer Stimme. »Wir standen uns so nah, wie Geschwister sich nahestehen müssen. Familie ist eine Zweckgemeinschaft, und ich wollte das nicht mehr. Das hat nichts mit Mama oder dir zu tun. Schon Jahre vor meinem Auszug war das nicht mehr mein Zuhause. Ich frage mich oft, ob ich anders hätte handeln sollen, aber ich kann nichts daran ändern. Es tut mir auch leid, dass du das alleine durchmachen musstest, aber du hast deine Entscheidung getroffen und ich meine. Guck nach vorne.«

Kaja schnipst mit dem Finger. »Einfach so, oder wie?«

Sonjas Augen glänzen feucht. »Nein, nicht einfach so. Ich musste auch Dinge verarbeiten, mit den Konsequenzen leben. Aber ich habe aufgehört zu bereuen. Es bringt nichts, in der Vergangenheit zu leben, man kann sie nicht ändern.«

»Aber du lebst nicht alleine auf der Welt. Du trägst Verantwortung für die Menschen, die dir nahestehen. Dein Handeln hat Auswirkungen auf sie.«

»Jeder ist für sich selbst verantwortlich.«

»Denkst du das wirklich?«

»Kaja, was willst du von mir? Ich kann nicht in der Zeit zurückreisen. Nimm die Entschuldigung an oder lass es, aber ich trage nicht mehr die Kämpfe von anderen aus.«

So liefen die Gespräche in ihrem Kopf nie ab. Jetzt zeigt Sonja die langersehnte Einsicht, aber die sachliche Gleichgültigkeit macht jede Annäherung zunichte. Kaja will einen Wutausbruch oder ein Geständnis unter Tränen. Sonja soll sie in den Arm nehmen, um Verzeihung bitten, sagen, dass sie alles, aber auch alles ändern würde, wenn sie nur könnte. Das Schlimmste ist, dass Kaja den Standpunkt ihrer Schwester verstehen kann.

Ein einsamer Möwenschrei durchbricht schrill das Meeresrauschen und wird vom Wind zerrissen. Der Vogel selbst ist nicht zu sehen, als hätte er sich nur kurz offenbart, um Kaja zu warnen, und wäre dann selbst wieder in Deckung gegangen.

»Vertragen?« Sonja nutzt den überzogen genervten Tonfall, den sie als Kinder immer benutzt haben, um zu zeigen, dass es ihnen zwar leidtat, sie aber nicht zu Kreuze kriechen würden.

Normalerweise hätte Kaja mit einem ebenso genervten »Jaaha« antworten müssen. Stattdessen lacht sie ganz ungewollt, über das plötzliche Wiederaufleben des alten Rituals. »Ich lache, aber ich bin immer noch sauer auf dich.«

Sonja grinst, und Kaja schenkt ihr ein kurzes Lächeln, bevor sie wieder aufs Meer sieht. Die Wut ist abgeflaut, aber die Fassungslosigkeit bleibt. So sieht Sonja die Welt? Vergangen ist vergangen. Und die Menschen, die einen lieben, die einen brauchen, lässt sie zurück, sobald es schwierig wird.

1998

SONJA betrat als Letzte das Haus, in Gedanken war sie noch bei ihrem Vater – wo er wohl mitten in der Nacht hingefahren war? Automatisch streifte sie sich die sandigen Schuhe von den Füßen, bevor sie durch den Windfang ins Wohnzimmer trat, darauf bedacht, geschützt hinter Jenni zu bleiben. Der Fernseher lief lautlos: Ein Mann im grauen Trenchcoat bückte sich hinter einem Auto und hielt eine Pistole auf den Himmel gerichtet. Der Lauf drückte gegen die Krempe seines schwarzen Huts, als er etwas schrie. Die Kamera zoomte heraus; vor ihm explodierte ein hoher Gebäudekomplex im orangenen Flammenmeer. Sonja konnte die Explosion förmlich hören, die herumfliegenden Teile, die Splitter, die auf die Straße rieselten wie Sommerregen. Der Mann mit der Waffe lief auf das Gebäude zu und versuchte, zwischen den leblosen Körpern die Verletzten von den Toten zu unterscheiden. Sonja stellte sich das Chaos aus Stimmengewirr und Schreien vor. Im Gebäude krabbelten Menschen mit blutenden Köpfen über den Boden, während sie staubbedeckte Leichen schüttelten. *Das* war leichter zu ertragen als die tatsächlichen Geräusche, die im Ferienhaus zu hören waren.

Aus der Sofaecke drang ein Wimmern.

Sonja traute sich nicht hinzusehen, erst als der Mann im Fernseher eine Überlebende gefunden hatte, drehte sie sich um.

Ihre Mutter saß auf dem Sofa, die Beine hatte sie zur Brust

hochgezogen und hielt sie mit den Armen umschlungen. Die blonden Strähnen hatten sich dunkel verfärbt, dort, wo die Tränen sie durchtränkt und an Wange und Hals geklebt hatten. Ihr Gesicht war rot, verquollen, ihre Unterlippe trocken und aufgerissen. Sonja hatte sie immer für schön gehalten, auf einmal war sie hässlich und alt. Uralt. Zum ersten Mal konnte sie sich vorstellen, dass es irgendwann, in ferner Zukunft, einen Tag geben würde, an dem ihre Mutter starb.

»Ich bring Kaja ins Bett«, sagte Jenni und durchquerte das Wohnzimmer.

Sonjas Herz zitterte, als ihr Schutzschild, hinter dem sie hervorgespäht hatte, davonlief.

»Warum weint Mama?«, fragte Mo. Sie stand am Fuß der Treppe auf das Geländer gestützt, den Kopf verrenkt auf die Hände gelegt. »Warum weint Mama?«, fragte sie wieder und brach in Tränen aus.

»Mo, geh hoch!«, zischte Jenni aus der Küche, und ihre Schwester folgte wankend dem Befehl, ohne sich noch einmal umzudrehen.

Sonja hörte ihren Herzschlag jetzt in den Ohren trommeln. Ihr Instinkt schrie: »Lauf!«, doch sie starrte nur reglos auf die fremde Frau, und ein Gedanke wurde immer lauter: Sie haben mich alleingelassen. Sie hatten sie alleingelassen mit einer Mutter, die sie so nie hatte sehen wollen.

Sonja *wollte* ihre Mutter trösten. Wie oft hatte ihre Mutter sie in den Armen gewiegt, ihr das schmerzende Knie geküsst und ihr zugehört, wenn sie unter Tränen von Streitereien erzählte? Wie gern hätte Sonja all das zurückgegeben, doch sie konnte nicht.

Sie sah zum Fernseher. Der Mann mit dem Hut lief in Zeitlupe durch die Gebäudetrümmer und hielt sich den Kragen seines Trenchcoats vor die Nase. Entschlossen trat er durch den

Rauch. Sonja bildete sich wieder Schreie ein, alles war besser als dieses Schluchzen und Schniefen. Der Held blickte auf Körper, manche zuckten, andere waren reglos. Er schrie etwas und hielt die Hoffnung wie eine Fahne hoch, als er Wunden zusammendrückte, während Decken um ihn herum einstürzten. Gerade sank er vor einem Kind auf die Knie, presste dessen blutige Hand gegen seine Wange, die einen Abdruck hinterließ, und bedeckte dessen Angst mit Worten.

Sonja drehte sich um, sah ihre Mutter, die sich mit dem Handrücken Rotz aus dem Gesicht wischte, die Arme ausbreitete und die Beine sinken ließ. Nein, dachte Sonja, Mama war keine alte Frau. Sie war ein Kind. Es war schwer vorstellbar, aber es hatte eine Zeit gegeben, in der auch sie ein Kind gewesen war. Irgendwann vor langer Zeit, da war sie so alt wie ich, sogar so alt wie Kaja.

Sonja lief in die Arme ihrer Mutter.

»Meine Kleine, komm her«, wisperte diese und presste Sonjas Körper fest gegen ihren. Ihre Arme waren zu Fesseln geworden, die Sonja die Luft nahmen. »Du musst jetzt ganz stark sein.« Und dann brach die Verzweiflung in Tränentrümmern wieder aus ihrer Mutter heraus.

Steif wie eine Puppe blieb Sonja da und wartete, dass es vorübergehen würde.

Ihre Mutter rang nach Luft und saugte dabei Sonjas Haare in den Mund. Ihr Atem war heiß, und Sonja ekelte sich vor der feuchten Wärme, die ihre Kopfhaut benetzte.

Im Fernseher taumelte eine gesichtslose Frau aus einem brennenden Raum wie eine Mumie. Sie schwankte auf den Mann mit dem Hut zu und fiel in seine Arme.

Sein ruhiger Gesichtsausdruck wich Angst und Ekel, als er die Frau von sich stieß. Eine Nahaufnahme auf ihre Hand, die sie in die Höhe reckte, als sie zu Boden stürzte.

Sonjas Mitleid war zur Wut geworden. Wieso durften Kaja und Mo schlafen, weshalb konnte Jenni sich verdrücken? Warum konnte ihre Mutter nicht so tun, als sei alles in Ordnung? Sonja war das Kind! Sonja musste nicht trösten! Sie musste getröstet werden! Ihre Mutter brach ein Naturgesetz, das nicht ohne Grund existierte. Welches Bärenjunge konnte schon seine Mutter verteidigen? Sonjas Fäuste ballten sich.

Fast schon schmerzlich krallten sich die Finger ihrer Mutter in Sonjas Schulter. »Du musst jetzt stark sein«, sagte sie immer und immer wieder.

Sonja fühlte nur noch Verachtung. Was war denn ihre Mutter? War sie vielleicht stark? Sei gefälligst stark für mich! Für uns! Du bist meine Mutter! Du musst dich um mich kümmern! Warum bist du so schwach? Warum bist du so klein und hässlich und so verdammt schwach?! Sonjas Kopf schmerzte. Sie war auf lautlos geschaltet worden, doch die Decken stürzten weiter ein. Würde es jemals wieder wie früher sein? Erst jetzt wurde ihr bewusst, dass sie vielleicht nie wieder alle an einem Tisch sitzen würden.

Im Film gab es eine zweite Explosion, unmöglich, dass der Held das überlebte.

Vielleicht sollte sie davonlaufen. Niemals wieder Eltern oder Schwestern haben. Niemals wieder so zerbrechen.

JENNI beobachtete, wie ihre Mutter Sonja in den Armen hielt, die Knöchel traten weiß hervor. Sonjas Körper – halb auf dem Schoß, halb auf dem Sofa sitzend – war eingeknickt, die Gliedmaßen leblos. Sie starrte ins Leere mit dem wilden Blick eines Tieres, das in der Falle saß, unfähig, sich zu bewegen, und sich dennoch weigerte aufzugeben.

Behutsam ging Jenni durchs Wohnzimmer, setzte sich neben

ihre Mutter und streichelte ihr über den Rücken. »Mama, ist schon gut. Lass Sonja los.«

Ihre Mutter sah langsam auf, die Augen blickten trübe durch den Tränenschleier.

»Was ist denn passiert?« Jenni lockerte behutsam die Umarmung ihrer Mutter.

Deren Arme schnellten hervor, ließen von Sonja ab und umklammerten dafür Jennis Hals, als würde sie sonst in einen Abgrund stürzen.

Sofort sprang Sonja auf, blieb aber seitlich vor ihnen stehen. Jenni betrachtete ihr Profil: Ihre Lippen waren nur ein dünner weißer Strich, ihre Augen starrten ausdruckslos ins Leere. Das Fernsehlicht flackerte über ihr Gesicht.

Jenni hatte gar nicht bemerkt, dass er an war – irgendein Actionstreifen. Sie nahm die Fernbedienung und schaltete ihn aus.

Sonjas Augen zuckten kaum merklich.

»Geh ins Bett, Sonja. Ich komme gleich.«

Sonja neigte den Kopf leicht in ihre Richtung, rührte sich aber nicht. Ihre Fäuste waren so stark geballt, dass Jenni fürchtete, ihre Fingernägel würden sich in die Handflächen bohren.

Sie streckte die Hand nach ihrer Schwester aus, streifte aber nur den Ärmel ihrer Jacke, die sie noch immer trug.

Das genügte. Wie ein Schlafwandler ging Sonja auf die Küchentür zu und verschwand in der Dunkelheit.

»Mama, was ist passiert?«, fragte Jenni noch einmal.

»Wir haben uns gestritten.«

»Aber warum?«

»Es ist meine Schuld.«

»Was denn?«

Ihre Mutter weinte wieder hemmungslos.

Jenni atmete tief ein, bis sich ihre Brust wie ein starker Panzer anfühlte. Sie verstärkte die Umarmung, fühlte die Wirbelsäule ihrer Mutter durch den dünnen Pullover und begann zu summen. Erst leise und abgehackt, dann wurde das Brummen in ihrer Brust immer kräftiger, bis es klar und laut den Raum füllte. Die Melodie war ihr unbekannt, kam aus dem Nichts, als hätte sie ihr jemand geschickt.

Je länger sie summte, desto ruhiger wurde ihre Mutter. Ihr Kopf wurde schwerer an Jennis Brust, ihr Schluchzen weniger, bis die Tränen versiegten und ihr Atem gleichmäßig an Jennis Haut wehte.

Jenni hielt den Kopf wie den eines Babys, als sie den Oberkörper ihrer Mutter aufs Sofa bettete. Sie hob ihre Beine auf die Couch und breitete eine Wolldecke aus. War ihre Mutter immer schon so zierlich gewesen, oder war Jenni plötzlich gewachsen?

Auf einmal stolperte sie über eine leere Weinflasche auf dem Teppich. Ein roter Kreis prangte auf dem gesprenkelten Stoff, wo sie gestanden hatte. Seufzend stellte sie die Flasche auf den Esstisch, wo ein zerbrochenes Weinglas in einer roten Pfütze lag. Vorsichtig sammelte sie die Scherben ein und legte sie auf der Fensterbank in der Küche ab, damit Sonja oder Kaja nicht herankamen.

Leise warf sie noch einen Blick in deren Zimmer: Sonja hatte sich an Kajas Rücken gekuschelt und hielt sie fest im Arm. Jenni flüsterte ihre Namen, aber niemand regte sich. In ihrer Brust spürte sie einen Druck, der ihren Schwestern sagen wollte, dass sie geliebt wurden, dass alles wieder gut werden würde, doch ein anderer Teil von ihr fürchtete sich davor, die Stille zu durchbrechen und falsche Versprechen in die Nacht zu flüstern.

Sie steckte das Nachtlicht in die Steckdose und schloss die Tür.

Oben in ihrem Zimmer lag Mo voll bekleidet auf dem Bett. Der Raum war von Schnarchen und Alkoholdunst erfüllt. Jenni hielt es keine zwei Minuten darin aus. Obwohl das Zimmer ihrer Eltern leer war, wollte sie auf keinen Fall dort schlafen, sie wollte nicht einmal hineinsehen. Also ging Jenni wieder hinunter, durchquerte das Wohnzimmer und legte eine Hand auf den Lichtschalter, als sie sich im Türrahmen noch einmal zu ihrer schlafenden Mutter umdrehte. Jenni fühlte, wie sie sich aus der zu klein gewordenen Haut schälte. Die Erkenntnis, erwachsen zu sein, traf sie stolz und schmerzlich.

MO fühlte die Hitze auf ihrem Gesicht. Ihre Nase war verstopft, die abgestandene Luft drang nur mühsam in ihre Lunge. Ihr Körper schwitzte unter der dicken Bettdecke, und ihr Gürtel drückte hart gegen das Becken. Sie wollte sich umdrehen, doch ihr Körper, viel zu müde und abgekämpft, gehorchte den trägen Gedanken nicht.

Mo blinzelte gegen das Sonnenlicht, das Zimmer war hell erleuchtet – es war bestimmt schon Mittag. Jennis Bett war leer. Ein Schmerz, als würde eine Stricknadel durch ihre Schläfe gerammt, zwang sie, die Augen zu schließen. Ihr geschwollenes Hirn drückte mit jedem Pulsschlag gegen ihre Schädeldecke. Die Zunge klebte ausgetrocknet an ihrem Gaumen.

In ihrem Kopf wurden Bruchstücke der letzten Nacht wie beim Rohschnitt eines Films abgespielt: Ihre Jacke fiel auf den Boden – sie fiel ins Bett – Jenni und Alex küssten sich im Strandkorb – ihr Vater fuhr wütend durch die Nacht – der Sternenhimmel – Kaja mit Socken im Sand – Hakan lachte in ihr Ohr – der süße Kirschlikör. Ihr Magen protestierte gegen die Erinnerung.

Sie sprang aus dem Bett, rannte ins Bad. Galle floss ätzend ihre Speiseröhre hinauf, Mo presste die Hand vor den Mund, öffnete den Klodeckel und gab dem Drang endlich nach.

Den kurzen Moment der Klarheit nutzend, pellte sie sich aus Jeans und Shirt und stellte sich unter die Dusche. Warme Luft strich durchs gekippte Fenster, wehte den Geruch von Salz, frisch gemähten Gras und Hitze herein. Das kalte Wasser erlöste sie von dem Ekel ihres eigenen Körpers. Es prasselte in ihren Mund, und sie trank genüsslich.

Als sie sich den Sand aus den Haaren gewaschen hatte, putzte sie die Zähne, zog sich im Zimmer um und ging hinunter. Im Haus war es ungewöhnlich still. Mo verharrte auf der Treppe, glaubte, vergessen worden zu sein. Die Uhr über dem Kamin zeigte halb eins.

Aus der Küche drang Geschirrklappern.

»Morgen, Schatz«, flötete ihre Mutter, als sie mit einem Stapel Tellern aus der Küche trat. »Heute haben wir wohl alle etwas länger geschlafen.«

Mo nickte und versuchte ein Lächeln.

»Geh doch bitte deine Schwestern wecken. Frühstück ist fertig.«

Der Kaffeegeruch aus der Küche bescherte ihr normalerweise ein wohliges Sonntagsgefühl, jetzt brachte er nur die Übelkeit zurück.

Mo öffnete die Tür, das Kinderzimmer war kaum beleuchtet.

Sonja hielt schlafend Kaja im Arm, welche, alle Gliedmaßen von sich gestreckt, einem Seestern glich. Jenni lag alleine in Sonjas Bett mit dem Gameboy unter der Leselampe, die neben dem Nachtlicht die einzige Lichtquelle war.

»Lösch nicht meinen Score«, nuschelte Mo und legte sich, mit dem Kopf ans Fußende, zu ihr.

»Relax, hab's schon zweimal durchgespielt.« Sie nickte in Sonjas Richtung. »Die beiden liegen im Koma.«

»Was ist gestern passiert?«

»Was ist gestern nicht passiert?« Jenni sah keine Sekunde lang von ihrem Spiel auf. Das Tippen der Tasten erfüllte den Raum. Durch die zugezogenen Vorhänge war es hier deutlich kühler, wenngleich der Geruch, der aus dem gekippten Fenster drang, einen viel zu heißen Tag ohne Regen versprach.

Mo schloss wieder die Augen, drückte die Finger gegen den Nasenrücken – das Karussell in ihrem Kopf war zurückgekehrt.

»Musst den Fuß auf den Boden stellen, das hilft gegen den Schwindel«, sagte Jenni, als hätte sie ihre Gedanken gelesen.

Mo fühlte die kalten Fliesen unter ihrer Sohle, tatsächlich schien der Boden ihrem Körper Stabilität zu geben.

»Was hat Mama gesagt?«

»Frühstück ist fertig, ihr sollt kommen.«

»Wie ist sie denn drauf?«

»Wie immer.«

Mo nahm wahr, wie Jenni den Kopf vom Kissen hob. »Gute Laune?«

»Mmmhm.«

»Ist Papa auch da?«

»Hab ihn nicht gesehen. Sag mal, sind wir dem gestern Nacht begegnet?«

»Du weißt echt gar nichts mehr, oder?«

»Nicht viel. Wer hat mich eigentlich ins Bett gebracht? Doch nicht Mama, oder?«

»Nein, die hat sich gestern die Augen aus dem Kopf geheult, als du deinen Rausch ausgeschlafen hast.«

»Hat sie sich mit Papa gestritten?«

»Er hat ihr eine gescheuert, aber sie meinte, es wäre ihre Schuld.«

»Was?! Richtig ins Gesicht?«

»Toll, jetzt bin ich tot.«

Mo blinzelte.

Jenni schaltete den Gameboy aus und legte ihn auf den Nachttisch. Sie lehnte sich zum anderen Bett hinüber und konnte gerade so über Sonjas Bein streicheln.

»Wacht auf. Es gibt Frühstück.« Dann, leiser: »Die Freakshow geht in die zweite Runde.«

Sonja murrte und reckte sich ausgiebig. »Boah, ist das heiß hier.« Sie zog sich und Kaja die Decke weg. »Wie spät ist es denn?«

»Halb eins.«

Sonja setzte sich auf und rieb sich die Augen.

Kaja drehte sich mit geschlossenen Lidern im Bett und schlang die Arme fest um Sonjas Hüfte wie eine Ertrinkende.

Sonja erstarrte. Ihr Blick weitete sich, die Mundwinkel bogen sich nach unten, als sei ihr ein Albtraum gerade wieder ins Bewusstsein gelangt.

»Ich muss kotzen.« Mo rannte zum Waschbecken.

SONJA starrte unablässig auf den Platz ihres Vaters. Ein leerer Teller erinnerte daran, dass dieser Stuhl für gewöhnlich besetzt war.

»Wo ist Papa?« Kaja rutschte, auf ihren Unterschenkeln sitzend, hin und her.

»Der ist spazieren. Er kommt bestimmt gleich.«

»Bestimmt oder ganz sicher?«, fragte Jenni und spähte hinter dem Rand ihrer Tasse hervor.

»Zurzeit ist es etwas schwierig, aber wir kriegen das wieder hin.«

»Was genau?« Sonja knallte die Fäuste auf den Tisch, in einer steckte aufrecht das Messer, das beim Aufprall klirrte. Sie hatte keine Angst, ihrer Mutter ins Gesicht zu sehen, doch diese wich dem Blick aus.

»Das ist eine Sache zwischen Papa und mir. Wir wollen euch da nicht mit reinziehen.«

»Das hätte dir eher einfallen sollen.«

»Sonja«, zischte Jenni.

»Ist doch wahr.«

»Ich werde das mit eurem Vater klären. Ihr müsst euch um nichts Gedanken machen. Ganz gleich, was passiert, wir sind eine Familie, und wir lieben euch.«

»Also kann etwas passieren.« Sonja ignorierte die Träne, die ihr über die Wange lief.

»So etwas wie gestern kommt nie wieder vor.«

»Wie kannst du da sicher sein?«

»Sonja, es reicht jetzt.«

»Du kannst mir gar nichts mehr sagen!« Sonja sah ihre Schwestern an, wie feige sie auf den Tisch starrten. Sonst hatten sie immer eine große Klappe, aber wenn es wirklich darum ging, mutig zu sein, blieben sie schweigend hinter ihr. Sie wollte am liebsten zum Hafen rennen und wegfahren, einfach alle zurücklassen.

Mit einem Räuspern durchbrach ihre Mutter die Stille. »Jetzt lassen wir uns das Frühstück schmecken, und dann geht's an den Strand.«

Sonja kochte innerlich, doch endlich schien Mo aus ihrer Trance zu erwachen. Seit zehn Minuten hatte sie auf das Brötchen gestarrt, das in zwei Hälften vor ihr lag, nur den inneren Teig hatte sie mühsam hinuntergewürgt. Jetzt fragte sie zwischen zusammengebissenen Zähnen: »Und was ist mit Papa?«

»Der kommt schon nach.«

Sonja sprang wütend auf. »Bestimmt.«

KAJA warf den kleinen Drachen in die Luft und rannte los. Die Schnur spannte sich, doch an dem windstillen Strand fiel er direkt wieder zu Boden. Wütend stapfte sie durch den Sand. Die Frustration wuchs mit jedem Versuch, aber Aufgeben war keine Option. Rudi war ihr ganzer Stolz, schließlich hatte sie ihn fast ohne fremde Hilfe gebastelt. Letztes Jahr war ein Drachenbauer aus China in den Kindergarten gekommen und hatte mit lustiger Stimme die einzelnen Schritte erklärt.

Das weiße Papier fühlte sich fast wie Stoff an, war leicht und reißfest. Kaja hatte blaue und lila Aquarellkleckse darauf tropfen lassen. Sie waren auseinander- und ineinandergeflossen, hatten sich zu neuen Tönen vermischt. Mit jedem Klecks fühlte sich Kaja mehr zu dem Drachen hingezogen – mit je mehr Hingabe sie malte, desto lebendiger wurde er.

Als sie am Nachmittag nach Hause gekommen war, wollte sie ihn nicht mehr aus der Hand legen. Rudi konnte, dank des chinesischen Zauberpapiers, auch bei wenig Wind fliegen. Sie musste nur ein paar Meter rennen, und er erhob sich hoch in die Lüfte, bereit, der Sonne zu begegnen, während sein Schweif aus bunten Bändern zappelte.

Für Kaja stand fest, der Drache würde mit nach Langeoog kommen.

»Im Sommer gibt es zu wenig Wind. Das ist etwas für den Herbst«, hatte ihre Mutter gesagt.

»Ich kann den wohl auch ohne Wind fliegen lassen.«

»Nein, Kaja, das ist unmöglich.«

»Guck doch.« Kaja war aus der Terrassentür gerannt und im Zickzack durch den Garten geflitzt. Rudi ließ sie nicht im Stich, flog stetig hinter ihr her – erhob sich höher, wenn sie schneller rannte, und sank tiefer, wenn sie stehen blieb, und als er sich müde fallen lassen wollte, zog sie einmal kräftig an der Schnur, und schon gewann er neuen Auftrieb.

»Kaja, wir haben so viel Spielzeug da oben, du willst doch nicht, dass er im Koffer kaputtgeht.«

»Ich werde ihn tragen. Ich ganz alleine, ich werde ihn die ganze Zeit in der Hand halten.«

Und so hatte Kaja Rudi im Auto auf ihren Schoß gelegt und hielt ihn auf dem Schiff fest in den Händen, darauf bedacht, dass die Leute, die sich dicht an der Rampe an ihr vorbeidrängten, ihn nicht zerquetschten, und selbst als ihr Vater ihn auf dem Weg zum Haus tragen wollte, gab sie ihn nicht aus der Hand.

Jetzt war sie am Strand, und Rudi erhob sich nur schwerfällig, stürzte immer wieder zu Boden. Kaja versuchte, den Sturz mit einem gleichmäßigen Zug an der Schnur abzufedern. »Was hast du denn heute nur, Rudi? Bist du krank?«

Kaja wischte sich mit der freien Hand den Schweiß von der Stirn. Ein dicker Kloß steckte in ihrem Hals. Warum flog er denn nicht? War es etwa ihre Schuld? Sie liebte ihn doch von ganzem Herzen; er war ihr Gefährte, weil sie es war, die ihn zusammengebaut und die bunten Bänder an sein Ende geknotet hatte.

Sie konnte kaum noch atmen. Auf einmal wollte Rudi nicht mehr mit ihr spielen. Hatte er sich von Kaja abgewandt, so wie auch ihre Schwestern sich von ihrer Mutter abgewandt hatten? Die anderen waren am Strand verstreut: Jenni und Patze standen im Wasser, Sonja war in ihr Buch vertieft, und Mo warf sich selbst einen Ball in die Luft. Von außen betrachtet, wirkte der Tag normal, doch Kaja spürte, dass sich alle bewusst vom Strandkorb fernhielten, und das machte ihr Angst. Sie wollte nicht, dass ihre Mutter sich alleingelassen fühlte, deshalb war sie zunächst bei ihr geblieben, aber ihr Verhalten machte Kaja nervös.

Die ganze Zeit über starrte sie in ein Buch, dessen Seiten sie nicht weiterblätterte.

Kaja fühlte eine Last, die zu groß für ihre Schultern war, darum hatte sie sich Rudi geschnappt, doch selbst dieser verhielt sich anders als gewöhnlich.

Kaja fiel auf die Knie und zog an der Schnur, Rudi kroch wie ein Rochen über den Strand. Sie wünschte, sie könnte ihn an sich drücken wie eines ihrer Kuscheltiere, stattdessen hob sie ihn behutsam gen Himmel. »Ich hab dich lieb, Rudi.«

Durch den Tränenschleier verschwamm Rudi vor dem Sonnenlicht. Ein heller Blitz, keinen Zentimeter groß, flammte durch das Papier. Kaja fühlte über die Stelle.

»Ich habe nicht genug auf dich aufgepasst«, schluchzte sie. Eine Träne lief über ihre Wange, sammelte feine Schweißperlen ein und tropfte in den Sand. »Es tut mir leid.« Trotz aller Mühe hatte es am Ende nicht gereicht, um ihn zu beschützen. Sie sah sich Hilfe suchend um.

Ihre Mutter, die von ihrem Buch aufgesehen hatte, starrte ins Leere.

»Warum weinst du?«

Kaja sah auf.

Ihr Vater beugte sich zu ihr herunter.

»Rudi ist krank.« Sie wollte stark sein, konnte aber die Tränen nicht zurückhalten. »Er hat einen Riss.«

»Zeig mal her.«

Zögernd reichte sie ihrem Vater den Drachen.

»Das kann man bestimmt kleben.«

»Glaubst du wirklich?«

»Na sicher.«

»So, dass er wieder fliegt?«

»Ich werde mir die größte Mühe geben.«

Kaja griff nach seiner Hand und ließ sich auf die Beine ziehen. »Danke, Papa.«

Er lächelte – anders als sonst.

Sie lief zum Strandkorb und zog ihren Vater hinter sich her. »Halt Rudi schön fest, ihm darf nichts mehr passieren«, ermahnte sie ihn. Der Sand brannte unter ihren Fußsohlen, mit jedem Schritt schob sie die heiße Schicht beiseite und grub die Füße in den kühleren Sand darunter ein. Am blau-weiß gestreiften Strandkorb ließ sie ihren Vater los. »Mama, Papa ist wieder da!«

Ihre Mutter sah auf und lächelte. »Setz dich«, sagte sie.

Ihr Vater blieb unschlüssig stehen.

»Kaja, schau doch mal, was deine Schwestern machen«, sagte ihre Mutter. Natürlich wollten sie alleine sein.

Im Laufen sah Kaja noch mal über ihre Schulter; ihr Vater hatte sich gesetzt und hielt Rudi auf dem Schoß. Eine laue Böe ließ den Schweif aufwehen. Fast so, als würde er sagen, alles wird gut.

MO warf sich selbst den Ball in die Luft und fing ihn wieder auf. Manchmal war es so öde, wenn Patze dabei war. Jenni war in Anwesenheit von Freundinnen immer ein bisschen anders. Viel zu oft ließ sie sich von deren Dynamik mitreißen und passte ihren Charakter ein Stück weit an sie an. Vielleicht war es nicht einmal eine bewusste Entscheidung, aber mit Patze an ihrer Seite wurde sie oberflächlich und bisweilen ausgrenzend. Heute hatte sich Mo freiwillig zurückgezogen, es gab nur noch ein Thema: Alex.

Patze hatte ihn am Morgen in der Volleyballgruppe getroffen. Sie war so loyal, dass sie Jenni ihren Schwarm nie streitig machen würde, aber auch so selbstverliebt, dass sie nicht umhinkam zu betonen, wie unwiderstehlich sie sei. »Er konnte die Augen nicht von mir lassen, und wenn ich einen Punkt gemacht habe, hat er mich direkt abgeklatscht.« Wenn Jennis Mundwinkel sich zu weit nach unten bewegten, sagte sie wieder: »Ja, ja, ich bin mir ganz sicher, dass er total auf dich steht.«

Mo überlegte, Sonja mit dem Ball abzuwerfen, die in ihr Buch vertieft war, aber vielleicht war es besser, sie nach dem morgendlichen Drama in Ruhe zu lassen. Sie selbst kämpfte noch immer gegen die flaue Übelkeit an. Ihr war schlecht, weil sie nichts im Magen hatte, und gleichzeitig erbrach sie alles, was sie zu sich nahm. Ein Teufelskreis des Katerns.

Kaja kam über den Sand gerannt, den Mund zu einem breiten Grinsen verzogen. »Papa ist wieder da!«

Tatsächlich. Im Strandkorb saß ihr Vater, der Fuß malte Muster in den Sand, während er mit gesenktem Blick die Lippen bewegte.

»Hat er gesagt, wo er war?«

Kaja schüttelte den Kopf. »Er macht Rudi heile.«

»Sollen wir hingehen?«, fragte Mo an Jenni gerichtet, die vom Meer gekommen war und ebenfalls zum Strandkorb sah.

Sie schüttelte den Kopf. »Nee, lass die mal reden.«

»Ich bin froh, dass ich ein Scheidungskind bin«, sagte Patze. »Ich sag euch eins: Geklärte Verhältnisse sind besser als das ewige Streiten.«

»Die lassen sich nicht scheiden!« Kaja stemmte die Hände in die Hüften.

»Aber hundertprozentig.«

»Du lügst!«

»Du bist dumm.«

»Hey!« Jenni schubste Patze ein Stück nach hinten. »Nur ich darf so mit ihr reden.«

Patze hob erschrocken die Hände. »Schon gut. War ja nicht so gemeint.«

Mo konnte sich ein Grinsen nicht verkneifen. Es gab sie also doch noch, die normale Jenni.

»Spielen wir was?«, fragte Kaja.

»Patze muss bald nach Hause, die reisen heute ab.«

»Ich habe noch Zeit, um Kaja einzubuddeln«, sagte Patze.

»Au ja!« Kaja quiekte und schmiss sich in den Sand.

»Hilf uns, Mo«, rief Jenni, die mit den Händen Sand auf Kajas Beine schob.

»Gleich.« Mo beobachtete Sonja, die über ihr Buch hinweg zum Strandkorb linste. Ob sie hören konnte, was ihre Eltern sprachen? Wahrscheinlich nicht. Die Entfernung war zu groß, und vielleicht gaben sie sich diesmal mehr Mühe, leise zu sprechen.

Mo war froh, dass sie miteinander redeten, aber es tat weh, dass ihr Vater sie nicht begrüßte. Erwachsene trafen Entscheidungen immer über die Köpfe der Kinder hinweg. Mo war wütend, weil sie den Konflikt nicht als Familie klärten, und gleichzeitig hatte sie eine furchtbare Angst vor dem Tag, an dem sie es tun würden.

»SONJA, schön, dich zu sehen.«Trotz der großen Lautstärke konnte Julians Stimme seine Schüchternheit nicht überspielen.

Sonja sah stur an ihm vorbei auf die Abreisenden, die in die bunten Waggons einstiegen. Am Ende dieser Woche würde Jenni den Zug aussuchen. Noch vor Kajas Geburt hatte es jedes Jahr einen erbitterten Kampf um die Wahl der Farbe gegeben, bis ihre Eltern ein System entwickelten, welches früher notwendig gewesen war, inzwischen eher aus nostalgischen Gründen fortgeführt wurde. Der Bestimmer wurde jährlich gewechselt. In den Herbstferien entschieden ihre Eltern spontan, was den Schwestern die Möglichkeit gab, noch im Auto Wetten abzuschließen.

Sie drehte sich um.

Jenni und Patze hielten sich fest umklammert, mit geschlossenen Augen flüsterten sie sich die letzten Ratschläge ins Ohr, die bis zum nächsten Jahr reichen mussten. Die Neumann-Kinder, aufgestellt in einer Reihe, reichten Patzes Mutter nacheinander die Hand. Ihr Vater führte selbst nach fünfzehn Jahren, die sie einander kannten, den Tanz der unschlüssigen Gestik auf, indem er die Hand reichte, sie wegzog, eine Umarmung andeutete, doch wieder die Hand ausstreckte und schließlich in der Mischung aus Händeschütteln und halber Umarmung mit Schulterklopfen endete.

Die Jungs hielten sich etwas abseits der Erwachsenen, bis auf Julian, der noch immer neben Sonja stand und sie unentwegt von der Seite anstarrte.

Das Bahnhofsgelände war voll, obwohl es Montag war. Drei Geschwister spielten um die Beine ihrer Eltern herum Fangen, steigerten ihr Tempo und kreischten, bis das mittlere am Kragen gepackt wurde und stellvertretend für alle einen mütterlichen Anschiss kassierte. Sonja kam das bekannt vor, bei ihnen traf es meist Mo.

»Wie geht's dir?« Julian schob sich in ihr Blickfeld. Seine Wangen waren gerötet.

»Gut.«

»Ist die Stimmung zu Hause wieder besser?« Er kickte einen Kieselstein beiseite, der sich auf die roten Pflastersteine verirrt hatte. »Wir wollten gleich noch an den Strand«, fuhr er trotz Sonjas Schweigen fort.

»Aha.«

»Kommt ihr mit?«

»Mal sehen.«

Sonja wollte nicht darüber nachdenken, was nach der Verabschiedung passieren würde. Wenn sich ihre Eltern sonst gestritten hatten, war es kurz und heftig. Am Strand hatten sie zwar miteinander gesprochen, aber Sonja traute dem Frieden nicht.

Ihr Vater war abweisend gewesen, ihre Mutter bettelnd. Sonja fühlte sich ihnen fremd.

Ihre Mutter hakte sich bei ihrem Vater unter und legte ihre Hand auf seinen mit Sommersprossen gesprenkelten Unterarm, als sie mit Patze sprachen. Ihr Vater wirkte ruhig, er lächelte leicht.

Normalerweise hätte er ihre Berührung erwidert, sich zu ihr hinübergelehnt, damit sich die Schultern berührten, oder mit der Hand über ihre gestrichen, jetzt war die linke Hand zu einer Faust geballt.

Ihre Mutter schien nicht zu bemerken, wie unwohl er sich fühlte, oder war sie die bessere Schauspielerin? Vor dem Publikum mimten sie das perfekte Paar, die geordnete Familie, und hinter geschlossenen Türen ging das Geschrei wieder los. Wieso konnten sie nicht das gleiche Schauspiel vor ihren Kindern zum Besten geben? Sonja spürte eine kalte Angst in ihrem Körper, die sich in Wut verwandelte. Sie wusste nicht mal, auf wen von beiden sie wütender sein sollte, aber wenn sich Sonja in die Riege der Scheidungskinder einreihen sollte, war es ihr schon fast egal.

»Lasst mir die Insel am Leben«, raunte Patze Sonja lachend ins Ohr.

Mutter und Tochter stiegen in den grünen Waggon ein, gleich hinter der roten kleinen Lok, und blieben auf der Außenplattform stehen.

Kurz darauf setzte sich die Inselbahn in Bewegung, alle winkten im gleichen Rhythmus wie auf einem Konzert. Der Zug verschwand hinter dem Bahnhofsgebäude, und die Zurückgebliebenen nahmen Karren, Hunde und Kinder in die Hände und stoben über den Bahnhofsplatz auseinander.

Jenni stupste Sonja mit dem Ellenbogen an. »Komm, wir gehen ins Dorf. Mama hat mir Geld mitgegeben.«

Ihre Eltern standen noch immer eingehakt zusammen,

schauten ihren Kindern nach und den Jungs, die ihnen folgten. Vielleicht würden sie jetzt endlich das Pflaster von der Haut ziehen, die Wunde musste atmen.

MO tauchte ihre Pommes in den Ketchup und verrührte sie mit der Mayonnaise zu einer rosa Masse. Sie steckte sich die schlaffen Fritten in den Mund.

»Das sieht eklig aus.« Jenni verzog das Gesicht.

»Wenigstens schmeckt's.«

»Du schmeckst auch«, säuselte Alex und küsste Jennis Wange.

»*Das* ist eklig.« Mo drehte sich in dem Moment weg, als Hakan nach ihrer Pappschachtel griff.

»Das sieht gut aus, lass mich mal probieren.«

»Ich teile mein Essen nicht.«

»Das kann ich bestätigen«, rief Sonja mit vollem Mund.

»Ich will doch nur mal deine Kreation probieren.«

»Mach sie dir selbst.«

Mo ging zu einem anderen Stehtisch, sie hatte keine Lust auf Flirtversuche, um am Ende womöglich noch so zu enden wie Jenni. Der siebte Himmel war kein Ort für sie. Sie zog drei Pommes gleichzeitig durch die Soße und kaute genüsslich. Die Übelkeit, die sie den ganzen Tag über begleitet hatte, ließ endlich nach. Fett und Salz wirkten wie eine Arznei.

In den letzten Stunden hatten sich auch einige Gedächtnislücken geschlossen, aber vieles blieb weiter rätselhaft. Sie wollte Jenni danach fragen, aber Patze war ständig um sie herum gewesen, und jetzt waren die Jungs da. Sonja wirkte seit dem Frühstück noch immer allen gegenüber feindselig.

Am Strand hatten ihre Eltern kaum mit ihnen geredet, und am Bahnhof standen sie da wie eine Familie. Mo hatte das Gefühl, keinen von ihnen mehr zu kennen.

Jemand zog an ihrer Jacke. Kaja stand neben ihr, den Kopf in den Nacken gelegt. »Kommst du mit nach Hause?«

»Was ist mit den anderen?«

»Die wollen noch mal zum Strand, aber ich will nach Hause. Papa wollte mit mir Rudi heile machen.«

Mo spürte ein Ziehen im Magen. Sie scheute sich davor, nach Hause zu gehen. Aber Kajas trauriger Blick brachte eine Stärke in ihr hervor. Sie warf die leere Schachtel in den Mülleimer und nahm die Hand ihrer Schwester.

»Ihr geht noch zum Strand?«, fragte sie die anderen.

Jenni nickte.

»Dann nehme ich Kaja mit nach Hause.«

»Okay, bis später.«

Sie ließen den lärmenden Ort hinter sich, und als sie an der Barke vorbeikamen, fragte Kaja: »Glaubst du, es wird noch mal richtig stürmen?«

»Das kann man nie wissen.« Mos Antwort ging fast im Hufgetrappel unter, als eine Kutsche sie überholte. »Der Flügelschlag eines Schmetterlings hier auf der Insel kann in Tokio einen Wirbelsturm auslösen.« Sie dachte an die Chaostheorie aus *Jurassic Park*. Fast jede Woche legte sie die VHS-Kassette in den Rekorder.

»Was bedeutet das?«

»Dass es Dinge gibt, die man nicht vorhersehen kann, weil sie durch scheinbar unbedeutende Kleinigkeiten ausgelöst oder beeinflusst werden. Zum Beispiel das Wetter. Das hängt von ganz vielen Faktoren ab, die ständig das Ergebnis ändern können. Deshalb kann man nur ungefähr vorhersagen, wie das Wetter wird, aber niemals ganz genau.«

»Was kann man noch nicht vorhersehen?«

Mo überlegte. »Die Natur, wie sie sich entwickelt. Oder Beziehungen. Menschen.«

»Sind Jenni und Alex ein Paar?« Kaja kicherte.

»Weiß nicht. Glaube schon.«

»Werden sie heiraten?«

»Wer weiß. Ein kleiner Faktor kann alles verändern.« Mo zwinkerte ihr zu.

Kaja sah ängstlich zu ihr hoch. »Aber wir werden immer Schwestern sein, oder?«

»Auf jeden Fall! Uns wird nie etwas trennen.«

SONJA kickte gegen einen abgebrochenen Sanddornast, der über die Spalten zwischen den Planken sprang und zwei Meter vor ihr liegen blieb, auf den nächsten Tritt wartend.

Hinter ihr säuselten sich Jenni und Alex irgendwelche Komplimente ins Ohr. Unerträglich. Sonja würde ganz bestimmt nie einen Freund haben.

»Hast du Lust zu bolzen? Sind bestimmt welche auf dem Fußballfeld«, sagte Julian und stieß ihr leicht den Ellenbogen in die Seite.

»Mal schauen.«

»Wir können auch schwimmen gehen.«

»Habe keine Lust auf Schwimmen«, sagte Hakan. Er lief barfuß im Sand und rutschte bei jedem Schritt ein Stück den Weg hinunter.

»Dann lass es halt, ich habe Sonja gefragt.«

»Mal schauen«, antwortete sie und schoss den Ast von den Brettern. Er ging im Pudersand unter, nur zwei lange Dornen schauten hinaus. Vielleicht trat jemand rein und riss sich die Fußsohlen blutig, dachte Sonja ungerührt.

Kurz bevor der Steg in den Sand überging, endete auch das Dünengras und schirmte nicht mehr die Geräusche und das bunte Treiben ab.

»Wir gehen zum Strandkorb.« Jenni bog nach links ab, mit Alex Händchen haltend. »Geht ihr doch zum Wasser.«

»Kein Bock.« Sonja trottete hinter ihrer Schwester her, wohl wissend, dass sie nicht erwünscht war.

»Was immer du machen willst, ich bin dabei«, sagte Julian und schloss zu ihr auf. Gab der denn nie auf?

Heute nervte sie einfach alles. Die Sonne, die spielenden Kinder, die schweigenden und schreienden Eltern, die Scheißstrandkörbe.

Jenni ließ sich in die Nummer 828 fallen und zog Alex neben sich, so wie es vor ein paar Tagen noch ihre Eltern getan hatten. Quietschend zogen sie die Fußstützen heraus und streckten die Beine aus, vergaßen ihre Umwelt.

Sonja setzte sich mit dem Rücken zu ihnen auf den Boden, ließ den Sand durch ihre Finger rieseln.

»Was machen wir denn jetzt?«, fragte Hakan.

Sie zuckte mit den Schultern. Sie wünschte, sie hätte ein Buch dabei, das sie ablenken würde, doch ihre Eltern hatten alle Sachen mit nach Hause genommen.

Julian setzte sich im Schneidersitz ihr gegenüber, die blauweiß gestreiften Badeshorts spannten sich um seine speckigen Oberschenkel. Er schob die lose Sandschicht beiseite, bis der etwas dunklere, festere Sand zum Vorschein kam, in den er mit einer abgebrochenen Muschel fünf Striche hineinritzte. »Sag einen Buchstaben.«

»Idiot«, antwortete Sonja.

»Leider nein.« Julian zog mit der Muschel einen Bogen in den Sand.

»Spast.«

»Wieder falsch.« Er zog vom Bogen einen Strich hoch.

Sonja schmunzelte. »E.«

Ein Querbalken folgte, der Galgen nahm Gestalt an.

»A.«

Mit einer für einen Jungen untypisch filigranen Schrift schrieb er ein bauchiges A auf den letzten Strich.

»S«, riet Hakan.

Julian warf ihm einen bösen Blick zu, schrieb aber den Buchstaben an die erste Stelle.

»Sonja«, sagte sie.

Julian schrieb ihren Namen auf den Sand, die Wangen leicht gerötet.

»Sonja, wir gehen kurz ans Wasser«, sagte Jenni.

»Ihr kommt aber wieder, oder?«

»Klar, wir halten nur kurz die Füße rein.«

»Ich sag's Mama, wenn du mich sitzenlässt.«

»Relax, wir sind gleich wieder da, und du bist doch in guter Gesellschaft.«

Sonja streckte ihr den Mittelfinger entgegen.

JENNIS und Alex' Hände klebten aneinander. Zwischen ihren Handflächen hatte sich ein Schweißfilm gebildet, aber nicht mal wenn sie sich verbrennen könnte, würde sie ihn loslassen. Sie liefen ein ganzes Stück über den breiten Strand, vor einer toten Kompassqualle blieb sie stehen und beugte sich hinunter. Durch den farblosen Puddingschirm sah sie den feuchten Sand darunter. Ringsherum richteten sich Pfeilspitzen auf die Mitte zu; vorne bordeauxrot, gingen sie nach außen in ein kräftiges Orange über. Um den Schirm lag ein Kranz, der an ein gehäkeltes Platzdeckchen erinnerte, mit geschwungenem Rand, dessen Wellen rotbraun gefärbt waren. Die orangenen Tentakel hatten sich wie Haare im Wasser aufgefächert und verdorrten in der Sonne. Etwas faszinierte Jenni an den Tieren. So schön die Medusa auch dalag, so brennend war ihr Gift.

Sie gingen weiter, wateten durch den badewannenwasserwarmen Priel über die Sandbank hinweg, bis sie das offene Meer erreichten. Hier waren deutlich weniger Menschen, der Wind blies stärker, das Wasser war spürbar kühler. Jenni atmete tief ein, die Zuckerwattengischt umspielte ihre Waden. Eine Möwe stand darin, betrachtete reglos die See.

Auch Alex' Blick war auf den Horizont gerichtet. Wonach hielt er Ausschau? Nach Schiffen vielleicht; großen Containern, die die Fracht in der Welt verteilten, oder kleinen Krabbenkuttern, die wankend auf den Wellen tanzten?

»Ich glaube, ich liebe dich«, flüsterte Jenni und erschrak selbst vor ihren Worten, die so ungewollt über ihre Lippen kamen.

Alex sah sie an, sein Blick gab keine Gefühlsregung preis. Da waren nur Bernsteinaugen zwischen langen Wimpern – forschend, freudlos, friedlich.

Jennis Herz raste.

Die Möwe erhob sich aus der Gischt, ließ sie alleine.

Ein Lächeln huschte über seine Lippen. Mit der freien Hand streichelte er ihre Wange, zog sie zu sich heran und gab ihr einen langen Kuss.

»Komm mit«, flüsterte er. »Ich will dir was zeigen.«

SONJA beobachtete Jenni und Alex, die in der Distanz zu einer einzigen Gestalt verschmolzen waren. Die Umrisse flimmerten in dem Hitzeschleier.

Sie fühlte sich unglaublich allein.

»Sonja, jetzt sag auch mal was!«, rief Hakan.

»N«, sagte sie, ohne den Blick vom Horizont abzuwenden. Die beiden teilten sich wieder zu zwei Strichen – kamen sie näher, oder entfernten sie sich? Sonja konnte es über die Distanz hinweg nicht erkennen.

»Hatten wir schon.«

»Ey, du darfst den Galgen nicht weitermalen!«, brüllte Julian.

»Müsst ihr halt aufpassen.«

Die Gestalten wurden größer.

»Ist bestimmt ein Türkenwort.«

Die Konturen wurden sichtbarer.

»Halt die Fresse. Du kannst nicht verlieren.«

Sonja war erleichtert. Endlich kamen sie wieder. Sie wandte den Blick vom Meer ab; die Jungs wälzten sich im Sand, Julian saß auf Hakans Brust. »Hatten wir schon R?«, fragte sie.

Die beiden hielten inne, sahen sie an, als wären sie in einer peinlichen Situation ertappt worden. Julian stieg von seinem Freund runter.

»Fettsack«, flüsterte Hakan und duckte sich knapp unter Julians Schlag hindurch.

»Beruhigt euch, Mädels«, sagte Sonja. »Ich habe eh keine Lust mehr auf das Spiel.«

Jenni und Alex spazierten jetzt durch den Priel.

»Wisst ihr, was wir machen sollten?« Julian klatschte aufgeregt in die Hände. »Wir kaufen uns Brausepulver am Kiosk und verfüttern es an Möwen, die sollen davon platzen. Stellt euch das mal vor.«

Jenni und Alex bogen in Richtung Westen ab.

Sonja zuckte zusammen, als Julian mit der Faust auf den Boden schlug.

»Bäm! Möwenschaschlik.«

Sonja stand auf, von hier aus hatte sie einen besseren Blick auf das Paar, welches wieder kleiner wurde, als es sich entfernte. Jenni drehte sich nicht einmal nach ihr um. Bestimmt machte sie nur einen kurzen Spaziergang, sie würde es nicht wagen, Sonja alleine zu lassen.

Und doch fühlte sich Sonja verlassen – genauso wie von ihrem Vater, der in die Nacht verschwand, oder ihrer Mutter, die sie beim Frühstück alleine ließ, oder Mo und Kaja, die Verräter, die nach Hause gegangen waren. Die Welt hatte sich gegen sie verschworen. Sonja kämpfte gegen die Tränen an. Sie hätte so gerne ein paar Minuten mit Jenni gehabt, mit ihr geredet, nach Erklärungen gesucht, sich trösten lassen. Einfach wieder Schwesternzeit. Doch Jenni schien nicht dieses Bedürfnis zu haben. Sie war erst auf Patze fixiert gewesen, dann auf Alex, und sicher verschwendete sie nicht einen Gedanken an ihre Schwestern.

Sonja fühlte sich, als wäre sie an einem Sommertag ins Meer gegangen und fand sich inmitten eines Herbststurms wieder. Die Wellen schleuderten sie umher, drückten ihren Körper unter Wasser, orientierungslos suchte sie die Oberfläche. Jeder Atemzug brannte salzig in der Kehle. Der sich senkende Wellengang gab den Blick auf den Strand frei: Die Entfernung wurde immer größer.

Jenni wird zurückkommen, dachte Sonja, sie wird sich jeden Moment umdrehen und zurückkommen.

»MO, spielst du mit mir Stapelmännchen?« Kaja zog mit aller Kraft an dem gelben Karton. Die Spiele daruber machten einen Satz nach vorne.

»Sei vorsichtig!« Mo eilte zum Regal und hielt die oberen Kartons fest. Eigentlich hatte sie keine Lust, mit Männchen einen Turm zu bauen, aber sie wollte auch nicht, dass Kaja mitbekam, wie schlimm es um ihre Eltern stand.

Früher war sie es gewesen, die zu Jenni ins Bett gekrabbelt war, wenn die Erwachsenen im Wohnzimmer stritten. Jenni hatte die Decke um sie gewickelt wie einen Kokon, ein *Wendy*-Hörspiel in den Kassettenrekorder gesteckt und so laut aufgedreht, dass das Pferdegetrappel die Wutausbrüche übertönte. Damals waren die Streitereien von kurzer Dauer gewesen, doch diesmal hielten sie seit zwei Tagen an, in einer Intensität, bei der kein Ausgang vorhersehbar schien.

Als Mo und Kaja vor zehn Minuten das Haus betreten hatten, waren ihre Eltern im Wohnzimmer verstummt und kommentarlos ins Schlafzimmer gegangen, aus dem nun Gemurmel drang. Noch war es ruhig, über ihnen hoben und senkten sich die Stimmen wie ein Wellengang, doch Mo witterte Gefahr. Dennoch stellte sie das Spiel auf den Tisch und zog den Stuhl hervor.

JENNI hatte jegliches Gefühl für Zeit und Raum verloren. Wären sie über das Meer gelaufen und auf Baltrum angekommen, sie hätte es nicht bemerkt. Wo der Hundestrand begann, nahm die Anzahl der Strandkörbe langsam ab. Gedämpft nahm sie das Bellen wahr, das die Vierbeiner an Bälle oder Wellen richteten. Kitesurfer sprangen Saltos durch die Luft, durchbrachen beim Landen die glänzende Wasseroberfläche. Die Sonne stand schon etwas tiefer, und auch wenn sie kaum an Kraft nachgelassen hatte, spürte Jenni, dass sich der Tag dem Ende zuneigte.

Alex führte sie diagonal über den breiten Strand, den nächsten Dünenaufgang hinauf. Diesen hatte Jenni noch nie benutzt, selten führten die Spaziergänge der Familie in den Westen. Die Holzplanken gingen am obersten Punkt in Rot gepflasterte Steine über, die, an einem Toilettenhäuschen vorbei, auf die »krumme Nase« zuführten. Im Neumann'schen Sprachgebrauch wurde die St.-Nikolaus-Kirche seit Generationen so genannt, auch wenn der eigenwillige Turm eigentlich an einen Schiffsrumpf erinnern sollte.

»Wohin gehen wir?«, fragte sie.

»Ich kenne da ein Geheimversteck.«

Nachdem sie zweimal abgebogen waren, näherten sie sich einem Gebäude in eckiger S-Form, das in seiner wuchtigen Größe nicht zu den üblichen Häuschen auf Langeoog passte. Die umstehenden Büsche und Bäume versperrten größtenteils die Sicht auf die großen Fenster mit eingeschlagenen Scheiben, die an Haifischzähne erinnerten, wieder andere waren mit Sperrholz zugenagelt. Auf dem zugewucherten Plattenweg eroberte sich Gras den Platz zurück, der ihm einst genommen worden war. Eine kurze Treppe führte zur braunen Flügeltür am Eingang, in die zwanzig quadratische Scheiben eingelassen waren, zwei davon eingeschlagen, die Klinke fehlte.

Alex drückte die Tür auf. »Früher musste man durch die Fenster einsteigen, aber inzwischen ist das Schloss kaputt«, sagte er.

Seine Stimme riss Jenni aus der Befangenheit, die sie seit dem Betreten des Grundstücks verspürt hatte. »Wo sind wir hier?«, flüsterte sie, und ein Schauer lief ihr trotz der Hitze über den Rücken.

»Hier drin war früher mal ein Internat.« Alex' Stimme dröhnte durch die Eingangshalle, er machte sich nicht die Mühe, sie zu senken. »Geil, oder? Das haben die Nazis gebaut, und jetzt verrottet es vor sich hin.«

»Die Nazis?«

»Das war die Kommandantur der Luftwaffe, dann irgendwann ein Internat, und seit ein paar Jahren steht es leer.«

Jenni ließ sich von Alex weiterziehen, es roch modrig, und sie traute der Stille nicht, die nur durch das Knirschen ihrer Schritte über den Schutt durchbrochen wurde.

Links ging der Westflügel ab, und davor führte eine Treppe mit Holzgeländer in den oberen Stock. Innen schien die Zeit stehengeblieben zu sein, doch die Außenwelt fand ihren Weg hinein: Eine Wand war von grünem Moos bedeckt, und eine Birke reckte ihren Ast durchs Fenster ins Gebäude.

Dann führte Alex sie durch einen Torbogen: Ein langer Flur erstreckte sich vor ihnen mit zehn Türen auf jeder Seite. Fast alle standen offen und warfen einen Lichtkegel auf den grauen Fußboden, der wie ein gelb-braunes Bällebad von zerfetzten Polstermöbeln übersät war.

Die weißen Tapeten waren zum Teil in langen senkrechten Kratzern vom Beton gerissen, als hätte ein Raubtier seine Klauen daran gewetzt. Ein lila Hakenkreuz zierte eine Tür, welches durch eine schwarze Linie durchgestrichen war, und wie zur Untermauerung der Botschaft hatte jemand *Nazis raus* daruntergesetzt.

Vor einer Tür, auf der mit Edding *Mr. Satan* geschrieben stand, zog Alex sie ins Zimmer. Zwei Hochbetten aus Metall befanden sich an der Wand, das untere mit einem roten Spannbettlaken bezogen, das obere mit einem grün-weiß karierten. Büsche vor dem Fenster versperrten die Sicht nach draußen, ließen aber punktuell Sonnenlicht hinein, das aufs Sofa, den Sessel und einen runden Holztisch fiel, auf dem ein Aschenbecher stand. An der Wand lehnte ein Holzregal, darauf präsentierte sich in der obersten Reihe ein Comicbild von einem Bauernhof, als hätte es gerade erst jemand dort platziert.

Obwohl Boden und Möbel voll Schutt, Staub und Müll waren, konnte sich Jenni vorstellen, dass hier Kinder gelebt und herangewachsen waren, heimlich Alkohol auf den Zimmern getrunken hatten und schließlich von der Insel zogen, wo sie die letzten, ungeliebten Habseligkeiten zurückließen. Jenni trat auf ein Schulheft, das in schwarzer Schreibschrift mit *Biologie* betitelt worden war. Die Hinterlassenschaften lagen hier seit so vielen Jahren, als würden sie noch immer daran glauben, jeden

Moment wieder in die Hand genommen zu werden. Es stimmte Jenni traurig zu wissen, dass dies nie passieren würde.

Alex drängte sie zu dem Etagenbett und ließ sich auf die untere Matratze fallen. Selbstbewusst zog er sie zu sich hinunter, fasste ihren Hals und küsste sie. Seine Hand strich über ihren Bauch, wanderte hoch und drückte sanft ihre Brust.

Plötzlich schlug eine Tür zu.

Jenni schreckte auf und knallte mit dem Kopf gegen den oberen Lattenrost.

»Nur der Wind«, nuschelte Alex und griff nach ihrer Hand, aber Jenni stand auf.

Sie hörte Stimmen von weit entfernt, die einem undeutlichen Heulen glichen, was es umso unheimlicher machte.

»Der Ort ist eben beliebt.« Seufzend ging Alex an ihr vorbei und schaute durch den Türrahmen auf den Flur. »Niemand zu sehen.«

»Wollen wir wieder gehen?«, fragte Jenni nervös.

»Keine Lust auf Gesellschaft?« Alex grinste. »Komm mit, ich will dir noch was zeigen.« Er streckte ihr seine Hand entgegen, Jenni ergriff sie und folgte ihm den Flur entlang bis zur nächsten Treppe, die vor dem Durchgang zum Ostflügel nach oben führte.

Das weiße Treppengeländer, halb aus den Angeln gerissen, ähnelte dem Gerippe auf einem Elefantenfriedhof. Rote Airbrushfarbe verzierte die Wände, neben nicht erkennbaren Zeichen prangten die Worte: *Wir waren hier* und *Blut fresh* in runden Buchstaben. Hinter der Ecke gab es eine schwere weiße Eisentür.

Alex ließ Jenni los, um sie zu öffnen. »Ich habe das erst vor ein paar Tagen entdeckt und noch keinem gezeigt. Du bist die Erste.«

Jennis innere Stimme sagte ihr, dass sie besser nicht hinunter in den Keller gehen sollte, aber der Stolz, dass Alex ein Geheimnis mit ihr teilen wollte, überwog.

Hier unten war das Licht gedämpft, aber durch kleine Fenster drang noch etwas Sonne herein. Der erste Raum war leer, ein altmodisches Waschbecken mit kleinen verrosteten Rohren hing einsam an der Wand. Der Putz war teils von der grauen Steinwand abgesplittert, unten zog sich schwarzer Schimmel die Wände hoch. Links gab es einen Durchgang, daneben stand in großen Buchstaben mit Schablone auf die Wand gesprüht: *Rauchen verboten!*

Als sie hindurchgingen, erzeugten ihre Schuhe einen hohlen Klang, der an den feuchten Wänden abprallte. Im nächsten Raum schlug Jenni Ölgeruch entgegen. Rohre reckten sich von einem Tank wie Schlangen in die Höhe, verrenkten sich ineinander, teilten sich wieder in verschiedene Richtungen auf und verschwanden in den Wänden.

Alex führte sie durch einen weiteren Torbogen. Ziegel waren teils aus der Wand gefallen und lagen auf dem Betonboden verstreut. In einer Ecke schob Alex mit dem Fuß etwas Schutt zur Seite und offenbarte eine schmale Luke, die er hochstemmte, was ihn einiges an Kraft zu kosten schien. Vorsichtig beugte Jenni sich über das schwarze Loch.

Nun zog Alex an einer Metallkette, die an der Gürtelschlaufe seiner Shorts befestigt war, und brachte einen Schlüsselbund zum Vorschein, an dem auch eine blaue Mini-Maglite baumelte. Das Licht der Stabtaschenlampe erhellte die Luke nur schwach, ließ aber Eisensprossen erkennen, die in die Wand betoniert waren und hinunterführten.

»Das ist mir zu gruselig«, sagte Jenni mit leiser Stimme.

»Ach komm schon. Ich war schon unten, da ist es echt gemütlich.«

»Da gibt es keine Fenster.«

»Natürlich nicht. Das ist ein Luftschutzbunker. Komm schon, Jenni.« Er löste die Taschenlampe vom Karabiner und steckte sie sich zwischen die Zähne, als er die wenigen Sprossen hinunterstieg. »Komm schon.«

Jenni atmete tief durch und folgte ihm.

Hier unten war es deutlich kühler, eine Gänsehaut überzog ihre Arme. Der Schein der Lampe glitt durch den Raum, es gab nichts außer nackten Betonwänden, ein paar leere Bier- und Weinflaschen, Chipstüten und zwei Matratzen.

Zielsicher ging Alex darauf zu.

»Sind hier Spinnen?«

»Quatsch.« Er legte die Taschenlampe auf den Boden neben der Matratze, der Lichtkegel strahlte eine Flasche an, die einen langen Schatten auf die Wand warf. Von ihm selbst konnte sie nichts mehr erkennen. »Komm her«, erklang seine Stimme sanft durch die Finsternis, und Jenni folgte ihr blind, einen Arm ausgestreckt, in der Hoffnung, sein T-Shirt zu erfassen.

Aus dem Nichts schlangen sich Arme um ihre Hüften und rissen sie mit dem Rücken auf die Matratze. »Jetzt bist du meine Gefangene.« Er hielt ihre Handgelenke rechts und links neben ihren Kopf fest, sein Körper lag auf ihr und machte jede Flucht unmöglich. »Hier drin hört dich keiner schreien.« Seine Zähne blitzten im schummrigen Licht auf wie die eines Vampirs, und er beugte sein Gesicht über ihres. Seine Zunge glitt über ihre Lippen in ihren Mund, bevor er sich zurückzog und ihren Hals mit Küssen bedeckte. Gierig saugte er an ihrer Haut, und sie spürte einen leichten Schmerz.

Jenni glaubte, tausend Tode zu sterben. Die Schönheit dieses Gefühls war kaum zu ertragen.

Dann ließ er ihre Handgelenke los.

Sie schlang die Arme um seinen Hals, zerwühlte seine Haare, zog sein Gesicht wieder zu ihrem hinunter.

Sanft streichelte er ihre Haut unter dem T-Shirt, all die neuen Reize übertönten jeden Gedanken.

Eine ungeahnte Lust ergriff ihren Körper, sie wollte jeden Zentimeter seiner Haut erkunden, sie wollte von ihm berührt werden, überall. Da war keine Angst vor dem Unbekannten, sie hatte sich noch nie so sicher gefühlt wie in seinen Armen.

2018

JENNI sitzt im dunklen Hotelzimmer in Bensersiel unter der kleinen Nachttischlampe und hält den Bug eine Handlänge von ihren Augen entfernt. Mit Daumen und Zeigefinger drückt sie langsam auf die Tube, um den Kleber mit präziser Gleichmäßigkeit auf die Naht aufzutragen. Die durchsichtige Flüssigkeit reflektiert das Licht. Sie legt die Tube auf den Tisch und presst den letzten Teil der Reling für einige Sekunden ans Deck. Der Kleber quillt an den Seiten heraus, mit einem Tuch entfernt sie behutsam die Reste und pustet ihren Atem in einem konzentrierten Luftstrom auf das Plastik. Die Anleitung zeigt Punkt sechzehn und damit den Zusammenbau der Brücke. Routiniert befolgt Jenni die einzelnen Anweisungen. Es gibt ihr das Gefühl, etwas zu schaffen. Beim Abarbeiten der einzelnen Schritte muss sie nicht nachdenken, kann sich einzig und allein auf die Präzision konzentrieren.

Es passiert beim einundzwanzigsten Schritt: Ihre Hand zittert, und der Kleber läuft über ihre Fingerspitzen. »Fuck!« Jenni legt den Frachter ab und putzt sich die Hand ab, doch eine dünne Schicht auf den Rillen ihres Zeigefingers ist bereits getrocknet und hat ihr ihren Abdruck geraubt.

Hastig tupft sie auch übers Schiff, doch die feine Erhebung des Klebers bleibt zurück. Sicher wird sie nach dem Bemalen nicht mehr zu erkennen sein oder nur in einem bestimmten Winkel des Lichts, aber für Jenni ist es beschädigt, ist nicht so, wie es hätte sein sollen – ist nicht mehr vollkommen. Und sie hat sich so viel Mühe gegeben, hat extra viel Zeit investiert, und jetzt waren alle vorherigen Schritte umsonst. Trotz bester Absichten und obwohl sie so fokussiert gewesen ist, hat sie das Zittern ihrer Hand nicht kontrollieren können.

Sie nimmt den zu zwei Dritteln zusammengebauten Frachter und schmeißt ihn gegen die Wand, wo er in einzelne Teile zerbricht. Dann steht sie auf, zerstampft alles, was heil geblieben ist. Das Krachen und Brechen der Teile verschafft ihr Befriedigung. Zerstören ist so viel einfacher als zusammensetzen. Hektisch dreht sie sich im Zimmer auf der Suche nach mehr, das sie zertreten kann, und da erst wird es ihr bewusst: ein beengter Raum in Dunkelheit gehüllt und eine einsame kleine Lichtquelle. Sie sieht Alex' Lächeln im Licht der Taschenlampe aufblitzen und fühlt das Gewicht seines Körpers auf ihrem.

Jenni zieht ihre Schuhe an, zerrt die Jacke vom Haken, reißt dabei die Garderobe um, lässt sie liegen und poltert durchs Treppenhaus. In der Lobby zwingt sie sich dazu, normal zu gehen, und auch wenn die Straßen leer sind, unterdrückt sie den Impuls zu rennen und stapft den Deich hinauf. Schwarz sind die Nacht und das Meer, das so stinkend vor ihr liegt. Die Nordsee besitzt am Festland nichts von der Schönheit auf der Insel. Dafür ist sie hier ehrlicher. Sie spiegelt keine falsche Idylle vor.

Irgendwo hinter dem Horizont liegt Langeoog, und Jenni will ihre Wut über diese verfluchte Insel hinausschreien. Aber es ist nur ein Ort auf einer Karte, es wird nicht so sein wie damals. Jennis altes Ich wartet dort nicht, Alex wird nicht dort sein, auch ihr Vater nicht, nur ihre Mutter wartet. Und Jenni würde es bereuen, ihr diesen letzten Wunsch nicht erfüllt zu haben. Zum Glück ist es Herbst. Den Sommer hätte sie dort kein weiteres Mal ertragen.

SONJA steht am Fuß der Treppe und hört oben gedämpfte Schritte über den Teppich laufen, ein Schatten fällt auf das Gemälde des Mädchens mit der Taube. Ihr Herz rast. Er ist hier. Er durchsucht ihr Haus, während sie mit Kaja am Strand war, und die Gemächlichkeit seiner Bewegung zeugt von seiner Unbekümmertheit, erwischt zu werden. Panisch sieht sie zu Kaja, sie muss es ihr jetzt sagen, sie muss sie warnen.

Kaja sieht ebenfalls rauf und lächelt.

Sonja folgt ihrem Blick.

Weiße Sneaker steigen die Stufen hinunter. Gleich wird das Lachen durch den Raum flackern, von Überheblichkeit getragen. Schlanke Waden, die in einer grauen Jeans stecken, der drahtige Oberkörper im Flanellhemd, um den blassen Hals schwingen blonde Spitzen, die Sonjas Angst verblassen lassen.

Mo lächelt unsicher, um ihre blauen Augen und den Mund liegen zarte Falten. »Wo wart ihr?«

»Am Strand«, sagt Kaja und umarmt ihre Schwester.

Mo verlässt die letzte Stufe nicht, und so bleibt Sonja nichts anderes übrig, als ihre Hüfte zu umarmen. Mos Arme legen sich um ihre Schultern wie tote Aale. Sie riecht nach Lavendel, ganz leicht, aber da ist auch ihr ganz persönlicher Geruch und eine Spur von Schweiß, der in seiner Herznote an ihre Mutter erinnert und den auch Sonja manchmal an sich riechen kann.

»Ist Jenni noch nicht da?«

»Wir wissen nicht, ob sie kommt«, sagt Sonja und versucht, ihren Herzschlag zu beruhigen. Er ist nicht hier, und er wird auch nicht auftauchen, nicht jetzt, wo alle da sind. »Ich habe dir dein altes Bett bezogen.« Ihre Stimme klingt dumpf.

»Habe ich gesehen, danke.«

»Und mit dir hat sie auch nicht gesprochen?«, fragt Kaja.

»Nein, wir haben wenig Kontakt. Hast du Lou zu Hause gelassen?«

Kaja nickt.

»Was ist los, Sonja?« Diese erschrickt, als sie ihren Namen hört.

»Habe ich einen Keks im Gesicht?«, fragt Kaja.

»Nur zu viel Schminke.«

Es ist komisch, Mo zu sehen. Sie besitzt eine merkwürdige Schönheit, keine, die auffällt, keine, die gesehen werden will, aber eine, die für den aufmerksamen Betrachter da ist. Sie liegt in der geraden, leicht markanten Nase, den eisblauen Augen, die von langen dichten Wimpern mit verschmiertem Kajal umrahmt sind. Ihre Haut ist noch eine Spur heller als Sonjas und zeigt mit feinen Fältchen und groben Poren den Verlust der Jugend an. Die kurzen Haare hängen glatt auf die Schultern herab – kürzer, als ihre Mutter sie getragen hat, aber dennoch sieht sie ihr unglaublich ähnlich. Ob Mo sich dessen bewusst ist – ob sie ihre Mutter sieht, wenn sie in den Spiegel blickt?

Sonja spürt einen Kloß im Hals. Das Verlangen nach ihrer Mutter, nach ihren Armen, ihren Ratschlägen übermannt sie. Es war nicht immer leicht mit ihr gewesen, aber trotz aller Schwierigkeiten war ihre Mutter eine Frau, die Familie und Freunden nicht nur gesagt, sondern auch gezeigt hat, dass sie sie liebte. Eine Fähigkeit, die Sonja nicht mehr besitzt.

»Du siehst gut aus«, sagt Mo ausdruckslos.

»Du auch.«

»Ist komisch, wieder hier zu sein. Und du hast alles genauso gelassen wie früher.«

»Noch«, erwidert Sonja.

»Fühlst du dich nicht manchmal wie in einem Museum?« Mo sieht zum Regal.

Sonja zuckt die Schultern. »Hast du niemanden mitgebracht?«

Mo schüttelt den Kopf. »Immer noch Single. Es ist nicht mehr so einfach wie früher.«

Kaja lacht. »Sonja hat da wohl mehr Glück …«

»Müssen wir noch etwas für morgen erledigen oder besprechen?«, fährt Sonja dazwischen.

»Ist die Urne hier? Kann ich sie sehen?«, fragt Mo.

Kaja holt sie aus dem Zimmer und stellt sie auf den Esstisch.

Sie stehen im Kreis und sehen schweigend auf den grünen Marmor.

»Es wäre schön, wenn Jenni auch hier wäre«, sagt Mo.

Obwohl Sonja ebenfalls die Unvollkommenheit spürt, kann sie nicht anders, als ironisch aufzulachen. »Als würde sie etwas Tröstliches beitragen.«

»Sonja!«, ermahnt Mo sie.

»Ich bin mir sicher, sie kommt noch«, sagt Kaja, und in ihrer Stimme schwingt eine Traurigkeit mit, die Sonja ungewollt rührt.

»Das hast du auch bei der Trauerfeier gesagt«, kontert sie barscher als beabsichtigt.

»Vielleicht ist sie auch in ein Hotel gegangen. Wenn David und Edith dabei sind, passen eh nicht alle ins Haus.«

»Dann hätte sie wohl auf eine von meinen fünfhundert Nachrichten reagiert, oder, Kaja?« Sonja wendet sich ab. Sie hofft, dass Jenni nicht kommt, denn es wird zum Streit führen, wie immer. Die Atmosphäre ist ohne sie besser. Gleichzeitig wünscht sie sich, dass sie wieder alle zu viert im Haus sind, so wie früher, und etwas vom alten Glanz zurückkommt. Sie könnten Rommé spielen oder Doppelkopf und Musik hören. Sich ein wenig zanken und darüber lachen.

Sonja geht in die Küche und streicht über den Verband an ihrem Handgelenk. Es pocht unter der sanften Berührung. Selbst wenn sie zu viert hier wären, sie sind jetzt keine Kinder mehr, wo verzeihen einfach war.

KAJA sitzt im Schwingsessel, die Füße auf den Beistelltisch gelegt, und liest sich noch dreimal die Nachricht an Lou durch, bevor sie sie abschickt. Es ist zum Zwang für sie geworden, die Worte immer wieder zu lesen, bevor sie in den Druck gehen oder gesendet werden. *Es ist besser als erwartet. Wir kommen gut zurecht. Jenni ist noch nicht da. Wie ist es bei dir?*

»Stört es euch, wenn ich nebenbei *Medical Detectives* anmache? Ist so meine Routine zur Entspannung nach der Arbeit.« Sonja wartet nicht auf eine Antwort, sondern schaltet den Fernseher ein. Kaja fragt sich, ob es wirklich zur Gewohnheit gehört oder ob sie der Stille entgehen will.

»Stört es euch, wenn ich eine Flasche Wein aufmache?«, fragt Mo und dreht direkt die Weißweinflasche auf. »Ich kann einfach nicht glauben, dass du in der *Düne* arbeitest. In der *Düne*! Es war so komisch, dich hinter der Theke zu sehen. Schade, dass Jenni nicht dabei war«, sagt Mo, während sie drei Gläser füllt und verteilt.

Im Fernseher sitzt ein übergewichtiger Kommissar in Anzug und Krawatte und schildert monoton das Umfeld des Opfers. Der breite amerikanische Akzent wird von dem deutschen Sprecher übertönt, der seine Worte mit mehr Lebendigkeit übersetzt.

»Das hast du doch früher schon geguckt?«, erinnert sich Kaja dunkel.

»Zusammen mit Papa«, bestätigt Mo, die sich zu Sonja aufs Sofa setzt.

Kaja prostet stumm ihren Schwestern zu. »Letzte Woche musste ich wieder über ein Beziehungsdrama berichten.«

»Es heißt jetzt Femizid«, sagt Mo. »Beziehungsdrama impliziert, dass die Frau Mitschuld an ihrer Ermordung trägt.«

»Warum bist du eigentlich nicht Gleichstellungsbeauftragte geworden?«, fragt Kaja.

»Ich dachte auch immer, du wirst eine, die auf Demos ihre BHs verbrennt«, meint Sonja lachend.

»Ja oder eine, die nackt den Bundestag stürmt.«

»Tja, dazu fehlt mir leider der Mut.« Mo trinkt einen Schluck. »Wenigstens singe ich über Ungerechtigkeiten.«

»Ich verstehe einfach nicht, wie du mit deinem Ex zusammenarbeiten kannst.« Kaja schüttelt den Kopf. Es würde ihr das Herz zerreißen, wenn sie Lou sehen, aber nicht berühren dürfte.

Mo zuckt die Schultern. »Wir lieben uns nicht mehr. Die Übergangszeit war schwierig, aber inzwischen sind wir Freunde.«

»Und ist jemand Neues in Aussicht?«, fragt Kaja und grinst.

Mo schüttelt den Kopf. »Ich warte jetzt auf die Welle der Geschiedenen. Damit habe ich ja früh vorgelegt.«

»Ich überlege, Lou …« Kaja bricht ab. Es fühlt sich nicht richtig an, ihren Schwestern von ihren Antragsplänen zu erzählen. Die Fremdheit zwischen ihnen ist noch zu groß, um etwas so Schönes zu teilen. Sie spürt die erwartungsvollen Blicke ihrer Schwestern. »… mit Lou ein Kinderbuch zu schreiben.«

»Cool.« Sonja nickt ausdruckslos und sieht zum Fernseher. »Wovon handelt es?«

»Von …«, sie lässt den Blick über das Regal schweifen. »Fischen. Und einer Möwe, die ist …«

»Woher kenne ich denn die Stimme? Es macht mich wahnsinnig!«, schreit Mo den Fernseher an. Der Sprecher berichtet von den Umständen der Tat, während verpixelte Tatortfotos in die Kamera gehalten werden.

»Das ist der Erzähler von *Wendy*«, sagt Sonja, ohne zu überlegen.

»Ja! Endlich.«

Kaja ist froh, dass sie bei ihrer Lüge unterbrochen wurde, trotzdem empfindet sie es als Zurückweisung – der Fernseher ist interessanter als ihre Pläne. Sie schaut aufs Handy. Lou hat noch nicht geantwortet. Ob sie wohl irgendwann mit ihr nach Langeoog fahren wird? Vielleicht wenn sie wieder herkommt, um das Grab zu besuchen. Morgen ist die Beisetzung, und es fühlt sich wie ein normaler Abend an. Sollten sie nicht irgendetwas tun? Beten? Kerzen anzünden? Darüber sprechen?

Es wirkt surreal, vielleicht weil der Tod schon drei Wochen her ist und es Kaja wie Monate erscheint. Der Abschied kam nicht plötzlich, sie durfte sich vorbereiten, und anschließend steckte sie in den Mühlen der Bürokratie fest. Die Planung mit Bestatter und Pastor, die Einladungen, die Trauerfeier, der Papierkram, um ihre Mutter überhaupt auf der Insel beerdigen zu dürfen. Im Krankenhaus sagte die Ärztin, manche Angehörige bräuchten Jahre, um den Tod zu realisieren. Kaja fragt sich, ob sie das Schlimmste schon hinter sich hat oder ob der Verlust noch heftiger zuschlagen wird, wenn die Ablenkung nachlässt. Wie wohl ihre Schwestern die letzten drei Wochen erlebt haben? Sie sitzen ihr direkt gegenüber, einen Meter von ihr entfernt. Kaja könnte sie einfach danach fragen. Sie tut es nicht.

JENNI sitzt im Speisesaal des Hotels. Die erzwungene Stille eines Wartezimmers erfüllt den zu großen Raum; vier Tische sind besetzt, die Leute frühstücken schweigend oder murmelnd vom üppigen Buffet. Nur hinten an der Glasfront sitzt eine Mutter mit drei Kindern, die lauthals lachend auf ihren Plätzen herumalbern und sich nicht von der nüchternen Atmosphäre der Erwachsenen anstecken lassen.

Jennis Löffel drückt den ringförmigen Schokoladencornflake in die Milch, die von braunen Schlieren durchzogen ist. Sie wartet, beobachtet die restlichen Zerealien, die am Rand der Schüssel wippen, als versuchten sie herauszuklettern. Erst als alles still ist, hebt sie den Löffel, und der Cornflake taucht, blass und aufgequollen, an die Oberfläche.

Sie stützt die Ellenbogen auf und legt die Stirn in die Hände. Ob ihre Schwestern jetzt zusammen frühstücken und lachen? Sie fühlt die Eifersucht wie ätzende Galle in sich aufsteigen. Wahrscheinlich stört es niemanden, in einem Haus zu sitzen, das ihnen allen gehören sollte, das aber nur Sonja besitzt. Es ist ein unausgesprochenes Versprechen gewesen, dass niemand zurückkehren würde, aber natürlich muss Sonja sich dem widersetzen.

Aus den Lautsprechern unter der Decke plärrt Juli über die Sehnsucht nach der *Perfekten Welle*, und was eben noch Hintergrundgedudel war, wird zu einer persönlichen Provokation, die nur Jenni gilt. Die Scheißwelle trägt sie nirgendwohin.

Sonja hat mit Absicht das Haus als Unterkunft zur Verfügung gestellt, anstatt sie alle in einem Hotel unterzubringen. Sie will Jenni kränken, sie sogar ausschließen, denn Sonja weiß, dass Jenni nicht dort schlafen will. Jetzt steht Sonja als Gönnerin da und Jenni als engstirnig.

Sie will dazugehören, doch damals hat sie eine Entscheidung getroffen und die Familie verlassen. Indem sie auszog, konnte sie ein Stück weit vergessen, was ihnen damals passiert war. So war die Familie nur noch hin und wieder Bestandteil von Jennis Leben, war nicht mehr Alltag – das machte es erträglicher. Keiner sollte mehr an Jennis Schuld erinnert werden. So hat sie sich selbst aus dem Rudel verstoßen und daran geglaubt, sie würde mit ihrem Weggang auch ihre Familie retten; all die Treffen, bei denen sie Gleichgültigkeit vorgespielt hat, und ihre seltenen Reaktionen auf die Nachrichten der anderen – Jenni war sich sicher, dass sie die Einsamkeit zum Schutz der Familie gewählt hat, doch jetzt muss sie sich fragen, ob sie nicht einfach nur feige war.

MO wiegt ihren Körper leicht hin und her, während Adele, begleitet von Pianoklängen, *Make You Feel My Love* singt. Ihre Mutter kann bestimmt fühlen, wie viel Mühe sich alle für diesen Tag geben. Mo sieht in den Badezimmerspiegel und fixiert die großen Poren und feinen roten Äderchen, die ihre Haut überziehen. Sie sieht verbraucht aus und hat doch die Hoffnung, dass nur der eigene kritische Blick diese Makel bemerkt, während alle anderen den Fokus auf ihre gerade Nase und die blauen Augen legen.

Sie trägt den Kajal dick auf und verwischt ihn mit dem Finger, so dass es zwar unordentlich, aber noch gewollt aussieht. So schminkt sie sich, seit sie zwanzig ist. In ihrem Make-up hat sie versucht, die Scheißegal-Einstellung von Joan Jett und die feminine Stärke von Blondie einzufangen. Make-up hilft ihr, sich in ihrer eigenen Haut wohlzufühlen. Es ist eine Verkleidung, die ihrem Charakter näher ist, als sie es nackt je sein könnte.

Doch jetzt, wo sie in den Spiegel guckt, spürt sie den Unmut ihrer Mutter und hört deren seufzende Stimme: »Muss da immer so viel drauf? Du hast doch so ein schönes Gesicht.«

Mo greift zum Wattepad. Dieses eine Mal kann sie für ihre Mutter die Hülle ablegen.

Nachdem sie sich abgeschminkt hat, versucht sie, einen filigranen Lidstrich zu ziehen, der ihr misslingt.

»Was soll das werden?« Sonja steht in der Badezimmertür.

Mo nimmt die Stöpsel aus den Ohren. »Ich kann den Scheiß einfach nicht.«

»Gib her.« Sonja nimmt ihr den Kajal aus der Hand und mustert ihr Gesicht. »Wie soll es aussehen?«

»Wie Audrey Hepburn?«

Sonja rollt die Augen und kramt einen Eyeliner aus ihrer Kosmetiktasche. »Augen zu.« Ihre Hand berührt Mos Wangen und Schläfen, sie fühlt die Kälte des Rings, den einst ihre Mutter trug, und hört Sonjas Atem. Ihre Nähe ist ungewohnt und so vertraut.

»Kann ich das so anziehen?«

Mo blinzelt.

Kaja steht auf dem Flur, die Arme leicht von sich gestreckt, und trägt einen schwarzen Glockenrock mit einem eng anliegenden Rollkragenpullover. Das lange braune Haar hat sie nach hinten geflochten.

»Sieht gut aus.«

»Augen zu!«

»Kannst du mich auch noch schminken?«

»Wenn du mir die Haare machst«, antwortet Sonja.

»Gott sei Dank«, sagt Mo lachend. »Ich wollte nichts sagen, aber du hast was von einer frigiden Lehrerin, wenn du die Haare so streng nach hinten trägst.«

Sonja grinst. »Vorsicht, dein Gesicht liegt in meinen Händen.«

Kaja beginnt, eine rötliche Strähne seitlich am Kopf nach hinten zu flechten, während Sonja Mo die Wimpern mit einer Zange biegt und tuscht.

Zwischen zwei Handgriffen lässt Mo Musik über ihr Handy laufen. »Irgendwelche Wünsche?«

»Ich hätte fast *Lady Marmelade* gesagt«, sagt Sonja, und Mo spürt den Atem an ihrer Wange. »Aber es wäre wohl nicht angebracht.«

Mo muss lächeln. Früher haben sie zu dem Lied eine Choreographie einstudiert und ihrer Mutter vorgetanzt. Kaja war Maja, Jenni Christina Aguilera, Sonja Pink, und Mo selbst rappte Lil' Kims Part.

»Mama hat gerne die Beatles gehört«, sagt Kaja.

Mo sucht nach *Mother* von John Lennon, die zittrige Stimme erfüllt das Bad. »Ich hoffe, es ist nicht zu theatralisch.«

»Nein, es ist schön«, sagt Sonja.

Sie lauschen schweigend dem Lied, während sie sich gegenseitig zurechtmachen.

Mo fühlt sich fast wie damals, als sie sich für ihren Abiball fertig gemacht haben. Wieder trägt sie einen schwarzen Hosenanzug. Wieder schminken und frisieren sie sich gegenseitig; es hat etwas Feierliches, Fröhliches. Soll das so sein? Sie hat ein schlechtes Gewissen, andererseits wird sie schon früh genug kommen, die Traurigkeit.

JENNI sieht die Krone der Kiefer, als sie durch die Andersenstraße läuft. An deren Ast hat Sonja als Kind mit den Beinen kopfüber gehangen, während sie versuchte, die Bälle zu fangen, die die Mädchen auf sie schossen. Durch den Garten haben sie Kaja gezogen, die in dem selbst gebauten Karren saß und »schneller, schneller« rief.

Jetzt stehen Jennis Schwestern auf dem Rasen, sie sieht sie über die Kirschlorbeerhecke hinweg. Kajas zierlicher Körper täuscht über ihre Stärke hinweg. Mo strahlt noch immer das Selbstbewusstsein aus, das sie von klein auf besaß und das Jenni lange Jahre nur vorgetäuscht hat. Sonjas reglose Miene lässt sie stets älter wirken und trägt ihre innere Kälte nach außen.

Jenni fühlt sich wie ein Tölpel mit dem Koffer, den sie lautstark hinter sich herzieht. Ihr unfrisiertes Haar ragt unter der Mütze heraus, unter ihrem Mantel sind der Saum des schwarzen Kleides und ihre dicke Strumpfhose zu sehen.

»Ach nee, guckt mal, wer es doch noch geschafft hat.« Sonja macht sich nicht die Mühe, leise zu sprechen. »Wir wollten gerade los.«

»Das Schiff war langsam, wir hatten Niedrigwasser.« Jenni hält kurz inne und überlegt, wie sie ihre Schwestern begrüßen soll, hebt dann nur den Arm und geht durch den kleinen Garten.

Sonja weicht einen Schritt zur Seite und macht den Weg zur Tür frei. »Ich hätte nicht gedacht, dass du noch auftauchst.«

»Tja.« Jenni geht durch den Flur, von wo sie ihre Schwestern noch immer hören kann.

»Was sollte der Kommentar, Sonja?«, zischt Mo. »Du musst nicht gleich den ersten Streit provozieren.«

»Inwiefern provoziere ich denn? Ich habe halt nicht damit gerechnet, dass sie kommt. Sie war ja eh nicht oft bei Mama.«

»Wart ihr alle nicht«, kontert Kaja, und Jenni muss lächeln. Gerecht ist Kaja immer schon gewesen.

Ohne den Blick zu heben, stellt Jenni den Koffer im Wohnzimmer ab. Die Fliesen und Türen, der Geruch des Hauses lassen bereits zu viele Erinnerungen lebendig werden.

»Sind David und Edith nicht mitgekommen?«, ruft Mo von der Straße aus, als Jenni aus dem Haus tritt.

»David muss arbeiten, und Edith ist bei ihrer Mutter.« Die Frage nach den Partnern der anderen wird wahrscheinlich erwartet, ist durch deren Abwesenheit aber auch unnötig. Jenni will diesen Tag ohne Smalltalk so schnell wie möglich hinter sich bringen.

Erst als sie zu viert nebeneinander die Straße entlanggehen, bemerkt Jenni, dass Kaja die Urne trägt. Plötzlich übermannt sie das Verlangen nach ihren Eltern.

Aus den Augenwinkeln betrachtet sie Sonja, die ihrem Vater so ähnlich sieht. Das gleiche rote Haar, die gleiche lange Nase mit dem feinen Höcker auf der Mitte, die großen eng stehenden Augen. Nur ihr Auftreten ist ein anderes. Sie geht selbstbewusst, einnehmend, als würde die Straße ihr gehören, während ihr Vater durch die Last der Familie gebeugt worden war.

Jenni sieht zu Boden. Sonjas Anblick macht sie wütend, obwohl sie weiß, dass diese Gefühle nicht fair sind.

1998

SONJA konnte nicht fassen, dass Jenni sie alleine gelassen hatte. Zum x-ten Mal suchte sie den Strand nach ihrer Schwester und Alex ab.

»Die kommt nicht mehr wieder.« Hakan kickte den Plastikball im steten Rhythmus gegen den Strandkorb.

»Aber sie hat es versprochen.«

»Meine Brüder versprechen mir auch viel, wenn der Tag lang ist.«

»Ja und? Deine schwulen Türkenbrüder sind aber nicht meine Schwester.«

Hakan nahm Anlauf, täuschte einen Schuss in Sonjas Richtung an, schoss dann aber wieder sachte gegen das Geflecht.

Sie wollte nicht so gemein sein. Hakan war eigentlich ganz okay, aber es nervte sie, dass er recht hatte; natürlich würde Jenni nicht wiederkommen. Seit sie Alex kannte, war ihr Egoismus ins Unermessliche gewachsen. Sie hatte nicht nur das Versprechen an ihre Mutter gebrochen, sondern auch Sonja belogen, und jetzt saß sie hier alleine mit den lästigen Jungs. Wenigstens war Julian für ein paar Minuten weg. Er war zum Kiosk gelaufen, um Brausepulver zu besorgen.

»Ich habe was!« Da rannte er auch schon über den Steg, drängte sich durch eine Männergruppe und sprang gerade rechtzeitig einem Kinderwagen aus dem Weg. Auf dem Sand schien er kaum voranzukommen, mit letzter Kraft ließ er sich schwungvoll auf den Boden plumpsen, wobei Sonja eine Ladung Sand abbekam.

»Pass doch auf!«, rief sie.

Aufgeregt fächerte Julian mit Brausepulvertüten vor ihrer Nase herum. »Bringen wir ein paar Möwen zum Platzen.«

»Das funktioniert niemals«, maulte Sonja.

»Wollen wir wetten? Einer aus der Elften hat es selbst ausprobiert.«

»Du glaubst auch alles.«

»Ich beweise es dir. Steh auf.« Er zog an ihrem Arm.

Sonja warf ihm einen bösen Blick zu.

»Bitte.«

Sie seufzte. »Habe ja eh nichts zu tun.«

»Ich bleibe hier«, sagte Hakan.

»Spielst du jetzt die beleidigte Leberwurst?« Sonja klopfte sich den Sand von den Shorts und schüttelte ihren Zopf aus. »Ich habe das eben nicht so gemeint, Hakan, sorry.«

»Was war denn?« Julian kippte sich eine halbe Packung Waldmeister in den Mund, und Sonja hörte es knistern.

»Nichts. Habe einfach keinen Bock«, sagte Hakan.

»Oder hast du Angst?« Sonja riss Julian die Süßigkeiten weg und ging voraus, zwei Schatten folgten ihr. »Lasst uns zum Imbiss gehen, da sind viele Viecher, und wir können uns im Gebüsch verstecken.«

Sie nahmen den Strandaufgang und bogen rechts zum Imbiss ab, der mit seiner wehenden Jever-Flagge von weitem zu sehen war. Er lag eingebettet in den Dünen mit einer breiten Terrasse, auf der Stühle und Tische standen. Am Rande des Flachdachs saßen drei Möwen wie Statuen.

Der Eingang war groß wie ein Garagentor und gab den Blick auf einen langen Tresen frei, vor dem sich eine Menschenschlange angesammelt hatte, die bis nach draußen reichte, wo ein schmales Welldach ihnen Schatten spendete. Vier Kinder kamen aus dem Imbiss, mit Wassereis in den Händen, und drängten sich an Sonja und den Jungs vorbei.

Die meisten Tische waren von Strandurlaubern und Fahrradfahrern belegt. Rechts schirmte eine dichte Heckenrose die Gäste ab, links grenzte an die Terrasse ein breites Rasenstück, erst einige Meter dahinter wuchsen wieder dichte Heckenrosen.

»Mist, hier sind wir ungeschützt«, zischte Sonja.

»Wir könnten hinter das Gebäude gehen«, sagte Julian. Sie liefen über den Rasen an den unter Sonnenschirmen sitzenden Leuten vorbei, die sie keines Blickes würdigten.

»Und jetzt?«, fragte Hakan, als sie hinterm Imbiss standen.

»Wir brauchen was, wo wir das Pulver reintun können, damit die Möwe das auch frisst«, sagte Sonja. Sie glaubte noch immer nicht, dass es funktionieren würde.

»Ja genau. Wir brauchen Essen.« Julian betrachtete die bunten Brausepackungen in seinen Händen. »Ich habe aber kein Geld mehr.«

»Bestimmt ist noch Essen im Mülleimer«, schlug Sonja vor. »Wer holt es?« Sie sah die beiden Jungs an und schrie zeitgleich mit Julian: »Bin's nicht!«

Hakan seufzte und ging mit hängenden Schultern zurück.

Julian hielt in jeder Hand eine Packung hoch. »Orange oder Himbeere?«

Sonja zeigte auf Orange. »Was Exotisches.«

Grinsend riss Julian das Papier auf.

Hakan kam mit zwei Styroporschachteln zurück.

»Welche Henkersmahlzeit ist drin?«, fragte Sonja.

»Ein paar Pommes und zwei Nuggets.«

»Sollte reichen.« Julian tunkte eine Fritte ins Tütchen.

»Die beobachtet uns schon.« Sonja nickte mit dem Kopf zum Dach.

»Leg sie auf den Boden. Warte, wink erst damit.«

»Hier, kleine Möwe, lecker, lecker, lecker.« Julian tänzelte auf der Stelle, während er mit der Fritte in der Luft herumwedelte.

Der Vogel trat auf der Stelle, zappelte mit den Flügeln.

»Komm her, meine Kleine.«

Er warf die Pommes auf den Boden.

Sofort stürzte die Möwe vom Dach und schlang, den Schnabel senkrecht in den Himmel gerichtet, das Essen hinunter.

»Gleich passiert es.« Julian klatschte in die Hände, Orangenpulver rieselte auf den Boden.

Das Tier schien Sonja direkt anzusehen, wartete womöglich auf Nachschub. Die kleinen stechenden Augen wirkten in der Reglosigkeit hypnotisierend – sie blinzelte.

Hochmütig wandte Sonja sich um. »Hab doch gesagt, das funktioniert nicht.«

»Warte.« Julian drehte sie an der Schulter zurück.

Die Möwe ging nun aufgeregter, wackelte mit dem Hintern.

»Jetzt.«

Ein riesiger Flatschen Scheiße landete auf dem Gras, schimmerte weißgelb in der Sonne.

Hakan jaulte auf vor Lachen, in einem so hohen Ton, dass Sonja davon angesteckt wurde.

Die Möwe kreischte und kackte erneut, sie alle drei lachten, und dann, einfach so, fiel sie um und war tot.

Hakan verstummte, doch Sonja konnte nicht mehr an sich halten, es war so surreal.

»Beim Scheißen gestorben«, rief sie und hielt sich glucksend den Bauch.

»Ich muss die Dosis erhöhen«, meinte Julian grinsend. »Gib mal den Nugget.«

»Eine Möwe, die Huhn frisst!«, schrie Sonja und krümmte sich.

»Die ist … tot«, stammelte Hakan.

»Keine Sorge, die Nächste platzt bestimmt«, sagte Julian.

»Ich finde, wir sollten das lieber lassen.«

»Das ist doch nur ein Vogel, die können ja nicht mal richtig denken. Das wird mit Laborratten auch so gemacht.«

Eine Brise streifte die grauen Federn des Flügels, die sich vom schneeweißen Körper abhoben. An ihrem geöffneten gelben Schnabel mit dem roten Punkt klebte Schaum.

»Sie tut mir leid«, flüsterte Hakan.

»Selbst schuld, wenn die alles frisst.« Julian riss ihm das Schälchen aus der Hand und drückte es in Sonjas. »Halt mal.«

Er nahm einen Nugget heraus und pulte mit dem Finger ein Loch hinein, fast die ganze Himbeerpackung füllte er ein, den Rest schüttete sich Julian selbst in den Mund. »Ich habe eine Idee«, sagte er dann, und Sonja konnte das Himbeeraroma in seinem Atem riechen.

»Ich bin raus. Das ist echt krank«, meinte Hakan.

»Ist das dein Ernst?«, fragte Julian. »Du bist so ein Weichei.«

»Mir doch egal.« Hakan ging über die Wiese.

Sonja wollte ihn aufhalten, aber Julian hielt sie fest. »Lass ihn, der ist immer ein Spielverderber.«

Sonja folgte Julian zurück zum Weg, wobei sie den toten Vogel beim Vorbeigehen nicht aus den Augen ließ, als könne er noch einmal auferstehen. Sie wusste, dass es nicht richtig war, aber etwas hatte ihre Neugier geweckt.

An der Ecke der Terrasse blieb Julian stehen und bückte sich hinter den Zaun. Die Schlange am Imbiss war deutlich kleiner geworden. »Da oben sitzt so eine Fette.«

Sonja folgte seinem Blick und sah am Rand des Welldachs eine Möwe thronen. Darunter saß am Tisch eine Familie mit zwei Kindern. Ihr Yorkshireterrier legte schwanzwedelnd den

Kopf in den Nacken und blickte fiepend zu seinem Frauchen auf.

»Glaubst du, Hunde können platzen?«, flüsterte Julian.

Sonjas Miene verfinsterte sich.

»Schon gut, ich werfe es hier vorne hin.«

»Hoffentlich sieht die das auch.«

Julian schmiss den Nugget möglichst flach über den Boden vor den Eingang. Der Hund spitzte die Ohren, sprang nach vorne, doch die Leine war zu kurz, jaulend wurde er zurückgerissen, was wiederum die Aufmerksamkeit der Möwe weckte. Mit weit gespreizten Flügeln stürzte sie zu Boden, nahm das Essen in den Schnabel und kehrte direkt zurück auf ihren Posten. In einem Stück verschwand es in ihrem Hals.

Sonja ließ sie nicht aus den Augen. Ob sie wohl platzte wie ein überfahrener Frosch auf der Straße mit heraushängendem Gedärm?

Die Möwe schlug mit den Flügeln, der Kopf wippte von rechts nach links, als würde sie tanzen. Ein Schrei voller Qualen drang aus ihrer Kehle, so laut, dass auch andere Gäste zu ihr hochsahen. So plötzlich, wie er einsetzte, verstummte er auch, wenngleich der Schnabel weit geöffnet blieb. Der Vogel kippte nach vorne, fiel mit dem Kopf voran in die Spaghetti, Tomatensoße spritzte in das Gesicht des Mädchens. Sie schrie und wäre vom Stuhl gefallen, hätte ihr Vater sie nicht gehalten.

»Was zum Teufel?«, hörte Sonja den Wirt fluchen, als er um den Tresen herum nach draußen rannte.

Julian brüllte vor Lachen, und sofort sah der Wirt in ihre Richtung.

»Scheiße, weg hier!« Sonja ließ die Schachtel fallen, riss Julian am Arm zurück und rannte über den Pirolatalweg an der Wiese vorbei, während der Wirt sie schimpfend verfolgte. In der nächsten Kurve sprangen sie durch eine schmale Öffnung in den Heckenrosen, die so groß waren wie Sonja, die Dornen zerkratzen ihre Arme und Beine. Der Schmerz wurde in den Hintergrund gedrängt, als sie die Düne hinunterrollten und in der Senke hinter einen weiteren Strauch robbten. Auf den Bäuchen liegend, sahen sie keuchend hinauf zum Weg.

»Wo seid ihr Drecksblagen?«, fluchte der Wirt.

Sonja grinste. »Dem haben wir es gezeigt«, flüsterte sie.

»Mann, hast du gesehen, wie das Tier krepiert ist? Wahnsinn!« Sie fühlte Julians vom Frittierfett klebrige Hand auf ihrer. »Ist zwar nicht explodiert, aber das war abgefahren.«

Sonja lauschte ihrem Atem, der sich langsam beruhigte, und achtete auf das kalte Gefühl im Bauch, das sich ausbreitete.

Der Kopf des Wirts schwebte über den Hecken zurück in Richtung Imbiss.

»Du bist echt cool«, sagte Julian.

Sonja lächelte. Vielleicht war er doch nicht so übel.

Er sah ihr tief in die Augen, dann auf ihren Mund. Sie wollte sich wegdrehen, als er sich zu ihr legte, aber etwas hielt sie davon ab; gerade fragte sie sich noch, ob es Angst oder Neugier war, als sich bereits seine Lippen auf ihre legten und bewegungslos darauf verharrten.

Sie war sich nicht sicher, ob sie den Kuss mochte. Er erinnerte an einen Center Shock, den man aß, obwohl der Geschmack kaum zu ertragen war. Vergeblich wartete sie auf den Honig des sauren Kaugummis. Schließlich rollte sie sich zur Seite und stand auf. »Ich muss jetzt nach Hause.«

Sonja hörte, wie Julian hinter ihr herging. Erst jetzt spürte sie ihre Arme und Beine brennen. Sie quetschte die Haut am größten Kratzer auf dem Unterarm zusammen, das Blut trat stärker hervor. Sie leckte darüber, es war der Honig des Center Shocks, der die Säure nahm.

KAJA drehte das rote Männchen in ihren Händen, als sie den bunten Menschenbaum studierte, der mit jeder weiteren Figur höher und wackeliger wurde. Die Verästelungen schienen inzwischen undurchdringlich, und sie musste genau überlegen, wo sie es platzierte, ohne dass er umfiel. Sie spießte den Arm ihres Männchens durch den Bauch einer grünen Figur. Die Baumkrone drehte sich zu ihr, einige Figuren verschoben sich, glichen das neue Gewicht jedoch wieder aus und fanden neuen Halt.

RUMS! Oben fiel etwas zu Boden. Kaja erschrak, ihre Finger wischten an dem Baum entlang, ihr Männchen flog scheppernd auf den Holztisch, der Baum pendelte sich schwungvoll neu ein, zwei weitere Figuren fielen heraus.

Mo steckte sie zurück. »Versuch es noch mal.«

»Nein, du bist dran.«

»Das war ein guter Zug, mach's noch mal.«

Schulterzuckend wiederholte Kaja ihren Zug.

»Ich bin es so leid!«, schrie Ihr Vater von oben.

»Du bist eine harte Gegnerin, Kaja.« Mo presste ihre Lippen aufeinander. »Da ist ja kaum noch Platz für mich.«

Kaja konnte sich nicht über das Kompliment freuen. Mit einem Ohr lauschte sie den Geräuschen, die durch die Decke drangen. In der letzten halben Stunde waren sie lauter geworden, und Kaja hoffte nicht mehr darauf, dass ihr Vater, wie versprochen, mit ihr Rudi reparieren würde. Sie presste ein rotes und ein gelbes Männchen aufeinander. Wie man sie auch drehte und wendete, welche Farbe sie auch hatten, ihre Münder waren zu einem riesigen Clownsmund aufgerissen, die Augen geweitet, ein Arm weit in die Höhe gereckt – zur ewigen Fröhlichkeit verdammt. Sie lachten Kaja aus. Ihre Farben zwischen Kajas Fingern bildeten einen Kontrast zu ihrer Haut. »Warum bin ich so dunkel?«, fragte sie.

Mo, die mögliche Stellen im Baum abwog, hielt in der Bewegung inne. »Weil du mehr nach Oma kommst. Du wirst im Sommer eben etwas brauner als wir.«

»Sah Oma wirklich so aus wie ich?«

»Ich habe sie nicht mehr kennengelernt, aber sie war Italienerin und hatte auch so dunkles Haar wie du.«

»All die Jahre!« Von oben war ein tiefes Schluchzen zu hören. Kaja hatte das Bild ihres Vaters vor Augen, wie er zusammengesackt auf der Bettkante saß, das Gesicht in den Händen vergraben. Sie konnte sich nicht vorstellen, dass er weinte, dass es überhaupt möglich war, dass ein Mann weinen konnte.

»Hör mal, Kaja, wenn wir uns über dich lustig machen, ist das nicht ernst gemeint.«

»Ihr sagt, ich wurde auf der Straße gefunden.«

»Das ist doch nur Spaß. Du kennst doch die Fotos von deiner Geburt.«

Oben war es still geworden.

Mo hängte ihr Männchen ein. »Du bist dran.«

Kajas Hand zitterte. Sie hatte die Stille herbeigesehnt, aber jetzt, wo sie da war, befürchtete sie, die Stille würde für immer bleiben und mit ihr die leeren Gesichter ihrer Eltern. Das dämliche Grinsen des Männchens verschwamm hinter ihrem Tränenschleier, sie blinzelte ihn weg. Nur Babys weinten.

Oben ging die Tür auf.

»Bitte nicht, bitte nicht«, wimmerte ihre Mutter.

Kaja stieß den spitzen Kopf der Figur durch den Mund einer anderen.

»Ich will dich nie wiedersehen«, rief ihr Vater.

Kaja durchbohrte mit dem Plastikarm den Bauch einer blauen Figur.

»Du hast mich nur belogen.« Ihr Vater nahm die ersten Stufen.

»Lass es mich erklären.«

Kajas Männchen durchstieß mit dem Fuß einen weiteren hohlen Mund, hinter dessen Fassade er ins Nichts reichte.

»Unser Leben ist eine Lüge!«

Sie stieß so heftig zu, dass der ganze Baum vom Tisch flog und die Clowns über den Steinfußboden schlitterten. Ihr Vater hatte das Ende der Treppe erreicht. Sein gehetzter Blick traf sie – zögernd. Verletzt wie ein angeschossenes Tier, entschied er sich zur Flucht.

SONJA streifte sich die Sandalen von den Füßen, Sand rieselte auf den Steinfußboden. »Ist Jenni da?«, rief sie vom Windfang aus. Schon von draußen hatte sie Kaja und Mo am Tisch sitzen sehen. »Hallooo? Ich habe euch was gefragt.« Sie ging ins Wohnzimmer und wäre am liebsten wieder rausgerannt. Stapelmännchen lagen im Raum verteilt, ihre Schwestern sahen sie an, die Lippen in kalten Gesichtern zu Strichen verzogen, nie hatten sie sich ähnlicher gesehen.

»Papa ist weg«, flüsterte Kaja.

»Kommt er wieder?« Sie fürchtete sich vor der Antwort. Ihr Herz schrumpfte auf Möwenherzgröße. Sie dachte an den Todesschrei, an den leblosen Körper in den Spaghetti, an ihr Lachen, das so weit weg erschien, fast wie aus einem anderen Leben. Was hatte sie getan? Jetzt schämte sie sich dafür. Aber es war so befreiend gewesen, für einen Moment zu vergessen, was aus ihrem Zuhause geworden war.

»Ich weiß es nicht.« Mo stellte sich an den Fuß der Treppe, den Kopf in den Nacken gelegt.

Sonja folgte ihrem Blick, sah Picassos Mädchen, das die weiße Taube beschützend in den Händen hielt. Viele sagten ihr eine Ähnlichkeit mit dem Porträt nach, sie sah sie nicht, vor allem jetzt nicht.

Mo setzte den Fuß auf die Stufe, ihre Hand umklammerte das Geländer. »Ich sehe nach Mama.«

Zum ersten Mal war Sonja froh, zu den Jüngeren zu gehören.

Mo zog sich am Geländer hoch. »Mama?« Sonja hörte die gedämpfte Stimme ihrer Schwester, ein Klopfen an der Tür.

Sie ging zu Kaja und streckte ihr die Hand entgegen. »Komm, wir gehen ins Zimmer.«

»Liest du mir was vor?«, fragte Kaja, eine einzelne Träne rann über ihre dicke Wange.

»Klar.«

Kaja steckte sich den Daumen in den Mund, was sie seit Ewigkeiten nicht getan hatte. Die beiden streckten sich auf dem Bett aus. Kaja kuschelte sich eng an Sonja, legte den Kopf auf ihre Schulter.

Sonja zog das Lesezeichen aus dem *Peter Pan*-Buch heraus und fuhr bei dem Kapitel fort, bei dem ihr Vater aufgehört hatte zu lesen. Sie versuchte, seine Stimme zu imitieren, betonte jedes Wort mit großer Sorgfalt.

Kajas Augen wanderten über die bunten Bilder.

Sie waren an der Stelle angelangt, an der Peter Pan mit Wendy auf die Insel der verlorenen Jungs fliegt, eine Welt ohne Erwachsene. Die Geschichte zog sie bald in ihren Bann und ließ die Angst in den Hintergrund treten, doch Sonja wusste, dass sie noch da war, dass sie wie Captain Hook nur darauf wartete, dass sie die Insel wieder verlassen mussten.

JENNI hielt Alex' Hand, als sie am Kino vorbeigingen. Sie hatten den Strandkorb verlassen vorgefunden, wahrscheinlich waren die anderen schon nach Hause gegangen. Die Luft war auch am Abend immer noch schwer und heiß, aber der Geruch darin kündigte das langersehnte Gewitter an.

»Alles okay?«, fragte er.

Sie spürte seinen Blick und nickte. In ihrem Unterleib pochte ein leichter Schmerz, der sie mit Stolz erfüllte.

»Du hast ein bisschen geblutet«, sagte Alex und kratzte sich verlegen am Hinterkopf.

Fand er es schlimm, hatte er sich geekelt? Jenni musste selbst noch ihre Gefühle sortieren, alle Berichte aus der *Bravo* hatten sie letztendlich nicht auf die Realität vorbereiten können.

Anders als erwartet hatte die Erfahrung sie nicht zu einem neuen Menschen gemacht, ihr keine Einsichten geschenkt, keine Glücksgefühle durch ihren Körper gejagt. Dennoch verschaffte es ihr Genugtuung, jetzt zu einem Klub zu gehören, in den man sich nicht einkaufen konnte und dessen Mitgliedschaft für immer blieb. Genauso wie Alex. Er würde für immer der Erste sein, der erste Sex, die erste große Liebe – hoffentlich auch die letzte. Sie fühlte sich ihm so viel näher. Ihn in sich zu spüren, war ein Gefühl, an das sie beim Einschlafen zurückdenken konnte.

»Sehen wir uns auch noch nach Langeoog?«

»Ich will jetzt nicht an den Abschied denken«, antwortete er und sah zu den gelben Telefonzellen, an denen sie vorübergingen.

»Ich kann dich besuchen, von Detmold ist es nicht weit.«

»Genießen wir die Zeit, solange wir hier sind. Über zu Hause reden wir, wenn wir zu Hause sind.«

Es beruhigte Jenni, dass ihn der Gedanke an den Abschied so traurig stimmte, dass er nicht darüber reden konnte. Sie sah zu ihm hoch, er schenkte ihr sein schiefes Lächeln. Wenn sie erst von der Insel runter waren, könnten sie ganze Wochenenden miteinander verbringen.

Nur noch drei Meter, dann musste sie ihn wieder loslassen. Am liebsten wäre sie die ganze Nacht über bei ihm geblieben. Er musste schlafend aussehen wie ein Engel, allein wenn er döste, war seine Schönheit kaum zu ertragen.

»Wir sehen uns«, sagte er, als sie vor dem Schullandheim standen. Von draußen konnte sie die Kinder in dem gläsernen Anbau herumschwirren sehen wie Fische im Aquarium.

»Ich fand's echt schön heute.« Jenni schaute in sein Gesicht, die tief stehende Sonne färbte seine gebräunte Haut orange.

»Ich auch.« Er beugte sich zu ihr herunter, seine weichen Lippen legten sich auf ihre.

Ihre Gedanken sangen *Ich liebe dich* und entgingen so stumm dem Kitsch der ausgesprochenen Worte.

Langsam löste er sich von ihr. Sie konnte ihn nicht halten. »Bis morgen.« Er lächelte, dann lief er über den Hof und wurde vom Backsteinhaus verschluckt.

Die Einsamkeit, einst eine gute Freundin, traf sie aus dem Hinterhalt – vor Alex hatte es ihr nichts ausgemacht, allein zu sein.

SONJA stand in der Küche, als ihre Mutter und Mo herunterkamen. Das Gesicht ihrer Mutter war noch vom Weinen gerötet, doch sie hatte sich die Haare gekämmt und ein wenig Schminke aufgetragen.

Aus Sonja sprudelte es heraus: Jenni hatte sie völlig verantwortungslos am Strand alleine zurückgelassen, nur wegen eines Jungen.

Ihre Mutter hörte schweigend zu, doch ihr glasiger Blick wurde klarer, als er sich mehr und mehr mit Zorn füllte. Es spornte Sonja an, die Geschichte auszuschmücken. Sie wollte, dass Jenni bestraft wurde, dafür, dass sie sich einen schönen Tag machte, während alle anderen diesem Irrsinn ausgesetzt waren. Noch mehr als das wollte sie ihre Mutter zurück. Keine, die nur weinte, sondern eine, die sich kümmerte, die ihre Kinder beschützte.

Gerade rechtzeitig kam Jenni in die Küche, Sonja streckte ihr die Zunge raus.

»Jennifer Neumann, wo bist du gewesen?«, rief ihre Mutter.

»Am Strand.«

»Du hast Sonja alleine gelassen.«

»Stimmt nicht! Ich bin nur kurz ans Wasser gegangen, und als ich wiederkam, war sie weg.«

»Lügnerin!«

»Sonja!« Ihre Mutter schubste Sonja nach hinten, und diese erschrak vor ihrem wilden Blick.

»Jennifer, du solltest dich an eine einzige Regel halten. Ist das wirklich zu viel verlangt?«

»Sonja ist abgehauen.« Jenni konnte dem Blick ihrer Mutter nicht lange standhalten.

»Guck mich an, wenn ich mit dir rede.«

Jennis Augen funkelten. »Nichts ist passiert, oder? Es ist ja nicht so, als hätte ich sie ganz alleine gelassen, und was soll auf dieser Scheißinsel schon passieren?«

»Du glaubst auch, die Welt dreht sich nur um dich. Ich habe vier Kinder großgezogen, und du kannst nicht ein paar Stunden auf deine Schwester aufpassen?«

Sonja wich vor Jennis eisernem Blick zurück, der ihren kreuzte.

»Fotze!«, zischte Jenni ihr zu.

Sonja hatte das Gefühl, den Knall zu hören, noch bevor die Hand ihrer Mutter Jennis Gesicht traf.

Die Augen ihrer Schwester wurden glasig, auf ihrer Wange leuchtete ein Abdruck.

»So habe ich dich nicht erzogen!« Ihre Mutter packte Jenni am Oberarm.

Etwas Rache im Sinne der Gerechtigkeit hatte Sonja gewollt, aber nicht das. Tränen stiegen ihr in die Augen, und das Bild verschwamm; das Bild ihrer Mutter, die ihre Schwester schüttelte und schrie, bis Mo sie auseinanderriss.

JENNI zog Mo die Bettdecke weg. »Mach Platz«, flüsterte sie ins dunkle Zimmer. Ihre Mutter hatte sich beim Essen entschuldigt, ansonsten hatten alle geschwiegen, selbst Kaja, und obwohl es noch früh war, waren alle anschließend auf ihre Zimmer gegangen. Jenni fühlte sich noch immer betäubt. Sie kuschelte sich an den Rücken ihrer Schwester und dachte an Alex. Seine Hand in ihrer, seine Küsse, seine schüchternen Gesten – sie waren beide so voller Unschuld gewesen, als sie sich im Bunker geliebt hatten. Jetzt war das Erlebte so weit weg, dass Jenni die Unschuld nur für eine Illusion hielt, deren vermeintliche Existenz vom Leben mit aller Macht bekämpft wurde, bis nur noch eine Lagerfeuerlegende von ihr übrig blieb.

»Ich mache mir Sorgen«, sagte Mo und ergriff Jennis Hand. »Mama und Papa verhalten sich wie Wahnsinnige.«

»Wir müssen zusammenhalten.«

Die Dunkelheit wirkte tröstlich. Hier lagen sie eng umschlungen in ihrer Höhle und lauschten dem entfernten Donnergrollen. Es wirkte nicht bedrohlich, sondern wie die tiefe Stimme eines Großvaters, dessen Weisheiten sie in den Schlaf begleiteten.

»Wie ist es, einen Jungen zu küssen?«, flüsterte Mo nach langem Schweigen.

Jenni grinste. »Besser, als du es je in einem Buch gelesen hast.«

Mo drehte sich kichernd um. Ein Blitz erhellte das Zimmer und leuchtete schwach in ihren Augen.

Jenni liebte ihre Schwestern so sehr. Nie würde es einen Mann geben, der sie in ihrem Wesen so begriff, wie ihre Schwestern es taten, die sie in all ihren Facetten kannten und akzeptierten.

Mo strich über Jennis Wange, die Spur ihres Fingers brannte auf der gereizten Haut nach. »Seid ihr jetzt zusammen?«

Jenni zuckte die Schultern und senkte den Blick.

»Er hat dich eh nicht verdient.«

»Niemand verdient uns.« Jenni schloss die Augen.

Mos Atem streifte ihr Gesicht. »Wir brauchen keine Angst zu haben, Jenni. Wir haben immer uns.«

»Ich weiß.«

»Wir passen auf die Kleinen auf und halten die Familie zusammen, richtig?«

Jenni nickte. Ihre Augen, noch wund vom Weinen, fanden Ruhe. Der Schlaf kam schneller als gedacht, er legte sich behutsam auf sie, ließ ihre Beine und Arme schwer werden, beruhigte ihren Atem.

»Ich habe dich lieb«, flüsterte Mo und drehte sich wieder auf die andere Seite.

»… dich auch«, murmelte Jenni.

MO schenkte sich Orangensaft ein.

Kaja hielt ihr ihren Becher wortlos unter die Nase.

»Kommt Jenni nicht runter?«, fragte ihre Mutter, ohne von ihrem Teller aufzusehen.

»Die ist schon zum Strand gegangen«, antwortete Mo.

»Ohne Essen?«

»Sieht so aus.«

Ihre Mutter sah überrascht auf.

»Ist jetzt kein Wunder, dass sie nicht auf heile Welt machen will, oder?«

»Mo, ich weiß, dass es gerade nicht einfach für euch ist. Ich wollte mich heute auch noch mal bei Jenni entschuldigen.«

»Vielleicht wäre es mal Zeit, uns einzuweihen.«

»Das ist eine Sache zwischen mir und deinem Vater.«

»Wir sind auch Teil dieser Familie!« Sonja stieß wortlos ihren Stuhl nach hinten, er scharrte über die Fliesen und kippte beinahe um.

»Sonja, bitte bleib hier.« Das Flehen ihrer Mutter ging im Knall der Tür unter, wieder kämpfte sie mit den Tränen.

Na super, dachte Mo, alle heulen, und keiner redet.

Ihre Eltern hatten einen Teppich geknüpft, so groß und schwer, dass sie gerade einmal eine Ecke hochheben konnten, um die nächsten Probleme darunterzukehren. Sie schienen zu glauben, dass ihre Kinder es nicht bemerkten, aber die ganze Familie stolperte darüber.

Mo konnte den Teppich nicht akzeptieren, denn was er überdeckte, wuchs im Verborgenen unkontrolliert weiter. Sie selbst besaß die Macht, ihn zu verbannen, wenn sie das Geheimnis ihrer Eltern aussprach, und doch konnte sie es nicht. Die Wut richtete sich allzu oft gegen den, der das Geheimnis preisgab, nicht gegen den, der es geschaffen hatte. Frustriert schluckte sie den Brötchenbissen hinunter – der Teig war pappig, und der Käse hinterließ einen fauligen Geschmack.

Sonja kam aus dem Zimmer, einen Rucksack auf dem Rücken. »Ich gehe zum Strand.«

»Warte, wir können doch alle zusammen gehen.«

Sonja reagierte nicht auf den Vorschlag ihrer Mutter und schlüpfte im Windfang geräuschvoll in ihre Sandalen.

»Sonja, ich komme mit«, sagte Mo.

Panisch sah Kaja sie mit großen Augen an, während sie hastig kaute.

Mo legte ihre Hand auf die ihrer kleinen Schwester und

nickte ihr verständnisvoll zu – keiner wurde zurückgelassen. Normalerweise konnte sich Mo hinter Jenni verstecken, jetzt musste sie selbst für ihre Schwestern eintreten, und sie realisierte: Es war leichter, für andere stark zu sein als für sich selbst. »Mama, wenn du uns nicht einweihen willst, dann regle das mit Papa endgültig. Ihr könnt euch auch gerne scheiden lassen, inzwischen ist mir alles egal. Hauptsache, ihr trefft eine Entscheidung.«

Krachend sprang die Tür auf, als Sonja hinausging.

»Das ist nicht so einfach«, sagte ihre Mutter mehr zu sich selbst.

»Wir gehen jetzt.«

Ihre Mutter schien abzuwägen. Vielleicht drückte sie sich vor der Aussprache mit ihrem Vater, vielleicht wollte sie wirklich gerne Zeit mit ihren Kindern verbringen. »Diesmal bleibt ihr zusammen«, sagte sie schließlich.

Mo rollte mit den Augen. »Wir sind auf Langeoog …«

»Trotzdem. Ihr bleibt zusammen!« Da war er endlich, der Mutterinstinkt, also gab es ihn doch noch irgendwo unter den Augenringen und der blassen Haut.

KAJA sah Jenni schon von weitem in ihrem roten Bikini auf der Sandbank stehen. Neben ihr ging Alex, einen Ball unter den Arm geklemmt.

Hektisch nahm Kaja den Badeanzug aus dem Rucksack und zog sich möglichst geschützt im Strandkorb um. Sie konnte die Blicke der Leute auf ihrer nackten Haut fühlen.

Mo sagte, sie solle nicht so ein Theater machen, sie hätte noch genug Jahre vor sich, um sich für ihren Körper zu schämen. Wie zum Beweis zog sie umständlich unter dem Handtuch, das sie zu einem Rock gebunden hatte, ihren Schlüpfer hervor.

»Wer zuerst am Meer ist«, schrie Sonja und sprang über die Sandbefestigung des Strandkorbs.

»Warte!«, brüllte Kaja. Vergebens.

»Ich gebe dir einen Vorsprung«, sagte Mo, die noch ihr Oberteil anziehen musste.

In Kaja flammte der Ehrgeiz auf, diesmal könnte sie es wirklich schaffen – nur ein einziges Mal gewinnen, gegen eine ihrer großen unbesiegbaren Schwestern. Das Wasser hatte sich Richtung Horizont verzogen, der Strand schien endlos, perfekt für einen Marathonläufer. Eilig sprang Kaja aus dem Strandkorb und kämpfte gegen den weichen Untergrund an. Hinter ihr wirbelte der heiße Sand auf, doch es fiel ihr schwer, überhaupt an Tempo zu gewinnen. Ihr Abstand zu Sonja vergrößerte sich zusehends, aber gegen Mo bestand eine Chance.

Sie presste die warme Luft in ihre Lungen, ihre Knie schlackerten gegeneinander. Endlich wurde der Sand fester, jetzt konnte sie die Arme angespannt und gleichmäßig neben ihrem Körper schwingen lassen. Ein Abschnitt aus Muschelsplittern säumte den Strand. Zerbrochene Schalen stachen in ihre Fußsohlen, sie lächelte gegen die scharfen Schnitte an – wenn es ihr dafür den Sieg einbrachte, nahm sie die Verletzungen in Kauf. Mehr auf Zehenspitzen tänzelte sie hindurch, dann war auch diese Schwierigkeit geschafft. Der Sand wurde feucht und mit jedem Schritt fester. Sie machte große kontrollierte Schritte, ihre Füße schlugen hart auf, die Zehen krallten sich im Sand fest und stießen sich kraftvoll wieder ab. Ihre Arme nahmen den Schwung mit, ihr Körper funktionierte, ohne dass sie darüber nachdenken musste. Sie hatte das Gefühl, silberne Flügel würden aus ihren Schulterblättern wachsen, die sie ein Stück emportrugen. Die Luft wurde kühler und salziger, es wurde leichter zu atmen. Sie konnte das Tempo noch steigern. Glücksgefühle breiteten sich in ihr aus, all die Last der letzten Tage fiel von ihr ab, die Ungewissheit ihrer Existenz verlor sich im Windschatten. Seht sie euch an, das schnellste Kind der Welt läuft über den Strand von Langeoog! Ihre Schritte glichen einem Trommelwirbel, sie durfte den Rhythmus nicht einbrechen lassen. Sonja war in den Priel gesprungen, bald hatte auch Kaja ihn erreicht. Der Sand war jetzt von aufgebäumten Wellenformen durchzogen.

Sie lächelte, der Sieg war in greifbarer Nähe.

Da legte sich ein Schatten auf ihren Weg.

»Komm schon, Kaja, du hast es fast geschafft«, rief Mo, und ihre Stimme klang gefährlich nah.

Hektisch aktivierte Kaja ihre letzten Reserven, sie glaubte an sich, an den Sieg. So schnell war sie in ihrem ganzen Leben nicht gewesen. Sie fühlte das Glück in ihrer Brust anschwellen, es überdeckte den Schmerz der pfeifenden Lunge, des rasenden Herzens. Der Trommelwirbel ihrer Füße nahm zu, und dann … sah sie Mos Beine das Wasser aufwirbeln, noch bevor ihre es taten.

Ihre Silberflügel brachen ab und ertranken im warmen Priel. Das Wasser war keine Abkühlung, es war ebenso eklig warm wie die Luft.

Mo war jetzt bis zu den Knien im Wasser, als sie sich umdrehte. »Du bist gerannt wie der Teufel. Ich musste mich richtig anstrengen, um dich noch einzuholen.«

Kaja lächelte tapfer gegen die Enttäuschung an. Sie war sauer, dass sie wieder einmal sinnlos an sich geglaubt hatte, und sie war sauer auf ihre Schwestern, hätte sie eine jüngere gehabt, hätte sie sie hin und wieder gewinnen lassen.

Kaja schwamm ihren Schwestern durch den Priel hinterher. Da bemerkte sie, dass sie keine Schwimmflügel trug. Zwar besaß sie das Seepferdchen, aber ins Meer durfte sie ohne die nervigen neonorangenen Dinger dennoch nicht gehen. Ihren Schwestern schien es nicht aufgefallen zu sein, und Kaja würde sie bestimmt nicht auf eine weitere Schwäche von sich hinweisen.

»Wow, Kaja, du bist ja vielleicht gerannt«, sagte Jenni, die kurz vor der Sandbank bis zu den Knien im Wasser stand, ihr die Hand reichte und sie den letzten Meter zog. »Wie Speedy Gonzales.«

»Die schnellste Maus von Langeoog«, ergänzte Mo.

Jetzt musste Kaja doch lachen.

»Wo ist dein Geleit?«, fragte Mo an Alex gerichtet.

»Die anderen helfen meiner Mutter. Heute steht eine Stadtrallye mit den Kindern auf dem Programm.«

»Und du hast dich rausgeredet?«

»Einer muss ja auf euch aufpassen.« Er warf den Ball in die Luft und trat ihn mit dem Fuß in hohem Bogen zu Mo.

Sie ließ ihn einige Male auf ihrem Fuß auf und ab hüpfen, ohne dass er am Boden aufkam, und schoss ihn dann flach zu Sonja.

Die fünf bildeten einen Kreis und spielten sich zu, immer schneller werdend, die Stimmung steigerte sich unter Jubelrufen.

Kaja wusste nicht, wie lange sie schon spielten, als ihr auffiel, dass die Sonne jetzt senkrecht am Himmel stand und die Sandbank schmal geworden war. Ihre Rennstrecke hatte sich halbiert, das Meer hatte jetzt fast die Muschelbruchstücke erreicht.

Auch Jenni fiel es auf. »Kaja, Sonja, ihr müsst zurückschwimmen. Die Flut kommt. Der Weg wird sonst zu lang.«

Sonja öffnete den Mund, wie um zu widersprechen, ließ es aber doch bleiben. Ihre Mutter hatte ihnen beigebracht, welche Gefahren das Meer barg, dazu gehörte es auch, die Flut im Auge zu behalten, wenn man sich auf einer Sandbank befand.

»Wir kommen auch gleich«, sagte Mo. »Aber für euch wird es sonst zu tief.«

Die Sandbank fiel so steil ab, dass Kaja direkt ins Wasser springen konnte und den Boden nicht erreichte.

»Kannst du stehen?«, fragte sie.

»Noch ja«, antwortete Sonja, aber auch bei ihr ragte nur der Kopf aus dem Wasser.

Die beiden schwammen auf einer Höhe.

»Das hat heute so viel Spaß gemacht«, sagte Sonja.

»Ja, heute war es richtig schön.« Kaja fühlte erneut das Glück, das sie beim Laufen gespürt hatte.

Die bunten Punkte am Strand tummelten sich in Wassernähe, das Geschrei der Leute wurde mit dem Wind zu ihnen herangetragen.

Kaja konzentrierte sich auf ihre Bewegungen, zog die Arme und Beine gleichmäßig wie ein Frosch zusammen und auseinander. Das Wasser fühlte sich schön an, wie Seide auf der Haut.

Auf einmal hielt etwas sie fest! Ein Sog hatte ihr Bein gepackt und riss daran. Kaja ruderte mit den Armen, Sonja hatte sie ein Stück überholt, sie griff nach deren Schulter und klammerte sich daran fest, ihre Beine strampelten wild, aber sie kam nicht mehr weiter. Der Sog schien immer stärker zu werden, jetzt hielt sie Sonja auch mit der anderen Hand fest, umschlang ihren Hals.

»Du ziehst mich runter«, keuchte Sonja. »Lass mich los.«

»Ich kann nicht!«

Wenn sie Sonja losließ, würde die Strömung sie runterreißen, davor hatte ihre Mutter immer gewarnt, aber bis eben hatte Kaja geglaubt, die Strömungen zögen einen ins Meer hinaus und nicht hinunter.

Sonja schwamm mit aller Kraft, versuchte, den Kopf oben zu lassen, doch ihr Mund tauchte immer wieder ab, keuchend spuckte sie das Wasser aus und ruderte mit den Armen.

Vom Strand wehte Gelächter herüber, es schien unerreichbar, als würde es sich mit jeder Bewegung weiter entfernen. Sah denn keiner, dass hier zwei Kinder ertranken?

Kaja wollte um Hilfe schreien, aber dafür blieb keine Kraft. In der Panik konnte sie nur ihre Beine bewegen und sich an Sonja festkrallen, die immer wieder untertauchte. Kaja brachte sie in Gefahr, aber sie war ihre einzige Hoffnung.

»Du ziehst mich runter«, röchelte Sonja wieder, und Kaja hasste sich dafür, dass sie nicht loslassen konnte.

Endlich ließ die Strömung von ihr ab. Sonja schwamm schneller und sicherer, dennoch wartete Kaja ab, bevor sie die Hände von ihren Schultern nahm.

Bald konnte Sonja stehen, sie reichte Kaja die Hand und zog sie nach vorne, bis auch sie den Boden unter den Füßen spürte. Sie gingen zwischen den Menschen, die am Ufer spielten, hindurch.

Kaja fühlte sich wie in einer Parallelwelt, sie wären fast ertrunken, nur wenige Meter von einer Menschenmenge entfernt, und keiner hatte es bemerkt, nichts hatte ihre Fröhlichkeit getrübt.

Sie drehte sich zur Sandbank um, die anderen spielten noch Fußball, keiner sah zu ihnen hinüber. Kaja atmete schwer, die Luft schien ihr jetzt so kostbar, sie griff nach Sonjas Hand. Ihr Wettlauf kam ihr jetzt so lächerlich vor. Alles kam ihr lächerlich vor. Bis auf ihre Schwestern. Sie musste nicht die Schnellste sein, weil sie von ihnen beschützt wurde, weil sie ausglichen, was Kaja nicht konnte. Sie wollte Sonja sagen, wie dankbar sie war und wie leid es ihr tat, dass sie Sonja in Gefahr gebracht hatte, stattdessen brachte sie im Schock nur ein leises »Danke« hervor.

Sonja nickte mit glasigem Blick. Sie hatte ihr das Leben gerettet, und das würde Kaja ihr nie vergessen.

JENNI stand im hüfthohen Wasser, fing den Ball und warf ihn zurück zu Alex, der in die Höhe sprang. Dicke Tropfen perlten über seine Haut, die Brustmuskeln zeichneten sich nur leicht von seinem schlaksigen Körper ab. Das dunkle Haar stand wild von seinem Kopf ab, unwillkürlich stellte sie sich vor, wie ihre gemeinsamen Kinder aussehen würden, wie sie zusammen in den Ferien nach Langeoog fuhren und es dabei besser machten als ihre eigenen Eltern.

Die Erinnerung an die Ohrfeige wurde in ihr lebendig, an die Hand ihrer Mutter, die Härte des Eherings, der gegen ihren Wangenknochen krachte.

Sonja war immer schon die schlimmste Petze von all ihren Schwestern gewesen. Sie genoss es sichtlich, wenn jemandem eine Strafe drohte, doch heute war sie kleinlaut zu ihr auf die Sandbank gekommen. »Vertragen?«, hatte sie gesagt, ohne Jenni in die Augen zu sehen.

»Jaha«, antwortete Jenni genervt, wie sie es nach einem Streit immer taten. »Wenn du das nächste Mal sauer auf mich bist, sag es mir direkt.«

Sonja hatte genickt. »Tut mir wirklich leid.«

Damit war die Sache erledigt. Es brauchte nicht viel, um zu verzeihen, sie waren alle darin geübt.

»Vorsicht!«, schrie Mo. Der Ball prallte gegen Jennis Kopf. »Träum nicht!«, rief sie lachend.

Jenni hob den Ball auf, der auf dem Wasser tanzte, und warf ihn bemüht lässig Alex zu, sein Lachen ignorierend. Mo hatte recht. Warum sollte sie auch träumen? Sie war so glücklich, dass selbst ihre bescheuerten Eltern nichts daran ändern konnten.

»Leute, wir sollten wieder zurück«, rief Mo und schaute Richtung Strand. »Ich habe Mama versprochen, dass wir zusammenbleiben.« Sie schirmte ihre Augen mit der Hand ab, als sie den Strand fixierte.

Alex warf den Ball in die Luft, sprang ihm hinterher, verfehlte ihn knapp mit der Stirn. Er fiel ins Wasser, Tropfen spritzten gegen Jennis Oberkörper.

Sie wünschte sich, wieder mit ihm in der Ruine zu sein, ihn überall zu berühren.

Ihre Wangen wurden heiß, sie tauchte in die grüne Dunkelheit und schwamm so lange Richtung Strand, bis ihr die Luft ausging.

Vor dem Strandkorb saßen Sonja und Kaja in ihre Bademäntel gehüllt. Als die drei sie erreichten, setzte sich Kaja auf und hielt einen Strandtennisschläger in die Luft, auf dem zwei Sandhaufen wie stachellose Igel lagen. »Möchtet ihr ein Brötchen?«

Mo brach ein Stück ab und tat, als würde sie es essen. »Oh, ist das gut! Genau das Richtige nach dem vielen Sport.«

»Kaja, ich gebe dir eine Mark, wenn du Sand isst«, rief Sonja.

Kaja überlegte. »Versprochen?«

»Klar. Denk dran, Dreck reinigt den Magen.«

»Okay.« Kaja nahm etwas Sand zwischen ihre Fingerspitzen und legte ihn sich auf die Zunge. Sie schnalzte angestrengt und schluckte mit zusammengekniffenen Augen mehrmals herunter. »Uh, jetzt hab ich's zwischen den Zähnen.«

»Das war's mir wert«, lachte Sonja und hielt Kaja die Münze hin.

»Ihr seid verrückt.« Alex zog sein T-Shirt aus dem Strandkorb und warf es sich über den nassen Körper, der rote Stoff färbte sich an den feuchten Stellen dunkel. »So, Leute, ich muss los.«

»Schon?« Jennis Herz wurde schwer.

»Sorry, ich muss noch meiner Mutter helfen.«

»Sehen wir uns heute Abend?«

»Weiß ich noch nicht.«

Jenni zog ihn beiseite. »Ich will nicht zu Hause sein. Ich habe dir doch erzählt, was gestern passiert ist. Kann ich nicht mit zu dir?«

»Ich kann dich schlecht im Gruppenzimmer verstecken.«

»Wir könnten in der Ruine übernachten. Ich bringe Kerzen mit, und morgens sind wir zurück, bevor die anderen wach sind.«

Alex nahm Jenni in die Arme, seine Bernsteinaugen waren dicht vor ihren. »Tut mir leid. Heute ist es schlecht, aber morgen sehen wir uns.« Und dann flüsternd: »Gerne auch wieder ohne deine Schwestern.« Er küsste ihre Nasenspitze und löste sich lachend von ihr. »Jetzt habe ich auch Brüste.« Auf seinem T-Shirt zeichneten sich nasse runde Abdrücke von Jennis Bikini ab.

»Steht dir«, meinte sie lachend und küsste ihn zum Abschied.

»Wie wäre es mit einer Neumann'schen Olympiade?«, fragte Sonja, als Jenni wieder bei ihnen war. »Die haben wir schon lange nicht mehr gemacht.«

»Welche Disziplinen?«, wollte Mo wissen.

»Sprint!«

»Haben wir noch die alte Socke zum Hammerwerfen?«

»Ich will Weitsprung machen«, sagte Kaja. »Aber richtig, mit Anlaufbahn.«

»Wenn wir zum Sportstrand gehen, können wir auch Rollen an der Turnstange machen.« Sonjas Stimme wurde immer aufgeregter.

Mo sagte: »Die kann Kaja noch nicht.«

»Und ich habe sie verlernt«, bemerkte Jenni.

»Dafür könnten wir Purzelbäume machen«, schlug Kaja vor.

Jenni lachte. »Darin bin ich nicht viel besser, aber es klingt gut. Ich muss vorher aber noch antrocknen.«

Jenni legte ein Handtuch hin und streckte sich darauf im heißen Sand aus. Sie fühlte sich endlich leicht. Nicht nur wegen Alex, es war die Langeooger Glückseligkeit – warmes Wetter,

Meeresrauschen, ihre Schwestern, die durcheinanderplapperten. Hier hatten sie eine Verbindung, die stärker war als auf dem Festland – ungezwungener.

»Quallen-Weitwurf«, fiel Sonja noch ein.

»Aber die zerfleddern immer so«, maulte Kaja und zog eine Schnute.

Jenni lächelte in sich hinein. Dieser Tag war ganz und gar perfekt. Nächstes Jahr würden sie einfach ohne ihre Eltern fahren.

»MO, komm mit.« Jenni rüttelte an ihrem Arm.

Mo öffnete die Augen und zog die Kopfhörer ihres Discman von den Ohren. »Wohin?«

»Tanzen.«

»Ich bin müde.«

»Komm schon. Wir haben Ferien. Die Kleinen sind im Bett, Papa und Mama sind nicht da.«

»Wir sollen doch babysitten.«

»Was soll denn passieren? Sonja ist dreizehn, in dem Alter wurde ich auch schon mit euch alleine gelassen.«

Mo stützte sich auf den Unterarm. »Ich weiß nicht.«

»Noch sind wir jung.«

»Und wenn die Ausweise kontrolliert werden?«

»Dann gehen wir wieder. Dauert doch nur eine Viertelstunde.«

Vielleicht tat es gut, den Druck der letzten Tage wegzutanzen, es sei denn, Jenni suchte nur nach einem Vorwand, um …

»Was ist mit Alex?«, fragte Mo misstrauisch. »Wird der auch da sein?«

»Der hat keine Zeit.« Und dann rief Jenni im Singsang: »Schwesternabend!«

Mo schlug die Decke zurück. »Was soll ich anziehen?«

Die beiden trugen Wimperntusche auf, ließen zu TLC die Hüften kreisen und nebelten das Zimmer mit Haarspray ein.

Mo fühlte sich wie eine Highschool-Schönheit, als sie die Treppe hinunterging. Ihr blondes Haar kitzelte an den Schultern, der Push-up-BH drückte ihre Brüste über dem runden Ausschnitt ihres schwarzen Tops zusammen.

Sie ging ins Zimmer der Kleinen: Kaja schlief, und Sonja war so sehr in Stephen Kings *Es* vertieft, dass sie nicht mal aufsah. Als sie fragte, ob es für Sonja okay sei, mit Kaja alleine zu Hause zu bleiben, rechnete sie mit einem Nein. Was angesichts des Buchs verständlich gewesen wäre. Wer wollte schon alleine bleiben, wenn sich die Gedanken um einen Kinder fressenden Clown drehten. Doch Sonja hatte nichts dagegen. Vielleicht war das auch eine Art Wiedergutmachung gegenüber Jenni.

Kurz darauf lief Mo Arm in Arm mit Jenni im Gleichschritt über die Strandpromenade. Der schmale Weg wurde von mannshohen Heckenrosen gesäumt, die den Blick aufs Meer verstellten. Der Mond schien vom wolkenlosen Himmel auf sie herab und ließ sie die Umgebung zwischen Schwarz und Nicht-ganz-so-Schwarz unterscheiden.

»Lass uns auf dem Rückweg über den Strand gehen, vielleicht gibt es Meeresleuchten«, rief Mo und drückte Jenni fester an sich.

»Ich freue mich so. Das haben wir ewig nicht mehr zu zweit gemacht.«

Ihre gekreppten Haare, mit Glitzer bestrichen, schwangen durch die laue Nacht. Sie sangen und tanzten zwischen den Heckenrosen, sich gegenseitig übertrumpfend, bis die Melodien in ein Grölen gipfelten, das die stumme Dünenidylle durchbrach – einfach weil sie es konnten, weil sie glaubten, die Einzigen zu sein, auf die es ankam.

Plötzlich standen ihnen in einer Kurve zwei schwarze Gestalten gegenüber.

Prustend stolperten sie wie betrunken zur Seite – an dem Punkt der Freude war es schon fast egal, worüber sie eigentlich lachten.

Als sie die *Düne* betraten, umhüllte sie ein dichter Nebel aus Zigarettenrauch, der sich in ihren Haaren und Kleidern festsetzte. An der Bar standen die Leute in zweiter Reihe an, die vier Tische und die wenigen Stehtische waren voll besetzt, und Scheinwerfer warfen ihr wechselndes Licht auf die fünf Quadratmeter große Tanzfläche, die von der Spiegelwand optisch vergrößert wurde.

Mo steuerte auf die Menge zu, die ihre Hände zu Ace of Base in die Höhe warf.

»Willst du nichts trinken?«, brüllte Jenni.

»Später.«

Händchen haltend drückten sie sich an den verschwitzten Körpern vorbei.

Wie auf Kommando wechselte der DJ in einem harten Bruch zu Alice Cooper.

Juchzend sprang Mo in die Höhe, prallte gleichgültig gegen die Tanzenden. Ihre Finger zupften die wilden Gitarrenriffs mit. Die Lyrics pulsierten wie Gift durch ihre Venen, vibrierten in ihrem Brustkorb, mussten gesungen werden. Tanzen hieß loslassen, den Kopf ausschalten.

Jenni fiel das anscheinend schwer, ihre Hüften bewegten sich vorsichtig, die Arme hingen steif herunter.

Mo griff danach, wirbelte sie, so gut es inmitten der Menschen ging, über die Tanzfläche. Die bunten Lichter flackerten auf ihrer Haut. Sie vergaß Zeit und Raum, nahm die Liedwechsel vorbehaltlos hin, als sich die Stimmen und Instrumente einen Schlagabtausch lieferten. Sie sah nur sich und Jenni – das schwesterliche Band löste in ihr ein Gefühl von Freiheit aus und verlieh ihr das Recht, bedingungslos sie selbst zu sein.

Sie drehten sich im Kreis, waren der Kern, und um sie herum verschwamm die Welt.

Unvermittelt knallte Jenni gegen ein knutschendes Pärchen.

»Pass doch auf!«, schnauzte der Typ.

»'tschuldigung.« Jenni rieb sich die Schulter.

»Geht's?!«, schrie Mo.

Abrupt erstarrte Jenni.

»Jenni?!«

Keine Reaktion.

Das Lied baute sich zum Finale auf, die Lichter kreisten wie Wirbelstürme, flackerten aufgeregt, die grölende Masse schwoll noch einmal an, als sich der Refrain ein letztes Mal erhob.

Jenni stand inmitten all dem regungslos.

Mo suchte in dem Durcheinander nach etwas Sehenswertem.

Der letzte Schlag auf die Snare erklang, und das Licht senkte sich, da erblickte sie ihn im schwachen Schein der Bar.

Alex.

Alex, wie er lachend den Arm um ein Mädchen legte.

Alex, wie er ihr etwas ins Ohr flüsterte.

Alex, wie er sie auf die Wange küsste.

Mo spürte einen Stich in ihrem Herzen. »Jenni.« Sie legte einen Arm um ihre Schulter, doch die schüttelte ihn ab.

Wie in Zeitlupe glitt Jenni durch die Menschenmenge, Arme und Körper stießen gegen sie, versuchten, sie vom Kurs abzubringen. Unbeirrt ging sie weiter, gefolgt von Mo, bis beide vor Alex standen, der seine Zunge in dem Mund des Mädchens versenkte.

Jenni tippte ihm auf die Schulter.

Ewigkeiten vergingen, bis er von dem Mädchen abließ und aufsah.

»So sieht also deine Arbeit aus.«

Alex stotterte ungehört in den Discolärm.

»Arschloch!« Jenni schlug ihm ins Gesicht und rannte raus.

Mo lief ihr nach an die frische Luft. Sie war überrascht, Jenni nicht weinen zu sehen. »Er ist es nicht wert. Wer braucht schon Männer?«, war das Beste, was Mo einfiel.

»Halt die Klappe!«

»Ich will dir nur helfen.«

»Du hast überhaupt keine Ahnung!« Jenni blieb stehen. »Du weißt überhaupt nicht, wie das ist. Dich hat doch noch nie jemand gewollt.«

Jennis Worte waren Schläge, aber Mo versuchte, ruhig zu bleiben. »Du wirst unfair.«

»Lass mich einfach in Ruhe!« Jenni verschwand auf der dunklen Promenade zwischen den Heckenrosen, wo sie eben noch gesungen hatten. Mo folgte ihr schweigend.

JENNI hatte körperliche Schmerzen, wenn sie nur an ihn dachte. Sie hatte ihm vertraut. Er war ihr Schutz gewesen. Ihr wärmendes Feuer in einer Sturmflutnacht, doch seine Flammen waren zur Gefahr geworden.

Licht fiel vom Wohnzimmerfenster auf den Rasen. Ihre Eltern mussten bereits zu Hause sein, selbst das war inzwischen egal.

Jenni öffnete die Tür, Mo stand schweigend wie ein Schatten hinter ihr.

»Jenni? Seid ihr das?« Ihre Mutter tauchte im Türrahmen auf. »Wo wart ihr?«

»Tanzen.« Jenni zog Schuhe und Jacke aus.

»Und eure Schwestern lasst ihr alleine?«

Jenni zuckte die Schultern.

Es war Mo, die hinter ihr antwortete: »Sonja hat gesagt, es ist okay für sie.«

Jenni stieß ihre Mutter zur Seite und stieg die ersten Stufen rauf.

»Bleib hier!«

»Ich bin müde.«

Oben öffnete sich eine Tür. »Sind sie wieder da?« Ihr Vater erschien auf dem Absatz und verdeckte das Picasso-Gemälde. Seine Stimme wirkte fremd, eher gleichgültig als besorgt.

»Sie waren feiern«, sagte ihre Mutter in anklagendem Ton.

Ihr Vater stieg die Stufen herunter, als würde jedes Bein einen Zentner wiegen. »Der Apfel fällt nicht weit vom Stamm.« Ohne Jenni anzusehen, drängte er sich auf der schmalen Treppe an ihr vorbei.

»Martin, siehst du, was aus ihnen wird?« Ihre Mutter machte Anstalten, ihn zu umarmen, ließ dann jedoch die Hände sinken. »Deine Töchter brauchen dich.«

»Sie sind nicht meine Töchter.«

Jenni hatte nicht gewusst, dass sie noch etwas Unbeschädigtes in sich trug. Erst jetzt, wo es zerbrach, blieb sie mit einer Leere zurück, die sie mehr ängstigte als ein gebrochenes Herz. »Was meint er damit?«, flüsterte sie.

Ihrer Mutter standen Tränen in den Augen. Verzweifelt umklammerte sie den Bauch ihres Mannes, er entwand sich ihr ohne Anstrengung. »Sag das nicht«, flehte sie.

Die beiden glichen Figuren in einer Seifenoper, Mo stand wie eine Souffleuse im Hintergrund.

»Ich brauch dich doch. Was soll aus den Mädchen werden?« Ihre Mutter weinte, doch ihr Vater blieb ungerührt. Er sah Mo an, dann rauf zu Jenni.

Da fühlte sie es plötzlich wieder: das Kind in sich, das auf den Schoß seines Vaters wollte. Sie wollte ihm erzählen, was passiert war, und er sollte ihr sagen, dass alle Jungen furchtbar waren und niemand gut genug für sie war, aber dass der Schmerz vorüberging und dass er immer auf sie aufpassen würde, weil sie sein kleines Mädchen war, weil sie das immer bleiben würde. Doch Jenni konnte keinen Trost von ihm erwarten.

Wortlos, mit Tränen in den Augen, verschwand ihr Vater in die Nacht.

2018

MO und Jenni flankieren ihren Vier-Mann-Trauerzug zum Dünenfriedhof. Die Straße ist breit, und kaum ein Fahrrad kommt ihnen entgegen. Sie laufen am Haus von Lale Andersen vorbei, und auch wenn sich das Tor geändert hat, so sind die reetgedeckten Dächer, die weiße Fassade und der Hahn aus Eisen auf dem Zaun doch die Gleichen geblieben. Wie vertraut sich alles anfühlt nach all den Jahren, wie einfach sich das Bild in die Erinnerungen fügt.

Mo beugt sich nach vorne, um an ihren Schwestern vorbei einen Blick auf Jenni zu werfen.

Die guckt stur geradeaus, die Augenbrauen zusammengezogen, und Mo weiß, dass sie in ihrem Tunnelblick ihre Umgebung nicht sieht. Wahrscheinlich ist Jenni absichtlich so spät gekommen, damit keine Zeit für eine Unterhaltung bleibt.

Dennoch fühlt sich Mo ihr am nächsten. Jenni war lange Zeit ein offenes Buch für sie, während Kaja und Sonja schwieriger zu ergründen waren.

Rechts von ihnen tauchen die schwarzen Tore des Dünenfriedhofs auf, gegenüber befindet sich eine halbmondförmige Einbuchtung aus Gras, auf der zwei Bänke stehen. Normalerweise sitzt nie jemand darauf, denn der Strand liegt nur fünfzig Meter weiter, doch jetzt steht ein älterer Mann davor. Er trägt einen dunklen Filzhut mit breiter Krempe und einen schwarzen Mantel, der ihm fast bis zu den schwarzen Schuhen reicht. Mo kann den Blick nicht von ihm abwenden, er kommt ihr bekannt vor mit den buschigen Augenbrauen und dem grauen Stoppelbart.

Sein Blick ist fest auf sie geheftet. Wahrscheinlich starrt man Trauernde ebenso an wie eine fremde Braut, weil man trotz Unbeteiligtheit Zeuge eines einschneidenden Erlebnisses ist. Der Mann nickt kaum merklich, und jetzt erkennt Mo, dass er nicht sie anstarrt, sondern nur Jenni, die um die Ecke durchs Tor biegt, ohne Notiz von ihm zu nehmen. Jetzt weiß sie, wer er ist! Natürlich ist er gekommen.

Soll sie Jenni auf ihn aufmerksam machen? Nein, jetzt ist nicht die Zeit dafür. Sie gehen an den Grabsteinen entlang, der Weg ist mit hellen Muschelsplittern ausgelegt. Mo kann den Blick des Mannes noch in ihrem Rücken spüren, und sie fragt sich, ob er ihnen folgen oder auf sie warten wird.

JENNI sieht, wie die Urne ihrer Mutter, in der kräftigen Farbe von Dünengras, in die Dunkelheit hinuntergelassen wird. Als sie Sand aus der Schale nimmt und auf den Marmor hinabrieseln lässt, stellt sie sich vor, dass sie ihrer Mutter damit ein wenig Helligkeit für die Ewigkeit schenkt.

Jenni weint nicht, und doch erfüllt die Trauer ihren ganzen Körper. Aber es tröstet sie, dass in der Urne nicht ihre Mutter ist, darin ist nur ihre Hülle. Alles, was den Menschen ausgemacht hat, ist schon lange fort, ist durch das hohe Dünengras geschritten, ist über das weite Meer geweht.

Neben ihr schnieft Sonja, und da sie so eng um das Grab stehen, berühren sich ihre Schultern leicht.

Für Jenni ist es, als umklammerten sie einander. Es erdrückt sie. Sie konzentriert sich auf den Pastor, spricht sein letztes Gebet in Gedanken mit, obwohl sie nicht an die Worte glaubt.

Sonja schnieft erneut in ihr Taschentuch, auch Kaja hat die Augen geschlossen, das Kinn zittert leicht, und unter ihren geschlossenen Lidern laufen Tränen stumm hinunter, tropfen auf den Muschelsplitterweg.

Mo zieht eine Packung Taschentücher heraus und hält sie an den anderen vorbei in Jennis Richtung, zieht sie aber wieder zurück, als sie ihre trockenen Augen sieht.

Nur Kaja greift zu, und die beiden schenken einander ein schwaches Lächeln.

Plötzlich sticht die Eifersucht zu, und Jenni weiß, dass es nicht darum geht, dass ihr das Lächeln nicht galt, sondern darum, dass sie selbst nicht in der Lage ist, Trost zu geben.

SONJA klammert sich an ihr zerknülltes Taschentuch. Es ist durchweicht und jede Faser benutzt, aber es ist das Einzige, nach dem sie greifen kann. Leicht lehnt sie sich gegen Jennis Schulter, nur so leicht, dass es nicht als Absicht gewertet werden kann. Nah hängt ihre Hand neben Kajas, so nah, dass sie sich einbildet, ihre Körperwärme zu spüren.

Sie fühlt sich wie ein kleines Kind, das zum ersten Mal mit der Ungerechtigkeit der Welt konfrontiert wird, und nur die Arme ihrer Mutter können diesen Schaden mildern. Sonja hat ihre Mutter immer geliebt, liebt sie auch jetzt noch, aber seit dem letzten Langeoog-Urlaub hat sich die Art geändert, war die Liebe nicht mehr bedingungslos.

Reue durchflutet Sonjas Körper, und während der Pastor sein Gebet spricht, spricht sie ihr ganz eigenes, an ihre Mutter gerichtet: *Es tut mir leid, Mama, dass ich dich nicht so lieben konnte, wie ich es hätte tun sollen, und dass ich die Liebe so selten zeigen konnte. Es tut mir leid, dass du gestorben bist, bevor ich verzeihen konnte. Ich glaube, wenn ich noch ein paar Erfahrun-*

gen gesammelt hätte, hätte ich deine Entscheidungen verstanden, hätte dich als Mensch anders wahrgenommen. Ich hätte noch mehr Zeit gebraucht, damit die Wut sich legt, aber die hatten wir nicht, und jetzt bist du fort, und ich kann mich nicht für die Distanz entschuldigen, für den Kummer, den ich dir bereitet habe. Es tut mir leid, Mama, dass du weg bist und ich noch da und dass wir verlernt haben, einander zu zeigen, wie sehr wir uns lieben.

Ich kann dir kein Versprechen geben, Mama, aber ich werde mich um meine Schwestern bemühen, weil du in uns weiterlebst.

MO tritt einen Schritt vom Grab zurück. *Leb wohl*, denkt sie und glaubt ihre Worte. Ihre Mutter lebt an einem anderen Ort, in anderer Gestalt – der Körper vergeht, die Seele bleibt. In ihrem Kopf hört sie die raue Stimme von Marcus Mumford, der *After the Storm* singt. Sie hat das Lied im Zug gehört, als sie die Nachricht vom Tod ihrer Mutter erhielt. Wie so oft in ihrem Leben, hat die Musik sie gefunden, noch bevor das Schicksal sie erreichte. Sie hatte es nicht geschafft, rechtzeitig in Detmold zu sein, und irgendwie ist sie froh darüber, dass sie dem Tod nicht ins Gesicht blicken musste. Sie hatte Angst davor gehabt, dass diese letzte Berührung einer kalten Hand all die warmen, lebendigen Erinnerungen überdecken würde.

Ihre Mutter ist in Kajas Beisein verstorben. Wer würde Mos Hand halten, fragt sie sich unwillkürlich. Mo kann das Schluchzen nicht mehr unterdrücken. Sie weint nicht nur um ihre Mutter, sondern auch wegen der Vorstellung ihres eigenen Todes. Wo ist ihr Zuhause? Weiß Gott, wo er sie holen, wo er sie hinbringen muss? Ihre Mutter hat ihr Leben in Detmold verbracht und lässt sich auf Langeoog begraben. Ist das ihre Heimat? Ihre Kinder haben es ihr verweigert, die Insel in den letzten zwanzig Jahren gemeinsam zu betreten. Einige Male ist sie noch alleine hergefahren. War es schmerzhaft für sie, ohne ihre Kinder hier zu sein? Ohne ihren Mann?

Ihr Tod wird Mo für den Rest ihres Lebens beeinflussen, sie wird an ihn denken in den entscheidenden Momenten ihres Lebens und auch in den kleinen, in denen ihre Mutter gelacht oder den Kopf geschüttelt hätte.

Wie wird Mos eigenes Leben ohne ihre Mutter weitergehen? Sie hat solche Angst davor, was als Nächstes kommt, und unterdrückt den Impuls, Kaja festzuhalten. Sie sollte es tun. Sie sind alles, was von ihrer Familie übrig ist, und wer weiß schon, wie lange sie einander noch haben werden.

KAJA versucht, sich an das letzte richtige Gespräch mit ihrer Mutter zu erinnern, als ihre Gedanken noch klar waren. Sie kann es nicht. Vielleicht ist das letzte auch nicht so wichtig wie all die anderen, die sie in all den Jahren geführt haben.

Kaja weint, doch die Trauer ist nicht mehr mit dem Gefühl von Ohnmacht verbunden wie am Anfang. Sie weiß, dass ihre Mutter nach einem langen Kampf erlöst wurde und dass ihr selbst all die Erinnerungen und Erlebnisse bleiben, die ihren Charakter geprägt haben. Sie ist dankbar. Sie liebt sich selbst, weil sie viele gute Eigenschaften ihrer Mutter besitzt.

Eines Tages wird sie selbst Mutter sein und verstehen, wie es ist, das Herz außerhalb des Körpers zu tragen, Entscheidungen für andere zu treffen. Genau die Seiten ihrer Mutter werden sich an ihr zeigen, von denen sie als Teenager behauptet hat, sie nie zu bekommen.

Kaja greift nach Mos und Sonjas Händen, und beide drücken fest zurück. Sie schaut hinüber zu Jenni und sieht, wie Sonja dieser zögerlich ihre Hand reicht und Jenni sie nimmt. Kaja fühlt, wie ihre Mutter über diesen ungewohnten Anblick lächelt.

1998

KAJAS Ängste hatten sich bewahrheitet. Die leise Stimme, die ihr zuflüsterte, dass ihre Schwestern anders waren als sie, hatte recht gehabt, und obwohl es ihr schlecht gehen sollte, war sie erleichtert, sich auf ihr Gefühl verlassen zu können. Die Stimme hatte ihr aber nicht gesagt, dass nicht Kaja selbst, sondern ihre Schwestern kein *richtiger* Teil der Familie waren.

»Was heißt das, er ist nicht unser Vater?«, fragte Sonja.

Sie saßen um den kleinen Couchtisch herum, im Licht der Morgensonne. Die Schwestern hatten sich aufs Sofa gequetscht, nur Kaja saß auf dem Boden, einen Arm um Sonjas Bein geschlungen.

Gegenüber saß ihre Mutter vorgebeugt, die Ellenbogen auf die Knie gestützt. Sie sah müde aus, aber gefasster als in den letzten Tagen. Endlich weinte sie nicht mehr.

»Deiner und Kajas schon. Unserer nicht«, antwortete Jenni.

»Papa bleibt immer euer Vater.«

»Wo ist er denn jetzt?« In Sonjas Stimme schwang Sorge mit.

»Wir bleiben eine Familie.«

»Sieht Papa das auch so?« Jenni reckte das Kinn in die Höhe. »Oder muss ich jetzt Martin sagen?«

»Bist du denn noch unsere Mama?«, flüsterte Kaja.

Ihre Mutter stand auf, hockte sich auf den Boden und nahm Kajas Gesicht in ihre warmen Hände. »Natürlich! Ich wollte nicht, dass ihr das alles mitbekommt.«

»Das kann nicht dein Ernst sein!« Mo sprang auf. »Es sollte dir nicht leidtun, dass wir etwas mitbekommen, sondern, dass du uns so lange belogen hast.«

»Mo.« Ihre Mutter, noch immer auf den Boden hockend, streckte die Hand in die Höhe, doch Mo wich davor zurück.

»Erklär es uns endlich«, sagte Jenni.

Sanft legte ihre Mutter die Wange an Kajas Kopf, und als sie sprach, fühlte Kaja die leichten Vibrationen ihrer Stimme. »Ich wollte immer Kinder haben, Mutter sein. Das war das Einzige im Leben, was ich mir von ganzem Herzen gewünscht habe. Aber ich wurde nicht schwanger. Bei eurem Vater wurden Störungen in der Samenzellbildung festgestellt, was es schwer macht, Kinder zu bekommen. Wir haben alles versucht, was man auf natürlichem Wege machen kann. Papa wollte auf keinen Fall eine künstliche Befruchtung; Babys aus dem Glas und Gott spielen, nannte er das. Er sagte, das Leben hätte einen Plan für uns, und wir müssten unser Schicksal annehmen. Aber für mich war es nicht so einfach. Ich konnte es mir nicht vorstellen, niemals schwanger zu werden, niemals zu fühlen, wie ein Kind in mir heranwächst. Ich war verzweifelt, wütend auf euren Vater, dass er nicht alle Möglichkeiten ausschöpfen wollte. Ich spielte mit dem Gedanken, ihn zu verlassen, obwohl er meine große Liebe war – ist.

Und dann einmal im Urlaub haben wir uns furchtbar gestritten. Ich bin aus dem Hotel raus und habe mich an einer Bar betrunken, und der Kellner war nett zu mir. Hat mir zugehört, mich getröstet. Wir sind uns nähergekommen.«

Sie schwieg. Ein leichtes Lächeln huschte über ihr Gesicht. »Ich war so glücklich, als ich schwanger wurde. Und euer Vater erst. Mit einem Mal standen wir uns wieder so nah wie frisch Verliebte. Unser Traum war wahr geworden, nur darauf kam es an. Papa war für mich immer der Vater.«

»Ist der von Jenni auch meiner?«, fragte Mo.

Ihre Mutter begann, Kaja sanft hin und her zu wiegen. »Nein.«

Kaja schloss die Augen, ihr kam es vor, als würde ihre Mutter aus einem Märchenbuch vorlesen, als sie fortfuhr.

»Ich wollte so gerne ein Geschwisterchen für Jenni. Ich war Einzelkind, und darunter habe ich gelitten. Ich habe gedacht: Ein einziges Mal probiere ich es, und ob mir Gott ein weiteres Kind schenkt oder nicht, ich werde es akzeptieren. Bei Mo war es ein Fremder aus einer Disco. Ich hatte meinen Eisprung und habe die Chance genutzt. Das ist alles.«

Jemand schnaubte verächtlich, wahrscheinlich Mo.

»Es war nichts anderes als eine Samenspende.« Ihre Mutter vergrub das Gesicht in Kajas Haaren, und sie fühlte den heißen Atem ihrer Mutter. »Ich bin so dankbar, dass ich euch habe.«

»Bin ich wirklich Papas Kind?« Sonjas Stimme klang rau.

Kaja blickte zu ihr auf, sah, wie sich ihre Schwester in den Arm kniff, die Knöchel traten weiß hervor.

Ihre Mutter nickte.

Sonja ließ die Hand sinken. Vier halbmondförmige Druckstellen zeichneten sich ab.

Ihre Mutter schien es nicht zu bemerken, sie fuhr fort: »Sonja und Kaja sind eine medizinische Unwahrscheinlichkeit. Papa und ich haben nie verhütet. Es hat gedauert, aber letztendlich hatten wir unsere perfekte Familie.«

»Perfekt ist daran gar nichts«, sagte Jenni.

»Aber ohne diesen Umweg hätte ich euch nie bekommen.«

»Was hat das eine mit dem anderen zu tun?«, schrie Mo. »Du kannst nicht Lügen mit unserer Existenz rechtfertigen.«

»Unfassbar, dass Papa das nie gecheckt hat«, meinte Jenni.

Kajas Kopf dröhnte, sie verstand so vieles nicht.

»Ich glaube manchmal, dass er es bei Jenni geahnt hat, aber

vielleicht wollte er einfach daran glauben. Warum auch nicht? Gene machen keine Familie aus.«

»Du machst es dir sehr einfach, du wurdest ja nicht hintergangen. Du wurdest nicht deiner Identität beraubt. Papa ist weg, und ich wette, er kommt nicht wieder. *Ich* würde an seiner Stelle nicht wiederkommen.« Jenni stand auf und ging Richtung Tür, sie drehte sich noch einmal um. »Wie hat Papa es erfahren?«

Ihre Mutter löste sich von Kaja.

Ohne die schützenden Hände ihrer Mutter fühlte sie sich, als würde sie auseinanderfallen.

»Wir waren doch vor ein paar Tagen Eis essen, und Dimitris Mutter hat uns gesehen. Wir sind ihr aufgefallen, eure Unterschiede, und sie meinte, bei so vielen eigenen Kindern und Enkelkindern erkenne sie einen der Ihren sofort. Dimitri hat mich am nächsten Morgen zur Rede gestellt, und ich konnte es nicht länger abstreiten. Anschließend war er mit seiner Mutter frühstücken, hat ihr alles erzählt, und als euer Vater Brötchen holen war, hat er etwas von ihrem Gespräch mit angehört.«

»Du meinst nicht den Kellner aus dem *Strandeck*, der uns seit Jahren bedient?« Mos Stimme war hoch und gequetscht, sie klang gar nicht mehr nach ihrer Schwester. »Wolltest du deshalb nie mit uns dahin?«

»Ist er Mos Vater?«, fragte Jenni, aber es klang mehr wie eine Feststellung.

Ihre Mutter sah sie lange an. »Er ist kein Vater, er ist ein Spender.«

»Er ist Mos Vater«, sagte Jenni mit Überzeugung.

»Er ist deiner, Jenni.«

Gefühlsregungen wanderten wie Schattenspiele über Jennis Gesicht, bis der Ausdruck undurchdringlich wurde. »Du bist doch krank.« Sie knallte die Haustür so laut zu, dass Kaja dachte, das Glas darin würde zerspringen.

»Er hat uns bedient?! Uns und Papa, all die Jahre! Vor unseren Augen, Mama!«, schrie Mo.

»Es war ein einziger Abend vor achtzehn Jahren. Ich habe mich nie wieder mit ihm getroffen. Er hat für mich keinerlei Bedeutung.«

Kaja musste sich konzentrieren, um Mos Worte überhaupt zu verstehen, so dünn flirrten sie durch den Raum. »Aber welche Bedeutung hat er jetzt für Jenni?«

JENNI wollte weinen, aber weinen tat weh. Alles tat weh. Sie hatte niemanden mehr. Sie hatte ihre Familie verloren und auch sich selbst. Wer war sie denn? Die Tochter welches Vaters? Zwei waren auf der Insel, einen kannte sie ihr Leben lang, der andere gehörte zum Inventar der Insel. Er war der lustige Kellner, der die Eisbecher brachte.

Wie konnte seine Mutter die Ähnlichkeit erkennen, die kein anderer gesehen hatte? Oder nicht sehen wollte? Eine alte Frau kam zu Besuch, und zwei Mädchen verloren ihren Vater. Es kam ihr so willkürlich vor.

Jenni rannte, und je schneller die Häuser an ihr vorbeizogen, desto leiser schienen die Gedanken zu werden, doch die innere Leere blieb.

Sie musste zu Alex.

Die Schmerzen, die er durch seinen Betrug verursacht hatte, waren nur ein Insektenstich im Vergleich zur Familienlüge. Er war der Einzige, den sie auf dieser gottverdammten Insel noch hatte, selbst ihre Schwestern waren zum Inbegriff der Lüge geworden.

Vor dem Schullandheim blieb sie stehen, sah über den Hof mit den Basketballkörben durch die Fenster des Anbaus. Sah Alex inmitten von Kindern am Esszimmertisch sitzen.

Sie stand lange da, wie ein Geist, blickte starr ins Nichts, hatte vergessen, wie man sich bewegte, wie man die eigenen Gedanken hörte.

Irgendwann zeigten ein paar der Kinder auf sie.

Alex drehte sich um, sein Blick traf sie, und ihr Herz machte einen Satz.

Das Gefühl, überhaupt einen Körper zu besitzen, kam langsam zurück, dennoch kostete es sie Kraft, die Hand zu heben.

Zögernd stand Alex auf und verließ den Anbau, bald darauf öffnete sich die Haustür. Mit schlurfenden Schritten, die Hände in den Hosentaschen vergraben, kam er zu ihr. »Jenni, ich wollte dir noch sagen …«

Jenni lief in seine Arme, fremdgesteuert, und brach in Tränen aus. Sie erzählte ihm alles.

Er hörte zu, wortlos hielt er sie fest im Arm. »Lass uns zur Ruine gehen«, sagte er schließlich. »Da sind wir ganz für uns. Ich sag kurz drinnen Bescheid, dass ich weg bin.«

Dann liefen sie fast schweigend – als sparten sie sich das Gespräch für später auf – in der Hitze eines besonders heißen Tages. Als sie vor der Ruine standen, konnte sich Jenni nicht mehr erinnern, wie sie hingekommen waren. Beim Eintreten fühlte sie sich verstanden von den kalten Schimmel zerfressenden Wänden. Es war, als würde sie durch ihre eigene Seele wandern: verschmierte Tapeten, Urin in den Ecken, Pflanzen die durchs Fenster ins Innere wuchsen und das Licht abschirmten, das Treppengeländer, das wie ein ausgerissener Arm von der zweiten Etage ins Nichts ragte.

Ihre Schuhe knirschten unter zerbrochenem Glas und Schutt. Dann die Treppe runter, durch den Heizungsraum und in die geheime Luke zum Luftschutzbunker. Jenni fürchtete sich nicht mehr davor, in die Dunkelheit einzutauchen.

Alex setzte sich auf die Matratze und zog Jenni neben sich.

Letzte Nacht, das Mädchen an seiner Seite, erschien ihr jetzt wie ein Albtraum, der langsam verblasste. Jenni redete, bis sie nichts mehr zu sagen hatte. In seinem Schweigen fühlte sie Verständnis.

Sie lagen auf der Matratze, ihr Kopf ruhte auf seiner Brust, er streichelte ihren Rücken. So könnte sie ihr Leben verbringen: stumm in einer versteinerten Umarmung. Doch je geborgener sie sich fühlte, desto mehr drängte sich eine Frage in den Vordergrund. Sie musste sie jetzt stellen, bevor die Antwort sie wieder aus dem Hinterhalt überwältigen konnte. Jenni war froh, ihm nicht ins Gesicht sehen zu müssen, als sie fragte: »Das Mädchen gestern ... Magst du sie?«

»Ich kenne sie kaum. Sie war nur ein Flirt, bedeutungslos.«

»Und ich? Habe ich eine Bedeutung?« Jenni verstärkte ihre Umarmung, als könnte sie dadurch seine Antwort beeinflussen.

Alex strich ihr übers Haar.

Jetzt reckte sie doch den Kopf nach oben, konnte in der Dunkelheit aber nichts sehen. Sie legte ihre Hand auf seine Wange und fühlte das schiefe Grinsen, von dem sie schon seit der ersten Begegnung weiche Knie bekommen hatte.

Er zog sie höher, fand ihre Lippen, küsste sie sanft.

Sie vergaß Verlust und Schmerz. Sie liebte ihn. Nie wieder würde sie jemanden so lieben.

Alex zog ihr T-Shirt hoch.

Sie wollte seine Haut fühlen, verzehrte sich nach seiner Nähe, aber wollte sie mit ihm schlafen? Sie war ausgebrannt, hatte nichts mehr zu geben.

Noch bevor sie ihre Gefühle sortieren konnte, ihre Wünsche ordnen, zog er sie beide aus, drang in sie ein und verbreitete in ihr Leere. Als er fertig war, küsste er sie flüchtig, rollte sich von ihr herunter und zog sich an. »Ich muss bald los, muss meiner Mutter noch helfen.« Das Licht seiner Armbanduhr, ein künstliches Blau, erhellte schwach den Bunker. »Zehn Minuten habe ich noch.«

»Alex, sind wir ein Paar?«

Alex drehte sich um, sah sie an – das Licht der Armbanduhr erlosch, Schwärze fraß sein Gesicht. Sie erschrak vor seiner Berührung, seiner Hand, die durch ihr Haar glitt.

»Ich mag dich wirklich sehr. Du bist schön und klug und witzig, aber ich möchte jetzt noch keine Freundin haben.«

In ihrem Kopf rauschte es. Sie war einem Trickbetrüger aufgesessen, der sie immer gewinnen ließ, bis sie sich in Sicherheit wähnte und er ihr mit einem Streich alles nahm.

»Kommst du?«, fragte er, als er aufstand, seine Taschenlampe einschaltete und in die Schuhe schlüpfte.

Sie war sich sicher, dass jeden Moment diese ganze verdammte Ruine über ihnen zusammenstürzen würde –, und sie wären hier zusammengepfercht bis in die Ewigkeit.

»Jenni, es tut mir echt leid. Ich wollte dich nicht verletzen. Ich mag dich und verbringe gerne Zeit mit dir.«

Egal, was er sagte, alles, was sie hörte, war: Du reichst nicht aus, du wirst nicht geliebt. Wieder verlor sie jemanden, wieder konnte sie nichts dagegen tun. Die Machtlosigkeit schmerzte sie mehr als der Verrat ihrer Mutter, der Verlust ihres Vaters. Alex durfte sich nicht mit einreihen, er war es ihr schuldig zu bleiben. Sie hatte ihm alles gegeben.

Jenni stand auf, noch immer nackt, zitternd angesichts der Kühle im Bunker. Dabei stieß sie mit dem Fuß gegen eine leere Weinflasche, die geräuschvoll über den Boden rollte.

Sie hob sie auf.

»Sag doch mal irgendwas.« Seine Gestalt zeichnete sich schemenhaft im schwachen Licht der Taschenlampe ab, er drehte sich zum Gehen um, wandte das Licht von ihr ab, als keine Antwort kam. »Ich wusste nicht, dass es für dich so ernst ist«, redete er sich fast schon gleichgültig heraus. »Ich habe dir nie was versprochen.« Er stieg die erste Sprosse hinauf, Licht fiel durch die Luke auf ihn herab.

»Bitte bleib«, flüsterte sie und wusste nicht, ob die Worte wirklich ihre Lippen verlassen hatten.

Alex drehte sich nicht um.

Die Flasche zerbrach nicht, als sie auf seinen Hinterkopf traf.

Alex rutschte ab und knallte mit dem Kopf auf den Betonboden. Vor ihr lag sein lebloser Körper, Blut sammelte sich unter dem wuscheligen Haar, sie wusste noch genau, wie es roch.

SONJA stand vor dem roten Klinkerhaus. Auf der Fassade stand in verschnörkelter Kursivschrift *Möwenschrei*. Die Abendsonne färbte die weißen Buchstaben orange. Ihre Füße bewegten sich auf die grüne Holztür mit dem karoförmigen Fenster zu. Sie blieb stehen. Vielleicht war er nicht da.

Die Tür öffnete sich. »Kann ich dir helfen?«, fragte eine mollige Frau mit blondem Bubikopf.

»Martin Neumann«, hörte sich Sonja sagen.

Die Frau runzelte die Stirn. Dann erhellte sich ihre Miene. »Möchtest du zu ihm?«

Sonja nickte, obwohl sie in Gedanken den Kopf schüttelte.

Die Frau öffnete die Tür weit. »Erster Stock, Zimmer drei.«

Sonja ging ins Haus, es roch nach Kartoffeln und gebratenem Fisch. Ihre Schritte knarrten auf der alten Holztreppe, schlurften dann über den braunen Teppich. Mit dem Nagel ihres Zeigefingers klopfte sie kaum hörbar an die Tür mit der goldenen Drei. »Papa?«, hallte ihre Stimme viel zu laut durch den Flur.

Sie hörte es poltern. Die Tür öffnete sich, und er stand gebückt vor ihr. Sein Gesicht war gerötet, wie betrunken schwankte er in die kleinen Arme seiner Tochter.

Sonja hatte Mühe, ihn aufzufangen.

Er ließ sich auf die Knie fallen und drückte seinen Kopf gegen ihre Brust; schluchzte tränenlos, während Sonja ihm übers lichte Haar strich.

MO lag mit geschlossenen Augen auf dem Bett, die Kopfhörer auf den Ohren, und versuchte, sich nur auf die Musik zu konzentrieren. Kurt Cobains kratzige Stimme sang sich tief in ihre Seele mit *Where Did You Sleep Last Night?*.

Wo schlief Jenni wohl heute Nacht? Der letzte Takt verklang und gab der Sorge wieder Raum. Jenni war noch immer nicht zurück, es waren nun schon fast zehn Stunden. Jennis Wut hatte sie aus diesem beengten Haus getrieben, und Mo saß in ihrer Gefühllosigkeit hier fest.

Sie nahm die Kopfhörer ab, krabbelte aus dem Bett und öffnete die Zimmertür. Von unten war der Fernseher zu hören. Leise schlich sie hinunter, ihre Mutter schlief auf dem Sofa, im unteren Kinderzimmer war nur Kajas Bett besetzt. Ihre Schwester schlief; ein letzter Rest Babyspeck zierte die runden Wangen, die Lider verbargen die Unschuld, die sich in ihren Augen sonst gespiegelt hätte.

Mo fühlte sich für Kaja verantwortlich. Jetzt, wo Jenni nicht da war, mehr denn je. Sie sah auf das dunkle Haar ihrer Schwester, wie oft sie es zum Anlass genommen hatten, um darüber zu witzeln, dass Kaja kein Teil der Familie war. Dabei war es genau umgekehrt. Und obwohl keine von ihnen für ihr Schicksal verantwortlich war, war eine Distanz zu ihren jüngeren Schwestern entstanden, die Mo weder gewollt hatte noch überbrücken konnte.

Leise schloss sie die Tür. In der Küche fiel ihr Blick auf die angebrochene Flasche Rotwein, an der ein roter Tropfen hinabrann.

Gierig trank Mo, es kratzte in ihrem Hals, doch ein köstlicher Nebel bettete ihre Gedanken auf Watte. Noch zwei Schlucke, dann stellte sie die Flasche auf die Anrichte und ging zurück ins Bett, ein tauber Schwindel begleitete sie.

Benommen setzte sie die Kopfhörer auf und wechselte die CD ihres Discman. Sechs Alben hatte sie mitgebracht, jedes Jahr fiel die Auswahl schwer, was der Soundtrack ihres Urlaubs sein würde, jetzt bereute sie, dass sie zu wenig von der bedeutungsschweren Musik mitgenommen hatte. Schließlich entschied sie sich für The Cranberries und legte das Album ein. Als sie die Klappe hinunterdrückte, fiel ihr Blick auf die Unterschriften ihrer Freunde, die sich mit Edding darauf verewigt hatten. Sie kamen ihr so weit weg vor. Mo konnte sich nicht mehr vorstellen, dass es ein Leben außerhalb der Insel gab, außerhalb dieser Familie. Würde sie ihnen sagen, was passiert war, oder in die Fußstapfen ihrer Mutter treten und so tun, als sei all dies nie geschehen?

Der Laser hatte den Startpunkt der CD gefunden, und die sanften Klänge von *Ode to My Family* setzten ein. Mo versuchte, sich mit geschlossenen Augen auf den Text zu konzentrieren, aber sie verstand einfach nicht, ob das Lied eine Liebeserklärung an die oder ein Abschied von der Familie sein sollte. Es klang so traurig und doch voll sanfter Sehnsucht.

Mo riss erschrocken die Kopfhörer herunter, als etwas ihren Arm berührte.

Kaja stand im sonnengelben Schlafanzug vor ihrem Bett und drehte ihren Oberkörper verlegen hin und her. »Ich kann nicht schlafen.«

»Mach dir keine Sorgen. Jenni kommt schon wieder.« Mo wusste nicht, ob das auch der Grund war, warum Kaja nicht schlafen konnte.

»Und Sonja?«

»Die schläft bei Papa. Einer muss jetzt bei ihm bleiben.«

In Kajas Augen bildeten sich Tränen. »Kann ich bei dir schlafen?«

Mo rutschte zur Seite und hielt die Decke hoch.

Schnell kroch Kaja darunter.

Mo genoss die Wärme und den kleinen Körper, der bei ihr Schutz suchte. Einen Kopfhörer setzte sie wieder aufs Ohr und lauschte der Musik, das andere Ohr horchte auf den gleichmäßigen Atem ihrer Schwester, der schon bald immer schwerer wurde und sie beide in den Schlaf führte.

Polternde Schritte weckten Mo auf. Die Sonne schien bereits ins Zimmer.

»Ist Jenni hier?« Ihre Mutter riss die Tür auf. »Gott sei Dank.«

Mo stieß mit dem Knie gegen Kaja, die im Schlaf zusammenzuckte. »Kommt gleich runter, frühstücken«, sagte ihre Mutter und schloss die Tür.

Mo blinzelte zum gegenüberliegenden Bett, in dem Jenni schlief. »Bist du wach?«

»Jetzt schon«, nuschelte sie.

»Wo warst du gestern?«

»Bin rumgelaufen. Am Strand.«

»Alleine?«

»Ist doch egal.« Jenni stand auf und zog sich an.

Mo wusste, dass sie im Moment über nichts reden würde, egal, was sie fragte, also weckte sie Kaja, und alle drei gingen runter zum Frühstückstisch.

»Wo ist Sonja?«, fragte Jenni.

»Bei Papa.« Laut ausgesprochen versetzte das Wort Mo einen Schlag.

Jenni nickte und schmierte sich eine Brötchenhälfte, die sie den ganzen Morgen über nicht mehr anrühren sollte.

»Ich bin wohl vor dem Fernseher eingeschlafen. Wann warst du zu Hause?«, fragte ihre Mutter.

Jenni zuckte die Schultern. »Hab nicht auf die Uhr geguckt.«

»Wo warst du denn?«

»Am Strand.«

»Wollen wir heute nicht was Schönes unternehmen?«, fragte ihre Mutter mit einem zittrigen Lächeln. Offenbar wollte sie jeden Konflikt umgehen.

»Wir sollten nach Hause fahren«, nuschelte Jenni.

»Vielleicht Minigolfen?«

Kaja rutschte auf ihrem Stuhl hin und her, sie hätte wohl gerne ja geschrien, blieb aber stumm und sah zuerst prüfend die anderen an.

»Oder wir gehen ein Eis essen. Einen schönen dicken Eisbecher für meine Töchter.«

»Bei Dimitri?« Jenni knallte das Glas auf den Tisch. O-Saft schwappte heraus.

»Weiß nicht, Mama. Das fühlt sich komisch an.« Mo hatte Mitleid mit ihrer hilflosen Mutter und keine Energie für weitere Streitereien.

»Mo, was ich getan habe, kann ich nicht wiedergutmachen. Aber um nichts in der Welt werde ich meine Kinder bereuen. Ich liebe euch, und das tut euer Vater auch. Wir müssen jetzt versuchen, ein wenig Normalität zurückzubekommen.«

Auf eine Weise hatte ihre Mutter recht – sollte sie die Zeit zurückdrehen, würden Mo und Jenni nicht existieren. Sie könnte es fast als Akt der Liebe betrachten, wenn die Lüge es nicht so grausam machte. »Ein Eis klingt gut«, sagte Mo.

»Ich kann nicht.« Jenni stand auf und ging zum Flur.

»Warum nicht?«

»Ich bin noch nicht so weit.«

»Jenni, bitte, was soll …?«

»Mama, gib mir Zeit.«

»Jenni, wir sitzen alle in einem Boot.« Mo fühlte, wie sich immer mehr Verantwortung auf ihre Schultern legte. »Du kannst dich nicht immer aus dem Staub machen.«

»Ich komme vielleicht nach«, sagte Jenni, steckte sich das geschmierte Brötchen zusammengeklappt in die Tasche und ging hinaus. Sie kümmerte sich nur noch um sich selbst, dabei hatten sie doch mit den gleichen Dingen zu kämpfen, aber Jenni war nur wichtig, mit ihrem verfluchten Alex am Strand in der Sonne zu sitzen.

SONJA kam gerade von ihrem Vater zurück, als die anderen aus dem Haus gingen. Sie fühlte sich von ihrer Familie vergessen, die auch ohne sie ins Dorf gegangen wäre. Sie wurde einfach abgeschoben, musste sich jetzt um einen Vater kümmern, mit dem sie, trotz der engen Bindung, nicht umzugehen wusste. Gestern Abend hatte sie stumm neben ihm gesessen, das Fernseherlicht flackerte in seinen toten Augen. Die aufgedrehten Stimmen des ZDF-Films erzählten von einer Welt, die der ihren fremd geworden war. Und es gab nichts, was einer hätte sagen können, um den anderen zu trösten.

Erst als sie wach neben ihrem schlafenden Vater lag, war ihr aufgefallen, wie merkwürdig es war, von ihren Schwestern getrennt zu sein. Würden so in Zukunft die Urlaube aussehen? Sie allein mit ihrem Vater? Selbst Kaja hatte sich am Abend geweigert, sie zu begleiten.

Sonja fühlte sich ganz und gar alleine. Jetzt liefen sie ins Dorf, und Mo fragte nicht einmal, wie es gewesen war oder wie es ihrem Vater ging.

Trotz aller Traurigkeit und nach anfänglicher Überwindung fügte sich Sonja allmählich in das seichte Geplänkel ein. Zwischen Sanddorneis und Schokosoße waren die Gesprächsthemen spärlich, aber konstant.

KAJA trottete den anderen hinterher. Das Eis war bei einem ausgiebigen Schaufensterbummel aufgegessen worden, und sie gingen jetzt auf dem Nachhauseweg erneut bei Gino Ginelli vorbei. Ihre Schwestern redeten über die Lehrer, die sie sich in der Schule teilten, und welcher Tratsch gerade in der Pausenhalle kursierte.

Nur sie konnte nicht mitreden. Ohnehin schien es niemandem aufgefallen zu sein, dass sie heute so gut wie nichts gesagt hatte. Sie war sauer, weil sie nicht verstand, was in ihrer Familie passierte, und niemand es ihr noch einmal erklärte.

Kaja ließ sich zurückfallen. Der Abstand zu ihrer Mutter und den Schwestern vergrößerte sich. Wie lange würde es dauern, bis ihnen auffiel, dass sie nicht mehr da war? Wäre überhaupt jemand traurig, wenn sie weg wäre? Heute war wieder einer dieser Tage, da fühlte sie sich wie ein Klotz am Bein. Wenn sie jetzt verschwinden würde, wäre es ihrer Familie bestimmt egal. Der Abstand war nun so groß, dass andere Passanten den Raum zwischen ihnen eingenommen hatten.

Kaja sah durch die Beine eines Mannes, dass Sonja lachend stehen blieb, als Mo humpelnd jemanden nachahmte. Kaja schaute sich um. Sie war auf Höhe der zweiten Eisdiele, dahinter führte ein schmaler Weg zu einer kleinen Grünfläche. Wenn sie dorthin rannte, würden sich die anderen vielleicht endlich Sorgen um sie machen. Sie könnte eine Weile auf einer Bank sitzen und darauf warten, gefunden zu werden. Sie sah den anderen nach, der Abstand hatte sich jetzt verdoppelt. Niemandem fiel auf, dass sie fehlte. Kaja wechselte die Straßenseite, sie ermahnte sich, zielgerichtet zu laufen, damit sie nicht auffiel, aber selbst den Fremden schien es egal, dass ein kleines Mädchen alleine war.

Noch einmal sah sie ihrer Familie nach, die hinter einem Gebüsch verschwand, sie blickte in die kleine Straße hinter der

Eisdiele – niemand zu sehen. Ein bisschen hatte sie Angst vor dem Unbekannten, vor dem bösen Mann, der Kinder von der Straße klaute. Doch die Neugier und der Wille, ihrer Familie einen Denkzettel zu verpassen, ließen sie mutig sein. Kaja holte tief Luft und rannte los.

SONJA blieb an der Kreuzung zur Gartenstraße stehen. Die Fußgängerzone war zu Ende, die Leute stiegen wieder auf ihre Räder. Von rechts bog eine mit Touristen voll besetzte Kutsche auf die Barkhausenstraße ab. Zwei Friesenpferde waren davor gespannt, die Hufe klapperten über die Pflastersteine. Ein E-Karren bremste hart ab, die Getränkekisten auf der Ladefläche klirrten. Bei dem Verkehr musste man aufpassen, dass Kaja nicht unter die Räder kam, Sonja drehte sich nach ihrer Schwester um.

Kaja war nicht zu sehen.

Sonja schaute in alle Richtungen, suchte die Schaufenster auf beiden Straßenseiten ab. Nichts. »Wo ist Kaja?«, fragte sie.

Als niemand Kaja entdecken konnte, gingen sie zurück ins Dorf, ihre Mutter schweigend, Sonja und Mo witzelnd darüber, dass Kaja wieder geträumt und den Anschluss verpasst hatte. Doch auf der ganzen Straße war von ihr nichts zu sehen. Sie schauten jetzt auch in die Läden, fragten Verkäufer und Passanten. Nichts.

Als sie zum zweiten Mal vor *Fokko Gerdes* standen und von Kaja weiterhin jede Spur fehlte, schlug die Stimmung schlagartig um.

Ihre Mutter rannte kreuz und quer durch die Straßen. »Haben Sie meine Tochter gesehen? Sie ist sechs Jahre alt und hat braunes Haar.«

Alle schüttelten die Köpfe.

»Und Sie, haben Sie meine Tochter gesehen?« Ihre Mutter hielt einen Mann mit Dackel auf, beide sahen ratlos zu ihr auf. »Sie trägt Jeansshorts und ein orangenes T-Shirt … Mo, was ist da drauf?« Immer verzweifelter, immer höher wurde die Stimme ihrer Mutter, als sie die Passanten anflehte, sich an ihr Kind zu erinnern. Dieser Anblick ängstigte Sonja mehr als Kajas Verschwinden.

»Mama, beruhig dich.« Mo nahm ihre Mutter in die Arme. »Wir finden Sie. Wir gehen jetzt zur Polizei.«

»Soll ich zu Hause warten?«, schlug Sonja vor. »Kaja kennt den Weg. Wenn sie uns nicht findet, wird sie dahin gehen.«

Ihre Mutter nickte. »Ja, ja, ist gut. Tu das. Aber wenn sie kommt, bleibt ihr zusammen, Sonja. Hast du verstanden? Du lässt sie nicht aus den Augen. Ihr wartet dort, bis wir zu Hause sind. Ihr sucht uns nicht.«

»Mach ich.«

»Du gehst direkt nach Hause. Keine Umwege.«

»Mama, es wird ihr nichts passiert sein. Hier ist alles voller Menschen.«

»Menschen, die sich nicht an sie erinnern!«

Mo hielt noch immer ihre Mutter in den Armen und nickte über deren Schulter Sonja zu, sie solle jetzt gehen.

»Alles ist meine Schuld«, hörte Sonja noch ihre Mutter sagen, dann rannte sie los.

KAJA war am Maklerbüro vorbeigekommen, an dem winzigen Park entlanggelaufen und am Schaukasten mit den Kinoplakaten wieder an der Hauptstraße rausgekommen. Rechts lag *Wat Besünners* und links das Rathaus, auf dessen Treppen sie noch vor wenigen Tagen gesessen und gelacht hatten. Sollte sie in eine der beiden Richtungen gehen oder wieder zurücklaufen?

Allmählich breitete sich ihr schlechtes Gewissen aus, vielleicht machten sich die anderen jetzt zu große Sorgen.

Aber war Lotta aus der Krachmacherstraße einfach heimgekommen, als ihre Eltern sich sorgten? Oder Bibi Blocksberg, als sie ins Baumhaus umgezogen war? Nein, sie alle hatten alleine ausgeharrt, bis ihre Forderungen von den Eltern erfüllt worden waren. Wenn sie jetzt einfach von selbst umdrehte, wäre alles umsonst gewesen. Womöglich fiel ihrer Familie erst beim Mittagessen auf, dass ein Platz leer blieb, so lange musste sie die Zeit überbrücken.

Kaja überlegte, wo sie ihr Lager am besten aufschlagen sollte, als sie Jenni sah. Sie kam aus dem Supermarkt, trug eine Plastiktüte und hatte eine Wasserflasche unter den Arm geklemmt. Auf der anderen Straßenseite lief sie an Kaja vorbei und ging vor dem Bäcker die Straße rauf.

Kaja rannte ihr nach, überlegte sogar, sie zu rufen, aber zum einen wollte sie Jenni nicht erklären, warum sie alleine war, und zum anderen verriet Jennis nervöser, schneller Gang, dass etwas nicht stimmte. Stumm nahm Kaja die Verfolgung auf.

Wie aus dem Nichts drehte sich Jenni um, Kaja duckte sich gerade noch rechtzeitig hinter den mit Stiefmütterchen bestückten Tisch des Blumenladens. Da wechselte Jenni die Straßenseite, überquerte die nächste Kreuzung und bog kurz darauf links ab.

Kaja behielt sie fest im Blick, ohne zu bemerken, dass sie das lebendige Treiben des Ortes immer weiter hinter sich ließen.

MO glaubte, jeden Stein auf der Insel fünfmal umgedreht zu haben. Sie waren in jedem Geschäft und jedem Restaurant gewesen, hatten so viele Passanten angesprochen, wie sie zu fassen bekamen. Nur wenige halfen aktiv bei der Suche, die meisten hatten nur betroffen die Köpfe geschüttelt und sich schuldbewusst abgewandt, als fürchteten sie, sich mit der Sorge anzustecken.

»Heike!« Ein Mann im weißen Hemd und mit umgebundener Schürze lief aus dem *Strandeck*. Dimitris Augen weiteten sich sorgenvoll unter buschigen Augenbrauen. »Gibt es etwas Neues? Soll ich euch helfen?«

Ihre Mutter wedelte mit den Armen in der Luft, unschlüssig, ob sie den Rettungsring ergreifen sollte oder nicht. »Ja. Nein. Such einfach nach ihr.«

Dimitri nickte, sein Blick streifte Mos, und sie glaubte, darin eine Art Entschuldigung zu lesen. Sie suchte nach einer Ähnlichkeit zu Jenni, fand auf die Schnelle aber keine.

»Sollten wir nicht Papa Bescheid sagen?«, fragte Mo und beobachtete Dimitri, der immer wieder Leute anhielt, während er die Straße Richtung Rathaus hinunterlief.

Er übernahm die Aufgabe ihres Vaters. Würde er jetzt zum Teil ihres Lebens werden?

»Es dauert zu lange, Martin Bescheid zu sagen. Wir müssen sie jetzt finden.«

»Vielleicht ist sie schon zu Hause«, sagte Mo ermutigend.

Ihre Mutter reagierte nicht, ihre Blicke sprangen hektisch von Passant zu Passant. Wen hatten sie noch nicht angesprochen? »Der Strand!« Ihre Mutter krallte ihre Hände in Mos Oberarme. »Was ist, wenn sie alleine am Strand ist? Ohne Schwimmflügel!«

»Kaja ist eine gute Schwimmerin.«

»Sie ist sechs!«

»Kaja würde nie alleine ins Meer gehen.«

»Wir müssen sie finden.«

»Das werden wir auch. Die Polizei sucht nach ihr. Alles wird gut.«

»Sie war doch direkt hinter uns. Warum habe ich nicht gemerkt, dass sie weg ist?«

»Mama, das hat keiner von uns.«

»Was bin ich für eine Mutter?« Tränen liefen ihre Wange hinab, hektisch wischte sie sie weg und rannte Passanten entgegen, die sie glaubte noch nicht befragt zu haben.

KAJA staunte über das majestätische Gebäude, das hinter dem Gebüsch zum Vorschein kam. Die Fassade bestand zwar aus bodenständigem Klinker wie jedes andere Haus auf Langeoog, doch auch ohne Verschnörkelungen beeindruckte die gewaltige Größe. Kurz zweifelte Kaja, ob die Ruine wirklich existierte oder ob sie nur Kinder sehen konnten, die durch unsichtbare Portale durch Raum und Zeit reisten.

Zumindest Jenni konnte sie sehen, denn sie betrat das Grundstück und ging den Weg hinauf.

Kaja verharrte im Schutz des Gebüschs, beobachtete, wie ihre Schwester in der Ruine verschwand. Dann rannte sie los, die Betonplatten entlang, die Stufen hoch und stemmte sich mit aller Kraft gegen die Holztür. Als der Spalt groß genug war, schlüpfte sie hindurch und spähte direkt in den langen Flur mit den beschmierten Wänden. Gerade noch sah sie Jennis aschblonden Haarschopf, bevor sie um die Ecke bog.

SONJA hatte den Fernseher eingeschaltet und kurze Zeit später wieder ausgemacht. Sie wollte sich ablenken, aber weder konnte sie die gespielte Freude auf dem einen Sender noch das hochdramatisierte Leid auf dem anderen ertragen. Das waren Geschichten, die sich Menschen ansahen, um sich in ihrer armseligen Kleinstadtidylle besser zu fühlen. Vollkommen unlogisch, hatte Sonja immer gedacht, diese Schmonzetten würden in echt nie passieren. Nun waren sie ihrem eigenen Leben ganz nah. Ihre Eltern hatten ihre Ehe in wenigen Tagen gegen die Wand gefahren, aus Gründen, die ihr so abwegig erschienen, dass sie aus der Feder eines Seifenopern-Autors stammen mussten.

Als wäre das alles nicht genug, war auch noch Kaja verschwunden. So viele Zufälle gab es nicht, nicht im echten Leben. Sonja würde es nicht mehr wundern, wenn herauskam, dass Jennis leiblicher Vater Kaja entführt hatte, um sich einen Platz in ihrem Leben zu erpressen.

Sie schloss die Augen und betete zu Gott, für die Rückkehr ihrer Schwester.

Es klopfte an der Tür – und ein Hoffnungsfunke setzte ihr Herz in Brand. Sie rannte in den Windfang.

Hinter der Glastür stand Julian. Er sah nervös aus, als er sie mit einem gezwungenen Lächeln grüßte.

Sonja öffnete die Tür, versperrte aber breitbeinig den Eingang.

Hinter Julian entdeckte sie Hakan, der ihr kurz zunickte.

»Hi, Sonja«, sagte Julian. »Wie geht's?«

»Geht so. Was ist?«

»Wir wollten euch was fragen.«

Sonja verschränkte die Arme vor der Brust.

»Alex ist gestern nicht nach Hause gekommen. Meine Tante macht sich Sorgen. Habt ihr ihn gesehen?«

Sonja überlegte. »Nein, das letzte Mal vorgestern am Strand.« Es kam ihr vor, als wäre bereits eine Woche vergangen.

»Meine Tante meinte, er wäre gestern mit Jenni weggegangen, seitdem ist er weg. Ist Jenni da?«

»Nein.«

Julian sah betreten zu Boden. »Wo ist sie denn?«

»Am Strand vermutlich.«

»Wenn sie wieder da ist, kannst du sie dann fragen?«

Sonja nickte.

»Er wird schon wiederkommen«, sagte Hakan und legte seinem Freund die Hand auf die Schulter.

Jetzt tat es ihr doch leid, so abweisend gewesen zu sein, immerhin wusste Sonja doch ganz genau, welche Ängste er gerade durchstand.

»Ihr habt nicht zufällig Kaja gesehen?«

Hakan runzelte die Stirn. »Nein. Ist sie auch weg?«

Sonja nickte. »Wir waren im Dorf, wahrscheinlich hat sie uns aus den Augen verloren und sich verlaufen.«

Julian umarmte sie stürmisch, sein dicker Bauch war wie ein Kissen.

Jetzt spürte sie Tränen in sich aufsteigen. Mit erstickter Stimme sagte sie: »Sie werden beide wiederkommen. Ich schicke Jenni zu euch.«

»Ist gut.« Julian löste sich von ihr. »Danke.«

»Wir halten die Augen nach Kaja offen«, sagte Hakan und nickte zur Bekräftigung, bevor die beiden durch den Garten zurück auf die Straße liefen.

Ob da ein Zusammenhang bestand? Entführte Kinder auf der »Insel fürs Leben«? Ein absurder Gedanke, und doch glaubte sie inzwischen, dass alles möglich war.

KAJA starrte auf den aufgeplatzten Beton neben der Stahltür. An einigen Stellen war die Tapete abgerissen, an anderen hatte sie sich selbst von den Wänden geschält. Sie berührte die Klinke, dahinter war Jenni verschwunden. Irgendetwas hatte sie zu verbergen; vielleicht einen entlaufenen Hund, den sie versorgte? Nein, dann hätte sie ihre Schwestern eingeweiht.

An einem Ort wie diesem hatte Pippi Langstrumpf den Landstreicher Konrad gefunden, der ihr eine Dose Spezialkleber schenkte. Vielleicht würde Jenni auch mit Kleber unter den Füßen die Wände hinaufgehen.

Kaja öffnete die Stahltür, sie war so schwer, dass sie sich mit dem ganzen Körper nach hinten lehnen musste, um sie aufzuziehen. Vor ihr führte eine Treppe in die Dunkelheit. Es roch nach Moder und Öl, ein Plätschern und das Aufschlagen einzelner Wassertropfen durchbrachen die Stille.

Die Tür drückte kalt gegen ihren Rücken, immer weiter ließ Kaja sie zufallen, bis kaum mehr Licht hindurchdrang. Erst als sich ihre Augen an die Dunkelheit gewöhnt hatten, ließ Kaja den Stahl ins Schloss einrasten. Ihr Herz schlug so laut, dass sie glaubte, Jenni könne es hören. Sie hielt sich am Metallgeländer fest, es war nur eine Stange an der blanken Wand, und dachte an Georgina von den *Fünf Freunden*. Sie hatte vor nichts Angst, verfolgte selbst die schlimmsten Verbrecher bis in die tiefsten Tropfsteinhöhlen hinein. Jede Folge ging gut aus, Kaja hielt sich an dem Gedanken fest, als sie den Fuß der Treppe erreichte.

Da! Ein Geräusch, kaum wahrnehmbar, eine Art Murmeln, ein Einatmen hinter hervorgehaltener Hand. Sie ging weiter, führte eine Hand stets an der Wand entlang, auch als im nächsten Raum die Umrisse der gruseligen Heizungsanlage im Licht der von Spinnennetzen verhangenen Kellerfenster sichtbar wurden.

Der nächste Raum war leer und hatte keine weiteren Türen. Jenni hatte sich in Luft aufgelöst, oder war sie nie hier gewesen? Kaja merkte, wie ihr Körper zitterte, wie ihr Herz so schnell schlug, dass sie den Impuls verspürte zu rennen und zu schreien.

Da.

Wieder ein Geräusch.

Stimmen.

In einer Ecke neben einem Haufen Schutt lehnte eine aufgeschlagene Luke an der Wand. Sie näherte sich langsam, mit hämmerndem Herzen, und schaute ins Loch, aus dem ihr nur Dunkelheit entgegenstarrte.

Sie musste jetzt mutig sein, es gab einen Fall zu lösen. Kaja ließ die Beine ins Loch baumeln. Sie erkannte Sprossen an der Wand und kletterte hinunter. Ihre Hände krallten sich um die Metallstäbe, sie durfte nicht fallen; wenn sie sich verletzte, kam sie nie wieder raus. Erst als sie den Boden erreicht hatte, sah sie sich um. Neben ihr prangte ein schwarzer Fleck auf dem Boden, von dem eine Schleifspur in der Dunkelheit verschwand und weiter hinten im Raum wiederauftauchte.

Dort, im Schein einer kleinen Taschenlampe, sah sie in die weit aufgerissenen Augen ihrer Schwester.

MO ließ die Haustür auffliegen. »Ist sie hier?«

Sonja schüttelte den Kopf.

Mo schlug mit der Faust gegen den Türrahmen, das Glas erzitterte. »Irgendwo *muss* sie doch sein! Wir haben die ganze Insel abgesucht.«

Die Schwestern sahen sich schweigend an. Mo suchte nach Zuversicht in Sonjas Augen und erblickte in ihnen nur ihre eigene Sorge. »Ich nehme mir ein Rad und fahre noch mal los. Mama ist am Strand. Du bleibst hier, verstanden?«

Sonja nickte.

»Ist Jenni mal hier gewesen?«

Sonja schüttelte den Kopf.

»Das kann doch nicht wahr sein. Die kann was erleben.«

Mo trat aus dem Haus, als Sonja ihr hinterherrief: »Alex ist auch verschwunden.«

Sie drehte sich um. »Was?«

»Julian und Hakan waren hier. Er ist seit gestern weg.« Mo

sah, wie sich Sonja mit dem Handrücken eine Träne aus den Augenwinkeln strich. »Sie kommen doch wieder?«

»Ganz sicher.« In Mos Stimme schwang nicht die beabsichtigte Gewissheit mit. »Aber sag Mama erst mal nichts davon. Sie macht sich schon genug Sorgen.«

»Glaubst du, ihnen ist etwas zugestoßen?«

Mo schüttelte den Kopf. »Wir finden sie. Alex ist bestimmt mit Jenni unterwegs, und Kaja hat sich verlaufen. Das ist alles. Womöglich sitzt sie bei einer Ostfriesen-Oma und trinkt Tee.« Sie nahm ihr Fahrrad aus dem Ständer und schwang sich auf den Sattel. Dann drehte sie sich noch einmal zu Sonja um, die verloren im Türrahmen stand. »Schließ ab und lass niemanden rein.«

JENNI konnte sich keinen Zentimeter mehr bewegen. Das wenige Licht, das durch die Luke hereinfiel, schimmerte auf Kajas dunklem Haar.

»Was ist das?« Kajas kindliche Stimme klang schrecklich falsch an diesem Ort.

»Nichts.« Hastig griff Jenni zur Taschenlampe und knipste das Licht aus. Sie stand auf, darauf bedacht, in Kajas Sichtfeld zu bleiben, und ging auf sie zu. »Du darfst gar nicht hier sein.« Jenni musste Kaja einschüchtern, damit sie das Gesehene für sich behalten würde. »Was machst du hier? Wo sind die anderen?«

Kaja zuckte mit den Schultern.

Jenni packte ihre kleine Schwester unter den Armen und hob sie hoch, damit sie schneller aus dem Bunker klettern konnte. Bevor sie ihr nachstieg, warf sie einen Blick auf Alex' Körper, dessen Umrisse ohne die Lampe kaum erkennbar waren. Krachend warf Jenni die Luke zu und schob mit dem Fuß Schutt darüber. »Wie kommst du hierher? Bist du weggelaufen?«

Kaja nickte und sah zu ihr auf. »Ist da unten ein Mensch?«

»Das gibt einen Mordsärger, wenn Mama erfährt, dass du abgehauen bist.« Jenni schubste Kaja in Richtung Heizungskeller.

»Will er nicht mit uns kommen?«, nuschelte Kaja.

»Hast du gehört, was ich gesagt habe? Das gibt *richtig* Ärger.«

»Schläft er?«

»Kaja!« Jenni packte ihre Schwester an den Schultern, bückte sich und sah ihr direkt in die Augen. »Du hast etwas falsch gemacht. Ist dir das klar?«

Kaja nickte.

»Mama wird böse mit dir sein.«

»Das wollte ich nicht.«

»Manchmal machen wir Dinge, die wir nicht wollen. Ich verstehe das, aber Mama versteht das nicht. Sie macht sich Sorgen, und sie wird dich für den Rest des Urlaubs im Zimmer einsperren, damit du nicht wieder weggehst. Du weißt ja, wie unberechenbar sie gerade ist.«

»Den ganzen Urlaub?« Kajas Augen weiteten sich.

»Ja, dann musst du sogar auf deinem Zimmer essen. Ich möchte gerne mit dir spielen, draußen in der Sonne. Zu blöd, wenn du nicht mitdarfst.«

Kaja verschränkte die Arme vor der Brust. »Ich will aber mit! Ich wollte nicht weglaufen. Ich bin die Straße runtergegangen und hab dich gesehen, und dann wollte ich doch nur gucken, was du machst.«

»Ich weiß, du hast es gut gemeint, aber wir sollten besser auf Nummer sicher gehen. Wenn du niemandem erzählst, dass ich hier war, erzähle ich nicht, dass du weggelaufen bist.«

Kaja überlegte.

»Du weißt, du darfst gar nicht in einer Ruine sein. Mama wäre wirklich sehr in Sorge, wenn sie wüsste, wo du dich rumtreibst, und du willst doch nicht schuld daran sein, wenn es ihr noch schlechter geht?«

Kaja schüttelte den Kopf.

»Was habt ihr gemacht, bevor du mich gesehen hast?«

Kaja erzählte vom Eis essen und dass sie sich weggeschlichen hatte, als keiner sie beachtete.

»Pass auf. Wir sagen, du bist vor einem Schaufenster stehen geblieben. Du hast nicht gemerkt, dass die anderen weitergegangen sind. Ich bin vorbeigekommen. Wir haben im Dorf vergeblich nach ihnen gesucht und sind zum Strand, um dort zu gucken.«

Kaja nickte.

»Dann wird Mama nicht böse auf dich sein, und wir können zusammen spielen.«

»Darf ich mir das Spiel aussuchen?«

»Klar.«

»Die ganze Woche lang?«

»Einen Tag. Ich hole dich hier aus dem Schlamassel, vergiss das nicht.« Jenni stand auf. »Komm, lass uns nach Hause.«

»Jenni?«

Sie spürte Kajas schweißnasse Hand nach ihrer greifen. »Geht es ihm gut?«

»Alles in Ordnung, und jetzt wollen wir nie wieder darüber reden.«

2018

JENNI folgt ihren Schwestern mit etwas Abstand ins Dorf. Die Dunkelheit ist bereits hereingebrochen, Laternenlichter spiegeln sich auf den regennassen roten Fußwegen und beleuchten in regelmäßiger Entfernung Mo, Sonja und Kaja. Die »ungleichen Schwestern« wurden die Neumanns damals auf dem Pausenhof genannt, und bevor Jenni die Ursache dafür kannte, war sie stolz darauf, dass sie so anders waren. Vor allem spiegelte das Äußere lange Zeit nicht wieder, wie sie zueinanderstanden, wenn es darum ging, sich gegen die Außenwelt zu verschwören.

»Ich muss noch zur Sparkasse, geht ruhig vor.«

Mo dreht sich zu ihr um. »Sollen wir dir schon was zu trinken bestellen?«

»Rotwein, trocken.«

Die anderen biegen zum Restaurant ab.

»Danke«, sagt Jenni und weiß nicht, ob sie noch gehört wurde. Sie läuft weiter geradeaus, und ihr Blick wandert immer wieder zur Pizzeria auf der anderen Straßenseite. Hinter den beleuchteten Fenstern sitzen Gäste, gut erkennbar für den, der draußen im Dunkeln steht.

Jennis Aufmerksamkeit richtet sich auf die Kellner, die wie weiße Schatten durchs Bild huschen und wieder aus dem Sichtfeld verschwinden. Reflexartig senkt sie den Blick, sobald sie ein weißes Hemd ausmachen kann. Seit zwanzig Jahren lauert ein

Gedanke in ihrem Hinterkopf, der nur dann und wann zu flüstern beginnt und sofort von ihr zum Schweigen gebracht wird. Die Rolle dieses Mannes erscheint ihr zu abstrakt, sie will keine Beziehung zu ihm. Er hat damals den Treueschwur ihrer Eltern missachtet und sich keine Gedanken um die Konsequenzen gemacht.

Das Schlimmste ist, dass sie ein Teil dieser Konsequenz ist. Sie ist das Produkt eines Verrats. Ihr Dasein brach dem Mann, den sie für ihren Vater gehalten hat, das Herz, bis er sich zu Tode trank. Sie fühlt sich für die Fehler ihrer Eltern verantwortlich, so wie es Kinder meistens tun.

Aber Edith ist nicht so. Edith hat es verkraftet, wochenweise in unterschiedlichen Wohnungen zu leben. Vielleicht weil David und seine Ex-Frau die Ehe beendeten, bevor die Lügen auftauchen konnten. Sie haben der Wahrheit ins Auge gesehen, wohingegen Jennis Mutter so lange an einer Familie festhielt, die nicht mehr existieren konnte, bis jeder von ihnen daran zerbrochen ist.

Jennis Allheilmittel heißt Verdrängung, ein Geschenk, das ihnen allen in die Wiege gelegt wurde. Zwar hat sie sich von dem Kind, das ein Produkt der Lüge war, entfernt und sieht sich selbst als unabhängige Frau, die jetzt ihr eigenes Schicksal bestimmt, doch hier auf der Insel fällt es ihr schwer, sich all dessen bewusst zu sein. Wieder fühlt sie sich übermannt von den Ereignissen.

Als würde eine unsichtbare Kraft sie ziehen, überquert Jenni die menschenleere Straße und mustert direkt vor den Restaurantfenstern die Mitarbeiter. Aller Unwahrscheinlichkeit zum Trotz steht er nach all den Jahren noch immer hinter der Bar. Zapft mit konzentriertem Blick und flinken Handgriffen vier Bier. Er ist alt geworden. Sie sucht nach Ähnlichkeiten in seinem Gesicht, will aber keine finden.

Als er aufsieht, scheint er Jenni direkt anzusehen, dabei ist sie in der Dunkelheit unsichtbar für ihn. Sie hält den Atem an, kann sich erst rühren, als er die Augen wieder senkt.

Jenni rennt los, nicht Richtung Sparkasse, sondern nach Norden gen Strand. Vorbei am Lale-Andersen-Denkmal, das es damals nicht gegeben hat, weiter zur Buchhandlung und dann, immer zwei auf einmal nehmend, die Stufen hinauf zum Wasserturm.

Die Gedanken an Dimitri verblassen, doch andere werden wach. Sie hält sich am grünen Geländer fest, das den dünnen Draht von früher ersetzt hat. Dahinter haben Julian und Hakan gehockt und in einem Vogelkadaver rumgestochert, als Jenni sie zum ersten Mal getroffen hat.

Am Geländer vor dem Fernrohr hängen rostige Liebesschlösser, eingerastet mit dem Wunsch nach Unendlichkeit. Nachdenklich streicht Jenni über die Anker, Herzen, Namen und Ziffern. Hätte es sie damals schon gegeben, hätte sie eins für Alex aufgehängt. Dann würde es, wie die Steine am Seemannshus, eine Beziehung überdauern, die längst vorüber ist.

Alex hat damals jeden Gedanken, jede Faser ihres Körpers eingenommen – so laut hat sie nie wieder geliebt.

Jenni stellt sich direkt unter den Wasserturm, legt den Kopf in den Nacken und sieht hinauf. Der eckige weiße Vorsprung ragt in den schwarzen von Sternen gesprenkelten Himmel. Jetzt wirkt der Turm viel größer, gleichermaßen beschützend und bedrückend – aus dieser Perspektive hat sie ihn nie betrachtet. Mit dem Rücken an die Wand gelehnt, fühlt sie die Kälte und Härte des Steins durch ihre Jacke, ihre Finger drücken gegen die Fassade.

Hier hat alles angefangen. Hier haben sie sich getroffen – Kinder, die Abenteuer jenseits des elterlichen Schutzes suchten, die eigenen Grenzen erst ertasten mussten und sich ganz dem

Verlangen nach neuen Erfahrungen verschrieben hatten. Hier hat sie ihn geküsst.

Und wenn Patze sich damals nicht mit den Jungs verabredet hätte? Oder wenn sie auf Jennis Platz gesessen hätte? Oder wenn Jenni nicht zum Wasserturm gegangen wäre, weil Mo keine Lust gehabt hätte oder ihre Eltern auf einen Familienabend bestanden hätten? Doch nichts davon ist passiert. Jenni ist zum Wasserturm gegangen, nicht wissend, dass sie in wenigen Stunden jemanden lieben würde.

Sie schließt die Augen und spürt wieder seine weichen, zögernden Lippen, fühlt das Kribbeln in ihrem Bauch und ihr flatterndes Herz, nur noch als verwässerte Erinnerung, aber sie kann sich in das Gefühl hineindenken, spürt eine Wärme, die sie auftauen lässt – wie die ersten Sonnenstrahlen eines zu langen Winters. Sie riecht das Erdbeerkaugummi und den Tabak, spürt die feuchte Zunge über die ihre streifen.

Da blitzt das Bild von Alex im Bunker auf. Sie riecht den Gestank, der dort unten herrschte, hört die Stille und sieht seinen flehenden Blick. Jenni reißt die Augen auf und ringt nach Luft. Ihr Herz explodiert, sie zieht die Jacke aus, zerrt am Kragen ihres Pullis, aber ihre Lungen wollen nicht atmen. Ihre Faust schlägt gegen die Mauer, da unten sind Leute, wenn sie nur laut genug schreit, aber wie schreien, wenn ihre Kehle verschlossen ist.

Sie sinkt auf die Knie, stützt sich mit den Händen ab. Ihr Körper atmet jetzt, aber so schnell, dass sie kollabieren wird, wenn ihr Herz nicht zuvor stehen bleibt. Sie wird sterben. Sie stirbt jetzt.

Und dann hört sie Mos Stimme klar und ruhig, wie sie sie immer hört, wenn die Angst von ihr Besitz ergreift. »Vier Dinge, die du siehst.« Panisch suchen Jennis Augen, sehen so vieles, aber können nichts erfassen. Und dann hält sie den Blick auf einen Punkt gerichtet. Ihre Hände auf den roten Steinen. Die weißen Druckstellen auf den Fingerspitzen. Sie hebt den Blick: das Fernrohr. Der grüne Zaun. Ihr Atem wird tiefer, aber noch bleibt sie der Panik ausgeliefert.

»Drei Dinge, die du hörst.« Wie schwer es fällt zu hören, wenn alle Sinne durcheinanderrennen. Sie visualisiert ihre Ohren, und da hört sie das Meeresrauschen und den Wind durchs Dünengras streifen und ihren eigenen viel zu schnellen Atem.

»Zwei Dinge, die du berührst.« Ihre Hände auf den Steinen, mit aller Kraft hebt sie eine nur wenige Zentimeter vom Boden und berührt ihre Stiefelspitze.

»Eine Sache, die du riechst.« Und endlich fließt ihr Atem durch die Nase und dringt tief in ihre Lungen. Der Geruch von Salz macht ihr die Klarheit der Nordseeluft bewusst, und Klarheit breitet sich in ihrem ganzen Körper aus.

Langsam und mit zittrigen Beinen steht Jenni auf, ihre Knie sind nass vom feuchten Stein und die Hände durchgefroren. Vorsichtig zieht sie die Jacke wieder an. Ausgelaugt und müde schleppt sie sich um den achteckigen Turm herum und klammert sich am Geländer fest, als sie die Stufen hinunterstolpert. Sie spürt Tränen auf der Wange, die warm sind im Gegensatz zum einsetzenden Regen, und bald vermischen sich die Spuren auf ihrer Haut. Als sie auf der Straße ist, sieht sie noch einmal über die Schulter zum Wahrzeichen.

Ganz unschuldig wacht es seit mehr als hundert Jahren über die Insel. Es war Zeuge, als Kinder zu Freunden wurden und ein Mädchen sich verliebte.

MO mustert die Straße, dreht sich immer wieder zu allen Seiten um. Sie muss Jenni finden und das Gerede da drinnen endgültig beenden.

»Die ist wieder auf dem Schiff«, hat Sonja gesagt, als Jenni nach zwanzig Minuten noch immer nicht da war.

Mo glaubt an Jenni: Wenigstens an diesem besonderen Tag wird sie ihre Schwestern nicht alleinelassen.

Nur wenige Menschen gehen über die Straße, fast alle in dunkle Kleidung gehüllt, die es noch schwerer macht, sie im schummrigen Laternenlicht zu erkennen. Als sie an der Kreuzung vor *Fokko Gerdes* steht, sieht sie Jenni, die ihr vom Wasserturm entgegenläuft.

»Jenni, wo warst du? Ich dachte schon, du …« Mo bricht ab.

»Was? Abgehauen?« Jenni geht stur an ihr vorbei. Ihr Blick ist glasig, die Haut gerötet, Mo kennt diesen erschöpften Ausdruck von ihr.

»Ich dachte, du wärst zu ihm gegangen.« Sie nickt in Richtung Pizzeria.

»Warum sollte ich?«

»Du hast wenigstens die Chance. Ich habe sie nie gehabt.«

Jenni zuckt die Schultern. »Dir war es doch immer egal.«

Mo weiß nicht, ob das stimmt. Sie hat sich damit abgefunden, dass es unmöglich ist, ihren leiblichen Vater zu finden. »Dimitri war heute am Friedhof.«

Jennis Mundwinkel zucken leicht, aber sie sieht Mo noch immer nicht an.

»Ich wusste nicht, ob ich es dir sagen soll. Ich will nur nicht, dass du etwas bereust.«

Jenni lacht kurz freudlos auf. Dann endlich sieht sie Mo an, und ihr Blick ist wütend. »Woher wusste er davon? Hat Sonja ihn eingeladen?!«

»Du bist paranoid. Warum sollte sie das tun? Mit Sicherheit war es der Buschfunk, es werden hier nicht täglich Menschen vom Festland beerdigt.«

Jenni scheint sich mit der Antwort zufriedenzugeben.

Kurz vom Restaurant hält Mo sie am Arm fest. »Warst du am Wasserturm?«

Jenni weicht ihrem Blick aus.

»Es muss schwer für dich sein. Schwerer als für uns.«

Jenni schüttelt ihre Hand ab und betritt das Restaurant. Die Wärme und Geselligkeit scheinen sie zu verhöhnen.

Schweigend öffnen sie ihre Jacken, und Mo nimmt von Jenni den Kleiderbügel entgegen. Da ist noch eine Sache, die Mo ihr sagen muss, damit sie es wenigstens aus ihrem Kopf kriegt. »Wenn du zu ihm gehen willst, dann bin ich für dich da.« Bevor Jenni eine abfällige Bemerkung machen kann, geht Mo zum Tisch, wo die Getränke bereits auf sie warten.

KAJA ist erleichtert, Jenni zu sehen. Sie wirkt unglaublich müde. Irgendetwas muss in der letzten halben Stunde geschehen sein, aber Kaja wird sich hüten, danach zu fragen. Sie ist nur froh, dass sich Jenni doch nicht davongeschlichen hat und ihnen wenigstens dieser Abend zusammenbleibt.

Mo erzählt von Vishal und den Songs, an denen sie arbeiten, und hin und wieder stellt eine der Schwestern Fragen, um den Monolog am Laufen zu halten.

Nur die Hälfte der umliegenden Tische ist besetzt, meist mit Rentnerpaaren, obwohl zu dieser Jahreszeit nur wenige Restaurants geöffnet haben. An einem Tisch sitzen fünf junge Frauen in den Zwanzigern, die immer wieder in lautes Gelächter einstimmen.

Wann hat sie das letzte Mal so richtig mit ihren Schwestern gelacht? Zu Weihnachten vielleicht? Aber auch da sind sie an unterschiedlichen Tagen angereist, Jenni konnte sich mit den Verpflichtungen für ihre eigene Familie herausreden, Mo kam meist am ersten Weihnachtstag, Sonja am zweiten.

Heute könnte Kaja endlich alle offenen Fragen klären, doch wieder scheint es nicht der richtige Zeitpunkt zu sein. Vielleicht gibt es ihn auch nicht, aus dem einfachen Grund, dass es keine Antworten gibt. So wie Sonja es schon sagte, es waren Entscheidungen, die ihnen zu dieser Zeit richtig erschienen, da gibt es kein Gut oder Böse, da gibt es nur einen Graubereich dazwischen.

»Jenni, ist es manchmal komisch für dich mit Edith?«, fragt Mo.

Jenni zuckt die Schultern. »Nein. Ich sehe mich nicht als ihre Mutter, ich bin mehr eine Freundin für sie.«

»Und wolltest du nie eigene Kinder mit David haben?«

Wieder zuckt sie nur die Schultern. »Ich wollte nie die Verantwortung für jemanden tragen, und Edith ist toll. Ich könnte mir keine bessere Stieftochter wünschen.«

Mo nickt, und ihr Blick scheint in die Ferne zu schweifen.

»Ab einem gewissen Alter wirst du nur noch gefragt, warum du keine Kinder hast. Als wären wir bloß Gebärmaschinen.« Sonja schneidet sich ein Stück von ihrem Steak ab.

»Ich werde auf jeden Fall Kinder bekommen«, sagt Kaja.

»Wer trägt es bei euch aus?« Sonja wirkt ehrlich interessiert.

»Vermutlich Lou.« Sie lächelt bei der Vorstellung, dass sie auch beide mit dicken Bäuchen nebeneinanderliegen könnten. »Zumindest das erste.«

»Ich werde in diesem Leben keine Mutter mehr«, stellt Sonja fest.

»Was ist mir dir, Mo?«, will Kaja wissen.

Mo sieht auf und lächelt schwach. »Ich würde gerne, nur leider brauche ich dazu einen Mann, und den habe ich nicht.«

»Er kommt bestimmt.« Kaja klingt zuversichtlich.

»Er muss sich beeilen.« Mo lacht, doch es erreicht ihre Augen nicht. »Die Uhr tickt. Aber ich will auch keinen Partner, nur um ein Kind zu haben.« Sie trinkt einen großen Schluck von ihrem Gin Tonic. »Ach, was soll's. Das Leben passiert, oder? Was soll ich Pläne schmieden. Am Ende ist unser Einfluss aufs Schicksal doch sehr gering.«

Kajas Blick trifft Sonjas, deren blaue Augen eine tiefe Ruhe ausstrahlen, die nichts über ihre Gedanken verrät. Und doch glaubt Kaja, dass sie ihren eigenen ähnlich sind: ein heißer Sommer und die kalten Gemäuer einer Ruine, die sich von der Außenwelt weitgehend unbeeinflusst zeigt. Sie hat ihre eigene Temperatur, ihr eigenes Licht, ihre eigene Zeit – schwebt zwischen der Vergangenheit, deren Spuren sie noch immer birgt, und dem Zerfall, der in der Zukunft vollkommen sein wird.

Wie viel von damals war Schicksal, und wie oft haben sie sich geweigert, Einfluss auf die Ereignisse zu nehmen? Die Reue wiegt noch immer schwer, und Kaja fragt sich, ob man Vergebung erlangen kann, wenn man nie gebeichtet hat.

SONJA hebt den Arm und signalisiert dem Kellner, dass sie nach dem Essen noch eine dritte Runde bestellen wollen. Sie tippt mit dem Finger an ihr leeres Weinglas und reckt die Nase königlich in die Höhe. »Genauso hätte Mama es gemacht«, meint sie lachend.

»Herr Ober«, spricht Mo mit heller Stimme. »Man reiche mir den Wein.« Sie schwenkt ihr Glas und verschüttet etwas auf ihrer Hose, das sie lachend im Stoff verreibt.

Jenni nimmt eine Serviette und schmeißt sie Mo gegen die Brust. »Benehmt euch mal. Wir sind in einem Restaurant.«

»Das hätte Mama auch gesagt.« Mo lacht und legt die Serviette ungenutzt auf den Tisch, doch Jennis Blick verrät, dass sie keineswegs vorhatte in die Parodie einzusteigen.

Mo verstummt, doch Sonja macht es nichts aus, sich von

Jenni herausfordern zu lassen. »Nur weil du dich bequemt hast herzukommen, sollen wieder alle nach deiner Pfeife tanzen?«

Jennis Zornesfalte bohrt sich tiefer in ihre Stirn. »Wenn es dir nicht passt, dass ich hier bin, gehe ich.«

»Kinder, streitet euch nicht.« Mo schlingt die Arme um Jenni und drückt den Kopf an ihren.

»Genau.« Kaja hebt ihr Glas. »Nüchtern werden wir uns noch genug streiten, wir sollten das genießen.« Kajas Lachen lässt ihr ganzes Wesen offen wirken. Inzwischen kann Sonja ihre Schönheit ohne Neid bewundern, aber als Teenager hätte sie um jeden Preis ihre Sommersprossen überzogene Haut gegen die makellose ihrer Schwester getauscht.

Mo ist die Einzige, die Kaja zuprostet. »Eine Runde Friesengeist auf mich!«

Sonja hebt abermals den Arm, um den Kellner zu rufen, doch er hat sie schon gehört und nickt ihr zu.

Als er zur Bar geht, kommt hinter ihm ein Mann zum Vorschein. Er lächelt Sonja zu und hebt grüßend die Hand.

Sie hört ihr Herz so laut in den Ohren schlagen, dass es alle Geräusche übertönt. Die Wunde unter ihrem Pulloverärmel beginnt, bei seinem Anblick wieder zu brennen.

Wie in Zeitlupe zeigt er erst auf sich und dann fragend zu ihrem Tisch.

Erst als er bereits zwei Schritte auf sie zugegangen ist, schüttelt Sonja den Kopf.

Doch Tom bleibt nicht stehen.

Sie schielt zu Jenni, die mit dem Rücken zu ihm sitzt.

Er geht geradewegs auf sie zu.

Schnell springt Sonja auf, packt ihn am Arm und schleift ihn in Richtung Toiletten.

»Oh, auf so eine Nummer war ich gar nicht vorbereitet.« Er versucht, ihr einen Kuss zu geben.

»Was machst du hier?« In dem schmalen Flur vor den WCs lässt sie ihn los und drückt ihn gegen die Wand.

»Keine Sorge, ich verfolge dich nicht. Ich habe Essen zum Abholen bestellt.«

»Ich will dich hier nicht haben.«

»Schämst du dich etwa für mich?«

Sonja sieht zu Boden.

»Am Donnerstag hast du dich nicht geschämt.« Er grinst breit und vollkommen fehl am Platz.

»Darum geht es jetzt nicht.«

Der Ekel kommt wieder in ihr hoch, und gleichzeitig lässt sie seine Gelassenheit hoffen: Ganz bestimmt ist er es nicht, denn er hätte spätestens jetzt etwas zu ihr gesagt, sich irgendwie zu erkennen gegeben. Doch diese Stimme ist nur ein Flüstern, das gegen das tiefe Grollen ihres Bauchgefühls anzukämpfen versucht.

»Willst du mich deinen Schwestern nicht vorstellen?«

»Das sind meine Freundinnen.« Ihr Blick ist herausfordernd, sie will sehen, wie er versucht, seinen Kopf aus der Schlinge zu ziehen.

»Oh. Ich dachte … weil ihr euch alle so ähnlich seht.«

Sonja wirft einen Blick über ihre Schulter und kann gerade so den Tisch erkennen, an dem ihre Schwestern sitzen, und bis auf die schmalen Lippen und die scharfkantigen Nasen sehen sie einander alles andere als ähnlich. Was in der Schule schon keiner geglaubt hat, wird ein Fremder erst recht nicht erraten können.

»Und Kaja hat es mir gesagt. Vor dem Haus«, fügt er hinzu.

In ihr ist ein Teil, der ihm glauben will, aber so widerwärtig die scheinbare Wahrheit auch ist, wächst die Gewissheit immer mehr, wenn sie in seine Augen sieht. Wie konnte sie es vorher nicht bemerken? Sonja will nur noch weg von ihm. »Ich will dich nicht wiedersehen.«

Er sieht verdutzt aus, fast ein bisschen getroffen, doch dann flackert Wut in seinen Augen auf; nur ein kurzes Aufleuchten, das er schnell wieder hinter der kontrollierten Fassade versteckt. Es muss schwer sein, sich so authentisch zu verleugnen.

Sie sehen einander tief in die Augen.

Wahrscheinlich weiß er, dass seine Tarnung aufgeflogen ist.

»Es ist besser, wenn dich keiner sieht.«

»Für dich oder für mich?« Er grinst.

Und Sonja wird schlecht, so plötzlich, dass sie die Luft anhält, um sich nicht zu übergeben. Vor zwei Nächten hat sie in seinen Armen gelegen und seine Haut berührt, ihn geküsst, gespürt, sich völlig fallengelassen. Sie war dankbar für seine Anwesenheit, dass er die Trauer und die Sorge für wenige Stunden von ihr genommen hat. Die Erinnerung an die gemeinsame Nacht, die am nächsten Morgen noch elektrisierend war, vermodert seit gestern in ihren Gedanken. Jetzt fühlt sie sich, als hätte er ihr etwas geraubt. Am schlimmsten wiegt die Wut über sich selbst. Sie hat ihm freiwillig Zärtlichkeiten entgegengebracht, sich verletzlich gezeigt. Fast wünscht sie sich, dass er sie zum Sex gezwungen hätte, jetzt muss sie mit ihrer Entscheidung leben. Sonja spuckt ihm auf die Jacke, und die kleinen weißen Bläschen zerplatzen langsam. Sie will den Ekel an ihn zurückgeben.

»Warum tust du das?« Er wirkt ehrlich verwundert. »Was habe ich dir getan?«

Seine Ruhe irritiert Sonja. Sie wünscht sich, dass er aus der Rolle fährt, dass er zugibt, sie wissentlich in die Irre geführt zu haben. Sind sie sich an jenem Abend in der *Düne* überhaupt zufällig begegnet? Seine Augen blicken traurig, und wieder ist Sonja voller Zweifel, doch anstatt ihn direkt anzusprechen und sich Klarheit zu verschaffen, richtet sie eine Drohung an Tom, auch wenn sie womöglich den Falschen trifft. »Ich mach dich fertig, wenn du uns zu nah kommst.« Mit wackeligen Knien geht sie zurück an den Tisch. Sie spürt seinen Blick im Rücken. Sonja weiß, dass es riskant ist, dass er ihr hinterherkommen kann. Sie hofft darauf, dass er in der Öffentlichkeit keine Szene machen wird, denn um nichts in der Welt würde sie ihren Schwestern erzählen, mit wem sie vermutlich vor zwei Nächten geschlafen hat.

KAJA zieht Sonja zur Seite, die sich an der Tür die Jacke überstreift. »Das war doch schon wieder dieser Typ. Was will der von dir?«

Sonjas Blick scheint verwirrt, aber Kaja lässt sich nicht täuschen. Ihre Schwester ist bleich zurückgekommen, und der Mann hat um die Ecke gespäht, und als sich seine und Kajas Augen trafen, hat er schnell den Blick abgewandt, sich sein Essen vom Tresen geschnappt und ist gegangen. Sie wollte Sonja schon am Tisch nach ihm fragen, aber der Ausdruck ihrer Schwester hat sie verunsichert. Es passiert nicht oft, dass Sonja Schwäche zeigt, und Kaja hat sich vorgenommen, erst zu fragen, wenn die anderen außer Hörweite sind.

»Nichts.« Sonja schüttelt Kajas Hand ab und schlüpft durch die Tür zu Jenni und Mo. Wenn Sonja nicht will, kann ihr keiner etwas entlocken.

Auf dem Nachhauseweg, der nur durch wenige Lampen erhellt wird, erzählt Mo Anekdoten von ihrem Chef, der noch in einer Zeit ohne Gleichberechtigung lebt.

»Dass ausgerechnet du dir das gefallen lässt«, bemerkt Jenni. »Du hast Jungen auf dem Schulhof verprügelt, weil sie gesagt haben, Mädchen könnten kein Fußball spielen.«

»Aber von denen war ich finanziell nicht abhängig. Und verklag mal einen Topanwalt wegen ekliger Blicke und zweideutiger Sprüche.«

Kaja hat immer zu Mo aufgesehen, weil sie schon als Kind streng nach ihren Prinzipien gelebt hat. Sie war kein lautes Mädchen, aber eines, das mit Nachdruck seine Meinung vertrat, selbst wenn es damit alleine stand. Jetzt taumelt ihre große Schwester durch die Nacht; die Stimme – laut und schrill – verrät vermutlich mehr, als sie preisgeben will. Ob Mo noch für ihre Ideale eintritt?

»Ich weiß schon, warum ich mich selbständig gemacht habe.«

»Na klar, Jenni. Bei dir läuft es bombastisch!«, schreit Mo. »Beste Mediengestalterin Berlins!« Ihre Hände halten die Worte in den Himmel. »Den perfekten Mann und eine Tochter, die dich vergöttert. Jackpot!« Jenni schweigt, doch Mo ist noch nicht fertig. »Wie viel musstest du verleugnen, um das aufzubauen?«

»Mo!«, dröhnt Sonjas Stimme in Kajas Ohr. Dass ausgerechnet sie Jenni zur Seite steht.

Mo lässt den Kopf sinken und geht eine Weile schweigend voraus, bis sie sich zu ihren Schwestern umdreht und stolz verkündet: »*Ich* … ich habe eine Katze!«

»Erzähl mir mehr.«

Trotz Jennis Ironie lässt Mo die Aufforderung nicht ungenutzt.

Kaja sieht zu Sonja, die in Gedanken versunken neben ihr läuft.

»Macht er dir Ärger?«, fragt Kaja mit gedämpfter Stimme. Jetzt, wo die anderen abgelenkt sind, muss sie es noch einmal versuchen.

Sonja blinzelt, und ihre Miene verfinstert sich. »Es geht dich nichts an.«

»Okay. Ich wollte dir nur meine Hilfe anbieten.«

»Ich bin froh, wenn wir alle wieder nüchtern sind«, murmelt Sonja.

»Und weniger nett zueinander?«

Kaja nimmt Sonjas Schweigen als Zustimmung.

Sie kommen am Schullandheim vorbei, wo die Jungs gewohnt haben. Der aquariumartige Anbau ist nicht mehr da. Die Ringe der Basketballkörbe hängen trostlos über dem regennassen schwarzen Hof. Sonja und Kaja laufen nebeneinanderher, und die Stille fühlt sich dick und pelzig an, ist unübersehbar in ihrer Gezwungenheit.

Kaja ist froh, als sie im Haus von trockener Heizungsluft begrüßt werden.

Mo hängt ihren Mantel auf und stolziert zum Regal. »Sonja, hol den Wein. Wir werden diesem Tag der Trauer einen krönenden Abschluss verleihen!«

Sonja geht seufzend in die Küche.

Kaja und Jenni setzen sich an den Tisch und beobachten Mo, die in einem Stapel CDs wühlt. »Wahnsinn, Sonja, du hast ja nichts weggeschmissen. Beatles, Lale Andersen, Melanie Safka, ah, da haben wir es doch.« Sie holt die CD aus der Plastikhülle und legt sie in den Player ein. Mo überspringt einige Lieder, bis sie auf Play drückt. Sanfte Klaviertöne erfüllen den Raum, eine Stimme haucht die Töne von *Memory*.

Jenni rollt mit den Augen, aber Kaja kann die Andeutung eines Lächelns sehen.

Mo dreht den Regler voll auf und schnappt sich Kajas Hände, zieht sie vom Stuhl und beginnt zu singen. Sie wirbelt ihre Schwester umher, während die sehnsuchtsvolle Stimme aus *Cats* verzweifelt über vergehende Erinnerungen singt, immer kraftvoller, immer lauter.

Kaja kann nicht anders, als mit einzusteigen und mit großen Gebärden den Text zu untermalen. Sie riecht Mos Fahne, als diese ihr ins Gesicht lacht, und Kaja lässt sich ein weiteres Mal von ihr in die Runde drehen wie eine Ballerina.

Sonja, die die Gläser auf den Tisch gestellt hat, schenkt singend voll.

Dann endet das Lied in einem großen Finale und einem Hoffnungsschimmer über den hereinbrechenden Tag. Das nächste Lied beginnt fröhlich mit festem Takt, der von Bläsern begleitet wird.

»Was ist das noch mal für ein Lied?«, fragt Kaja.

Mo grinst vielsagend in Sonjas Richtung, die einen Stuhl beiseiteschiebt und leicht geduckt, mit gespielter Unterwürfigkeit, auf Kaja zuschleicht: »Willkommen, Monsieur, setzten Sie sich doch.«

Sie fasst Kaja an den Schultern, schubst sie auf den Stuhl, schiebt ihr das Weinglas rüber und verteilt die anderen Gläser, während sie den dubiosen Wirt aus *Les Misérables* mimt. Gemeinsam mit der herben Männerstimme beginnt sie, sich singend als besten Wirt der Stadt vorzustellen.

Kaja lacht, und nach einem Schluck vom trockenen Wein singt sie mit. Wie komisch, dass so viel von dem Songtext wie selbstverständlich in ihr Gedächtnis zurückkehrt, als sei er nie fort gewesen. Vor sich sieht sie ihre Mutter, die durchs Wohnzimmer tanzt und vorgibt, ihre Kinder zu bedienen, welche lachend in die Hände klatschen. An vielen Stellen singt Kaja in einem Englisch, das keines ist, sondern die Sprache, die sie als Kind wahrgenommen und nachgesprochen hat, ohne etwas davon zu verstehen. Es ist so fest mit den Liedern ihrer Kindheit verknüpft, dass ihr auch jetzt noch, wider besseren Wissen, die damals gehörte Sprache natürlicher erscheint.

Beim Refrain springt Jenni auf und übertönt sie alle, so dass die anderen kurz innehalten, bevor sie zu lachen beginnen. Inmitten der Musik, der wilden Trompeten und gesungenen Geschichten präsentieren sie ihre Darbietung, wie sie es einst so oft getan haben, und lassen die Erinnerung an ihre Mutter aufleben, die kein Musical je ungesungen ließ.

MO sitzt am Tisch, den Ellenbogen aufgestützt und die Wange in ihre Hand gelegt. Plötzlich ist sie so unendlich müde. Mit glasigem Blick sieht sie Jenni zu, die mit ausgestreckten Armen herumwirbelt, als die ersten Klänge von *Endless Night* aus *Der König der Löwen* ertönen, und dann bleibt sie abrupt vor Sonja stehen und stößt sie an der Schulter nach hinten. »Das ist doch dein Lied!«, ruft Jenni. »Eine Hymne auf den ach so geliebten toten Vater.«

Sonjas Augen blitzen wütend auf, doch sie stellt sich nicht dem Kampf, dreht Jenni nur den Rücken zu. Eine Provokation, die schlimmer ist als jedes Wort.

Grob reißt Jenni sie zurück. »Komm schon, sing mit.«

»Jenni, hör auf!«, zischt Kaja.

»Was denn? Spreche ich nicht aus, was alle denken? Gerade du, Kaja, solltest sauer sein.«

»Ich bin es aber nicht. Er wird seine Gründe gehabt haben.« Kaja geht zum Regal, dreht die Musik leiser und überspringt das Lied.

»Ja, einfach weiterschalten. Ist ja leichter, als es auszuhalten.«

»Jenni.« Mehr bringt Mo nicht heraus.

»Papas Liebling kriegt alles. Und was ist mit uns?« Jennis Stimme zittert, sie beißt sich auf die Unterlippe.

Mo ahnt, dass es nicht um das Geld oder das Haus geht, sondern um die Zurückweisung, die darin liegt, wenn nur ein Kind bedacht wird. Auch Mo hat es damals gefühlt, doch anders als Jenni hat sie damit abgeschlossen.

»Du hast ja nicht mal in Betracht gezogen, uns etwas abzugeben«, fährt Jenni fort.

»Was du ganz sicher getan hättest.« Sonja hat ihre Stimme wiedergefunden, und die Emotionslosigkeit darin stachelt Jenni weiter an.

»Du hast dich doch einen Scheiß um ihn gekümmert. Ich habe immer versucht, für ihn da zu sein. Du hast dich nie bei ihm gemeldet.«

Sonja zuckt die Schultern.

»Du bist ein Schmarotzer. Du hast keinen Vater verdient.«

»Und du hast keinen Mann verdient«, kontert Sonja.

Mo zieht scharf die Luft ein, ansonsten herrscht Stille bis auf das Ticken der Uhr.

Jenni holt aus und boxt Sonja mit der Faust auf den Oberarm.

Daraufhin versucht Sonja, sie zu packen, und die beiden zerren aneinander, schlagen und treten sich, was bei dem kurzen Abstand keine Wirkung hat und an die Raufereien ihrer Kindheit erinnert. Kajas Stimme im Hintergrund, die versucht, die beiden zu stoppen, scheint Jenni nur noch mehr anzufeuern.

Schließlich reißt Sonja sich von Jenni los, ihr Blick ist gehetzt, die Wangen gerötet. »Du bist krank, Jenni. Mach uns nicht für dein Scheitern verantwortlich. Wenn hier irgendjemand vor den Dingen davongelaufen ist, dann du!«

»Das Gute ist, jetzt, wo alle tot sind, müssen wir uns nie wiedersehen.« Jenni rennt die Treppe hoch und schlägt die Tür zu.

Die anderen bleiben unten regungslos sitzen.

»Ich bin nicht sauer auf dich«, sagt Kaja zu Sonja. »Nicht wegen des Erbes.«

Mo will etwas sagen, aber es fühlt sich an, als würde sie einen Film sehen, dessen Handlung sie nicht beeinflussen kann.

»Gute Nacht«, sagt Sonja und geht die Treppe hoch.

Kaja reißt den Stecker des Players aus der Wand. Die Musik spielt noch einige Sekunden weiter, bevor sie endlich erstirbt und nur das leise Surren der sinnlos rotierenden CD zu hören ist.

»Für einen kurzen Moment habe ich geglaubt, es könnte wieder so sein wie früher.« Kajas Stimme ist so leise, dass Mo sich nicht sicher ist, ob sie zu sich selbst spricht. Sie spürt Kajas Hand über ihre Schulter gleiten, als sie an ihr vorbei durch die Küche in ihr Zimmer geht. Mo bleibt noch eine Weile am Tisch sitzen. Die Emotionen sind weiterhin im Raum zu spüren, mit hängendem Kopf richtet sie sich auf, schaltet das Licht aus und schlurft im Dunkeln zum Sofa. Dann zieht sie die Vorhänge zu und schlüpft in ihren Klamotten unter die Fleecedecke. Sie hat kein Bett mehr. Jenni hat das Zimmer für sich beschlagnahmt – Mo ist irgendwie vergessen worden. Hier und auch in der Welt außerhalb der Insel. Langsam stellt sie ein Bein auf den Boden, damit alles aufhört, sich zu drehen.

Immer wird Mo übersehen. Wurde stets nur als Jennis Schatten wahrgenommen anstatt als eigenständige Person. Sie ist ein Mittelkind, von dem vorausgesetzt wird, ein Bindeglied zu sein und das Gleichgewicht zwischen den Älteren und Jüngeren zu wahren. Dabei hat sie auch Ängste, und immer muss sie kämpfen, um die Musik, um die Liebe, die ihr nicht begegnen will, um einen Grund für die eigene Existenz. Ihre Schwestern sehen sie als selbstverständlich an, und vielleicht hat selbst Vishal sie nie wirklich erkannt.

Mo stellt sich vor, dass sich starke Arme um sie legen und sie festhalten. Früher hat sie sich Vishal und seinen Geruch vorgestellt, jetzt ist es ein Mann ohne Gesicht. Wichtig ist nur, dass einer da ist, der sie am Auseinanderfallen hindert, selbst wenn es ihn nur in ihrem Kopf gibt. Seine Umarmung ist so fest, dass es fast schon weh tut, und sie schlingt sich ihre eigenen Arme um den Körper und kratzt sich mit ihren Nägeln über die Rippen, bis ihr ein leiser Schmerz etwas Genugtuung verschafft.

SONJA setzt sich auf die Bettkante, löst den Ring, der einst ihrer Mutter gehörte, vom Finger und legt ihn auf das Nachtschränkchen. Sie schließt die Augen, atmet schwer, die Emotionen wüten in ihrer Brust. Jenni hat keinen Raum in ihren Gedanken verdient. Sonja steht auf und sieht aus dem Fenster. Draußen fegt der Wind durch die Kiefer, und der Mond, zu drei Vierteln voll, leuchtet wie immer unbeeindruckt von den Ereignissen auf der Erde. Sein silbernes Licht erhellt die Kuppen der Dünen im Osten und die spitzen Dächer der Nachbarhäuser im Westen. Unvorstellbar, dass dieser kleine Trabant die Ozeane auf der Erde lenkt, über eine Entfernung, die Sonja sich nicht einmal ausmalen kann. Schließlich zieht sie die durchscheinenden Gardinen zu, betrachtet den ovalen Fleck des abnehmenden Mondes hinter dem blauen Stoff und schlüpft unter die Bettdecke.

Gerade als sie ihr Handy vom Nachttisch nehmen will, um noch eine Folge *Medical Detectives* abzuspielen, fliegt etwas lautstark gegen die Scheibe. Sonja erstarrt in der Bewegung, und ihr Handy poltert zu Boden.

»Scheiße.« Sie lauscht in die Stille, ob sich jemand im Haus regt.

Nichts.

Wieder fliegt etwas Hartes gegen die Scheibe. Um sich im Licht nicht zu erkennen zu geben, schleicht sie im Dunkeln zum Fenster und späht durch den Vorhang in den Garten, als ein weiterer Kiefernzapfen das Glas trifft.

Sonja lehnt sich mit rasendem Herzen gegen die Wand, sie ahnt, wer dort unten steht. Soll sie sich schlafend stellen? Aber er wird noch das ganze Haus aufwecken. Zögernd öffnet sie das Fenster und lehnt sich nach unten. Im Garten steht eine große Gestalt, dunkel gekleidet und nur zu erkennen, wenn sie sich bewegt.

»Was willst du?«, ruft Sonja mit gedämpfter Stimme.

»Komm runter.«

»Nein.«

»Ich muss mit dir reden. Kommst du runter, oder soll ich raufkommen?«

Fuck. Sonja beißt sich auf die Unterlippe. Der Verband um ihren Arm wird ihr bewusst und der Schnitt, der darunter pocht. Doch sie bringt die innere Stimme zum Schweigen, die sie warnen will. Wenn er ihr wirklich etwas antun wollte, dann hätte er es gestern schon getan, als sie alleine waren. Er ist ein Lamm, das versucht, ein Wolf zu sein. Und überhaupt, welche Wahl hat sie schon? Niemals würde sie zulassen, dass ihre Schwestern erfahren, dass er hier ist, dass sie mit ihm geschlafen hat. Und Tom scheint das genau zu wissen.

»Ich würde den anderen zu gerne hallo sagen.« Er gibt sich keine Mühe, leise zu sprechen.

Nur über ihre Leiche, sie würde nie zulassen, dass Jenni die Wahrheit erfährt. »Ich komme runter.«

So geräuschlos wie möglich schließt Sonja das Fenster, schlüpft in eine lange Jogginghose und einen dicken Wollpullover und öffnet die Tür. Im Haus ist kein Laut zu hören und kein Licht zu sehen, auch unter Jennis Türspalt ist es finster.

Auf Zehenspitzen schleicht Sonja die Treppe hinunter, erschrickt kurz vor Mos Umrissen auf dem Sofa.

Eigentlich wollte Sonja die Zwischentür nah zu sich ziehen, damit das Schloss beim Öffnen nicht klackt, doch die Tür ist bloß angelehnt, und so schlägt sie laut gegen den Rahmen.

Sofort bewegt Mo sich auf dem Sofa, richtet sich desorientiert auf.

»Ich bin's, schlaf weiter«, zischt Sonja.

Widerstandslos folgt Mo ihrem Befehl.

Bis zur Haustür sind es nur zwei Schritte, aber die wirken

jetzt lang. Er ist hier. Hätte sie es abwenden können, wenn sie ihn nicht bedient hätte? Wenn sie ihn nicht mit nach Hause genommen hätte? Oder hatte er sie schon die ganze Zeit im Blick? Hat nur darauf gewartet, sie alle hierzuhaben. Vielleicht sollte sie zumindest Mo wecken. Nein. Das ist nur die Angst, die aus ihr spricht. Diese Konfrontation musste irgendwann stattfinden. Sonja schlüpft in ihre Schuhe, zieht die Jacke über und öffnet die Tür.

»Also?«, fragt sie und zieht Tom am Ärmel unter die Kiefer, weg von der Glasscheibe. »Willst du dein Schauspiel jetzt beenden?«

»Überzeugend war ich doch«, sagt er und grinst.

»Was machst du auf Langeoog?«

»Ich suche nach Antworten und habe euch gefunden. Ist das nicht Schicksal?«

»Schicksal?« Sonja lacht verächtlich auf. »Daran glaube ich nicht mehr.«

Für eine Weile schweigen sie, und Sonja weiß nicht, wie dieses Gespräch verlaufen soll oder was er von ihr will mitten in der Nacht. Als hätte er ihre Gedanken gelesen, sagt er: »Ich wollte bis morgen warten, aber ich konnte nicht. Es hat mir keine Ruhe gelassen, euch alle zu sehen. Ich habe so viele Fragen, vor allem an Jenni.«

»Du kannst sie auch mir stellen.«

Er lacht. »Immer noch Angst vor der großen Schwester?«

»Was erwartest du von mir? Soll ich das ganze Haus wecken? Wenn du reden willst, komm morgen wieder.«

Er sieht zu Boden und zuckt mit den Schultern. Er hat etwas von einem kleinen Jungen, der vergessen hat, mit welchem Auftrag ihn seine Mutter losgeschickt hat. Doch als er aufblickt und in Sonjas Augen sieht, ist da eine ungeahnte Entschlossenheit.

KAJA taucht aus dem Schlaf in ein schwarzes Bewusstsein, ihre Sinne ordnen sich langsam. Es riecht nach Steinen und Fäulnis, der Wind pfeift mit eisigem Atem durchs gekippte Fenster und übertönt in Intervallen das monotone Rauschen des Meeres. Ihr Rücken, der auf der zu weichen Matratze liegt, ist schweißnass genau wie Brust und Bauch unter der warmen Decke.

Ihre Augen sind geschlossen, aber sie spürt, dass etwas nicht stimmt: Die Ausrichtung des Bettes passt nicht zur Position des Fensters.

Sie erschrickt vor ihrer Orientierungslosigkeit, bis sich ihr Bewusstsein meldet und ihr die Antwort gibt: Du bist nicht in Bielefeld, du bist auf Langeoog. Es ist nicht deine Dreizimmerwohnung, es ist das Ferienhaus. Beruhigt hört Kaja den Kühlschrank durch die geschlossene Tür brummen, ganz so wie früher. Doch neben dem Vertrauten birgt die Umgebung auch das Unheimliche. In dem Zimmer hat sie sich schon als Kind gegruselt, wenn sie alleine darin schlafen musste. Das Fenster geht nach hinten raus, und in dem Raum fühlt sie sich von allem abgeschnitten, in die Enge getrieben. Kaja atmet tief ein und riecht das alte Holz des Bettes – Staub und Eiche.

Sie öffnet die Augen, die Schwärze weicht nur langsam dem Grau. Die Gardinen sind nur zu zwei Dritteln zugezogen, weil sie die komplette Dunkelheit nicht erträgt. Draußen schlagen gleichmäßige dicke Regentropfen von der Dachrinne auf einen Stein. Tropf – tropf – tropf – tropf. Kajas Zeigefinger tippt unter der Bettdecke im Takt auf die Matratze.

Obwohl ihr Herz laut klopft, beruhigen sie die Geräusche. Die Natur ist so gleichmäßig in ihren Klängen, so verlässlich in ihrem Dasein, dass Kaja die Augen schließt und auf den erneuten Schlaf wartet. Der Kühlschrank knackt ein letztes Mal, dann fährt er wieder in den Stand-by-Modus. Draußen zerrt der Wind an der Wäscheleine, und das harte Plastik klappert gegen die Metallstange, Schritte bewegen sich durchs nasse Gras.

Kaja erschrickt. Nein, das bildest du dir ein. Jetzt hast du dich wieder in den Wahnsinn gedacht. Und doch kommt sie nicht umhin zu lauschen. Etwas geht von rechts nach links, langsam und bedächtig, aber so leise, so diffus, dass Kaja nicht mit Gewissheit sagen kann, ob es Schritte sind. Aber sie fühlt eine Präsenz, und die Geräusche werden lauter, nähern sich dem Fenster. Tropf – tropf – … – tropf.

Sie reißt die Augen auf, erwartet, eine Gestalt am Fensterspalt zu sehen, die sie anstarrt, doch da ist nichts, nur eine schwarzgraue Masse, und doch ist etwas direkt an der Hauswand entlanggegangen und hat einen Tropfen abbekommen. Wo ist er so lautlos aufgeschlagen? Auf weichem Haar? Kaja fühlt geradezu, wie der Tropfen auf ihrer eigenen Kopfhaut verdunstet. Ihr Herz rast. Steh auf! Sieh nach! Aber sogleich überkommt sie die alte Angst und lähmt sie: Nicht bewegen, unter der Decke können dich die Geister nicht riechen.

Und da! Der Riegel am Schuppen. Sie hört ihn quietschen und zieht sich die Decke über den Kopf. Es ist nicht real. Wie oft haben dich die Träume heimgesucht und dich in ihrer Verkleidung immer wieder aufs Neue getäuscht. Nein, Kaja, nein, die Zeiten sind vorbei, lass dich nicht wieder in den Wahnsinn führen. Hör hin, hör hin.

Vorsichtig hebt sie die Decke, blinzelt in das regungslose Zimmer und lauscht. Lauscht dem Wind, dem Meer, der Wäscheleine und den Tropfen. Da ist nichts. Dein Verstand spielt dir Streiche, ist überwältigt davon, wieder hier zu sein, in diesem Zimmer.

Als der Kühlschrank anspringt, nach langen Minuten, ist Kaja endgültig in der Realität zurück. Trotzdem zieht sie ihr Handy hervor, sucht auf YouTube nach einer Folge *Wendy* und startet das Hörspiel. Die Stimmen ihrer Kindheit lullen sie ein, geben ein altes Gefühl von Sicherheit: Dort, wo gesprochen und gelacht wird, existieren keine Geister.

Sie fühlt, wie sich der Schlaf schwer und tröstend auf sie niedersenkt, taucht wieder in die Welt des Unbewussten, als ihre Ohren noch etwas wahrnehmen: Räder, die durchs nasse Gras geschoben werden.

1998

SONJA quälte der Gedanke, eine Schwester zu verlieren. Ihr war, als fehlte ein Teil von ihr. Noch immer gab es keine Spur von Kaja. Wenn ihr etwas zugestoßen war, würde Sonja nie wieder dieselbe sein. Jede von ihnen hatte die Persönlichkeit der anderen beeinflusst – in jeder existierten Teile der anderen. Sonja spürte eine Liebe in sich aufsteigen, die – anders als die zu ihren Eltern – unverwüstlich war. Das war die einzige Gewissheit, die sie besaß.

Sonja versuchte, sich abzulenken; nicht an das Schlimmste zu denken. Ruhelos tigerte sie durchs Haus, dunkle Schatten sprangen im Licht der tief stehenden Nachmittagssonne in die Ecken. Sie ging nicht in ihr gemeinsames Zimmer, weil dort auch Kajas Sachen auf dem Boden verstreut lagen. Vor allem Bücher. Welches Mädchen, das nicht einmal lesen konnte, besaß so viele Bücher? Jetzt würde sich Sonja nicht mehr darüber lustig machen. Wenn Kaja wiederkam, würde sie ihr vorlesen, egal was.

Ihr fiel ein, dass niemand ihrem Vater Bescheid gesagt hatte. Er wusste nicht, dass sein Kind vermisst wurde, er suchte nicht nach seiner Tochter. Sie überlegte, ob sie ihn anrufen sollte, aber sie hatte Angst vor seiner Reaktion, Angst, dass die Traurigkeit, die sie gestern bei ihm gesehen hatte, sich zur Hoffnungslosigkeit steigerte.

Durch die Glasfront sah Sonja die Beine einer Fata Morgana hinter den blattlosen Stämmen der Kirschlorbeerhecke. Sofort rannte sie zur Haustür, zerrte an der Klinke, doch nichts geschah, da fiel ihr ein, dass sie abgeschlossen hatte. Sie drehte den Schlüssel herum, riss die Tür auf, stürzte nach draußen. Sonja lief ihnen entgegen, kniete sich auf die Straße, drückte Kaja fest an sich. Sie musste sich einprägen, wie sich der kleine Körper anfühlte, wie ihr Haar roch, wie ihr Atem rasselte.

»Du zerquetschst mich«, stöhnte Kaja.

Schluchzend küsste Sonja Kajas ganzes Gesicht.

Spuren von Tränen und Rotz blieben an ihrer Schwester kleben, die sie sich angeekelt aus dem Gesicht rieb.

Sonja lachte.

»Ich habe sie in der Stadt aufgegabelt und bin mit ihr zum Strand«, sagte Jenni.

»Habt ihr Mama nicht gesehen? Sie sucht schon seit einer Stunde nach ihr, Mo auch und die Polizei. Kaja, ist dir klar, was du gemacht hast?«

»Das ist meine Schuld, ich hätte eher am Haus gucken müssen«, sagte Jenni. »Kaja ist vor einem Schaufenster stehen geblieben und hat euch nicht mehr gefunden. Ich habe sie zufällig gesehen und auch nach euch gesucht – wohl an den falschen Stellen.«

»Ich hatte so Angst.« Sonja kamen erneut die Tränen hoch. »Alex ist auch weg. Ich dachte, euch sei was passiert. Jenni, du lässt uns immer alleine! Wir brauchen dich hier.«

Sonja hielt noch immer Kaja umklammert, als sie Jennis Umarmung fühlte. »Tut mir leid, Sonja. Ich verspreche dir, das kommt nicht wieder vor. Ich suche jetzt Mama und Mo und sage Bescheid, dass wir wieder da sind.«

»Was ist mit Alex?«, schluchzte Sonja. »Seit gestern ist er schon weg. Julian und seine Tante suchen dich.«

»Ich werde rübergehen und mit ihnen sprechen. Alles wird gut.«

KAJA schloss die Augen. Sonja schlief bereits und schnarchte leise. Im Haus war es still. Ab und zu drangen Töne vom Fernseher durch die Wand, wenn in einer Szene Musik einsetzte. Sie konnte nicht schlafen. Da waren zu viele Gedanken.

Mama war so froh gewesen, sie wiederzuhaben, dass sie nicht mal Ärger bekommen hatte. Kaja hatte ihr Ziel erreicht und die Aufmerksamkeit aller bekommen, aber darüber freuen konnte sie sich nicht.

Sie sorgte sich, um das Geheimnis, das sie bewahren sollte, ohne es überhaupt zu verstehen. Es war egal, ob Kaja die Augen schloss oder gegen die schwarze Zimmerdecke starrte, immer sah sie Jenni, die zur Taschenlampe griff und dabei für einen Moment den Blick auf einen Jungen freigab: seine weit aufgerissenen Augen, sein verklebtes Haar. Eine dicke Blutkruste, halb verwischt, prangte auf seiner Stirn. Unter seinem Kopf hatte sich ein Fleck ausgebreitet, in der Form eines zerknautschten Kissens, auf dem sein Schädel gebettet lag.

Atmete er? Blinzelte er?

Da erhob er sich, kam auf sie zu, mit den langsamen Schritten eines Toten, der auferstanden war. Er öffnete den Mund, anstatt Zähnen tummelten sich darin Maden, die aus seinem Rachen krochen. Immer weiter öffnete sich sein Kiefer. Klatschend fielen die Tiere auf den Betonboden, mit stampfenden Schritten zerquetschte er geräuschvoll die weißen Insekten.

Dann beugte er sich zu Kaja hinunter, stand jetzt direkt vor ihr. Sie roch seinen fauligen Atem. Sein Mund war so weit aufgesperrt, dass er die Größe von Kajas Kopf hatte. An seinen Mundwinkeln riss die graue Haut ein. Blut, so zäh und schwarz wie Pech, kroch an seinem Kinn hinunter. Er war bereit, sie zu verschlingen.

Panisch schüttelte Kaja den Kopf, um die Bilder zu vertreiben, und endlich kehrte Sonjas Schnarchen in ihr Bewusstsein zurück. Vorsichtig streckte sie die Hand nach ihr aus. Ihr Arm war warm und zuckte leicht unter der Berührung. Wie gerne hätte Kaja ihr von dem Bunker erzählt, doch sie hatte ein Versprechen gegeben, und das machte sie zum Bewahrer eines grausamen Geheimnisses. Vielleicht würde es mit der Zeit schwinden, wenn die Sonne am Tage schien und die Ereignisse zu einem längst geträumten Traum verblassten.

JENNI strich über Alex' feuchte Stirn. Im Bunker war es jetzt am frühen Morgen besonders kühl, fast schon kalt, und doch schwitzte er. Sie hatte ihm die Hände vor dem Bauch und die Fußknöchel mit Kabelbinder zusammengeschnürt und beides mit einem weiteren Seil verbunden, so dass er die Arme nicht heben konnte. So blieb die Leiter für ihn ein nahes, aber unerreichbares Ziel.

»Jenni«, flüsterte er. »Bitte lass mich gehen.«

Sie legte sich neben ihn auf die Matratze, den Kopf an seine Schulter gelehnt.

Er stank. Der ganze Raum stank nach Urin und Kot und Angst. Alex hatte solche Kopfschmerzen, dass sie ihn stützen und ihm assistieren musste, zweimal hatte er sich eingenässt, weil sie zu spät gekommen war.

Von dem smarten Jungen mit den schönen Augen und dem verführerischen Lächeln war kaum etwas geblieben. Er war das Ergebnis ihrer Angst.

Jenni legte einen Arm um seine Brust. Sie atmete tief ein, akzeptierte den Gestank – er gehörte jetzt zu Alex.

»Jenni.« Seine Stimme brach, und Jenni wusste, auch ohne hinzusehen, dass er weinte. Und sie weinten gemeinsam über eine Liebe, die nicht existieren durfte.

All das hier hatte Jenni nicht gewollt. Aber hatte Julia gewollt, dass Romeo das Gift trank? Hatte Daisy gewollt, dass Gatsby die Kugel traf? Hatte Isolde gewollt, dass ihre Lüge Tristans Leben kostete? Die Menschheit liebte doch die Paare, die an sich selbst scheiterten. Ihre Liebe hatte, gerade wegen der Tragödie, Jahrhunderte überdauert. Was unterschied diese von Jenni und Alex?

Ihre Gefühle bestanden fort – selbst wenn so vieles, was Alex ausgemacht hatte, nicht mehr da war, blieb er ihr Zuhause. Die einzige Sicherheit, die sie in der auseinanderbrechenden Familie besaß.

»Jenni, ich werde es niemandem erzählen.«

Sie legte ihm einen Finger auf die Lippen. Blind vor Liebe war sie inzwischen nicht mehr. Dann schob sie ihre Hand in seine.

Um die Handgelenke war seine Haut blutunterlaufen und aufgeschürft. Er hatte Schmerzen, er brauchte einen Arzt, sie konnte ihn nicht ewig hier festhalten – all das wusste sie. Ihn leiden zu sehen, brach ihr das Herz, aber ihn zu verlieren, würde sie umbringen.

Wenn sie die Ruine verließ, fühlte sie sich wie eine Schauspielerin, die nach einer intensiven Rolle langsam in die Realität zurückfand. Es war unheimlich, die eigenen Handlungen nicht nachvollziehen zu können, sich selbst so fremd zu sein, und so blendete sie jeden Gedanken an Alex weitgehend aus, was ihr meistens gelang. Gestern hatte sie mit seiner Mutter gesprochen, und beinahe hätte sie ihr alles erzählt, doch auch die Polizei war da gewesen, und so war Jenni ganz automatisch in ihre Rolle gerutscht und hatte das Mädchen gespielt, das sich keiner Schuld bewusst war. Aber es gab auch die Momente, in denen sie es nicht verdrängen konnte, dann dachte sie daran, ihn gehenzulassen, doch sobald sie die Leiter hinunterstieg, erschien es ihr wieder unmöglich, ohne ihn zu sein. Hier im Bunker war es wie in einer Parallelwelt. Alex' Schicksal erschien ihr nicht mehr ganz so schlimm. Die Dunkelheit wirkte tröstlich, ließ Dinge möglich erscheinen, die im Licht des Tages nicht bestehen konnten.

Einerseits verachtete sie den Teil in sich, der Alex gefangen hielt, andererseits liebte sie den, der die Kontrolle darüber hatte, ob er blieb oder ging. Jenni war gespalten, und nur solange sie beide Seiten von sich klar trennte, ergaben sie einen Sinn – aber fügte sie sie zusammen, erkannte sie sich nicht wieder.

»Ich laufe nicht weg, Jenni. Wir können zusammen sein.«

»Du hast selbst gesagt …« Jenni weinte, weil die Worte zu mächtig waren. »Du liebst mich nicht.«

»Ich habe mich geändert. Denk doch an meine Mutter, sie macht sich Sorgen.«

Aber Jenni dachte daran, wie zärtlich er sein konnte. Sie brauchte ihn mehr und sah zu ihm auf. Im schwachen Licht, das durch die Luke fiel, sah sie eine Träne an seiner Schläfe hinablaufen. Bald würden die Neumanns nach Hause aufs Festland fahren, so lange musste sie die Zeit mit ihm nutzen, auch wenn die Schuldgefühle sie zerrissen.

Sie senkte den Blick. Mit ihrem Daumen streichelte sie über die Wellenform seiner Fingerknöchel. Nichts war wichtig, wenn sie hier zusammen waren, sie würde jede Sekunde auskosten, die ihnen blieb.

SONJA stand zum zweiten Mal vor der grünen Haustür. Jetzt, da sie wusste, was sich dahinter befand, sah sie zwar weniger erschreckend aus, aber unwohl war ihr noch immer.

»Kommt doch mit rein zu Papa.«

Mo schüttelte den Kopf. »Geh du erst mal. Ich glaube, er will mich gar nicht sehen.«

»Klar will er das.«

Kaja hielt Mos Hand und drehte ihren Oberkörper, so dass der Saum des Jeanskleids um ihre Beine schwang.

»Willst du nicht mit, Kaja?« Sie verkniff es sich gerade noch rechtzeitig, in Mos Gegenwart zu sagen, dass er ja immerhin ihr Vater war. Doch ihre kleine Schwester sah stur zu Boden, während sie sich im gleichen Rhythmus weiterdrehte.

»Immer muss ich alles alleine machen. Jenni ist auch wieder abgehauen. Tolle Versprechungen!«

Sonja ließ ihr Fahrrad, das sie den ganzen Weg über geschoben hatte, gegen den Gartenzaun krachen.

»Sorry, Sonja. Ich weiß doch selbst nicht, wie ich mit der Situation umgehen soll«, murmelte Mo.

»Er ist immer noch euer Vater! Ist doch scheißegal, wer wessen Nase hat.«

»Du hast leicht reden.«

Sonja drehte sich auf dem Absatz um und stapfte auf die Tür zu.

»Tut mir leid, Sonja. Gib mir noch etwas Zeit.«

Ohne ihre Schwestern noch einmal anzusehen, drückte Sonja die Klingel. Zeit konnte sie nicht geben, die Zeit lief ihnen davon.

MO hätte gerne ihren Vater gesehen, denn schon vor Tagen, als ihre Schwestern noch in Unwissenheit lebten, hatte sie beschlossen, dass der zweite Vater nicht existierte. Es gab nur Martin. Doch was würde passieren, wenn sie vor seiner Tür stand? Bat er sie ins Haus, um bei Kaffee und Kuchen ein Gespräch über ihre zerbrochene Familie zu führen? Darüber, wie dumm er war, dass er in all den Jahren nicht den kleinsten Verdacht geschöpft hatte? Vier medizinische Unwahrscheinlichkeiten waren doch ein bisschen viel. Gerade weil sie sich nicht wie ein Ei dem anderen glichen.

Mo hatte zwar auch noch nie die Familie in Frage gestellt, doch ihre Rechtfertigung war es, ein Kind zu sein. Sie glaubte an das Weltbild, das sie von klein auf kennengelernt und als Wahrheit akzeptiert hatte. Aber ihr Vater hätte es besser wissen müssen. Er hatte an eine so offensichtliche Lüge glauben wollen, und nun, wo es sich nicht mehr leugnen ließ, bestrafte er seine Kinder. Ließ sie im Stich. Er suchte keinen Kontakt zu ihnen, und Mo wollte nicht darum bitten, um nicht erneut abgewiesen zu werden.

Sie zog Kaja hinter sich her, und noch bevor sich die Tür öffnete, waren sie um die Ecke verschwunden. Sie beeinflusste Kaja und zog sie auf ihre Seite, warum wusste sie selbst nicht. Vielleicht weil Jenni so wenig greifbar geworden war.

Heute war sie schon wieder weg gewesen, noch bevor die anderen mit dem Frühstück fertig waren. Sie wolle zu Alex' Mutter, hatte sie gesagt, sehen, ob es etwas Neues gab. Bei all dem Drama hatte Mo gar keine Zeit gehabt, über sein Verschwinden nachzudenken.

Ihre Mutter hatte nur apathisch am Tisch gesessen, die fettigen Haare hingen ihr strähnig ins Gesicht. »Jaja, geht nur zum Strand. Ich komme dann nach.«

Mo glaubte nicht, dass wieder Normalität einkehren würde; der letzte Versuch in der Eisdiele hatte schließlich auch in einer Katastrophe geendet, von der sich ihre Mutter nicht zu erholen schien. Also konzentrierte Mo sich auf das, was greifbar war – ihre Schwestern, Kaja.

»Da lang.« Mo wurde aus ihren Gedanken gerissen, Kaja zog an ihrem Arm.

»Zum Strand geht es in die andere Richtung.« Mo deutete mit dem Kopf die Straße rauf, über den Dächern ragte der Kirchturm wegweisend hervor.

»Ich will aber hier lang!«

Es war ein Umweg, der nicht mal an einem Spielplatz vorbeiführte. Doch die Sorge von gestern erfasste ihr Herz; Kaja, die allein durch die Straßen irrte, die vielleicht nicht einmal gefunden werden wollte, weil ihr Zuhause nicht mehr das gleiche war. Sie glaubte Jennis Version nicht, Mo hatte die Lüge in ihrer Stimme herausgehört; letztendlich war es egal, ob Kaja weggelaufen war oder sich verlaufen hatte –, Mo hatte Kaja nicht beschützt, und dieses Gefühl wollte sie nie wieder erleben.

»Okay, heute bestimmst du.«

KAJA verfolgte einen Plan. Sie hatte Jenni zwar versprochen, nichts zu sagen, aber wenn Mo es selbst herausfand, war es kein Petzen. Sie musste ihre Schwester nur in die Nähe führen, denn das Geheimnis war zu groß geworden, zu unverständlich, als dass sie es alleine tragen konnte. Hoffentlich erinnerte sie sich an den Weg. An der Kreuzung hielten sie vor einer Gruppe Kindern, die auf Fahrrädern an ihnen vorbeisausten, an ihren Gepäckträgern flatterten Fähnchen im Wind. Der Älteste fuhr vorneweg, eine Spielkarte knatterte zwischen den Speichen.

Noch vor ein paar Tagen hätte Kaja gerne mit ihnen gespielt. Jetzt fühlte sie sich reifer, als hätte sie eine Wahrheit erkannt, die vor Kindern verborgen gehalten wird. Irgendwann würden auch diese Kinder sie entdecken – dann fuhren sie nur noch Rad, um irgendwo anzukommen, nicht mehr, um die Spielkarte rattern zu hören.

»Kaja, zum Strand geht es da lang, das ist wirklich der letzte Aufgang.« Mo deutete nach rechts. »Wir müssen noch ein ganzes Stück zurück zum Strandkorb laufen.«

»Ich will dir was zeigen.« Kaja zog sie geradeaus.

»Aha. Sagst du mir auch was, Fräulein Geheimniskrämerin?«

Kaja ging schneller. »Du musst es selbst sehen.«

Hinter den Bäumen zeichnete sich die Ruine ab. Trotz des Sonnenlichts wirkte sie kalt und dunkel. Wie Aladins Höhle, aus der unheimliche Laute drangen, um Schatzsucher vor dem Eintreten zu ängstigen. Obwohl Kaja bereits im Inneren gewesen war und jetzt auch noch Mo bei sich hatte, schwitzten ihre Hände, und sie kämpfte gegen die Furcht an, dem Monster noch einmal zu begegnen. Dies war vielleicht ihre einzige Chance, das Geheimnis zu teilen.

MO sah das schwarze Dach und ahnte, wo Kaja hinwollte. Im letzten Jahr war sie zweimal hier gewesen. Am Anfang war es noch aufregend, ein kleiner Abenteuerspielplatz, dessen Reiz nur so groß war, weil ihre Eltern ihnen nicht erlauben würden, dort zu sein. Hier hatte Mo an ihrer ersten Zigarette gezogen, als sie mit Jugendlichen, die sie vom Beachvolleyball kannte, hier gewesen war. Das kam ihr wie eine Ewigkeit vor. »Da gehen wir nicht rein.«

»Doch, bitte. Ich muss dir was zeigen.«

Mo blieb stehen. »Warst du etwa gestern hier?« Sie ging auf die Knie, auf Kajas Augenhöhe. »Das ist zu gefährlich. Da kann jeden Moment die Decke einstürzen. Du darfst hier nie, nie wieder reingehen, hast du gehört?«

Kaja nickte. »Nur dieses eine Mal, und dann geh ich nie, nie wieder rein.«

Mo zögerte.

Kaja stolperte ja schon auf gerader Strecke, wie sollte sie unfallfrei über Scherben, Bretter und rostige Nägel steigen? »Versprochen. Wir *müssen* hier rein.«

»Das ist keine gute Idee, Kaja.«

»Du musst!« Kaja wollte losrennen, doch Mo packte sie am Kragen.

»Was ist denn dadrin so Besonderes?«

Noch bevor Kaja antworten konnte, öffnete sich die schwere Tür.

JENNI fühlte sich wie eine Schlange, die sich gehäutet hatte. Sie war müde von dem Prozess, mit jedem Wechsel von Keller und Tageslicht jemand anderes zu werden. Sich von Neuem ein Stück weit zu verändern und keine Kontrolle darüber zu haben, wer sie war und wer sie sein wollte.

Heute war es so schwer wie noch nie, Alex hinter sich zu lassen. Fahrig strich sie sich die Haare hinter die Ohren. Die Betonplatten, durch deren Fugen sich Gräser kämpften, verschwammen vor ihren Füßen. Gehen war ein Kampf, ein ständiges Sicherinnern, wie man sich bewegte.

Sie sah auf. Der Anblick ihrer Schwestern versetzte ihr einen Schlag, der sie in die Knie zwang. All die Kraft, die sie so mühsam gesammelt hatte, um zu funktionieren, floss aus ihrem Körper. Sie war aufgeflogen.

»Jenni, was ist passiert?« Mo rannte auf sie zu.

Jennis Brust hob und senkte sich, und doch strömte der Atem nur hinein, aber nichts kam hinaus.

Mos Arme umschlangen ihre Brust. »Ruhig, Jenni, du musst ganz ruhig atmen. Guck mich an.«

Panisch versuchte sich Jenni zu befreien, schlug gegen die Arme ihrer Schwester, die sie einengten, sie erstickten.

Mo drängte sich in ihr Blickfeld. »Guck mich an, Jenni. Jenni! Sag mir vier Dinge, die du siehst.«

Jenni verstand nicht, das war doch kein Spiel! Ihr Herz raste so schnell, nicht mehr lange, dann würde sie hier auf den Steinen vor der Ruine zusammenbrechen. Und obwohl sie sich so machtlos, so unverstanden fühlte, suchten ihre Augen nach

Dingen, und ihr Mund brachte zwischen schnellen Atemzügen hervor: »Deine Augen. Deine Haut. Kaja. Ein Baum.«

»Gut, sehr gut.« Mo lächelte. »Sag mir drei Dinge, die du hörst.«

Hören? Jenni hörte nichts. Die Welt war in Watte gepackt, da war nur: »Mein Herzschlag. Mein Atem.« Und dann löste sich die Watte auf, und der Sinn wurde weit. »Vogelgezwitscher.«

»Nenn mir zwei Dinge, die du berührst.«

Jenni starrte auf ihre Hände, denn sie fühlte nichts. »Deine Haut.« Und dann rutschte sie mit der rechten an Mos nacktem Arm hinunter. »Deine Finger.«

»Etwas, das du riechst.«

Jenni fiel in Mos Arme und krallte sich an ihr fest. Die Tränen rannen unaufhörlich, doch ihr Herz hatte sich beruhigt, und die Luft strömte wieder ungehindert in ihren Körper. »Den Sommer.«

SONJA rutschte auf den Schoß ihres Vaters und legte die Arme um seinen Hals. »Sei nicht traurig, Papa.«

Er drückte sie fest an seine Brust.

»Mama geht es auch nicht gut. Vertragt euch doch wieder.«

»Ach, Sonja, es ist zu viel passiert.«

Sie lehnte sich von ihm weg, um in sein Gesicht zu sehen.

Seine Augen waren faltig, und tiefe Tränensäcke hatten sich darunter gebildet. Auch seine Haare waren anders. Wurden sie langsam grau, oder fielen sie aus?

»Mama vermisst dich.«

Er drückte ihren Kopf wieder an seine Schulter. »Haben deine Schwestern mal etwas gesagt?«

»Sie vermissen dich auch.«

Er schwieg.

Sonja betrachtete das Zimmer. Eingerichtet wie im Möbelkatalog unter dem Motto *schwedisches Strandhaus*, wirkte es trotz der Gemütlichkeit steril und unpersönlich. Ein Ort, an dem sich möglichst viele wohlfühlen sollten, aber niemand wirklich zu Hause. Ihr Vater wäre doch bei ihnen viel besser aufgehoben.

»Nur du hältst zu mir.« Seine Stimme zitterte.

»Das stimmt nicht! Du musst nur mal mit ihnen reden. Komm doch später mit zum Strand.«

Wieder schwieg er.

Alles war so merkwürdig zerrissen. Warum nur konnte keiner miteinander reden? Als Kinder hatte man sie angehalten, sich zu vertragen, sich zu entschuldigen, egal, ob sie so weit waren oder nicht. Und die Erwachsenen liefen einfach weg; nur ganz weit hinten aus der Ferne, da, wo ihre Stimmen ungehört blieben, redeten sie von Reue und Bedauern.

Sonja versprach sich, niemals so ein Mensch zu werden. Sie würde immer Probleme ausdiskutieren und eine Lösung finden, damit niemand einfach so aus ihrem Leben verschwand.

»Wenn ich Mo und Jenni sehe, dann …« Ihr Vater schluchzte, sie fühlte seine Tränen auf ihr T-Shirt fallen. »Ich habe das Gefühl, als gehörte ich nicht mehr zu ihnen.«

»Hast du sie denn nicht mehr lieb?«, flüsterte Sonja. Sie musste flüstern, um nicht zu weinen, denn das durfte immer nur einer, der andere musste die Tränen auffangen.

MO öffnete die Luke. Ein schwarzes Loch starrte ihr entgegen. Zweifelnd drehte sie sich zu Jenni um, die hielt Kaja fest an der Hand und nickte. Mo atmete tief durch. Obwohl Jenni erzählt hatte, was sie da unten erwartete, konnte Mo es sich nicht vorstellen. Langsam stieg sie die Leiter hinab, hoffend, dass sie auf einen Scherz hereingefallen war.

Sie hörte ein Rascheln in der Finsternis, etwas bewegte sich schnell hin und her, wie eine Robbe, die panisch versuchte, von der Scholle ins Wasser zu flüchten. Dumpfe Schreie hinter geschlossenen Lippen hallten durch den Raum.

Mo knipste die Maglite an, die Jenni ihr gegeben hatte.

Und da lag Alex vor ihr, zusammengeschnürt auf einer Matratze. Eine Decke lag verrutscht über seinem Körper und gab den Blick auf Füße und Hände frei, die mit Kabelbinder gefesselt waren. Klebeband bedeckte seinen Mund. Neben ihm standen Lebensmittel und Wasserflaschen. Eine rotbraune Spur lief schwach von der Matratze auf sie zu.

Mit dem Licht der Taschenlampe zeichnete sie die verwischten Linien nach, die immer dichter wurden, je näher sie zu Mo kamen, und in einem großen ovalen Fleck zu ihren Füßen endeten. Sie sprang zur Seite. Atmete tief ein und aus. Der Geruch erinnerte sie an die vollgepissten Wände im Bahnhofstunnel. Ohne darüber nachzudenken, ging Mo auf Alex zu.

Seine Augen weiteten sich, er zog an den Fesseln, überstreckte den Kopf, als wollte er Mo entgegenrobben. Als sie ihn erreicht hatte, beruhigte er sich, seine Augen blieben flehend.

Mit einem Ruck riss Mo das Klebeband ab, an dem Hautfetzen von seinen spröden Lippen haften blieben – Blut trat hervor.

»Bitte hilf mir.« Seine Stimme war mehr ein Krächzen. Er hatte nichts mehr mit dem vorlauten, sich selbst überschätzenden Jungen gemein. Er wirkte nicht real. »Ich werde auch nichts sagen. Ich will nur nach Hause.«

Mo setzte sich auf den Rand der Matratze.

Alex winselte jetzt. »Mo.« Seine Augen glänzten wässrig im Taschenlampenlicht, aber keine Träne löste sich. In seinem dunklen Haar klebte Blut, farblich kaum zu unterscheiden. »Mo!«

Abrupt stand sie auf, kletterte die Leiter hoch und ließ Alex schreiend zurück.

JENNI zuckte bei dem Schrei zusammen.

»Was hast du getan?« Mo wirkte erschreckend ruhig. Ihre Frage hallte nach.

Was hatte sie getan? Was tat sie noch immer? »Ich wollte das nicht.« Der Satz war zu ihrem Mantra geworden. »Er hat mich so verletzt, und ich habe ihn geschlagen, und dann bin ich in Panik geraten, und dann war es irgendwie zu spät.«

»Wie lange ist er schon da unten?«

»Seit zwei Tagen.« Jenni wurde langsam das Ausmaß ihrer Taten bewusst. Ihre beiden Persönlichkeiten – die eine unter, die andere über der Erde – wurden durch Mos Mitwissen wieder zusammengefügt. Die Rechtfertigungen, die sie für sich selbst gefunden hatte, verloren sich in den Gemäuern, dennoch blieb das Gefühl, in einem Traum zu sein. Von der Decke tropfte Wasser gleichmäßig auf den Beton, es war das einzige Indiz für die Zeit, die verrann.

»Wir können ihn doch jetzt gehenlassen.«

Kajas hohe Kinderstimme verstärkte Jennis Schuldgefühle. Es war vorbei. Sie nickte. »Ich hole ihn raus. Er hat gesagt, er wird behaupten, er sei weggelaufen.«

»Jenni, bist du bescheuert? Er ist so schwer verletzt. Das sieht ein Blinder, dass der nicht weggelaufen ist. Das Blut! Die Fesseln! Was hast du dir dabei gedacht?«

Nichts hatte sie sich gedacht, es war einfach passiert.

»Ich denke mir was aus«, schrie Alex. Seine Stimme drang gedämpft durch die offene Luke. »Ich werde sagen, ein Mann hat mich eingesperrt.« Er wurde durch einen Hustenanfall unterbrochen. Sicherlich hatte er große Schmerzen und Angst.

Jenni begann wieder zu weinen. »Ich wollte das nicht.«

Sie sah Mos strengen Blick und erkannte endlich, dass dies keine Parallelwelt war. All das hatte nichts mit Liebe zu tun, und sie ekelte sich vor ihrer eigenen Schwäche.

»Was machen wir denn jetzt?«, fragte Mo.

»Es Mama sagen«, flüsterte Kaja.

»Das verkraftet die nicht.«

»Und Papa?«

»Papa gibt es im Moment nicht mehr, Kaja!« Mos Wut ließ Jenni und Kaja zusammenzucken. »Nur *wir* können uns aufeinander verlassen.«

SONJA rannte die letzten Meter zum Strandkorb. Niemand war da, sie hätten doch längst hier sein müssen. Sie schob die Fußablage heraus und setzte sich darauf. Die Füße vergrub sie im Sand und genoss die Sonne auf ihrer Haut. Im schattigen Zimmer ihres Vaters hatte sie gefroren.

Irgendwie musste sie es schaffen, die Familie wieder zu vereinen. Wenn sich ihre Eltern scheiden ließen, konnte sie damit leben, aber es durfte keinen Keil zwischen ihre Schwestern treiben, und sie würde alles dafür tun, dass auch sie mit einem Vater aufwuchsen.

Vielleicht würden sie heute Abend mitkommen. Sonja hatte ihrem Vater versprochen mit ihm *Aktenzeichen XY* zu schauen. Vater und Tochter teilten das Interesse an wahren Verbrechen seit Jahren, und Sonja verschwieg ihm, dass sie davon Albträume bekam oder manchmal Angst hatte, mit dem Rad von der Schule nach Hause zu fahren. Die Faszination überwog, und irgendwie sah sie darin eine Chance, sich vorzubereiten, die Gefahr zu erkennen, bevor das Verbrechen hinterrücks zuschlug.

Sonja sah auf ihr nacktes Handgelenk. Sie hatte die Flik-Flak-

Uhr auf dem Nachtschränkchen vergessen. Machten Mo und Kaja einen Spaziergang am Wasser? Aber dann hätte Mo den Rucksack im Strandkorb gelassen.

Sie zog ihr T-Shirt und ihre Hose aus – den blauen Bikini trug sie schon darunter – und drapierte die Sachen auf der Sitzfläche. Sollten die anderen kommen, konnten sie sich denken, dass Sonja am Wasser war.

Der durch rote Pfähle und Seile abgetrennte Badebereich war vollgestopft mit Menschen, wie Schafe in einem engen Gatter. Sonja wollte sich nicht zu ihnen gesellen. Sie ging am Ufer entlang, mit geschlossenen Augen genoss sie den lauen Wind und das Meer an ihren Füßen. Der gleichmäßige Rhythmus, in dem das Wasser erst ihre Beine umspülte und sich gleich darauf wieder zurückzog, gab ihr das Gefühl, nur ein Sandkorn in einem Ozean zu sein, der keinen Einfluss auf die Gezeiten nehmen konnte. Vielleicht sollte sie aufhören, nach Lösungen zu suchen, und stattdessen darauf vertrauen, dass das Leben einen Plan hatte.

Sonja öffnete die Augen und blinzelte gegen das gleißende Sonnenlicht an.

Einige Meter vor ihr stand Julian und schlug mit einem leuchtend blauen Kinderspaten auf eine riesige Feuerqualle ein. Mit jedem Schlag, den er der Qualle verpasste, flogen glibbrige Fetzen durch die Luft und verteilten sich auf dem feuchten Sand. »Stirb, du Drecksvieh«, rief er. »Nimm das!« Ein Schlag auf die Mitte. »Und das.« Ein weiterer durchtrennte die roten Feuertentakel. »Mich wird keiner von euch mehr beißen!« Er sah aufs Meer und hob drohend den Spaten in die Luft. »Seht euch das gut an, ich mach jede von euch kalt, die mir unter die Augen kommt!«

Sonja stand jetzt hinter ihm. Von der Qualle war nur noch Gulasch übrig. »Hey«, sagte sie.

Julian drehte sich erschrocken um. Ein Lächeln huschte über sein Gesicht, aber es erreichte seine Augen nicht.

»Der hast du es aber gegeben.« Ihre Stimme blieb unbeeindruckt.

Julian nickte und wies mit dem Spaten auf seinen rechten Unterschenkel, auf dem sich rote Striemen abzeichneten. »Mich hat so ein Mistvieh genesselt. Jetzt setze ich ein Zeichen für die anderen.«

Sonja fand es albern, die Quallen, die an den Strand gespült wurden, waren ohnehin schon tot. »Wo ist dein Schatten?«

»Hakan?«

Sonja nickte.

»Seine Eltern haben ihn abgeholt.«

»Wieso?«

Julian zuckte die Schultern. »Denke, wegen Alex.«

»Gibt es was Neues von ihm?«

Wieder Schulterzucken. »Sie glauben, er ist ertrunken. Gestern ist der Helikopter lange übers Meer geflogen – sie haben aber nichts gefunden.«

»Kaja ist wieder aufgetaucht.«

»Hab schon gehört.«

»Alex kommt bestimmt auch bald.«

»Ich weiß nicht. Je länger es dauert, desto schwieriger wird es, meint die Polizei.« Er sah auf. »Jenni sagt, sie haben sich am Strand verabschiedet, als sie nach Hause gegangen ist.«

»Und Alex ist alleine geblieben?«

»Er wollte noch schwimmen und anschließend nach Hause gehen, hat sie gesagt. Heute Morgen haben sie auch mit Booten gesucht, aber keiner weiß, wo er genau ins Wasser gegangen ist, und mit der Strömung …«

»Sie finden ihn bestimmt. Jenni ist doch jetzt auch bei deiner Tante und redet mit ihr.«

Julian zuckte die Schultern. »Kann sein.« Er sah ihr in die Augen. Seine waren ebenso grün wie das Meer. »Meine Tante weint den ganzen Tag.«

Sonja wusste, wie er sich fühlte. Sie sah vor sich, wie ihre Mutter auf dem Sofa im flimmernden Licht des Fernsehers saß. An so was konnte man zerbrechen.

Sonja legte Julian eine Hand auf die Schulter.

Sofort ließ er den Spaten in den Sand fallen und warf sich in ihre Arme.

KAJA weigerte sich, in den Bunker zu gehen. Da unten wohnte ein Monster. Kein gewöhnliches, sondern eines, das erst dazu gemacht worden war. Wie in der *Arielle*-Folge, in der alle Angst vor dem Ungeheuer hatten, dabei war es das liebste Wesen auf dem Meeresgrund; nur dass da unten kein Zeichentrickdrache mit schiefen Zähnen saß, sondern ein Junge mit eingeschlagenem Schädel – und ihre Schwester hatte das getan. Wenn Kaja die Augen nur für wenige Sekunden schloss, tauchten die Bilder aus dem Traum wieder auf.

»Ist unten noch genug Essen und Trinken?«, fragte Mo.

Jenni schüttelte den Kopf.

»Ich habe Geld dabei. Ihr bleibt hier, und ich gehe einkaufen«, sagte Mo.

»Nein!«, riefen Jenni und Kaja im Chor.

Kaja wollte auf keinen Fall mit ihrer Schwester alleine im Keller bleiben, die glich immer mehr ihrer weinenden Mutter. Unberechenbar. Sie wollte nur noch raus. »Was ist mit Sonja?«, fragte sie.

SONJA und Julian saßen etwas abseits von der zerstückelten Qualle.

»Das brennt so schrecklich.«

»Ich kenne was, das hilft.« Sonja ließ feinen Pulversand über Julians Bein rieseln, der auf der nassen und geröteten Haut kleben blieb.

»Du magst Tiere wohl nicht besonders.«

Julian zuckte die Schultern. »Tiere sind dumm. Ich weiß, Mädchen finden die süß und so, aber eigentlich können die nichts. Wie Babys.«

»Ich finde Tiere okay.«

Julian ließ sich nach hinten fallen. »Ich finde dich okay.«

Sonja wandte den Blick ab und sah aufs Meer.

»Wie findest du mich?«, fragte Julian.

Sie wollte nicht darüber nachdenken. Spielte es überhaupt eine Rolle, wie man jemanden fand? Das war nur eine Momentaufnahme, die sich mit einem Flossenschlag ins Gegenteil verkehren konnte, wie bei ihrer Familie. »Okay, denke ich«, sagte sie in der Hoffnung, dass es ihn zufriedenstellte und sich das Thema änderte.

Sonja spürte seine Hand, die nach ihrem langen Zopf griff. »Du hast so schöne Haare.« Er zog daran, wie um sie dazu zu bringen, sich zu ihm zu legen, aber Sonja gab dem Druck nicht nach.

Sie versteifte Rücken und Nacken und blickte weiter stur aufs Meer.

Julian zog etwas stärker, dann ließ er locker.

Sonja atmete erleichtert aus.

Er riss erneut an ihr, diesmal mit so unerwarteter Wucht, dass Sonja nach hinten in den Sand fiel.

Ein brennender Schmerz überzog ihre Kopfhaut, Tränen schossen in ihre Augen. »Spinnst du?!«, schrie sie und setzte sich wieder auf.

»War doch nur Spaß.«

»Das tat weh!« Sonja presste die Hände auf ihren Kopf, der Druck linderte den Schmerz.

»Stell dich nicht so an.« Julian grinste zu ihr rauf und wackelte zufrieden mit den Füßen, was ihre Wut noch steigerte.

Sie holte aus und schlug ihm mit der Faust ins Gesicht. Unter dem Fett spürte sie das harte Jochbein.

Julian schrie auf. Hass funkelte in seinen Augen, der Sonja wahrscheinlich hätte zurückschrecken lassen, wäre sie nicht selbst so vom Zorn beherrscht gewesen.

Julian unterbrach ihr Blickduell mit einem Lachen. Sonja dachte darüber nach, ihm den Mund mit Sand zu stopfen.

»Du bist einmalig«, prustete er.

»Was ist dein Problem?«, fauchte sie.

»Ich mag dich.«

JENNI und Kaja suchten den Strand ab. Im Strandkorb lag Sonjas Kleidung, wahrscheinlich war sie im Wasser. Jenni hätte Sonja lieber nicht eingeweiht, doch Mo hatte überzeugend argumentiert: »Geheimnisse haben unsere Familie zerstört. Wir sind alles, was wir noch haben, und das werden wir nicht durch weitere Lügen kaputt machen.« Dabei hatte Mo so energisch ausgesehen wie ihre Mutter, wenn sie ihre Kinder dirigierte, und Jenni hatte ein ähnlich blindes Vertrauen zu ihr empfunden wie einst zu ihrer Mutter.

Vor allem war sie erleichtert, nicht mehr alleine nach einer Lösung suchen zu müssen. Mos Auftreten gab ihr die Kraft, sich die Tränen aus dem Gesicht zu wischen, die Luke zuzuschließen und mit Kaja an den Strand zu gehen, um Sonja zu holen. Jenni schirmte mit der Hand die Augen ab; sie konzentrierte sich beim Suchen auf Farben: weiße Haut, rotes Haar, blauer Bikini.

»Da drüben!«, rief Kaja und rannte los.

Jenni sah in die Richtung, in die Kaja gezeigt hatte, brauchte aber noch einen Moment, um ihre Schwester auszumachen. Sie hatte sich auf ein einzelnes Mädchen konzentriert, aber Sonja saß nicht alleine am Strand.

Neben ihr lag ein Junge: blondes Haar, übergewichtig, gelbe Shorts. Julian. Scheiße.

»Kaja, warte!«

Aber da war es schon zu spät.

MO hatte ein ungutes Gefühl, als die Lebensmittel auf dem Kassenband dem Piepen näher kamen. Sie fühlte sich beobachtet, obwohl der Mann vor ihr sie nicht beachtete. Robotergleich packte er die eingescannten Sachen in seine Tasche.

Mo fuhr zusammen, als ein Einkaufswagen in ihre Fersen gerammt wurde.

»Hör auf, sonst war's das mit dem Eis!«, schrie die Frau hinter Mo ihren Sohn an.

Wie auf Knopfdruck brüllte der Junge los.

Mo drehte sich nicht um, ging schnell einen Schritt nach vorne.

Kaugummi kauend schob die Kassiererin den Warentrenner in die Leiste, wo er klickend gegen die anderen stieß und ihnen einen Stoß nach hinten versetzte. Die Kassiererin sah auf. »Moin.«

»Hallo.«

Gelangweilt schob sie zwei Flaschen Wasser über das Band. Piep-Piep. Eine Packung Schokocroissants. Piep. Ein Sechserpack Äpfel. Piep. Eine Packung kleine Batterien. Piep. Eine Flasche Weißwein. Die Kassiererin sah auf.

Mo musste sich zusammenreißen, sie richtete sich auf und sah ihr fragend ins Gesicht.

Die Kassiererin öffnete schmatzend den Mund.

»Jetzt sei endlich still!«, brüllte die Mutter.

Piep.

Mo zahlte und trat in die Sonne. Sie war so dumm, der Wein war ein Grund, weshalb man sich an sie erinnern könnte. Aber alle verließen sich jetzt auf sie, Mo musste funktionieren und durfte sich nicht anmerken lassen, wie nah sie selbst am Abgrund stand.

Sie legte die Sachen in Jennis Fahrradkorb und fuhr zurück zur Ruine. Bei jedem Stein, über den ihr Fahrrad humpelte, klirrte die Flasche. Mo trat fester in die Pedale und bog ein letztes Mal ab. Die schwarzen Fenster der Ruine verfolgten sie wie Augen durchs Gebüsch.

Holpernd fuhr sie quer über den Rasen und schmiss das Rad gegen die Hauswand.

»Das ist kein Spielplatz!«, rief ein Mann mit Spazierstock von der Straße aus.

Mo zögerte.

»Kannst du das Schild nicht lesen? Betreten verboten, Lebensgefahr!«

»Ist ja mein Leben!«, rief sie zurück und nahm die Sachen aus dem Korb.

»Eltern haften für ihre Kinder!«, rief er noch, da fiel die Tür hinter ihr ins Schloss.

Mo ging nach rechts ins grün geflieste Badezimmer und setzte sich aufs Klo, das mit Schutt gefüllt war. Das Knacken des Drehverschlusses setzte in ihr Dopamin frei. Gierig trank sie, doch die Verzweiflung blieb. Im zerbrochenen Spiegel sah sie sich selbst auf dem Klo sitzen, mit der Flasche in der Hand, wie hypnotisiert starrte sie in ihre eigenen toten Augen. Zum ersten Mal, seitdem Kaja sie hergeführt hatte, konnte Mo nachdenken. Was tat sie hier eigentlich? Wie kamen sie aus dieser Situation wieder raus? Würde der alte Mann die Polizei rufen? Sollten sie Alex woandershin bringen? Tränen stiegen ihr in die Augen.

Sie trank. Langsam kam der Nebel, der zwar keine Antworten brachte, aber wenigstens die Fragen verhüllte.

»Mona heißt die Hoffnungsvolle«, hatte ihre Mutter einmal gesagt. Aber Mona bedeutete auch … »Mo, die Scheißeinsame«, rief sie in die Stille und hielt die Flasche wie einen Pokal in die Höhe. »Die Weinsame«, flüsterte sie und trank lächelnd einen Schluck.

Und Alexander der Große saß ganz klein in einem Keller, und sein tapferer Name hatte ihm nichts genutzt.

KAJA zog an Sonjas Armen, ohne Julian zu beachten, aber ihre Kraft reichte nicht aus, um sie auf die Beine zu bringen. »Komm mit!«, quengelte Kaja.

»Wohin denn?« Sonja riss sich los.

Jenni rief im Laufen: »Sonja, wir haben dich schon gesucht. Wir wollen los.«

»Wohin?« Sie war genervt. »Wo ist Mo?«

»Sie ist zu Hause«, sagte Jenni.

»Sie wartet auf uns«, sagte Kaja und war stolz, dass das nicht gelogen war.

»Wir wollten uns doch hier treffen.«

»Hallo, übrigens«, sagte Julian leise.

Seine Wange war gerötet.

Erschrocken wich Kaja zurück. Nicht dass er auch zum Monster wurde, das ihre Schwestern in den Keller sperren mussten.

»Hi«, sagte Jenni und sah ihn nur kurz an, bevor sie sich wieder an Sonja wandte. »Etwas ist dazwischengekommen.«

Sonja stand auf. »Wieder was mit Mama?«

Jenni und Kaja schüttelten den Kopf.

Seufzend stand sie auf.

»Dann tschüss«, sagte Sonja und klopfte sich den Sand vom Hintern.

»Tut mir leid wegen eben«, sagte Julian wohl zu Sonja, denn sie nickte, obwohl er dabei mit eingezogenem Kopf zu Jenni sah, als erwarte er Ärger von ihr.

Die drei gingen zum Strandkorb, und Kaja drehte sich immer wieder nach ihm um. Sie fürchtete, dass er ihnen folgen und damit geradewegs in eine Falle laufen würde.

Mit traurigem Blick sah er den Mädchen nach, und dann stand er tatsächlich plötzlich auf und lief ihnen nach.

»Wartet!«, rief er.

Kaja ging schneller.

»Jenni! Warte.«

Jenni blieb stehen. Was tat sie denn? Geh doch weiter!

Zu spät. Julian hatte sie erreicht.

Kaja überlegte, eine Grimasse zu schneiden und ihn anzubrüllen, damit er davonlief. Es war gefährlich für ihn, bei Jenni zu sein. Doch statt zu rufen, nahm sie Sonjas Hand und drückte sie fest.

»Hast du was von Alex gehört?«, fragte er.

»Habe ich doch schon gesagt.«

»Ich dachte, es gibt vielleicht etwas Neues.«

»Ich habe dir doch gesagt, dass ich dir dann Bescheid gebe.«

»Ich frag ja nur.«

»Dann frag nicht mehr.« Jenni lief eine Träne übers Gesicht. »Ich mache mir auch Sorgen.«

Kaja war erleichtert, als sie Julian zurückließen. Sie wollte nicht noch einen Jungen im Bunker haben.

SONJA blieb stehen. »Du hast *was* gemacht?«

»Nicht so laut.« Jenni packte sie am Arm und zog sie weiter.

Ein Junge im DLRG-T-Shirt kam ihnen am Strandaufgang entgegen und nickte Jenni lächelnd zu, doch sie schien es nicht zu bemerken.

»Du darfst es keinem sagen. Schon gar nicht Julian.«

»Als würde ich dem irgendetwas erzählen.«

»Sonja, das ist kein Spiel. Ich habe Scheiße gebaut.«

Sonja schwieg.

»Kann ich mich auf dich verlassen?«

»Ja. Und was machen wir jetzt?«

Jenni zuckte die Schultern.

»Du weißt doch sonst immer alles.«

»Jetzt weiß ich es nicht!«

Sonja trat gegen einen Stein, der über das Pflaster rollte. Sie verstand, was Jenni gesagt hatte, doch vorstellen konnte sie es sich nicht. Die Geschichte war so abstrakt, dass Sonja keinerlei Sorge, Mitgefühl oder Angst empfand. Noch nicht.

MO lief durch das Erdgeschoss der Ruine nahe der Treppe in einen großen Raum mit Küchenzeile und Mikrowelle. An den Wänden prangten Graffiti und Signaturen in Neonfarben: *KB war hier, L + L forever, Münster rockt.* Jeder, der das frühere Internat betrat, hatte Spuren hinterlassen: Schrift, Müll, Fingerabdrücke, eingetretene Schränke, aufgewirbelten Staub. Aber immer waren es nur die Spuren, Mo sah keinen, der sie hinterlassen hatte.

Mo drehte sich langsam mit ausgebreiteten Armen im Kreis des Aufenthaltsraums und murmelte im Singsang den Text von Roy Blacks *Mona*. Ihre Mutter hatte ihr das Lied oft vorgesungen. Es handelte von Liebe auf den ersten Blick und war ein ständiges Flehen, dass Mona ihn nicht abweisen solle und dass sie keinen Grund habe, sich vor ihren Gefühlen zu fürchten. Sie drehte sich in den Kegel des Sonnenlichts, das durch ein großes Loch in der Zimmerdecke hereinfiel, und legte den Kopf in den Nacken, genoss die Wärme auf ihrem Gesicht. Es war wie ein Hoffnungsschimmer. Die Stimme in ihrem Kopf besingt Mona hinfort in tausend Träumen.

Tausend Träume – so viele reichten nicht aus, um von hier wegzukommen. Wie sollte sie jemals diesen Ort hinter sich lassen? Sie trat aus dem Licht und ließ sich auf eines der Sofagerippe fallen. Ihre Gefühle waren so laut. Sie war so voller Schuld und Reue und Angst. Wenn Jenni ins Gefängnis kam, dann würde sie das Oberhaupt der Schwestern sein und auch die Einzige ohne richtigen Vater. Die Aufgabe war zu groß für sie, und auch die Familie brauchte Jenni viel dringender. Vielleicht sollte Mo die Schuld auf sich nehmen. Ohnehin konnte sie schon immer besser mit dem Alleinesein fertigwerden.

Sie hörte Stimmen. Waren ihre Schwestern schon zurück? Oder hatte der alte Mann tatsächlich die Polizei gerufen?

Ziellose Schritte näherten sich in unstetem Rhythmus, begleitet von Stimmen. Erst drangen sie durch das Loch in der Decke, dann wurden sie auf der Treppe neben dem Aufenthaltsraum deutlicher.

»Dann kam ihre Mutter rein.«

»Hat sie denn jetzt?«

»So halb halt.«

»Ja, wie halb?«

»Mensch, Capi, der labert wieder. Nie im Leben hätte die ihn rangelassen.«

Mo lugte durch den Türrahmen und sah, wie drei Jungen sich in Richtung Haupteingang entfernten. Vermutlich waren sie noch keine achtzehn, hatten blonde Strähnchen in den kurzen Haaren und trugen die Baggy Pants so tief, dass man die karierten Boxershorts darunter sehen konnte. Zwei hielten brennende Zigaretten zwischen den Fingern. Es hätten ebenso gut Alex, Julian und Hakan sein können – sorglos und albern. Aber diese Beschreibung passte auf keinen der drei mehr, und Mo fühlte sich zu machtlos, um etwas daran zu ändern. Einer der beiden Raucher schnippte seine Zigarette auf den Boden, und sobald die Jungs aus ihrem Sichtfeld verschwunden waren, rannte Mo über den Flur und hob den fast verglühten Stummel auf. Der letzte Rest Tabak knisterte, als sie daran zog, und sie spürte die Wärme der Glut an ihren Fingern. Sie betrachtete den Filter und die kleinen leuchtenden Punkte. Wenn diese Schuldgefühle doch nur aufhören könnten und die sich ständig wiederholenden Gedanken. Egal, was sie tun würde, sie konnte Alex und Jenni nicht beide retten, und so blieb nur eine lähmende Unfähigkeit, die sie langsam in den Wahnsinn trieb. Der Alkohol überdeckte die Emotionen nur, aber es sollte alles in ihr taub sein. Sie führte die Zigarette an ihre linke Hand, und die Hitze tröstete sie. Sie erfüllte ein Gedanke: *Wenn der Körper schreit, verstummt der Geist.* Die Glut berührte ihre Haut ganz kurz, aber es reichte für einen Moment der Stille, in dem der Schmerz jede Nervenzelle in Anspruch nahm und sie ganz und gar ausfüllte; ein Gefühl so vollkommen, dass in ihr endlich nur noch Leere war. Tausend Träume von hier – die Gedanken waren endlich fort.

SONJA war geschockt, aber nicht so geschockt, wie sie es erwartet hätte.

Alex wirkte surreal – gefesselt, blutverkrustet – wie in einem Film. Sie konnte das Geschehen nicht einordnen, und so erschien er selbst dann noch fiktiv, als sie näher heranging.

Ihre Schwestern blieben im Halbkreis hinter ihr stehen.

»Hi«, sagte sie zu Alex.

Er konnte nicht antworten.

Sonja überlegte, wann sie ihn das letzte Mal gesehen hatte. Ihr kamen Bilder in den Sinn, wie er mit Jenni knutschte oder wie sie gemeinsam am Strand Fußball spielten.

Doch der Alex hier hatte nichts mehr mit der Erinnerung gemein. Als wäre er ein anderer Mensch in dem kreisförmigen Lichtstrahl der Taschenlampe.

Mo kniete sich neben Alex und sah ihm fest in die Augen. »Kein Wort, okay?« Ihr Atem stank nach Wein und Zigarettenrauch.

Sonja ließ es unkommentiert, ebenso wie die Brandwunde auf ihrer Hand, als Mo das Klebeband löste.

Schorf blieb daran haften, so dass seine Lippen wieder zu bluten begannen. Feine Rinnsale, die sich wie Bäche in der Wüste ihren Weg aus dem trockenen Boden bahnten.

Mo setzte eine Flasche Wasser an seinen Mund.

Er hob leicht den Kopf, trank, hustete, trank.

»Erst mal machen wir ihn sauber.« Mo schüttete Wasser auf sein Gesicht.

Alex versuchte zu lächeln, wodurch das Blut umso stärker heraustrat. Erst verrieb sie es mit den Händen, dann zog sie sich das T-Shirt aus – ihr grüner Bikini wirkte fast schwarz in der Dunkelheit – und säuberte damit Wangen, Kinn, Nase und Stirn.

Seine Hautfarbe kam zum Vorschein. Der sonst so braun gebrannte Alex wirkte grau hier unten, aber wenigstens wieder frischer. Lebendiger.

»Ich helfe dir«, sagte Jenni.

Sonja spürte Kajas Körper dicht an ihrem stehen. »Was machen wir denn jetzt?«, flüsterte ihre kleine Schwester.

»Ich habe mir was überlegt«, sagte Alex und wirkte fast euphorisch. »Ein Mann hat mich entführt, er trug eine Maske, ich habe ihn nicht gesehen.«

»Wo hat er dich festgehalten?«, fragte Sonja, die ihr Wissen über Verbrechen endlich nutzen konnte.

»Hier im Bunker.«

Sie schnalzte mit der Zunge. »Die werden hier Spuren von uns finden.«

Alex überlegte kurz. »Ich sage, ich weiß es nicht. Er hat mir die Augen verbunden und mich am Strand wieder ausgesetzt.«

»Wie hat er dich entführt?«

»Er hat mich zu sich ins Haus gelockt.«

»Dann weißt du doch, wo er wohnt.«

»Dann hat er mir eben mitten auf der Straße auf den Kopf geschlagen und mich in einen Scheißfahrradanhänger gelegt!«

»Was wollte er von dir?«

»Was wollt ihr denn von mir?« Alex Frustration brach aus ihm heraus. Tränen rannen ihm die Wangen hinab. »Ich kann nicht mehr. Bitte. Es war ein Unfall. Jenni kann sagen, ich hätte sie vergewaltigt, sie hat sich gewehrt, es ist eskaliert. Schwamm drüber.«

»Ja, Schwamm drüber.« Mo knallte die Flasche so heftig auf den Boden, dass das Wasser aus der Öffnung spritzte. »So ist das ja immer mit euch Männern. Schwamm drüber. Ich ficke eine verheiratete Frau und setze Kinder in die Welt. Schwamm drüber. Ich lasse mich mein Leben lang mit einer so offensichtlichen Lüge besänftigen. Schwamm drüber. Ich erkenne meine Kinder nicht mehr an. Schwamm drüber.«

»Hey«, Sonja schubste Mo, doch sie fing sich ab. »Papa will euch ja sehen.«

»Wo ist er dann?«

»Hier geht es nicht um Papa!«, schrie Jenni dazwischen.

»Nein!« Mo stand auf und wankte leicht auf Jenni zu. »Es geht darum, dass du ausgetickt bist und uns alle in den Knast bringen wirst.«

»Mich und Kaja nicht«, sagte Sonja.

Mo stieß sie zur Seite, Sonja leuchtete ihr in die Augen, was ihr die Sicht nahm, aber nicht ihre Wut. »Ja, Scheißklugscheißer, dann könnt ihr ja ohne uns Happy Family spielen. Wir gehören ja eh nicht dazu!«

»Das ist doch nicht meine Schuld!«, rief Sonja.

Kajas lautes Schluchzen ließ sie alle verstummen.

Sonja richtete den Lichtstrahl auf ihre kleine Schwester, und als sie sie so kindlich im Bunker stehen sah, mit dem Gesicht in den Händen, verflüchtigte sich ihre Wut.

»Immer streiten sich alle. Ich will nach Hause«, weinte Kaja. »Wir machen ihn los und gehen nach Hause.«

Alex nutzte seine Chance. »Ja, ich sehe doch gut aus, jetzt wo ihr mich sauber gemacht habt.«

Sonja musterte ihn. Sauberer war er, aber von *gut* konnte man wirklich nicht sprechen.

Mo hob das Klebeband von der Matratze auf.

Als Alex das sah, weiteten sich seine Augen, er schüttelte den Kopf, rückte näher zu Jenni. »Jenni. Ich liebe dich. Wir können zusammen sein. Du ziehst zu mir und bist alle Probleme los.«

Jenni schüttelte langsam den Kopf, eine Träne fiel auf seine Wange.

Er blinzelte. Flehte sie an.

Sonja hätte ihm das Schauspiel beinahe abgekauft.

Als Jenni aufstand, änderte sich seine Miene, die Verzweiflung wurde zur Wut, die Angst zu Hass. »Du beschissene Fotze! Mach mich los!«

Kajas Finger bohrten sich in Sonjas Arm.

Mo versuchte, ihm das Klebeband umzulegen, doch er biss

und schlug um sich, Blut färbte die weißen Kabelbinder. »Du bist so krank, Jenni. Ihr seid alle krank!«

»Halt die Fresse!« Mos Faust landete in seinem Gesicht. Sie stand auf und trat ihm in die Rippen.

Stöhnend krümmte er sich, rang nach Luft.

»Wag es nicht noch mal, so über eine von uns zu reden.« Sie klebte ihm den ausgefransten Streifen auf die Lippen.

Panisch atmete Alex tief und schnell durch die Nase. Irgendwann wurde seine Atmung ruhiger, sein Körper entspannter. Er hielt die Augen geschlossen, doch die Tränen fanden einen Weg.

Sonja und ihre Schwestern standen im Kreis um Alex herum, regungslos, sprachlos. Sie waren ein Klub, in den keine neuen Mitglieder aufgenommen wurden, der weder ein Gründungs- noch ein Auflösungsdatum besaß. Alleine ihre Geburt und ihre Erfahrungen hatten sie seitdem teilnehmen lassen, und nichts war stärker als der lebenslange Schwur, den ihre Augen im Licht der Taschenlampe ablegten.

2018

MO geht über den Strand, vom Regen nasser Sand klebt auf ihren Schuhen. Bedrückend hängen die grauen Wolken über dem Strand, und die Einsamkeit ist so greifbar, wie sie es auf der Insel nur an einem Schlechtwettertag im November sein kann. Endzeitstimmung. Sie geht in Richtung der tosenden Wellen und kann keinen Gedanken fassen. Und da, wie aus dem Nichts, spaziert er auf sie zu, schwarz gekleidet, die Mütze tief in die Stirn gezogen.

Kurz bleibt er stehen, als er sie sieht, und Mo fühlt seinen Hass auch über die Distanz, dann rennt Alex los.

Und Mo steht da, wie ausgeliefert, sie fühlt das Adrenalin und weiß, dass diese Begegnung unausweichlich ist und dass sie nur auf ihn zu oder von ihm wegrennen kann. Zu oft hat sie sich abgewandt, und so läuft sie ihm entgegen. In ihr sind keine Gefühle, auf ihrer Haut spürt sie den kalten Wind. Alex' Gestalt wird immer größer, die Konturen seines Gesichts werden klarer. Was soll sie ihm jetzt sagen? Und kurz bevor sie kollidieren, sieht sie, wie er in seine Jackentasche greift und eine Klinge im trüben Licht aufblitzt. Dann umfasst er mit einem Arm ihre Schulter, drückt sie fest an sich.

Mo hört ein sanftes Zischen, wie ein Schhhh, mit dem eine Mutter ihr schreiendes Baby beruhigt. Sie weiß nicht, was es ist, noch immer fühlt sie nichts, doch sie verliert all ihre Kraft. Ihre Muskeln geben nach.

Alex schlingt die Arme um sie, dreht sie auf den Rücken und hält sie fest, als seien sie ein Liebespaar.

Dann fühlt Mo eine feuchte Wärme an ihrem Bauch, versteht nicht, woher sie kommt, und es scheint auch nicht von Bedeutung zu sein. Sie sieht ihm tief in die bernsteinfarbenen Augen.

Alex' Lippen bewegen sich, doch sie hört nichts als Rauschen.

»Ich muss mich hinlegen«, sagt sie, und Alex verstärkt den Griff um ihre Schultern, lässt sie vorsichtig zu Boden gleiten. Schützend kniet er an ihrer Seite mit einem warmen Blick.

Mo sieht an seinem Gesicht vorbei auf die Wolkendecke. In der Trostlosigkeit verbirgt sich eine Schönheit, die mit den Augen nicht erkennbar ist, aber ihr Herz kann sie sehen. Sie hüllt Mo in Wärme ein – Mo vergibt ihren Eltern, ihren Schwestern, und sie vergibt sich selbst.

Sie kann sich nicht sattsehen an dem Meer, das in all seiner Tristesse und Rohheit einen mystischen Frieden birgt. Wenn dies die Ewigkeit ist, der kalte Strand im undurchdringlichen Grau, so hat sie keine Angst.

»Mo.«

Nein, ich will nur schlafen. Ich will endlich schlafen.

»Mo.«

Ihr Arm schmerzt. Alex' Hände drücken zu, warum tut er das, ich sterbe doch schon.

»Mo!«

Mo öffnet die Augen und sieht in Kajas Gesicht. Wo ist Alex? Wo sind der Wind und die Kälte? Es dauert, bis sie sich orientieren kann, bis sie den schmerzenden Rücken auf dem zu kleinen Sofa bemerkt und Kajas Hände, die ihren Oberarm halten und leicht daran rütteln.

»Mo, ich glaube, Sonja ist weg.«

»JENNI!« Mo steht am Fuß der Treppe und sieht zu ihrer Schwester, die ihren Koffer die Stufen hinunterträgt. »Weißt du, wo Sonja ist?«

»Brötchen holen?«

»Aber Kaja ist seit zwei Stunden wach, und ihr Zimmer ist seitdem leer.«

Jenni sieht auf die Uhr. Es ist erst sieben und draußen noch stockdunkel. »Wieso seid ihr so früh wach?«

»Kaja hat mich geweckt.«

Jenni zuckt die Schultern und drängt sich in den Windfang. »Die taucht schon wieder auf.«

»Gestern Nacht ist sie noch rausgegangen. Ich habe sie im Garten mit einem Mann sprechen gehört.«

»Und ist sie wieder reingekommen?«

»Ich bin dann wieder eingeschlafen«, gibt Mo kleinlaut zu. »Aber Kaja sagt, dass sie gestern im Restaurant mit jemandem gestritten hat. Und der war schon Freitagmorgen bei ihr.«

Jenni versteht die Aufregung nicht. Sonja ist eine erwachsene Frau und gewiss kein Kind von Traurigkeit. »Dann ist sie wohl bei ihm.«

»Aber ohne uns etwas zu sagen? Ihr Handy ist auch noch oben.«

»Dann kann sie ja auch nicht Bescheid geben.«

»Wir haben noch das Festnetztelefon.«

»Mo, es ist sieben Uhr! Sie rechnet bestimmt nicht damit, dass jetzt schon alle wach sind, und wird zum Frühstück wieder hier sein.«

»Du wirst jetzt nicht fahren!« Kaja kommt aus der Küche gerannt. »Erstens wirst du dich von Sonja verabschieden und dich entschuldigen. Zweitens mache ich mir wirklich Sorgen.«

Jenni stellt den Koffer ab und hört sich Kajas Beobachtungen über den Mann aus dem Restaurant an.

Sie beinhalten weniger Fakten, als das, was sie spürt und glaubt, aus dem Subtext herausgehört zu haben. »Und gestern Nacht war jemand hinter dem Haus. Mo und ich wollten gerade nachsehen, und du kommst mit.«

Jenni ist erstaunt. So bestimmt hat Kaja noch nie mit ihr gesprochen, und auch wenn es sie ärgert, wenn ihr jemand Vorschriften macht, rechnet sie es ihrer kleinen Schwester hoch an, dass sie endlich mal ihren Willen durchsetzt.

Mo und Kaja ziehen sich an und gehen hinaus, der Bewegungsmelder schaltet das Terrassenlicht ein, Jenni folgt ihnen. Die Schwestern biegen ums Haus, die Fenster von Herrn Jansens Haus werfen Lichtschatten auf den schwarzen Rasen. Kaja und Mo tauchen darin ein, verlieren sich in der Dunkelheit, werden wieder erleuchtet und erneut verschluckt.

Mit einem Schlag fühlt sich Jenni aus der Zeit geworfen, wie in einem Déjà-vu. Die Zukunft ist zur Vergangenheit geworden, die Gegenwart scheint nicht mehr existent.

Mo leuchtet mit ihrem Handy zur schweren Holztür des Schuppens, ihre runde Narbe auf dem Handrücken schimmert schwach. Das Vorhängeschloss ist eingehängt, nicht eingerastet. Jenni nimmt es ab und öffnet die Tür. Ohne darüber nachzudenken, greift ihre Hand um die Ecke und findet direkt den Lichtschalter. Das grelle Licht scheint links auf fünf Fahrräder, zwei davon für Kinder, die am Vorderrad eingehakt an einer Stange hängen. Rechts steht der Rasenmäher, von Gartengeräten flankiert. »Der Holzkarren und das Rad sind weg.« Mo deutet auf einen der drei leeren Haken. Ganz vorne hängt normalerweise das grüne Fahrrad, das einzige mit Anhängerkupplung.

»Er hat sie damit weggebracht«, flüstert Kaja.

»Leute, Sonja hatte einen Streit mit einem Mann, mit dem sie wahrscheinlich schläft – soll vorkommen. Er kommt abends her, sie sprechen sich aus, und vielleicht will sie nicht in einem

Haus mit uns Versöhnungssex haben, also holt sie das Fahrrad und fährt mit zu ihm.« Jenni hebt die Hände und zuckt die Schultern.

»Aber wo ist der Karren?«

»Kaja, du weißt doch gar nicht, wie lange der schon fehlt. Vielleicht reist er auch heute ab, und sie haben ihn deshalb gestern mitgenommen. Jedenfalls ist nichts Ungewöhnliches daran.«

»Ich habe ein ungutes Gefühl«, beharrt Kaja weiter.

»Ich weiß wirklich nicht, worüber ihr euch Sorgen macht. In spätestens zwei Stunden steht sie mit frischen Brötchen in der Tür.«

MO sitzt am Fenster und sieht zum Rasen, der allmählich im trüben Licht des Novembermorgens ergraut und die Aufregung der Dunkelheit vergessen lässt. Jennis Worte klingen in ihr nach; es gibt keinen Grund, sich Sorgen zu machen. Doch der Albtraum von Alex am Strand ist noch präsent und wirkt wie ein schlechtes Omen. Und wenn Mo zu Kaja sieht, die auf dem Sessel sitzt, mit dem Bein zittert, an den Nägeln kaut und ins Nichts starrt, dann fragt sie sich doch, ob an dem Instinkt ihrer Schwester nicht etwas dran ist. Soll sie zu ihr gehen und den Arm um sie legen? Aber die Distanz ist so groß, ein Ozean der Fremdheit liegt zwischen ihnen in diesem vertrauten Haus.

Mo folgt Kajas Blick, der ausdruckslos auf dem Karton des Stapelmännchenspiels im Regal haftet. Die darauf abgebildeten Kinder mit Schauspielerlachen und Pottschnitt sind verblichen. Die Bilder auf den Kartons wecken tief sitzende Erinnerungen, die sich in ihr regen, sich aber nicht fassen lassen. Zum letzten Mal hat sie das Spiel mit Kaja gespielt, jetzt ist ihre Schwester groß geworden. Die Pausbacken sind ausgeprägten Wangenknochen gewichen, die ihr zusammen mit der schlanken, fast schon zu dünnen Figur eine exotische Schönheit verleihen. Genau wie bei Sonja ist ihr das Altern zugutegekommen.

»Die taucht schon auf.« Mo grinst. »Hockt wahrscheinlich wieder in den Dünen mit einer vollgepinkelten Hose und wartet darauf, dass sie trocknet.«

Kajas Mundwinkel zucken, aber die Erinnerung scheint sie nicht zu trösten.

»Das klingt realistischer als Kajas Version«, sagt Jenni vom Esszimmertisch aus mit einem Blick auf die Uhr.

Kaja wirft ein Kissen nach ihr, das vor Jennis Füßen auf den Boden klatscht. »Hättest du diesen Scheißstreit gestern nicht angezettelt!«

Jenni öffnet den Mund, scheint sich dann aber gegen eine weitere Diskussion zu entscheiden. »Ich muss jetzt los. Das nächste Schiff will ich nicht auch noch verpassen.« Sie geht in den Windfang und zieht sich ihre Jacke an.

»Du hast gesagt, zum Frühstück ist sie wieder hier.« Kajas Stimme klingt trotzig, und Jenni tritt ins Wohnzimmer, während sie sich den Schal um den Hals wickelt.

»Wahrscheinlich will sie nach gestern Abend einfach etwas Abstand von uns«, sagt Jenni genervt.

»Von dir«, murmelt Kaja und dann lauter: »Sonja ist keine, die abhaut, wenn es schwierig wird.« Obwohl sie alle wissen, dass Sonja genau so jemand ist.

Jenni zieht die Augenbrauen hoch. »Entweder vergnügt sie sich mit ihrem Liebhaber, oder sie versucht, uns aus dem Weg zu gehen, was ich verstehen kann und auch tun werde.«

»Ich habe am Freitag einen langen Spaziergang mit ihr gemacht, und wir haben uns ausgesprochen und …«

»Okay, Kaja, du denkst also, dass ihr Stalker-Liebhaber hier nachts auftaucht, sie zu ihm nach draußen geht und dann was?

Schlägt er sie nieder? Überwältigt sie mit Chloroform? Und dann holt er den Karren, legt sie da rein und fährt so mit ihr über die halbe Insel. Natürlich entführt er sie, während wir alle im Haus sind, anstatt noch einen Tag zu warten. Ja, du hast recht, es ist absolut logisch.«

»Ich weiß nur, dass jemand am Schuppen war und Sonja jetzt nicht mehr da ist und dass ich ein Bauchgefühl habe, was mich bei meiner Arbeit noch nie im Stich gelassen hat.«

»Okay, Karla Kolumna, dann sollten wir vielleicht Kommissar Glockner informieren, oder ist das eher ein Fall für Justus Jonas?«

Kaja schüttelt den Kopf, überlegt sichtlich, wie sie sich verteidigen kann. »Mo, sag doch auch mal was.«

Mo schaut zwischen ihren Schwestern hin und her und zuckt die Schultern. »Ich verstehe euch beide. Etwas komisch ist es schon, dass sie mitten in der Nacht abhaut, und die Geräusche am Schuppen, andererseits war Jennis Kommentar gestern richtig scheiße. Da hätte ich vielleicht auch lieber woanders geschlafen.«

»Du siehst Gespenster, Kaja, weil wir auf dieser Scheißinsel sind«, sagt Jenni, zieht sich die Mütze über den Kopf und nimmt ihren Koffer in die Hand. »Es war schön, euch zu sehen.«

»Jenni, du wirst dich verabschieden!« Die Wut in Kajas Stimme klingt nicht trotzig wie früher, diesmal ist es eine energische Forderung.

»Grüßt sie von mir.«

Kaja und Mo sehen ihr nach, wie sie den kurzen Weg durch den Garten nimmt, ohne sich noch einmal umzudrehen, und hinter der Hecke verschwindet, wo sie gestern so plötzlich aufgetaucht ist. Mo hätte sie gerne noch einmal umarmt, denn nun ist es so, wie Jenni gestern gesagt hatte: Jetzt, wo ihre Mutter tot ist, haben sie keinerlei Verbindung mehr zueinander. Sie war der Knotenpunkt, und mit ihrem Tod sind nun alle Enden lose und nutzlos geworden.

»Immer lasse ich mich von ihr verunsichern«, ärgert sich Kaja. »Ich weiß ja selbst, wie bescheuert sich das alles anhört, aber ich habe da dieses Gefühl. Mo, du musst mir glauben, etwas stimmt nicht.«

Mo glaubt, dass Kaja dieses Gefühl hat, aber ob es berechtigt ist, weiß sie nicht. »Zieh dich an«, sagt Mo, und auf Kajas fragenden Blick hin fügt sie hinzu: »Wir müssen hier mal raus. Wir schreiben Sonja einen Zettel und gehen Brötchen holen.«

Kaja steht auf und folgt Mo zum Windfang. »Ich fasse es nicht, dass Jenni uns wieder alleine gelassen hat.«

JENNI steht am Hafen, die Kurtaxe ist bezahlt, die Fähre steht bereit, sie muss nur noch die Karte durch den Spalt am Drehkreuz stecken und auf das grüne Licht warten.

Aber sie kann nicht. Etwas hält sie zurück. Es sind nicht Kajas Hirngespinste, sondern ihr Drängen, sich im Guten zu verabschieden. Denn wenn sie ehrlich ist, dann war es schön gestern: das Lachen, die Späße, die kleinen Zankereien. Sie sind sich fremd geworden, und doch scheinen die verlorenen Jahre nahtlos aneinander anzuknüpfen. Äußerlich haben sie sich verändert, über das Leben der anderen weiß Jenni wenig, und doch gibt es niemanden, der den Kern ihrer Persönlichkeit besser versteht als ihre Schwestern.

Der Dämon ihres alten Egos, der auf der Insel auf sie wartet, hat sie gefunden. Aber an ihm ist nicht alles schlecht. Darin steckt auch eine Rolle, ein Instinkt, den sie seit Mos Geburt in sich trägt: Sie ist die große Schwester, die Beschützerin.

Jenni wendet sich vom Drehkreuz ab, tritt etwas aus dem Hafengebäude heraus, Richtung Ausgang. Die Bimmelbahn mit den bunten Waggons steht noch da, wartet auf die Gäste, die eben vom Schiff gekommen sind und schon Platz genommen haben. Sie stellt sich auf die Außenplattform, auch wenn sich die Kälte durch die Jacke frisst. Die Bahn setzt sich langsam in Bewegung.

So vieles ist kaputt. Jenni denkt an den Frachter, den sie zertreten hat. Immer zerstört sie, anstatt zu reparieren. Gestern ist sie zu weit gegangen, wenigstens dafür muss sie sich entschuldigen.

Nach dem letzten gemeinsamen Urlaub ist es Jenni schwergefallen, Sonja weiter zu lieben, weil sie das Ebenbild ihres Vaters war und Jenni daran erinnerte, dass sie abgelehnt wurde. Ja, er hielt Kontakt und rief sie an, aber er war zu einem entfernten Verwandten geworden, der sich zwar weiter kümmerte, aber mit eher sporadischem Pflichtgefühl, nicht mehr mit der väterlichen Liebe von einst. Niemals hätte sie gedacht, dass so ein starkes Fundament, wie es ihre Familie einst besaß, zerstört werden könnte. Nichts davon war Sonjas Schuld gewesen, aber Jenni konnte nicht mehr ohne Eifersucht und Neid an Sonja denken.

Bei Kaja erging es ihr nicht so. Vielleicht weil Kaja immer schon ein Mamakind gewesen war und ihrem Vater weniger ähnelte, was Wesen und Aussehen betraf. Sonja hingegen war ihrem Vater nach dem Urlaub aus dem Weg gegangen. Je mehr er sich um ihre Gunst bemühte, desto weiter entfernte sie sich. Vielleicht war es das: Sonja lehnte ab, was sich Jenni um alles in der Welt gewünscht hätte: seine Liebe.

Jenni zieht ihr Handy aus der Tasche und wählt. »David?«, sagt sie, als sie seine warme Stimme hört. »Ich bleibe noch ein bisschen.« Sie hält das Gespräch kurz, erzählt ihm nur, dass es Streit gab, den sie aus der Welt schaffen will, um einen Abschluss zu finden, und dass sie sich meldet, sobald sie weiß, welches Schiff sie nehmen wird, wahrscheinlich heute Abend, spätestens morgen früh.

Als sie auflegt, fällt ihr ein, dass sie David nicht nach seinem großen Auftrag gefragt hat. Es ist der bisherige Höhepunkt seiner Selbständigkeit, und sie hat es vergessen. Jenni klammert sich an das eisige Geländer und beißt sich auf die Lippe. Manchmal erträgt sie sich selbst nicht. David wird ihr keine Vorwürfe machen. Er wird ihr irgendwann wie beiläufig von seinem Erfolg erzählen.

Sie verdient ihn nicht. Manchmal liebt er sie zu sehr, und Jenni fragt sich dann, ob das, was sie für ihn empfindet, überhaupt Liebe ist. Er ist ihr bester Freund, und sie wünscht sich keinen anderen Mann an ihrer Seite, aber da ist keine Leidenschaft, kein unbändiges Verlangen. Doch oft sind die freundschaftlichen Ehen die, die am besten funktionieren. Sie bestehen aus Vertrauen, lassen keinen Raum für Machtspiele und Besitzansprüche. Doch die Scham darüber bleibt, dass sie ihm nicht vollends das geben kann, was er verdient. Sie nimmt. Das hat sie immer schon getan.

An David schreibt sie: *Kann es nicht erwarten, von deinem Auftrag zu hören. Ich liebe dich.* Dann steckt sie das Handy ein und sieht über die satten Wiesen, wischt sich die Tränen aus den Augenwinkeln.

Jenni lässt all diese Emotionen zu, und auf einmal fühlt sie in sich eine Stärke, die sie lange nur vorgespielt hat, als würde sie wieder mehr zu dem Menschen werden, der sie war, bevor sie sich entschieden hat, nur noch zu existieren.

Das grelle Tuten der Lok reißt sie aus ihren Gedanken. Sie beugt sich zur Seite und sieht einen ganz in Schwarz gekleideten Radfahrer über den Bahnübergang rasen. Er fährt ungerührt weiter, am Fischladen vorbei. Jemand, der es eilig hat, ist selten auf Langeoog. Selbst Insulaner, die arbeiten, haben es nicht eilig, höchstens Kinder. Ja, Kinder haben es immer eilig – zum Strand zu kommen, Eis zu essen, Freunde zu treffen. Wenn man jung ist, rennt die Zeit, und man muss sie auskosten, weil man viel zu kurz Kind und viel zu lange erwachsen ist.

KAJA tritt mit der Stiefelsohle gegen den Stein auf dem Grünstreifen vor der Kirschlorbeerhecke. »Ich kann nicht fassen, dass sie weg ist!«

»Ach, Kaja«, seufzt Mo. »Dass du immer noch glaubst, Jenni würde sich ändern.«

»Ich möchte …«, ihre Finger krallen sich in die kalte Herbstluft, »… sie so gerne schütteln, bis ihr Verstand einrastet und sie endlich die Blickrichtung ändert. Ich kann nicht verstehen, dass sie die Dinge so anders wahrnimmt.«

Mo zuckt die Schultern. »Akzeptieren ist leichter.«

»Aber deshalb ist die Welt, wie sie ist, weil viel zu viele akzeptieren und zu wenige für die Veränderung einstehen.«

Mo geht voraus und öffnet die Tür, legt die Brötchentüte auf den Tisch.

Kaja bemerkt, dass Sonjas Stiefel noch immer nicht in der Diele stehen. Das Wohnzimmer ist unverändert: Ihr Zettel für Sonja, der von der Hoffnung ihrer Rückkehr zeugte, liegt ungerührt auf dem hellen Holztisch. Die Leere des Hauses, das in der Vergangenheit nie still war, erschlägt Kaja aufs Neue. Bald müssen doch auch Mo die Ausreden ausgehen, um Sonjas Abwesenheit kleinzureden.

Kaja geht in die Küche und füllt Wasser in den Kocher. Die feuchte Kälte der Nordseeluft steckt ihr in den Knochen. Sie findet die Wärmflasche im Küchenschrank, dort, wo auch ihre Mutter sie in ihrem Elternhaus aufbewahrt hat. Sie legt den Verschluss zur Seite, hält die Öffnung unter ihre Nase und drückt auf den Bauch der Flasche. Der Geruch von Gummi, Kalk und Kindheit stößt ihr in einem Schwall entgegen.

Er erinnert sie an ihre Mutter, die, kurz nachdem Kaja zu Bett gegangen war, die Wärmflasche an ihre Füße legte, und an Sonja, die in manchen Nächten mit in ihrem Bett schlief, sie nach unten strampelte, bis ihre Füße daran lagen. Sobald ihre Mutter die Tür hinter sich geschlossen hatte, entbrannte in der Dunkelheit ein Kampf um die Wärme. Der Spaß lag nicht im Gewinnen, sondern im Kräftemessen selbst, daran, die andere in Sicherheit zu wiegen, um dann aus dem Hinterhalt erneut anzugreifen, bis eine aufgab. An dem Sieg haftete auch ein fader Beigeschmack der Enttäuschung, denn das Spiel war dann vorbei.

»Trinkst du Kaffee?«, fragt Mo und holt zwei Teller aus dem Schrank.

Kaja nickt und geht die Treppe hinauf, während das Wasser weiterbrodelt. So unwahrscheinlich es auch ist, sie muss nachsehen, ob Sonja oben ist. Also öffnet sie die Türen: Badezimmer, Jennis und Mos Zimmer, das Elternschlafzimmer. Sie wirft einen Blick in die kleinen, gerade geschnittenen Räume – alle sind leer.

Vielleicht spinnt sie wirklich, vielleicht hat Jenni recht, und Sonja war einfach alles zu viel: die Schwestern zu beherbergen, die alte Wut, die Vorwürfe. Sie haben sie aus ihrem eigenen Haus vertrieben, und jetzt wartet Sonja irgendwo darauf, dass ihre Schwestern wieder abreisen. Jenni ist bereits gegangen, sie ist vermutlich gerade auf dem Schiff, und Kaja selbst wollte am Abend fahren.

Gestern hat sie so sehr daran geglaubt, dass die Trauer sie miteinander verbindet. Heute liegt der Glaube wieder in Trümmern.

Kaja durchquert Sonjas Schlafzimmer und sieht aus dem

Fenster auf die Dünen. In ihrem gelblichen Beigeton heben sie sich von der grauen Himmelsfront ab.

Wo bist du?, denkt Kaja und kann, trotz der wenigen Indizien, das Gefühl nicht abschütteln, dass etwas passiert ist. Sie hat eine Intuition, die ihr nicht nur sagt, wo eine gute Story zu finden ist, sondern auch, ob Fahrkartenkontrolleure zusteigen werden oder ob Freunde Treffen absagen. Sie weiß Dinge, die sie sich nicht erklären kann. Vielleicht sind es Erfahrungswerte oder feine Nuancen in der Stimmlage, die ihrem Unterbewusstsein etwas preisgeben.

Sie blickt über das kleine Rasenstück, und da entdeckt sie in der Dachrinne Tannenzapfen der Kiefer. Vier Stück liegen dort, alle nah beieinander direkt unter dem Fenster. Nachdenklich sieht sie zur Kiefer mit ihren weiten Ästen, aber keiner davon reicht über das Dach. Wie sind sie dort gelandet?

Kaja dreht sich um und spürt eine Präsenz. Wie früher als Sucher, wenn sie Verstecken gespielt haben und sie die Blicke der Kinder fühlen konnte, ohne sie zu sehen. Der Kleiderschrank schließt nicht mit der Wand ab, er endet kurz vorher, und die offene Tür grenzt daran, so dass sich dahinter eine Nische verbirgt. Sie kann ihn atmen hören.

Ihr Herz rast, aber alles andere ist versteinert. Sie ist ihm ausgeliefert. Aber ich bin nicht alleine, denkt Kaja und schreit.

1998

KAJA saß auf dem viel zu hohen Sattel, hielt sich an Jennis Schultern fest, die ihr Fahrrad schob. Vorne im Korb lag in einer Plastiktüte Mos schmutziges T-Shirt. Sie trug nur ihr Bikinioberteil zu der schwarzen Shorts. Den kalten Bunker ließen sie immer weiter hinter sich und gingen über den Bahnhof nach Hause. Kaja lauschte dem Gespräch, aber sie tat so, als höre sie nur einem Hörspiel auf einer Kassette zu.

»Wir haben noch zwei Tage, die wir durchhalten müssen. Wir versorgen ihn und beseitigen die Spuren, so gut es geht. Sobald wir von der Insel sind, schreiben wir der Polizei einen Brief. Per Computer. Dann können sie ihn rausholen«, sagte Mo.

»Und dann?«, fragte Jenni.

»Die Polizei wird zu uns kommen, bis dahin haben wir aber Zeit. Du könntest untertauchen.«

Sonja war anderer Meinung. »Wir sollten ihn jetzt gehenlassen. Vielleicht verrät er uns wirklich nicht. Je länger wir warten, desto höher wird die Strafe.«

Jenni blieb stehen. »Nicht hier. Bitte. Wir sind gefangen auf dieser Scheißinsel, und jeden Tag passiert ein neues Drama. Ich kann das hier nicht durchmachen. Ich will erst nach Hause. Noch mal meine Freunde sehen, bevor …«

Kaja erwartete Streit, aber Mo sprach ruhig: »Vielleicht hat Sonja recht. Wäre es nicht besser, es hier zu beenden, wo es angefangen hat, anstatt die Dinge mit nach Hause zu nehmen?«

Jenni schüttelte den Kopf. »Wir werden es sowieso mit nach Hause nehmen. Wir werden alles mitnehmen, die Tatsache, dass wir keine richtige Familie mehr sind, dass wir keinen richtigen Vater mehr haben, dass ich Alex entführt habe.« Ihre Stimme brach ab. Kaja fürchtete, sie wieder zusammenbrechen zu sehen, wie vor der Ruine. Doch Jenni fasste sich und schob das Rad weiter. »Ich habe das Gefühl, ich kann nicht mehr atmen. Der Sommer ist so stickig. Ich will nur nach Hause. Gebt mir die zwei Tage. Ich will nur noch einmal richtig atmen können.«

Kaja lehnte ihren Kopf an Jennis Rücken. Es gab viel, was sie nicht verstand, und obwohl ihre Schwester etwas Schlimmes getan hatte, wollte sie Jenni nicht traurig sehen.

SONJA schwieg und wusste es doch besser. Warten brachte keine Vorteile, sie hätten Alex sofort befreien sollen, aber weiter darüber zu reden, war zwecklos. Wie so viele wichtige Diskussionen würde Sonja auch diese nicht gewinnen, und die Kluft zwischen ihr und ihren Schwestern durfte nicht noch größer werden.

Gemeinsam liefen sie bis zur Kreuzung hinter dem Fahrradladen, von hier ging Sonja zu ihrem Vater. Sie hatte es ihm versprochen. Ihr Fahrrad stand noch am Gartenzaun, hatte dort den ganzen Tag auf sie gewartet. Natürlich wollte keine ihrer Schwestern mitkommen.

JENNIS Finger bewegten sich im Sekundentakt über die Fernbedienung. *Brennpunkt*, *XY*, Spielshow, Western, Liebesschnulze, Krimi, Familienfilm mit Hund, Komödie, Thriller.

»Oh, Jenni, da kriegt man ja einen epileptischen Anfall«, stöhnte ihre Mutter.

»Ja, entscheide dich endlich«, meckerte Mo.

Ihr Daumen flippte unbeirrt weiter. Die wechselnden Bilder im steten Rhythmus hatten etwas Beruhigendes an sich, und solange sie schnell drückte, blieben die Frequenzen stumm, bevor die Tonverzögerung das Bild eingeholt hatte.

Schroff riss Mo ihr die Fernbedienung aus der Hand. »Wir sind dreimal durch.«

Nach zwei weiteren Klicks blieb das Bild leider stehen. Jenni sah eine blonde Mähne, die ein rundes Gesicht umrahmte. Es war verschwommen. Alles war verschwommen – der Fernseher, die Möbel, die Backsteinwand, Kaja, die schlafend auf dem Sessel saß.

»Jenni-Schatz, du weinst ja.« Sie spürte die Hand ihrer Mutter auf ihrem Arm. Die Berührung, die sie so oft getröstet hatte, war ihr fremd geworden. Vielleicht war sie aus den Gesten herausgewachsen, vielleicht gab es auch irgendwann einen Punkt im Leben, wo der Trost der Eltern nicht mehr ausreichte.

»Sie finden ihn, da bin ich mir sicher«, sagte ihre Mutter und nahm Jenni fest in die Arme.

Sie entzog sich ihrer Mutter sanft, indem sie sich nach vorne lehnte und nach ihrem Glas griff. Auf der Sofakante hockend, trank sie in sicherem Abstand.

»Heute machen wir uns einen schönen Abend.« Ihre Mutter klang bemüht fröhlich. »Endlich mal wieder alle zusammen gemütlich vor dem Fernseher sitzen.«

Merkte sie nicht, dass zwei fehlten?

Mo schaltete um, und eine bedrohliche Orchestermusik untermalte das Bild von Schritten in einer dunklen Gasse.

»Aber nicht solche Räuberpistolen«, sagte ihre Mutter. »Für die kleine Maus ist es höchste Zeit, ins Bett zu gehen.« Sie stand auf und hob Kaja behutsam auf den Arm, doch die erwachte und begann zu schreien: »Nein! Ich will nicht ins Bett!« Ihre Mutter blieb ungerührt und trug sie durch das Wohnzimmer.

Kaja wand sich in ihren Armen wie ein Fisch, zappelte mit Beinen und Armen, sah flehend zu Jenni, dicke Tränen rollten ihr über die Wangen, das rosa Fleisch ihrer Zahnlücken wurde allzu sichtbar.

Auch Jenni traten Tränen in die Augen.

»Ich will nicht ins Bett! Helft mir!« Kajas Gesicht verschwand kurz im Dunkel der Küche, dann schaltete ihre Mutter das Licht an. Kaja drehte sich zu ihrer Mutter und kratzte ihr quer übers Gesicht.

Dann fiel die Küchentür ins Schloss.

Jenni wusste nicht, wie sie ihrer Schwester helfen sollte. Sie hatte das Gefühl, ihrer aller Leben nur zu verschlechtern. Sie stand auf. Vielleicht konnte sie noch etwas Zeit für sie herausschlagen oder Kaja bei sich schlafen lassen, doch Mo hielt sie am Arm zurück.

»Nicht. Wir müssen Alex noch mal was zu trinken geben.«

Jenni nickte, obwohl ihre Gedanken noch bei Kaja waren. »Aber Mama will einen Fernsehabend machen. Aus der Nummer kommen wir doch jetzt nicht mehr raus.«

»Nein, aber eine Chance haben wir noch, solange sie beschäftigt ist.« Mo stand auf und ging zum Regal, auf dem das Telefon stand.

Jenni lehnte sich wieder zurück und sah zum Fernseher. In einer besonders dunklen Szene konnte sie ihr eigenes verschwommenes Spiegelbild sehen. Sie schloss die Augen. Seit dem Vorfall hatte sie sich nicht mehr im Spiegel betrachtet. Sie hatte Angst vor dem Gesicht, das ihr begegnen würde.

SONJA hörte die Titelmelodie von *Aktenzeichen XY … ungelöst*. Der Moderator versank in seinem übergroßen beigen Anzug hinter dem Stehpult und hielt den Blick starr in die Kamera gerichtet. Auf dem Bildschirm hinter ihm drehte sich ein überdimensionaler Fingerabdruck.

»Gibt es etwas Neues von dem Jungen?«, fragte ihr Vater.

Sonja schüttelte den Kopf.

So nüchtern, wie jemand sagte: »Das Gras ist grün«, bemerkte er: »Das Meer hat ihn geholt.« Er öffnete sich ein Bier und legte Sonja den Arm um die Schulter. Sie versuchte, den Gestank zu ignorieren, der unter seinen Achseln hervortrat. »Mal sehen, was sie heute wieder für Schauergeschichten für uns haben«, sagte er.

Jedes Mal hoffte Sonja darauf, einen Fall aus ihrer Stadt präsentiert zu bekommen. Wegen der Faszination, ihr reales Umfeld im Fernsehen zu sehen, und weil sie hoffte, einmal zur Lösung eines Falls beizutragen. Ein bisschen schämte sie sich auch für ihre Sensationsgier, immerhin waren dies reale Schicksale, die hoffnungslosesten von allen, die nur noch durch Medien und schaulustige Nachbarn aufzuklären waren.

»Wahrscheinlich ist wieder ein Überfall dabei. Die sind auch immer so was von dämlich, diese Polizisten«, sagte ihr Vater und lachte freudlos auf. Er hatte sich schon länger nicht mehr rasiert. Sein Bart hatte ihre Wange gekratzt, als er sie zur Begrüßung umarmt hatte. Auch seine Haare schienen noch lichter geworden zu sein, was sich auch nicht dadurch kaschieren ließ, dass er die fettigen Strähnen von einer auf die andere Seite gekämmt hatte. Wenigstens kämmte er sie noch.

»Ha, sag ich doch. Juwelier überfallen.« Er sah gar nicht mehr aus wie ihr Vater, mehr wie ein Junge, der seine Mutter verloren hatte. »Was ist los, Sonja? Du bist so still heute?«

Du stinkst, wollte sie sagen, antwortete aber: »Ich höre zu.«

Ihr Vater strich ihr liebevoll über die Schulter.

Ihre Schwestern verpassten diese Gesten. Vermissten sie das denn gar nicht? Und vermisste er nicht seine Kinder? Hätte er auch Sonja so einfach abgeschoben, wenn sie nicht seine leibliche Tochter wäre?

Ihr Magen verkrampfte sich, sie konzentrierte sich auf die Fälle, die angekündigt wurden. Ihre Heimatstadt war wieder nicht dabei.

Ihr Vater führte seine zweite Flasche Bier zum Mund.

Ihr Magen knurrte. »Fährst du wieder mit uns zurück?«

Ihr Vater stieß hinter geschlossenen Lippen auf, es roch nach Hefe und Mortadella. »Mal sehen. Vielleicht nehme ich auch den Zug.«

Während der langen Hin- und Rückfahrten hatten die Hände ihrer Eltern auf der Mittelkonsole des Autos immer zueinandergefunden. Die Urlaube auf der Insel brachten zusammen, was der Alltag entfremdet hatte.

Die Vorstellung, dass es eine Zeit und einen Ort nach Langeoog geben könnte, schien ihr nun unwirklich. Vielleicht würde ihr Vater ausziehen und irgendwann ein anderer Mann seine Sachen in den Schrank räumen.

»Warum bist du immer noch hier?« Sonja verschränkte die Arme vor der Brust und sah ihn herausfordernd an.

»Wie meinst du das?«

»Du redest nicht mit Mama und auch nicht mit den anderen. Warum bist du überhaupt noch auf Langeoog, wenn du nichts dafür tust, die Situation zu ändern?«

Die Stimme aus dem Fernseher, die vom Mord an einem geschiedenen Familienvater berichtete, erfüllte den Raum. Es schien, als sei sie automatisch lauter geworden, um die entstandene Stille zu übertönen und Zeit zu schinden, damit ihr Vater sich eine gute Antwort einfallen lassen konnte. Doch es nützte nichts.

»Ich weiß es nicht. Ich kann nicht gehen. Ich warte.«

»Worauf?«

»Dass sich die Zeit zurückdreht«, flüsterte er.

Sonja sah Alex' ängstliches Gesicht vor sich. »Warten ändert nichts.«

Ihr Vater rieb sich die Augen; Schlafsand und getrocknete Tränen knisterten auf seiner faltigen Haut.

Sonja wollte noch mehr sagen, aber es würde nichts bringen. Ihr Vater war an einem Ort, zu dem sie keinen Zugang hatte.

KAJA hörte nicht auf zu schreien. Sie wollte nicht ins Bett, sie wollte nicht alleine schlafen, sie wollte nicht, dass das Licht ausgemacht wurde, da half auch das dämliche Nachtlicht nichts.

»Wenn du jetzt nicht ins Bett gehst, bist du morgen müde, und wer müde ist, kann nicht zum Strand«, sagte ihre Mutter.

»Ich will hier nicht alleine schlafen!«

»Sonja kommt ja bald.«

»Dann kann ich auch noch so lange warten.«

»Kaja, du bist doch sonst nicht so.«

»Ich will nicht ins Bett!«, schluchzte Kaja, und ihre Stimme entwickelte eine ungekannte Stärke.

»Stell dich nicht so an, du bist doch ein großes Mädchen.« Der Tonfall ihrer Mutter wechselte ebenfalls, ihr Verständnis ließ nach.

Kaja war das egal; sie musste sie mit ihrem Geschrei nur übertreffen.

»Ich sag es dir nicht noch einmal. Geh ins Bett!« Das Gesicht ihrer Mutter nahm Züge an, die Kaja normalerweise ängstigen würden, aber sie glaubte, ihren Willen durchsetzen zu können, wenn sie nur lang genug durchhielt.

Kaja wurde hochgehoben und aufs Bett geworfen, sie fühlte drei Schläge auf ihrem Hintern. Ihr stockte der Atem, und sie verstummte angesichts der unerwarteten Gewalt. Der Schock war schlimmer als die Schmerzen auf ihrer Haut, die noch brannte, als ihre Mutter sie auf den Rücken drehte.

»Hör endlich auf!«

Die Finger ihrer Mutter krallten sich in Kajas kleine Arme, ihr wütendes Gesicht tauchte ganz dicht vor ihrem auf. Ihre Augenbrauen waren zusammengezogen, auf ihren Wangen zeichneten sich Kajas Kratzspuren ab.

Kaja wartete darauf, dass ihre Schwestern ihr zu Hilfe eilten. Aber niemand kam.

Dann warf ihre Mutter die Decke auf Kajas Körper.

»Du bleibst liegen!«, dröhnte ihre Stimme durchs Zimmer. Sie schaltete das Licht aus und warf die Tür ins Schloss.

Das Gesicht ihrer Mutter, so voller Wut, hatte sich bei ihr eingebrannt. Kaja hatte die Schläge nicht verdient, sie war nicht unartig gewesen, sie hatte Angst gehabt. Sie wollte nur beschützt werden, nicht alleine in der Dunkelheit bleiben. Nicht alleine schlafen und träumen. Ihre Mutter hatte ihr nicht mal das Nachtlicht angemacht. Unter dem Türspalt spendete das Küchenlicht Hoffnung, dann wurde auch dieses gelöscht.

Kaja schrie nicht mehr, doch sie war sich sicher, dass die Tränen nie mehr versiegen würden. Sie hörte sich selbst beim Weinen zu; klagte ihre Schmerzen in die Dunkelheit – noch immer brannte ihre Haut von den Schlägen –, aber am schlimmsten von allem war das Gefühl der Machtlosigkeit. Nie war ihr ihre körperliche Unterlegenheit so bewusst gewesen. Sie konnte sich nicht wehren, und keine ihrer Schwestern hatte eingegriffen, keine kam jetzt ins Zimmer, um sie in den Arm zu nehmen. Sie war ganz alleine.

SONJA hörte ein Klopfen an der Tür.

»Herr Neumann?« Die helle Stimme passte zu der fülligen Ostfriesin mit dem weichen Lächeln auf den schmalen Lippen.

»Ja?«, rief ihr Vater und stand schwerfällig auf.

»Telefon für ... Ihre Tochter?«, sagte Frau Bleeker.

Sonja stand auf, rannte an ihrem Vater vorbei und öffnete die Tür.

Frau Bleeker hielt das schnurlose Telefon in der Hand. »Wenn du fertig bist, bringst du es mir runter, ja, Deern?«

Sonja nickte und nahm den Hörer entgegen. Als Frau Bleeker die Tür geschlossen hatte, setzte sich Sonja auf den weißen Stuhl, der an einem kleinen runden Tisch in der Ecke stand.

Ihr Vater saß auf dem Sofa und starrte auf den Fernseher.

»Ja?«, sagte Sonja in den Hörer.

»Du musst heute noch mal zu ihm fahren.« Das war Mos Stimme.

»Was?«

»Wir können hier nicht weg. Mama will den Abend mit uns verbringen.«

»Ich soll das alleine machen?«

»Gib ihm nur ein bisschen Wasser. Draußen ist es doch lange hell, und drinnen ist die Taschenlampe.«

»Ich denk nicht dran!« Sonjas Stimme wurde lauter, und ihr Vater sah fragend über die Schulter. Sie rollte übertrieben genervt mit den Augen, und er drehte sich wieder zum Fernseher.

»Bitte. Ich weiß, du hast Angst, aber es wird dir nichts passieren. Wenn ich könnte, würde ich selber gehen.«

»Schick doch gleich Kaja los«, zischte sie so leise wie möglich.

»Sonja, wir brauchen dich.« Mos Stimme klang sanft, flehend. »Bitte. Wir können nicht gehen, ohne dass Mama es merkt. Ich würde nicht fragen, wenn mir eine andere Möglichkeit einfiele. Wir müssen jetzt für Jenni zusammenhalten.«

Ihr Vater drehte sich um und zeigte aufgeregt auf den Fernseher.

Mo redete weiter, doch Sonja hörte nur noch der Co-Moderatorin zu. Diese sprach nüchtern: »*Unser nächster Fall beschäftigt die Kriminalpolizei Detmold.*« Da fiel er, der Name ihrer Heimatstadt, wie ein schlechtes Omen. Er gehörte nicht zu den Hauptfällen, die nachgespielt wurden, es war nur eine schnelle Meldung. Weiter wurde berichtet, dass es sich um einen deutschen Staatsbürger handle, der zusammen mit einem Komplizen vierzehn Geldautomaten aufgebrochen haben soll.

Während sie den Fall umriss, wurde ein Foto des Täters im Profil eingeblendet. Sein dichtes Haar reichte ihm bis auf die Schultern.

»Sonja, bist du noch dran?«

In die Kamera könnte bald ein Foto von Jenni gehalten werden. Würden sie eines nehmen, auf dem sie lächelte, oder eines, auf dem sie unbeeindruckt in die Linse starrte? Wenn sie es schwarz-weiß färbten, würde man darauf ihre Herzlichkeit nicht sehen.

»Okay, ich mach's.«

MO drückte Jennis Arm. »Sollen wir zu Kaja gehen?«

Jenni schüttelte den Kopf. Während des Telefonats hatte sie sich ein Kreuzworträtsel geholt, über dem sie grübelte, der Fernseher plapperte weiter vor sich hin. »Sie hat es sich selbst zuzuschreiben, was macht sie auch für einen Aufstand. Die beruhigt sich schon wieder.«

»Aber sie hat Angst. Sie ist erst sechs!«

»Sie ist zäh. Sie kommt drüber hinweg.«

Mo zweifelte daran. Sie hörte das unentwegte Geschrei ihrer

kleinen Schwester. Das Gebrüll, das all das Unverständnis und die Machtlosigkeit ausdrückte, die sie selbst gerne hinausgeschrien hätte.

Ihre Mutter kam zurück und setzte sich schweigend aufs Sofa. Sie sah unglaublich müde aus. Unter anderen Umständen wäre sie nie so hart gegenüber Kaja gewesen; unter anderen Umständen säße jetzt auch Alex nicht in dem Bunker; unter anderen Umständen hätte Mo nicht auf ihn eingetreten. Der Alkohol hatte diese Seite in ihr geweckt, versuchte sie, sich zu rechtfertigen, aber ein Zweifel blieb.

Immerhin war sie jetzt wieder bei Verstand und versuchte, eine Lösung zu finden, während Jenni sorglos dasaß und Rätsel löste. Alle rissen sich den Arsch für Jenni auf, und sie tat nichts. Sonja musste ganz alleine am späten Abend in den Bunker, und Kaja hatten sie zu einem Schweigen überredet, an dem sie womöglich zerbrach.

Mo neigte den Kopf zu Jenni, um sie daran zu erinnern, ließ es dann jedoch bleiben. Alle Kästchen waren leer. Der Stift malte in der Luft ein Bild, das sie nicht sehen konnte.

SONJA trat in die Pedale. Von der Wohnung ihres Vaters bis zum Bunker waren es fünf Minuten. Der Rückweg würde länger sein, allerdings läge dann das Schlimmste hinter ihr.

Der sanfte Abendwind wehte durch ihr Haar und um ihre mit Sommersprossen übersäte Nase. Die Kühle hatte etwas Reinigendes an sich, und doch war es noch immer warm genug, um in Shorts und T-Shirt draußen zu sein. Die Straßen waren menschenleer. Sie bog einmal scharf ab, fuhr durch kaum sichtbare Laternenlichtkegel. Noch war es in der Abenddämmerung hell genug, doch die eingeschalteten Glühbirnen kündigten die nahende Dunkelheit bereits an.

Hinter der nächsten Kurve sah sie Dach und Gemäuer, wie aus der Zeit gefallen, der Schandfleck der sonst allzu beschaulichen Insel. Sie schob ihr Rad in eine Ecke, die von Pflanzen überwuchert war – nichts war auffälliger als ein blaues Kinderrad –, und lehnte es an die rote Backsteinwand.

Dann schlich sie durch die Eingangstür, der lange Flur war finster wie ein Tunnel, nur am anderen Ende, dort, wo sich das Treppenhaus befand und Äste durch das kaputte Dach ins Gebäude wuchsen, fiel Licht ein. Sie sah sich nicht um, konzentrierte sich nur auf das Abendlicht am Ende des Ganges, bevor Hirngespinste die Angst nährten.

Im Haus war es still, zu still. Sie hätte sich knarrende Türen und atmende Wände gewünscht, jetzt gab es nur ihre einsamen Schritte. Tapfer streckte Sonja den Rücken durch, machte sich groß, als sie vor der Kellertür stand. Ihre Augen hatten sich an das schummrige Licht gewöhnt, doch dort unten würde es noch dunkler sein. Sie musste sich beeilen. Schnell lief sie die Treppe hinunter, vorbei an den Rohren der alten Heizungsanlage und durch die beiden Räume zur Luke. Unter einer Dachpfanne war die Taschenlampe versteckt. Die Schindel ächzte über den Beton wie Fingernägel über eine Tafel.

Sonja schob den Schutt beiseite und öffnete die Metallklappe, vor ihr lag ein schwarzer stinkender Schlund. Sie rechnete damit, einen dumpfen Schrei hinter geschlossenen Lippen zu hören – wieder nichts als Stille.

Panik stieg in ihr hoch, als sie den ersten Fuß auf die Sprosse setzte. Dieselbe Panik, die sie manchmal überfiel, wenn sie sich vorstellte, welche Urtiere ungesehen im Meer schwammen und jeden Moment ihre Zähne in ihre Beine schlagen würden.

Wenn es gefährlich wäre, hätten ihre Schwestern sie gar nicht erst hierhergeschickt, darauf musste sie vertrauen. Ihr zweiter Fuß fand die Leiter, sie setzte die Hand nach; das Licht der Taschenlampe tanzte unter ihr – wie ein Geist huschte es über den braunen Blutfleck. Das ist nur Farbe, sagte sie sich, und in der Schwärze wartete nur Alex, der Kaugummi kauende, Fußball spielende Alex.

Schon fühlte Sonja festen Boden unter ihren Füßen, schwenkte die Lampe: Der Lichtschein durchbrach den Raum. Sie hörte auf ihren eigenen schweren Atem. Er steht hinter dir und überwältigt dich. Er ist abgehauen, er ist … – Sonja schwenkte die Lampe auf seine Matratze – … tot.

Er lag leblos in einer verdrehten Pose auf der Seite, die Handgelenke waren bunt gefärbt von Blutergüssen und Schorf, der sich bildete und immer wieder zu bluten begannen.

Je näher Sonja ihm kam, desto größer wurde der Gestank – Schweiß, Urin, Kot, Angst –, einzeln waren die Komponenten eklig, vermengt unerträglich. Ob sie durch den Mund oder die Nase atmete, machte keinen Unterschied – der Gestank ließ sich schmecken. Schritt für Schritt näherte sie sich ihm, den Lichtkegel auf ihn gerichtet, und war erleichtert, als sie sah, dass sich sein Brustkorb hob und senkte. Vorsichtig, ermahnte sie sich, vielleicht täuscht er den Schlaf nur vor.

Prüfend leuchtete Sonja in sein Gesicht und erschrak: Seine Augen waren weit aufgerissen und schlossen sich erst, als der Strahl ihn blendete. Er versuchte, hinter dem Knebel zu schreien, wälzte sich hin und her, doch er wirkte viel schwächer als am Nachmittag.

Sonja spürte einen Kloß im Hals – ihr Anblick musste ihm die Hoffnung auf Rettung rauben – und richtete die Lampe auf ihr Gesicht. »Ich bin's.« Ihre Stimme hallte laut und kalt durch den Bunker.

Alex machte noch einige Laute, dann gab er auf.

»Ich will dir was zu trinken geben.« Sonja hockte sich neben ihn. Wie merkwürdig, dass sie – so viel jünger und schwächer als er – in einer stärkeren Position war. Vorsichtig zog sie am Klebeband, Alex krümmte sich, Tränen bildeten sich in seinen Augen und liefen seine Wangen hinab.

»Tut mir leid, das ist gar nicht so einfach.«

Langsam löste sich der Kleber mit einem schmatzenden Geräusch. Die Haut war trocken und aufgerissen, Fetzen davon blieben am Klebeband haften.

Alex' Atem erfüllte den Raum, und sie wandte sich von seinem Mundgeruch ab – zwecklos –, es war nur eine weitere Komponente seines Gestanks, die ihn wie eine zweite Hautschicht umhüllte. Da ergriff Sonja eine Hektik, sie wollte alles schnell hinter sich bringen, nicht länger nachdenken, dass es ebenso sie sein könnte, die da in ihrer eigenen Scheiße lag.

Hastig nahm Sonja eine der Wasserflaschen am Boden, schüttete ihm reflexartig das Wasser ins Gesicht, als sei er ein Feuer, das man löschen konnte.

Alex versuchte auszuweichen, dabei schnitten die Kabelbinder noch tiefer in seine Haut. »Scheiße, lass mich gehen«, krächzte er und schluchzte tränenlos. »Ich kann nicht mehr.«

»Tut mir leid, das war ein Versehen.«

Behutsam setzte Sonja ihm die Flasche an die Lippen.

Alex trank, als würde es ihm alles abverlangen, den Kopf selbständig hochzuhalten.

Sonja traute sich nicht, ihn zu berühren. Sie stellte sich vor, wie der Schädel einbrach, wenn sie ihn hielt.

Da erklang die Stimme des *XY*-Moderators in ihrem Ohr: »Der erste Fall heute ist besonders rätselhaft. Alexander verschwand im Juli auf der Nordseeinsel Langeoog spurlos. Wir hoffen auf wichtige Hinweise aus der Bevölkerung.«

Sonja sah in Alex' trübe Augen. Was taten sie da eigentlich? Sie alle hatten zu lange am Glauben festgehalten: Ihr Vater hatte an die Vaterschaft geglaubt; ihre Mutter daran, dass die Lüge ein Leben lang hielt; Jenni an die Liebe; und die ganze Familie glaubte daran, dass sich Probleme von selbst lösten.

Sonja wollte nicht länger ein Teil dieser Sekte sein. Die Erkenntnis traf sie hart, sie fühlte sich von ihrem eigenen Verstand betrogen, der die Ungereimtheiten nicht eher bemerkt hatte. Sie waren Täter. Entführer, Schläger, Mitwisser. Sie hielten einen Menschen gefangen, der nichts verbrochen hatte, außer ein dämlicher Junge zu sein, der zur falschen Zeit am falschen Ort war. Er hatte das nicht verdient, und sie musste, nein, sie würde ihn befreien.

2018

MO fällt das Glas aus der Hand in die Spüle, so sehr erschrickt sie vor dem kräftigen Schrei.

»Mo! Er ist hier!«

Ohne zu überlegen, stürmt Mo aus der Küche und durchs Wohnzimmer die Treppe hinauf. Sie rennt gegen die Schlafzimmertür, die dabei ist, sich zu schließen, und trifft auf einen Widerstand, der zurückweicht.

Kaja steht am Fenster und streckt die Arme nach ihr aus.

Mo rennt zu ihr, stellt sich halb vor sie und sieht auf die Tür.

Dahinter ist ein Mann, groß gewachsen, in Mütze und Jacke mit festen Stiefeln und einem geöffneten Rucksack in der Hand, in dem Sonjas Kleidung zu sehen ist.

»Was machst du hier?«, schreit sie.

»Das ist der Typ, von dem ich euch erzählt habe«, ruft Kaja. »Wo ist Sonja?« Sie drängt sich an Mo vorbei.

Er sieht sie an, fragend, antwortet nicht.

»Warst du gestern hier? Wo ist sie?!« Kaja will auf ihn zustürzen, doch Mo hält sie fest. Er sieht kräftig aus, aber auch sie fühlt die Stärke, weil sie in der Überzahl sind.

»Sie ist bei mir«, sagt er, und seine Stimme ist ruhig, ein wenig zersprungen, als hätte er länger nicht mehr gesprochen.

»Wo?«, fragt Kaja.

»Sie will euch nicht sehen.« Er geht einen Schritt nach vorne, tritt aus der Nische heraus.

»Wer bist du?«

Er lächelt schwach. »Ihr Freund.« Und am Ende klingt es ganz leicht nach einer Frage.

»Was machst du hier?« Kaja lehnt sich nach vorne, als würde sie ihn jeden Moment anspringen.

»Ich habe Sachen für sie geholt. Sie hatte ja nichts bei sich nach eurem Streit.« Er schließt den Reißverschluss an seinem Rucksack.

»Sie hätte vorher packen können.«

»Sie wollte weg von euch. Ist ja kein Wunder, oder?«

»Ich glaube dir nicht. Sie hätte uns unter die Nase gerieben, wie scheiße wir zu ihr sind und dass wir ihre Gesellschaft nicht verdient haben. Und niemals würde sie uns in Sorge zurücklassen.«

»Woher willst du das wissen, Kaja? Ihr seid nicht mehr so eng wie früher, oder?«

Kaja saugt scharf die Luft ein; und der Mann geht weiter von der Tür weg, der Rahmen ist jetzt genau in seinem Rücken.

»Wie heißt du?«, fragt Mo, und ihre Stimme ist unnatürlich ruhig.

Er sieht sie mit einem verwirrten Blick an, als wolle er deutlich machen, dass sein Name keine Bedeutung hat, und antwortet: »Tom.«

»Du lügst«, sagt Mo.

Er lacht in den Kragen seiner Jacke hinein und schüttelt leicht den Kopf. »Willst du meinen Ausweis sehen?« Aus seiner Jackentasche zieht er sein Portemonnaie und hält Kaja den Ausweis vor die Nase.

»Tom Sager«, liest sie laut vor und dreht sich kurz mit einem fragenden Blick zu Mo um.

Mo lässt ihn nicht aus den Augen. Sie mustert sein Gesicht, die Züge, die kantige Nase mit dem leichten Knick, die braunen

Haare, die hinter den Ohren unter dem Rand der Mütze hervorschauen, und die Augen. Dieser Blick. Zwanzig verdammte Jahre, und sein Gesicht lässt eine verschwommene Erinnerung wiederaufleben. Mo sieht keine festen Konturen im Gesicht, und selbst wenn sie sich konzentriert, wechselt die Nase von einer Sekunde auf die andere die Form, die Lippen werden breiter und schmaler, die Haut heller und dunkler. Es gibt keine Fotos, die das Bild über die Jahre gestärkt hätten, kein Abgleich mit der Realität. Sie ist sich nicht sicher, und doch, es könnte sein.

»Du hast dich verändert«, sagt sie und spürt Kajas Blick. Tom erstarrt nur für ein paar Sekunden.

»Ich glaube nicht, dass wir uns schon mal gesehen haben.« Er dreht sich um und geht aus der Tür.

»Bleib hier!« Mo stößt Kaja grob beiseite und packt ihn an der Jacke. Er ist einen Kopf größer als sie, aber Mo reißt ihn mit Schwung herum, sieht ihm direkt in die Augen. Es ist so lange her. Sie hat nur die Vorstellung einer Erinnerung, aber sie glaubt, ihn zu erkennen. »Mutig von dir hierherzukommen – und auch sehr dumm.«

»Du willst mir drohen?« Tom lacht und schüttelt Mo ab. »Ihr seid nicht mehr so stark wie früher.« Er flüstert es fast, dann dreht er sich um und geht, den Rucksack auf den Rücken geschwungen.

Mo steht da, nur wenige Sekunden, und muss realisieren, was passiert ist, wie es überhaupt möglich ist, dass sie hier aufeinandertreffen nach zwanzig Jahren, und was das zu bedeuten hat.

»Mo, wer ist das?«

JENNI kommt die Straße hinunter und sieht das Licht hinter der Glasfront; warm und weich fällt es durch den zugezogenen beigen Vorhang auf den Rasen. In der Kälte des trüben Tages wirkt das kleine Haus in unmittelbarer Nähe zu der weiten Dünenlandschaft wie ein Ort der Zuflucht. Und in Zeiten, da Stürme über die Insel fegten, ist es das auch gewesen, da saß die Familie zusammen bei Spielen und Tee. Doch irgendwann haben die Mauern sie nicht mehr beherbergt, sondern sie von der Außenwelt isoliert. Jenni erinnert sich an den Drang, wegzurennen und dem Haus, der Familie zu entfliehen.

Sie durchquert den Garten und wischt sich mit dem behandschuhten Handrücken über die laufende Nase. Als sie die Türklinke hinunterdrückt, verebbt das Stimmengewirr, das eben noch aufgeregt durch die Wände geflirrt ist, abrupt und entfacht Gefühle ihrer Kindheit. Ein verstummendes Tuscheln bedeutet eine Verschwörung. Sonja, die früher keine Gelegenheit ungenutzt gelassen hat, um Jenni zu verpetzen, spielt ihr nun den makabersten Streich von allen. Und die anderen helfen ihr dabei, verstecken sie, jetzt, da Jenni so überrascht aufgetaucht ist.

Schnell durchquert sie den Windfang, reißt die Zwischentür auf und sieht in Kajas und Mos erschrockene Gesichter, Sonja ist nicht zu sehen.

Kaja fällt ihr plötzlich in die Arme, erzittert an der Kälte und Feuchtigkeit von Jennis Jacke und drückt sich umso stärker gegen die weiche Daune.

Jenni braucht etwas Zeit, um Kajas stürmische Umarmung zu erwidern und das gute Gefühl der Nähe zuzulassen. Langsam legt sie ihre Wange auf Kajas dunkles Haar.

»Er war hier, Jenni.« Kaja gibt Jenni frei, und ihre Stimme klingt, als kämpfe sie gegen Tränen an.

Verwundert sieht Jenni sie an, bevor ihr Blick auf Mo fällt, die auf dem Sofa sitzt.

»Was ist passiert?«, fragt Jenni.

Und Mo berichtet ihr von Tom, der hinausgestürmt ist und

sich auf sein Rad geschwungen hat, noch bevor eine von ihnen hinterherkonnte.

»Also, er hat ihre Sachen geholt?«, fragt Jenni, nachdem sie ihre Jacke ausgezogen hat und sich Kaja und Mo gegenüber auf den Sessel setzt. Die Aufregung ihrer Schwestern ist nicht auf sie übergegangen, im Gegenteil, es macht sie ruhiger. »Er kann es nicht sein«, sagt Jenni schließlich.

Kaja zuckt zusammen. »Du glaubst mir immer noch nicht?«

»Es macht doch keinen Sinn. Warum sollte er hier sein? Woher sollte er wissen, dass wir hier sind?« Sie sieht Kaja an. »Hast du in der Todesanzeige in der Zeitung die Beerdigung erwähnt?«

Kaja schüttelt den Kopf.

»Na siehst du.«

»Wie erklärst du es dir dann?«

»Er hat doch selbst gesagt, er ist ihr Freund, und Sonja ist bei ihm, weil sie uns nicht sehen will. Und darum holt er ein paar Klamotten für sie – warum sonst sollte er das tun?«

»Vielleicht wollte er etwas inszenieren«, sagt Kaja. »Damit es so aussieht, als sei Sonja abgehauen, aber wir sind ihm zuvorgekommen.«

Jenni lehnt sich zurück. »Du redest schon genauso wirr wie Sonja mit ihren Krimisendungen.«

»Jenni, ich habe ihn erkannt«, sagt Mo, und ihre Stimme ist ruhig, aber bestimmt.

Jenni lacht. »Du glaubst doch nicht im Ernst, dass Sonja Kontakt zu ihm hatte.«

»Sie war verletzt. Ihr Arm war doch verletzt. Er hat sie vielleicht bedroht, und dann kamen wir, und er hat auf eine andere Chance gewartet. Jenni, er ist verrückt. Du weißt, dass er es ist.«

Jenni schüttelt den Kopf. »Ihr habt doch seinen Ausweis gesehen.«

»Aber wer zeigt denn direkt seinen Ausweis? Ich glaube, er hat nur darauf gewartet, ihn uns zeigen zu können.«

»Ich bitte euch. Er ist doch kein Superspion, der mit gefälschten Papieren durch die Gegend rennt, weil er zwanzig Jahre auf uns gewartet hat. Hat er irgendetwas Konkretes gesagt? Irgendetwas mit Substanz?«

Mo und Kaja schweigen.

»Ich kann euch sagen, wer das ist. Sonjas Freund, den sie angewiesen hat, uns hier etwas vorzuspielen. Sie will Aufmerksamkeit, und sie will sich rächen, weil ich gesagt habe, was ich gesagt habe. Also beauftragt sie ihn, ein paar komische Dinge von früher zu erwähnen, ihre Sachen zu holen, damit sie das Opfer spielen kann und ich mich beschissen fühle.«

Kaja steigen Tränen der Wut in die Augen. »Ich brauche was für die Nerven.« Sie geht in die Küche und kommt mit Schnapsgläsern und Obstler zurück.

»Kaja, hast du ihn erkannt?«, fragt Jenni.

»Ich war damals sechs. Wie sollte ich ihn erkennen?« Fragend hält sie die Gläser in die Höhe.

Jenni nickt.

Mo sieht auf die Uhr und schüttelt dann langsam den Kopf.

»Du weißt doch auch, wie deine Grundschullehrer aussehen oder deine Klassenkameraden«, hakt Jenni weiter nach.

»Weil ich Fotos von ihnen habe. Ich erinnere mich an die Gesichter auf den Fotos, und ich habe sie über vier Jahre hinweg täglich gesehen. Das damals war nur eine Woche, und selbst wenn eine Vorstellung da ist, weiß ich nicht, wie er erwachsen aussieht.«

»Allzu viel wird er sich nicht verändert haben.«

»Jenni, ich weiß, dass du nicht damit konfrontiert werden willst. Aber er ist es.« Kaja trinkt das Glas in einem Zug leer.

Jenni schüttelt den Kopf und trinkt ebenfalls. »Wir finden sie, und ich werde euch beweisen, dass Sonja nur mit uns spielt.«

Kaja geht zu Jenni, beugt sich zu ihr nach unten und umarmt sie erneut, doch diesmal kann Jenni die Umarmung nicht erwidern. »Weißt du, warum ihr beiden immer aneckt? Ihr seid euch zu ähnlich. Stur bis ins Mark, könnt euch weder entschuldigen noch zeigen, was ihr fühlt. Ihr spiegelt einander eure schlechten Eigenschaften wider. Aber die guten Seiten seht ihr nicht: Eigenständigkeit, Willensstärke, und ihr beschützt uns.«

»Bist du unter die Hobbypsychologen gegangen?«, erwidert Jenni kalt.

»Du musst aufhören, sie verantwortlich zu machen. Niemand von uns hat sich seinen Vater ausgesucht, und könnte ich tauschen, hätte ich es für dich getan. Er war kein viel besserer Vater als ein Fremder.«

Jenni schüttelt den Kopf. Zu oft vergisst sie, wie jung Kaja damals war. »Du weißt nicht mehr, wie er mal gewesen ist.«

»Ich werde diese Insel erst verlassen, wenn ich weiß, wo Sonja ist.« Mo räumt die beiden Schnapsgläser in die Spülmaschine und legt die Decke auf dem Sofa zusammen. »Wir wissen, wie er sich jetzt nennt, und wir müssen herausfinden, wo er wohnt.«

»Wie willst du das machen? An alle Türen klopfen?«, fragt Jenni. »Ihr macht euch lächerlich.«

Mo baut sich direkt vor Jenni auf, sieht entschlossen auf sie herab. »Es würde dir guttun, dich ihm endlich zu stellen.«

1998

SONJA lauschte dem klappernden Blech ihres Fahrrads, der klackenden Kette und dem Surren der Speichen, als sie sich in der Dunkelheit immer weiter von der Ruine entfernte.

Zum einen war sie froh, überhaupt etwas zu hören, zum anderen fürchtete sie, dass andere Geräusche untergingen. Sich nähernde Schritte zum Beispiel oder das Rascheln im Gras, wenn ein Schatten ihn durchstreifte, oder die Schreie eines Jungen.

Sie hatte Alex zurückgelassen, weil sie den Kabelbinder nicht durchtrennen konnte. »Morgen komme ich und bringe eine Schere mit, aber bitte verrate Jenni nichts«, hatte sie gesagt, und Alex hatte traurig genickt. Wenigstens die Hoffnung war in seine Augen zurückgekehrt und hatte Sonjas Entschluss gefestigt.

Sie trat schneller und schneller in die Pedale. Zwischen ihren Schultern kribbelte es, sie fühlte, wie sich ein Augenpaar in ihren Rücken bohrte. Das Geräusch des Rads verband sich mit dem ihres Atems, der sich in der Kühle verlor. Vielleicht atmete ihr Verfolger ihre Luft wieder ein, wie bei einem Kuss. Welcher Verfolger?, versuchte sich Sonja zu beruhigen, niemand ist hier. Ich bin allein. Die Straßen sind leer. Sie und ihre Schwestern waren die Gefahr auf der Insel, und doch blieb die irrationale Angst, selbst zum Opfer auserkoren zu werden.

Noch etwa zweihundert Meter bis zur Kreuzung, von da an

war es bis zum Haus ein Katzensprung. Sonja versuchte, ihre Gedanken auf ein Bild zu lenken, das in der Schule hing und dessen Anblick sie stets beruhigte: ein altes Bauernhaus hinter einer saftigen Wiese. Der Himmel war nur von wenigen Wolken durchzogen, und vorne spielten Kinder »Räuber und Gendarm«; sie waren so klein, dass man keine Gesichtszüge erkannte, aber Sonja hörte jedes Mal bei der Betrachtung ihr Lachen.

Ihr Atem normalisierte sich, ihre Tritte wurden langsamer – doch sobald Sonja das Bild entglitt, kam das Gefühl zurück, beschattet zu werden.

Sie lauschte. Da! Ein Ächzen. Ein Tritt. Jemand griff nach ihrem Haar. Nur der Wind.

»Warte.« Nur ein Flüstern.

Du wirst verrückt, dachte sie, du bist alleine. Was soll schon passieren? Trotzdem trat sie wieder schneller in die Pedale. Vielleicht war es ja auch ein Geist, der sie verfolgte, eine unsichtbare Macht. Eine Träne rann ihre Wange hinunter. Das kam vom Fahrtwind, dachte Sonja.

»Sonja.« Nicht real. Nicht real.

»Sonja, warte.« Eine Hand griff nach ihrem Arm; Sonja riss den Lenker so scharf zur Seite, dass sie gegen den Bordstein fuhr und noch rechtzeitig vom Rad springen konnte, um auf dem Gras des Seitenstreifens zu landen.

Ein rundes Gesicht tauchte vor ihrem auf, wurde vom Schein der Laterne erhellt. Julian atmete schwer, er reichte ihr die Hand. »Ich versuche schon seit einer Ewigkeit, dich einzuholen. Du fährst ja wie der Blitz.« Er hob ihr Fahrrad auf. »Alles in Ordnung?«

»Ja, hab mich bloß erschreckt.«

»Was machst du denn hier?«, fragte er.

»Ich war bei meinem Vater.«

Julian nickte.

Sie schoben ihre Räder den Polderweg hinauf, bis zur Kreuzung war es nicht mehr weit, da musste Julian sowieso abbiegen.

»Und was machst du hier?«, fragte sie.

»Ich fahre einfach rum. Denke nach. Meine Tante weint die ganze Zeit. Meine Mutter kommt morgen.«

Am Mittag hatte sie ihn noch unwissend getröstet, jetzt wäre jedes Wort der Unterstützung eine Lüge.

»Vielleicht ist er ja doch ertrunken«, sagte Julian nach einer Weile. »Komisch ist es schon. Er ist ein guter Schwimmer, und am Strand hat man seine Kleidung nicht gefunden.«

Sonja nickte, obwohl Julian sie nicht ansah. Jeder wusste, dass es keinen Sturm brauchte, um zu ertrinken. Das Meer tötete durch Ausdauer; es zog langsam, aber stetig am Körper, bis die Arme müde wurden.

»Andererseits – jedes Jahr ertrinken gute Schwimmer.« Julian spielte nachdenklich an seiner Klingel herum, ein lautes Ping zerriss die Stille. »Aber so richtig glaube ich es nicht. Er war nicht leichtsinnig.«

Morgen, dachte Sonja immerzu, morgen hast du Alex wieder.

Sie erreichten die Kreuzung. Bis auf einen Spaziergänger mit Hund, der außer Hörweite war und ihnen den Rücken zuwandte, war keine Menschenseele zu sehen.

»Also dann«, sagte Sonja und stieg mit einem Bein über ihr Rad.

»Soll ich dich nach Hause bringen?«

»Lieber nicht.«

Sie sah aus den Augenwinkeln, wie Julian beschämt zu Boden guckte.

»Meine Mutter hat es nicht so gerne«, fügte sie beschwichtigend hinzu.

Julian lächelte. »Verstehe. Wir sehen uns bestimmt morgen.«

»Bestimmt.« Sonja winkte und stieg auf ihr Rad.

Julian bog links ab und klingelte zum Abschied. Das Geräusch klirrte noch eine Weile in ihren Ohren nach.

Ob Julian wohl so viel Angst hatte, wie sie um Kaja gehabt hatte? Er wirkte traurig und doch nicht sonderlich beunruhigt. Aber wie würde sie sich verhalten, wenn ihre Schwester zwei Tage lang vermisst wurde? Man konnte in die Menschen nicht hineingucken, man hatte in Jenni nicht hineinsehen können. Nicht in Alex. Nicht in sie.

Sonja bog zwischen den Hecken ab und stellte ihr Fahrrad in den Ständer.

Die Gardinen waren zugezogen, aber dahinter schien warmes Licht.

Sie öffnete die Tür und warf ihre Schuhe auf die der anderen. »Bin wieder da!«

»Psst, Kaja schläft«, zischte ihre Mutter und tauchte in der Zwischentür auf. »Ging alles gut? Ich habe mir Sorgen gemacht, dachte, du kommst eher zurück.«

»Haben nach *XY* noch über die Fälle geredet.«

»Hat Papa dich nach Hause gebracht?« Ihre Mutter sah durch die gläserne Haustür, obwohl wegen der Dunkelheit dahinter nur ihr eigenes verblasstes Spiegelbild darin zu sehen war.

»Ja, aber er war so müde und wollte direkt zurück.« Die Lüge ging Sonja leicht von den Lippen.

»Natürlich, sicher«, antwortete ihre Mutter und versuchte noch immer, durch sich selbst hindurchzusehen.

Sonja setzte sich zu Mo und Jenni aufs Sofa, nur ihre Augen erzählten vom Erfolg ihrer Mission wie in einer Art Telepathie; einer Sprache, die Geschwistern vorbehalten war.

KAJA erwachte im schwachen Licht der Morgendämmerung, die durch die grünen Gardinen drang und das Zimmer in eine Unterwasserwelt färbte. Ihr Schlafanzug war nass geschwitzt, hatte sie doch beim Einschlafen geglaubt, nie wieder aufzuwachen.

Kajas Schlaf war von Albträumen geplagt gewesen. An keinen konnte sie sich richtig erinnern, dabei war sie vor wenigen Sekunden noch mittendrin gewesen, jetzt waren nur Bruchstücke übrig: ein Wettlauf, kalte Hände griffen nach ihr, das Lachen ihrer Schwestern wehte über die Dünen, ihre Eltern hatten sich in stumme, reglose Puppen verwandelt, und irgendwo war ein Hund gewesen, von dem sie jetzt nicht mehr wusste, ob er dem Himmel oder der Hölle nähergestanden hatte. Vielleicht hatte er sein Wesen von einer Szene zur anderen gewechselt, wie es im Traum so oft geschah.

Kaja wusste nicht, wie spät es war, aber das Haus lag noch in tiefer Stille. Sonja lag verborgen unter einem Deckenberg, sie musste ins Bett gegangen sein, als Kaja den Kampf gegen die Müdigkeit bereits verloren hatte. Auch wenn es graute, war die Sonne noch nicht aufgegangen. Nach der Neumann'schen Familientradition beobachteten sie am letzten Samstag auf der Insel gemeinsam den Sonnenaufgang. Doch diesmal hatte niemand an den Tag gedacht, es war auch immer ihr Vater gewesen, der trotz allem Murren der Kinder darauf bestanden hatte.

Sie wollte ihrem Vater ein Stück näher sein. Die Dünen waren gleich hinter dem Haus, Kaja würde zurück sein, bevor die anderen wach waren. Eilig stand sie auf und zog sich die Kleidung vom Vortag an, beugte sich über Sonjas Bett, versuchte, ihr Gesicht zu sehen, das gen Wand gerichtet war. Das rote Haar über ihrer Wange zitterte leicht, als Kajas Atem es streifte. Sie schlief weiter, tief und fest.

Kaja öffnete die Tür und ging alleine in den Morgen hinaus.

SONJA wusste nicht, welches Geräusch sie geweckt hatte; ihre Träume waren wie Mäuse in die Höhlen gehuscht und hinterließen nur eine Ahnung ihrer Existenz. Sie wunderte sich, dass sie überhaupt geträumt hatte, gefühlt hatte sie nicht mal eine Stunde geschlafen, ihre Gedanken bewegten sich immer nah an der Oberfläche. Wie konnte sie am besten wann und mit wem Alex befreien? Sollte sie versuchen, Jenni zu überreden, ihre Meinung zu ändern, oder ihrer Schwester einfach in den Rücken fallen? Oder sollte sie mit Mo reden?

Sie drehte sich auf die andere Seite, um den Wecker auszustellen, bevor er Kaja weckte, doch das Bett ihrer Schwester war leer. Vermutlich war sie nachts zu jemand anderem ins Bett gekrochen, wie sie es manchmal tat. Rasch zog sich Sonja an, ihr Vater wartete in den Dünen auf sie. Gestern hatte sie überlegt, ihre Schwestern zu bitten, mitzukommen und eine Aussprache zu erzwingen, entschied sich dann doch für den Weg des geringsten Widerstands. Wie ein Roboter putzte sie sich die Zähne; sie funktionierte nur noch für ihren Vater, ihre Familie, für Alex, aber jegliche Emotionen in ihr waren tot.

Im Windfang streifte sie sich ihre Sandalen über und rannte aus dem Haus. Die Insel war so friedlich und leise, wie sie es in den Sommerferien selten war. Das Grau des Himmels färbte sich langsam bläulich über dem gelben Schimmer, der sich am Horizont zeigte. Sonja musste sich beeilen, ihr Vater saß sicherlich schon auf der großen Düne, dem angestammten Familienplatz.

JENNI hatte vor einer Weile das Telefon im Wohnzimmer läuten hören, woraufhin ihre Mutter hinuntergerannt war und wütend in den Hörer geflüstert hatte. Seitdem war es wieder still im Haus. Das Telefon hatte sie nicht geweckt, Jenni hatte das Gefühl, gar nicht erst geschlafen zu haben. »Bist du wach?«

Mo nickte mit geschlossenen Augenlidern, sie hielt die Hände an den Kopf gepresst, als hätte sie Schmerzen.

»Ich habe die ganze Zeit nachgedacht, hin und her überlegt, was wir tun können, aber mir ist nichts eingefallen.« Jenni musste sich räuspern, um den Kloß in ihrem Hals loszuwerden. »Es gibt nur eine Möglichkeit.«

Mo öffnete die Augen. »Wir müssen ihn gehenlassen.«

Jenni nickte. Tränen traten in ihre Augen. »Egal, was er sagt«, flüsterte sie. »Was immer er behauptet, ich werde alle Schuld auf mich nehmen. Ich war es ganz alleine, und niemand von euch ist jemals dort gewesen.«

Mo öffnete den Mund, und ein Teil von Jenni hoffte, dass sie ihr widersprechen würde.

»Ich denke auch, das wäre das Beste«, sagte Mo.

Jenni hätte Mo gerne darum gebeten, ihr zu helfen, aber sie hatte schon so viel getan, es war nun an Jenni zu beenden, was sie begonnen hatte. Sie zog sich an, ging aus dem Zimmer und hörte ihre Mutter draußen mit einem Mann reden. Mit wem? Ihrem Vater? Jenni lauschte am Treppenabsatz. Geduckt ging sie die Stufen hinunter, um möglichst viel zu sehen, ohne selbst entdeckt zu werden. Sie ließ sich fallen, hielt sich am Geländer fest, als sie den Mann vorm Fenster erblickte.

Braunes Haar, dichte Augenbrauen und ein Bart, älter als drei Tage. Sie kannte ihn, hatte ihn all die Jahre gesehen. Erst hatte er ihr Eis gebracht, dann Cola, dann Amaretto.

Ihre Mutter redete mit gesenkter Stimme mit ihm, schien wütend zu sein, nur hin und wieder drang Zischen und Gemurmel ins Haus.

Er ballte die Fäuste: »Ich kann nicht länger warten! Morgen seid ihr weg. Ich will jetzt mit ihr sprechen!« Da fiel sein Blick auf Jenni. Er runzelte die Stirn. Wie gut konnte er sie durch die Scheibe erkennen?

»Wer ist das?«

Jenni zuckte zusammen, Mo stand hinter ihr und setzte sich zu Jenni auf die Stufe, um selbst durchs Fenster sehen zu können.

Welch ein Glück sie hatte, dass ihr Erzeuger ein Unbekannter war, an dessen Existenz sich leichter zweifeln ließ. Jennis dagegen stand draußen, wenige Meter von ihr entfernt. Er hatte dasselbe aschblonde Haar. Seine buschigen Augenbrauen und seine Ohren standen weit vom hässlichen Kopf ab, als wollten auch sie nichts mit ihm zu tun haben. Er war der Zerstörer einer Ehe und Jenni das Ergebnis eines Betrugs, auf dem ihr gesamtes Leben gründete.

Sie rannte raus, an ihnen vorbei, die Rufe ignorierend, und auch als sie die Straße weit hinter sich gelassen hatte, wurde sie nicht langsamer.

2018

KAJA sitzt zwischen ihren Schwestern im Windschatten, die mannshohe Abbruchkante im Rücken. Dasselbe Meer, das sich den Strand einverleibt, liegt jetzt unschuldig vor ihr – ein unendlicher See. Erst hinter der Sandbank, im Nebel zu erahnen, rauschen die Wellen.

Die Akustik am Strand ähnelt der im Schnee. Geräusche werden verschluckt, über der Stille schwebt das Geschrei der Möwen, hohe Töne verlieren sich in der Weite. Sie erinnern Kaja an das Geräusch von klapperndem Geschirr, wenn ihre Mutter unten in der Küche hantierte und der Klang durch das Haus mit den leeren Kinderzimmern hallte. Die Wut, die ein ungewolltes Alleinsein mit sich bringt, beherrscht Kaja noch immer. Sie atmet tief durch. Der graue Himmel hat kaum Schattierungen, eine Decke ohne Farben, die sich über Meer und Land legt. Vereinzelt laufen Menschen unter Kapuzen wie Schatten über den Strand im fließenden beigen Farbverlauf.

Die Landschaft hat nicht mehr viel mit jener in Kajas Gedächtnis gemein: Dünen, Strand, Himmel, Meer – das Grundgerüst ist vorhanden, auch wenn es die Farben gewechselt, die Gestalt leicht verändert hat. Doch vieles fehlt, ist wie ausgelöscht: Strandkörbe, Bretterwege, Badetürme, Rutschen. Kaja hat noch eine vage Vorstellung davon wie auch von den damaligen Ereignissen; doch Erinnerungen sind trügerisch: Lücken haben sich mit Szenen aus Filmen und Träumen gefüllt, anderes fehlt ganz, wie die Stimme ihres Vaters oder das Gefühl seiner Umarmungen. Sie war damals noch so klein, so wenig kann sie bewusst abrufen; um nichts beneidet sie ihre Schwestern mehr als um deren Erinnerungen – ob sie sich deren Wertes überhaupt bewusst sind?

Sanft kriecht das Meer auf sie zu, ganz in Grau verhüllt mit weißer Gischt, als wollte es sie trösten. Die nahende Flut bringt eine ganz andere lebhafte Erinnerung mit sich: gleißendes Sonnenlicht, sie im Meer, vor ihr Menschenmassen am Strand, gekleidet wie Konfettiregen; Kajas Hände umklammern Sonjas Schultern, und das Meer reißt an ihren Füßen, sie kann den Kopf kaum oben halten. Ihre Schwester schwimmt, zieht sie beide aus dem Sog.

Welche Konflikte auch zwischen ihnen stehen, Sonja bleibt das Mädchen, das einst das Leben ihrer Schwester gerettet hat, und Kaja wird es ihr nicht vergessen.

MO sitzt rechts neben Kaja und glaubt, die Wolkendecke berühren zu können, so tief und schwer hängt sie über ihnen. Wie eine böse Vorsehung streckt sie ihre Arme über dem Wasser zum Festland aus. Vor der grauen Masse steigt eine Möwe empor, schwingt dreimal mit den Flügeln und lässt sich dann regungslos vom Wind davontragen. Im Westen bricht die Wolkendecke an einer Stelle leicht auf, der Rand glänzt silbern, auch wenn die Strahlen nicht hindurchdringen, lässt sich die Sonne erahnen. Hinter dem stillen Priel rauscht das Meer im Duett mit dem Wind, vermischt sich zu einem monotonen Dröhnen.

Sie wäre gerne schwimmen gegangen, so wie früher in den Herbstferien, wenn die eisige Nordsee einem den Atem raubt und die Kälte jede Pore durchsticht. Die spitzen Schmerzen hatten etwas Reinigendes, brachten Klarheit. Als würden Körper und Geist, die allzu oft nebeneinanderher herleben, sich endlich vereinen und gemeinsam gegen die Wellen ankämpfen. Mos Körper kribbelt, sie sehnt sich so sehr nach diesem Gefühl – Angst abschalten und sein.

Die mondförmige Narbe auf ihrem Handrücken tritt mit der zunehmenden Dunkelheit heller hervor. Der Wind beißt in ihre Hände, zerrt an ihrem Körper und bläst den hellen Sand in Nebelfäden über den Strand. Sie hört den Pudersand über Unebenheiten fegen, hört den Wind an der Rückseite ihres Ohres rauschen. Sechs Paare wandern in der Ferne, zwei einzelne Spaziergänger, einer mit Hund. Schritte hört sie keine. Die Menschen sind stumm gestellt, der Strand verschluckt ihre Stimmen. Ob *er* eine der Gestalten ist?

Der Leuchtturm von Norderney wirft einen Lichtkegel durchs Grau, als würde er Mo seine Hilfe anbieten, doch wie kann er sie jetzt noch lotsen? Sie hätte sein Licht vor zwanzig Jahren gebraucht. Nun sind sie *ihm* ausgeliefert.

Mo wendet den Blick ab; es macht sie wahnsinnig, die schreiende Regelmäßigkeit des unermüdlich warnenden Leuchtfeuers.

JENNI spürt Kajas Schulter an ihrer. Sie sieht die Wellen stetig näher kommen, die Sandbank ist bereits verschwunden. Auf dem Wasser leuchten Gischthauben, so zaghaft nach vorne getragen, dass die Möwen – erst eine, jetzt drei – reglos bleiben. Sie stehen im Nass, das Gefieder trocken und dick aufgeplustert und betrachten ihr Ebenbild in den Ausläufern des Meeres, in denen sich die Wolken in einer Deutlichkeit spiegeln, als würden die Vögel auf dem Himmel sitzen.

Drei Möwen. Jenni hält nach einer vierten Ausschau. Sie hat sich schon früh von Sonja abgewandt. Ihr Anblick erinnert sie jedes Mal daran, dass ihr Vater sich nach der Scheidung zwar weiter um sie gekümmert hat, doch ein richtiger Vater blieb er nur für Sonja und Kaja. Und Sonja erbte das Haus, und Sonja ist verschwunden.

In der ungebrochenen Intensität von damals fühlt sie ihre Machtlosigkeit gegenüber den Ereignissen und die Gewissheit, ihre Schwestern enttäuscht zu haben. Zum ersten Mal lässt sie den theoretischen Gedanken zu, dass *er* hier sein könnte, um sich zu rächen. Und sollte *er* Sonja wirklich etwas angetan haben, würde Jenni den Platz mit ihr tauschen? Immerhin hätte sie es verdient. Aus tiefstem Herzen will sie mit Ja antworten, doch die Wahrheit ist: Sie weiß es nicht.

Der Wind zerrt an ihr, ist gnadenlos in seiner Kälte. Am Wasser stehen jetzt neunzehn Möwen in einer Formation, die kein Muster erkennen lässt. Aneinandergereiht in krauser Linie mit einer Unterbrechung, so dass es eine Häufung rechts und links gibt. Mittig, abseits beider Gruppen, steht eine Möwe ganz allein – den Kopf auf die Brust gelegt, schaut sie über das Meer. Will oder muss sie dort stehen?

Trotz der Farben – der Strand beige, der Leuchtturm setzt einen Lichtpunkt in den Himmel, und die Dünen schimmern grüngelb – scheint es, als habe ein Maler zur Vollendung einen dünnen Grauschleier über das gesamte Gemälde gepinselt, der sich mehr erahnen als wirklich erkennen lässt.

Zwei Möwen fliegen elegant und schön vor dem Wolkenungetüm, gehen tiefer und reihen sich bei den anderen Vögeln ein. Jenni zählt noch einmal nach: dreiunddreißig. Noch immer wie auf einer Schnur aufgereiht, in zwei Gruppen aufgeteilt, noch immer steht die eine etwas abseits in der Mitte. Alle Köpfe sind zur Erde geneigt, und doch blicken sie durch die Spiegelung dem Himmel entgegen.

KAJA liest noch einmal die Nachricht auf ihrem Handy, bevor sie sie abschickt. »Muss noch etwas bleiben, wir nähern uns endlich wieder an. Freue mich schon, dich wiederzusehen.« Die Lüge in der Nachricht soll Lous Sorge beseitigen, doch sie hofft auch, dass die Lüge zur Wahrheit wird.

Kaja steckt das Handy in die Tasche, und ihre durchgefrorenen Finger werden nun zumindest vom Wind geschützt. Lange hält sie es nicht mehr am Strand aus, aber Jenni wollte noch ins Meer und mit den Füßen im eisigen Wasser stehen.

Mo ist schon nach Hause gegangen trotz der ursprünglichen Abmachung, sich nicht zu trennen – natürlich hat keiner auf Kaja gehört.

Lou hätte auf sie gehört. Sie stärkt ihr auch jetzt, aus der Ferne, den Rücken. Ihrer Beziehung wohnt eine Selbstverständlichkeit inne, ohne dass sie ihren Wert je als selbstverständlich betrachten.

Wenn Lou Kaja verlassen würde, auf eine besonders grausame Art und Weise, würde Kaja ihr dasselbe antun wie Jenni Alex? Liegt es in der Familie, dass sie diejenigen zerstören, die sie lieben?

Nein, Kaja hat keine Angst davor, verlassen zu werden. Sie hat gelernt hindurchzulaufen, wenn das Leben einen Schwall Scheiße vor ihr auf die Straße kippt. Liebe kann ebenso plötzlich gehen, wie sie gekommen ist, und Menschen können und werden immer andere verletzen – es gibt keinen Bann, der diese Realität ändern könnte.

JENNI genießt, trotz der Kälte, das Anbranden der Wellen an ihren Waden. Wenn sie auf die offene See hinausschaut, vergisst sie die Insel und alles, was sich darauf befindet – wie ein Leuchtturm, der dem Meer dient, auch wenn er an Land steht.

»Jenni?«, erklingt eine hohe Stimme.

Sie dreht sich um. Blonde lange Haare unter einer Pudelmütze umrahmen ein Gesicht, das nicht mehr die rundliche Form aus der Teenagerzeit hat. Kleine Falten um Augen und Mund erzählen von den bittersüßen Momenten des Lebens. Aber die grünen Augen, die von Schminke betont werden, sind gleich geblieben, genauso wie die Offenheit ihres Wesens.

»Patze.«

Sie fällt Jenni um den Hals. »Das ich dich hier wiedersehe, nach all den Jahren! Ich habe so gehofft, dich zu treffen.« Ihre Stimme überschlägt sich noch immer beim Reden. »Ich wollte nicht einfach vorbeischauen. Wegen … mit deiner Mutter … mein Beileid.«

Jenni hasst das obligatorische Schweigen, das nach einer Beileidsbekundung folgt. Die Stille birgt keinen Trost.

»Seit wann bist du hier?«, fragt Patze.

»Seit gestern.« Jenni kommt es wie eine Woche vor. Auf Langeoog herrschte immer schon ein anderes Gefühl von Zeit vor. Und auch jetzt dreht die Insel wieder am Uhrwerk, als Patze sie erneut in die Arme nimmt.

»Ich freue mich so, dich zu sehen.« Patze kennt keine Berührungsängste, obwohl sie sich seit damals nicht mehr gesehen haben. Für ein paar Jahre hielten sie eine zähe Brieffreundschaft aufrecht, bis der ICQ-Messenger das Papier ablöste und damit auch die Notwendigkeit eines intensiven Gedankenaustauschs. »Komm, gehen wir ein Stück!«

»Klingt gut.« Jenni sieht über Patzes Schulter zu Kaja und nickt ihr zu.

»Ist das die kleine Kaja?« Patze ist ihrem Blick gefolgt und winkt aufgeregt, fast hüpfend. »Hey! Kaja!«

Langsam zieht Kaja die Hand aus der Tasche und grüßt aus der Distanz stumm zurück.

Jenni gibt Patze einen leichten Schubs. »Lass uns am Wasser entlanggehen.«

»Will Kaja nicht mitkommen?« Patze dreht sich im Gehen noch einmal um.

»Ach, die wollte noch mit ihrer Freundin telefonieren.«

Patze lacht laut auf. Das helle, fast schrille Lachen ist unverändert. »Jenni! Du wimmelst sie immer noch ab. Genau wie früher! Wie neidisch ich darauf immer war!«

»Worauf?«

»Ihr konntet so grausam zueinander sein, aber wenn es drauf ankam: immer ein Team!« Patze hakt sich unter und schmiegt ihren Kopf an Jennis Schulter. Mit einem Schlag ist die alte Vertrautheit wieder da – zwanzig Jahre sind wie weggewischt. Das vermögen nur Freundschaften, die nicht zerstört, sondern bloß vergessen sind; sie stellen keine Forderungen, sind nur froh, wiedergefunden zu sein. Wenn Patze spricht, ist es, als seien sie wieder achtzehn Jahre alt, doch wenn Jenni zu ihr sieht, wundert sie sich jedes Mal über das veränderte Gesicht. Jetzt sind sie ihren Müttern näher als den Kindern, die sie einst waren.

»Hat deine Mutter noch das Haus hier?«

»O ja. Ich wohne die halbe Zeit des Jahres darin. Mein Sohn ist in Osnabrück so gut wie ausgezogen, und ich kann viel im Homeoffice arbeiten.« Auf Jennis fragenden Blick hin fährt sie fort. »Ja, hab früh losgelegt.« Wieder lässt sie ein schallendes Lachen hören. »Im Grunde ist es gar nicht so schlecht, jetzt habe ich viel Zeit für mich. Geschieden bin ich auch, aber hey, ich war kein Kind von Traurigkeit, und seit einem Jahr habe ich auf dem Festland einen wundervollen Mann, der alle paar Monate geduldig auf mich wartet. So eine Fernbeziehung hat einige Vorteile: Vermissen hält die Leidenschaft am Leben. Wie sieht es bei dir aus?«

»Ich habe auch einen Mann und eine Stieftochter – ein blödes Wort.«

»Bei dem Wort muss ich auch immer gleich an Märchen denken: die böse Stiefmutter.« Sie lacht laut. »Aber es freut mich, dass du jemanden gefunden hast. Ah, wie verliebt du damals warst!« Patze bleibt stehen. »Ach, Jenni, ich denke noch ab und zu an ihn.«

Jenni zieht sie weiter.

»Der Brief, den du mir damals geschrieben hast … Ich konnte ihn kaum zu Ende lesen. Er war geschrieben auf diesem kitschigen Briefpapier: Altrosa mit einem eingeprägten Rosenbusch am rechten Rand – hab es noch genau vor Augen. Komisch, an was man sich so erinnert.«

»Ja, komisch.«

»Ach, Mäuschen.« Patze reibt über ihren Arm. »Wir müssen uns unbedingt auf ein oder vier Gläser Wein treffen.« Ihr Lachen verscheucht alle schweren Gedanken – ob Patze in ihrem Leben jemals geweint hat? Als Kind hat Jenni sie nie dabei gesehen. »Sag mal, ist Mo auch hier? Wir können wie früher zusammen losziehen mit Strandwein und dann ab in die *Düne*. Wann hat Sonja denn frei?«

Jenni zuckt beim Namen ihrer Schwester zusammen. »Klingt verlockend.« Sie lächelt schwach. »Hast du dich mal mit Sonja getroffen?«

»Na klar! Hab ein paar Gratis-Shots ergattert, und manchmal gehen wir zusammen spazieren. Ich habe auch nach dir gefragt. Sie hat anscheinend nicht über mich gesprochen.« Patze stemmt gespielt empört die Fäuste in die Hüfte.

»Wir hatten nicht so viel Kontakt, erst kürzlich wieder, wegen der Beerdigung.«

Patzes Stimme wird ernst. »Ach, und ich Dumme bin nur am Quasseln. Tut mir leid. Euch hat das Schicksal echt in die Mangel genommen, was?«

Jenni nickt.

»Sag mal, hat Sonja eigentlich noch was mit dem hübschen Typ von Mittwoch angefangen?«

Jenni sieht sie fragend an. »Dieser Tom? Den kennst du?«

»Ich weiß nicht, wie er heißt, aber die haben sich mit Blicken aufgefressen! Den hätte ich aber auch nicht von der Bettkante gestoßen.«

»War der groß, dunkelhaarig, mit einer schiefen Nase?«

Patze nickt.

»Kam er dir bekannt vor?«

Patze hält kurz inne, und zum ersten Mal scheint sie wirklich nachzudenken, bevor sie redet. »Nein. Er fiel mir auf, weil selten schöne Männer alleine an der Bar sitzen, aber bekannt kam er mir nicht vor.«

Jenni nickt. Patze hätte ihn erkannt. Mo glaubt nur an etwas, weil Kaja sie mit ihrem Gerede verrückt macht. Am wahrscheinlichsten ist, dass Sonja bei ihrem Liebhaber auf der Couch sitzt und ihn angestachelt hat, für ein bisschen Chaos zu sorgen. »Weißt du, wo er wohnt?«

»Oh, Jenni. Da ging der Große-Schwester-Stalkermodus ja ganz schnell an. Sonst noch was? Facebook, E-Mail-Adresse, DNA-Probe?«

Jenni lächelt. »Quatsch.«

»Nein, ich weiß nicht, wo er wohnt.« Patze zieht ihr Handy aus der Tasche und sieht auf die Uhr. Sie haben den nächsten Strandaufgang erreicht. »Du, ich muss leider hier rauf, habe gleich einen Videocall und brauche unbedingt noch eine Dosis Kaffee. Aber wir müssen uns ganz bald wiedersehen!« Patze umarmt Jenni und hält sie fest an sich gedrückt. »Versprochen?«

»Versprochen.«

Patze lässt sie los, sieht sie aber noch einen Moment lang an. »Ach, Jenni, nun guck doch nicht so. Du musst Sonja nicht mehr beschützen. Sie ist alt genug.« Sie hebt belehrend den Zeigefinger. »Ihr hättet alle schon viel eher nach Langeoog kommen müssen, dann hättest du jetzt nicht so viele Falten.« Sie lacht. »Grüß alle ganz lieb von mir. Wir sehen uns!« Mit mehreren Luftküssen und wildem Winken steigt Patze über die abgeflachte Seite der Abbruchkante. »Ach, und sag Sonja, dass ich ihr nächste Woche den Karren zurückbringe.«

KAJA sieht auf Jennis Zornesfalte zwischen den Augenbrauen, die sich so tief in ihre Haut eingegraben hat, dass sie nur noch ein Lachen vertreiben kann. »War das Patze?«

Jenni lässt sich neben sie in den Sand fallen und schlüpft wieder in ihre dicken Wollsocken und die Stiefel. »Ja, schöne Grüße.«

In Kajas Kopf erscheint schemenhaft das Bild von einem blonden Mädchen, mit Lipgloss und einer kleinen Zahnlücke zwischen den Schneidezähnen.

»Übrigens hat sich Patze den Karren aus dem Schuppen ausgeliehen, dann hat *Tom* sie wohl doch nicht damit *entführt.*« Jenni rollt mit den Augen, um der Absurdität Ausdruck zu verleihen.

»Wirklich?« Mehr fällt Kaja nicht ein, und auf einmal kommt sie sich lächerlich vor. Hat Jenni doch recht? Ist es die Insel, die Kaja paranoid werden lässt? Wäre alles so in München passiert – ein unbekannter Freund, ein Familienstreit und eine verschwundene Sonja, die, ja, zornig werden kann und wie sie alle eher die Flucht als die Konfrontation wählt –, wäre es Kaja dann nicht verdächtig vorgekommen? Jetzt sind sie auf Langeoog. Hier ist alles anders. Hier wird das Bild getrübt vom Dunst der Vergangenheit, und es ist unmöglich, die Geschehnisse nicht durch diesen Schleier zu betrachten.

»Außerdem sagt Patze, dass Sonja Tom am Mittwoch kennengelernt hat. Ihr kam er nicht bekannt vor.«

»Sie haben doch kaum Zeit miteinander verbracht«, wendet Kaja kleinlaut ein.

»Die beiden haben sich in der *Düne* kennengelernt. Du hast ihn am Morgen aus dem Haus kommen sehen. Dann zähl mal eins und eins zusammen. Du glaubst doch nicht, dass Sonja mit ihm geschlafen hätte?«

Kajas Stimme wird energisch. »Wie alt war Sonja damals? Zwölf? Dreizehn? Ich habe an die Zeit nur vage Erinnerungen und keine Ahnung, was davon der Realität entspricht, geschweige denn, dass ich mir ein Bild davon machen kann, wie er als Erwachsener aussehen würde. Und wer weiß, vielleicht wusste Sonja es ja auch, immerhin hat sie ihn vor uns geheim gehalten.«

Jenni steht auf, klopft sich den Sand von der Hose. »Das hätte sie mir nie angetan.« Sie reicht Kaja die Hand, stellt sich leicht auf deren Schuhspitzen, damit Kaja nicht wegrutscht, und zieht sie mit einem Ruck auf die Beine.

Schweigend verlassen sie den Strand. Erst an der Seenotbeobachtungsstation, als Jenni über ihre Schulter sieht und einen Blick auf das Meer in der Ferne wirft, sagt Kaja: »Wir haben nie über damals gesprochen.«

»Was gibt es auch dazu zu sagen?« Mit dem abgewandten Gesicht ist Jenni nur schwer zu hören.

»Ich war so klein, ich weiß gar nicht, was genau passiert ist.«

»Sei froh, Kaja.« Jenni dreht sich um und sieht ihr in die Augen. »Ich weiß es ganz genau.«

1998

MO sah Jenni aus der Einfahrt rennen.

Der Mann auf der Terrasse rief ihr etwas hinterher. Seine Stimme war tief und rau. Er zog die Stirn in Falten. Das war Jennis Vater. Er war hier. Er wollte sie sehen.

Auf einmal wurde Mo klar, was ihr vorher nicht wichtig erschienen war: Sie würde ihren leiblichen Vater niemals kennenlernen, er würde nie nach ihr suchen, und sie konnte ihn niemals finden. Mo blieb auf der Treppe sitzen.

Ihre Mutter und Dimitri diskutierten weiter, ohne sie wahrzunehmen.

Das Ticken der Uhr versetzte sie in Trance, Wolken schoben sich vor die Sonne, gaben sie wieder frei, Schatten tanzten in das Wohnzimmer hinein, eine Zeitlang gurrten die Tauben, bis die Dohlen sie aus der Kiefer verjagten, und fast ebenso regelmäßig, wie die Uhr tickte, wurde ein dicker Brummer nicht müde, gegen die Scheibe zu fliegen.

Irgendwann kam ihre Mutter wieder ins Haus, und der Mann auf der Terrasse war fort. »Mo, wo sind deine Schwestern?« Ihre Mutter stand am Fuß der Treppe und sah zu ihrer Tochter hinauf.

Mo schnaubte verächtlich.

»Ich meine Sonja und Kaja, sie waren heute Morgen nicht in ihrem Zimmer.«

Mo zuckte mit den Schultern. »Brötchen holen?«

Ihre Mutter stieg unschlüssig auf die erste Stufe und blieb stehen. Sollte sie doch zu einer Salzsäule erstarren. Sie war schuld, dass alle ständig davonliefen; schuld, dass ein Junge im Bunker in seiner eigenen Scheiße lag.

Ihre Mutter stieg weiter die Stufen hoch, und für einen Sekundenbruchteil flammte der Gedanke auf, sie einfach hinunterzustoßen.

Doch ihre Mutter setzte sich neben Mo, zog sie an ihre Brust. Mo fühlte die Wärme einer Frau, die für so viele Jahre ihre Heldin gewesen war. Mo hatte sie für unfehlbar gehalten, jetzt erkannte sie, dass ihre Mutter nur ein Mensch war. »Ich kann nicht in Worte fassen, wie leid es mir tut. Aber ihr dürft eins nicht vergessen: Ihr wurdet von dem besten Vater großgezogen, den man sich wünschen kann. Das ist das Wichtigste.«

Wieso begriff ihre Mutter nicht, dass es um etwas anderes ging? Mo war nicht mehr vollständig, ein Teil fehlte, und sie hatte keine Chance, ihn zu finden. »Aber wo komme ich her?«

Ihre Mutter strich ihr übers Haar. »Wenn ich die Zeit zurückdrehen könnte, ich hätte nach seinem Namen gefragt.«

»Ist das alles?« Mo löste sich aus der Umarmung. »Wie wäre es mit: Wenn ich die Zeit zurückdrehen könnte, würde ich die Treue halten, die ich geschworen habe?«

Ihre Mutter atmete tief ein. »Einiges bereue ich zutiefst und hätte es gerne anders gemacht, aber *niemals* würde ich es ungeschehen machen wollen, dass ich die tollsten Kinder auf der Welt habe.«

Lange sahen sie sich an. Beide hatten die gleichen ozeanblauen Augen, und Mo wollte darin wieder ihr einstiges Vorbild sehen.

Die Hände ihrer Mutter legten sich um Mos Gesicht. »Ich habe dich lieb.«

Und endlich konnte auch Mo es wieder fühlen. Sie schmiegte

ihren Kopf an die Schulter ihrer Mutter und genoss die Nähe, bis diese plötzlich rief: »Wo warst du?« Sie klang ganz ruhig, keine Spur von Wut.

Mit hängenden Schultern schlurfte Kaja durch die offen stehende Haustür. »Draußen.«

»Alleine?«

»Nur ganz vorne in den Dünen.« Kaja durchquerte das Wohnzimmer und öffnete die Küchentür.

»Wo ist Sonja?«, fragte Mo und drückte ihr Gesicht an die Streben des Geländers.

Kaja zuckte die Schultern. »In den Dünen. Mit Papa.« Dann verschwand ihre kleine Schwester, und Mo, die den besorgten Blick ihrer Mutter auffing, drückte deren Hand. »Ich rede mit ihr.«

»Ihr seid so erwachsen geworden«, flüsterte ihre Mutter, und Mo wusste nicht, ob es sie stolz machte oder ängstigte.

Mo klopfte an Kajas Tür, bevor sie eintrat.

Der kleine Körper ihrer Schwester lag zugedeckt im Bett mit dem Gesicht zur Wand.

»Was ist los?«

Schweigen.

»Du kannst es mir erzählen.« Mo legte sich dazu, kuschelte sich an ihre Schwester. Ihr Körper hatte etwas Beruhigendes, wie ein Teddybär, den man nachts im Arm hält.

»Ich habe Papa gesehen«, flüsterte Kaja.

Mo fiel ein, dass heute der Tag ihrer Sonnenaufgangstradition war. Sie wünschte, sie hätte das letzte Mal stärker in Erinnerung behalten, aber vor einem Jahr hatte sie noch nicht geahnt, dass es wohl der letzte Sonnenaufgang sein würde.

»Und?«

»Hab nicht mit ihm geredet.«

Mo fühlte, wie Kajas Körper zu zittern begann. Sie war sechs

Jahre alt, sie hätte draußen spielen sollen – und wenn sie nun Kaja zerstört hatten, wenn sie nie wieder glücklich sein konnte?

»Kaja, es ist bald vorbei, okay?«

Ihre Schwester antwortete nicht.

»Jenni ist auf dem Weg, um Alex zu befreien.«

Kajas Zittern nahm etwas ab.

Mo hielt sie ganz fest, es gab nichts, was zwischen sie geraten konnte.

»JENNI, können wir darüber reden?«, fragte ihre Mutter vom Sofa aus.

»Später«, rief Jenni und rannte die Treppe hoch.

»Mo ist in Kajas Zimmer«, sagte ihre Mutter.

Auf der Stelle kehrte Jenni um und rannte durch die Küche, sie musste dringend mit ihr sprechen.

Mo lag bei Kaja im Bett, die Kleine hatte die Augen geschlossen.

Jenni flüsterte: »Sie haben ihn gefunden.«

»Wer?«

»Da ist alles voller Polizei. Ich konnte nicht mal einen Schritt aufs Gelände machen.«

»Hast du Alex gesehen?«

»Nein. Aber es waren so viele Leute. Wenn sie ihn noch nicht gefunden haben, dann bald.«

»Hat dich jemand gesehen?«

»Glaube nicht.«

»Scheiße, Jenni, wie sollen sie dir denn glauben, dass du ihn befreien wolltest?«

Jenni setzte sich ans Fußende und starrte auf die Noppen der weißen Raufasertapete. »Ich weiß es nicht.« Ihre schlimmsten Befürchtungen waren wahr geworden, aber die Realität war weitaus weniger beängstigend als ihre Vorstellungen. Der Verlauf der Ereignisse lag nicht mehr in ihrer Hand, und trotz der Ungewissheit, was passieren würde, spürte sie Erleichterung. »Wenigstens ist es vorbei.«

KAJA sah den Mann in Uniform im Wohnzimmer stehen.

Sie kauerte auf der Treppe und spähte durch die Stäbe nach unten.

»Frau Neumann, können Sie bitte Ihre Kinder dazu holen?«

»Ja, natürlich. Gibt es Neuigkeiten? Ist er wieder aufgetaucht?«

Der große blonde Polizist mit den rosigen Wangen schwieg.

»Kinder, kommt ihr bitte?«

Kaja unterdrückte den Impuls hinunterzulaufen.

»Ich hoffe doch, Sie haben ihn gefunden«, sagte ihre Mutter wieder.

Der Polizist musterte mit wachsamen Augen den Raum, wurde aber von ihrer Mutter unterbrochen, bevor er Kaja entdeckt hatte.

»Meine Kinder machen zurzeit viel durch wegen meinem Mann.« Sie warf den Kopf nach hinten. »Mo! Kommt ihr bitte?«

Kajas Verstand sagte, sie solle runtergehen, wenn ihre Mutter rief, doch wieder blieb Kaja regungslos sitzen. Sie hörte, wie sich die Küchentür öffnete.

»Hallo«, grüßten Mo und Jenni monoton im Chor.

»Haben Sie nicht noch eine Tochter?«, fragte der Polizist.

»Sonja ist bei Papa«, sagte Mo und legte den Arm um Jennis Hüfte.

Es schmerzte Kaja, dass sie wieder vergessen worden war.

Wenigstens der Polizist dachte an sie, als er in seinem Block blätterte und fragte: »Die Ausreißerin auch?«

»Nein, die ist hier«, antwortete ihre Mutter. »Muss sie dabei sein?«

Er schüttelte den Kopf. »Wo ist Ihr Mann?«

»Er wohnt zurzeit im *Haus Möwenschrei*.«

Der Polizist notierte sich die Angaben.

»Frau Neumann«, er räusperte sich. »Wir haben Neuigkeiten im Fall Alexander Kramer.« Er sah sie kurz an, dann heftete sich sein Blick abwechselnd auf Mo und Jenni. »Wir haben ihn tot aufgefunden.«

Schweigen breitete sich im Raum aus.

Jenni sank schwer atmend in die Hocke.

»Tot?« Ihre Mutter streckte den Arm in Jennis Richtung aus, aber ihre Füße bewegten sich nicht, die Distanz blieb unverändert. »Aber warum?«

Der Polizist beobachtete sie genau, als würde er sich jede Gefühlsregung einprägen.

Kaja verstand nicht, was er sagte, was der Tod bedeutete, außer dass jemand weg war. Für Alex empfand sie Mitleid, doch größer war ihre Angst, dass ihr Geheimnis entdeckt würde.

»Kann ich mit Ihren Töchtern einzeln reden?« Auch wenn die Frage ihrer Mutter galt, sah er Mo und Jenni an.

»Wie ist das denn passiert? Ist er ertrunken?«, fragte ihre Mutter, ohne ihm zu antworten.

»Ich darf über laufende Ermittlungen nicht sprechen, aber aktuell gehen wir von einem Fremdverschulden aus. Frau Neumann, dürfte ich bitte mit Ihren Kindern alleine sprechen?«

Ihre Mutter ging zu Jenni, hockte sich zu ihr auf den Boden und nahm sie in die Arme.

»Ihre Tochter Jennifer hat Alexander als Letzte gesehen. Ich würde gerne noch mal mit ihr sprechen.«

»Ich habe doch schon alles gesagt!«, rief Jenni und brach, auf dem Boden sitzend, in Tränen aus. »Er kann nicht tot sein!«

Jenni erinnerte Kaja an Belle, die weinend vor dem verzauberten Biest saß, nur dass diese Belle nicht ganz so unschuldig war und dass das tote Biest vor dem Bann kein Prinz gewesen war, sondern ein Junge, der ein Lächeln besaß, das die Welt erobert hätte.

2018

MO dreht die Flasche Friesengeist in ihren Händen. Sie sieht auf die Uhr – zum dreißigsten Mal in der letzten halben Stunde. Sie stellt die Flasche auf den Tisch. Noch acht Minuten. Dann ist es fünf. Um fünf kann sie trinken. Dies ist ihre persönliche Regel, die einzige, an die sie sich halten kann. Dazu kommt: an Werktagen höchstens eine Flasche Wein, am Wochenende nicht mehr als zwei; so muss sie auf den Nebel im Kopf nicht verzichten und kann immer noch den Schein wahren. Doch heute fällt es ihr schwer. Du bist eine Alkoholikerin, sagt eine Stimme in ihr. Nein, ich habe es im Griff. Noch fünf Minuten. Fünf Minuten mehr oder weniger, was macht das schon. Es ist wichtig. Für wen? Keiner sieht mich. Für dich. Ich steh unter Stress, das ist eine Ausnahme. Ausnahmen sind der erste Schritt zum Kontrollverlust.

»Scheiße.« Mo tigert durchs Wohnzimmer. Das Haus kommt ihr so winzig vor. Als Kind hat es immer groß genug gewirkt, obwohl es so viel kleiner ist als ihr Elternhaus. Die engen Doppelzimmer, das Sofa, auf das nur drei Leute passen, die schmale Küche – sie haben hier zu sechst gehaust, jetzt kommt es ihr schon mit drei Personen wie ein Puppenhaus vor. Die Nähe, die einst Geborgenheit erzeugte, bringt nun Beklemmung hervor.

Mo setzt sich an den Tisch, betrachtet das schwarze Schnapsetikett: die roten Buchstaben auf dem silbernen Banner, das ein brennendes Pinnchen rahmt. Die roten Flammen schlängeln sich in die Höhe. Endlich öffnet sie die Flasche – klickend löst sich der Deckel vom Metallring – und setzt sie an. Der erste Schluck brennt, beim zweiten ist ihr Gaumen noch vom ersten betäubt, beim dritten wird ihr Herz warm. Beim vierten hört das Zittern endlich auf.

JENNI sieht durch die Scheibe, wie Mo den Schnaps absetzt. Als Teenager hat sie ihrer Schwester einige Male die Haare aus dem Gesicht gehalten, während Mo den Alkohol erbrach; sie testete ihre Grenzen aus, sammelte Erfahrungen. Spätestens als sie unter Mos Bett eine Flasche Korn fand, war sie sich nicht mehr sicher, ob ihre Schwester noch Erfahrungen sammelte. Jenni hatte nichts gesagt, ein paar Wochen später zog sie aus.

Nun stürmt sie ins Haus, zieht ihre Stiefel so schnell von den Füßen, dass die Socken darin stecken bleiben. Ihre Fußabdrücke hinterlassen eine feine Spur aus Sand auf dem Steinboden. »Ernsthaft, Mo? Nicht mal ein Glas?« Sie nimmt die Flasche und geht in die Küche.

Mo folgt ihr. »Was kümmert's dich?«

Jenni hält die offene Flasche über die Spüle.

»Oh, bitte, glaubst du, das ist schlimm für mich? Mir tut es nur leid um das Geld, das du versenken willst.« Sie klingt überzeugend, aber ihre Unterlippe zittert leicht, und ihre Augen wirken rastlos.

Jenni schüttet den Schnaps in den Abfluss, der beißende Geruch erfüllt die Küche. »Ich will dir nur helfen.«

»Schwester des Jahres.«

»Ich kann nichts für deine Selbstzerstörung.«

»Ach nein?!«, schreit Mo. »Wenn du nicht gewesen wärst, wären wir jetzt nicht hier! Dann wäre Sonja nicht weg! Dann würde ich nicht trinken!«

»Das ist nicht meine Schuld«, sagt Jenni, obwohl sie selbst daran zweifelt.

»Natürlich ist es deine Schuld! Deine Scheißeifersucht hat unsere Leben zerstört!«

»Als Nächstes soll ich auch noch schuld daran sein, dass Mama und Papa tot sind, oder was? Du wusstest schon tagelang, dass wir nicht Papas leibliche Kinder sind, und hast uns nichts gesagt.«

»Ich habe geschwiegen, um euch zu schützen! Ich habe keinen Jungen in einen Keller gesperrt.«

»Hätte ich es da schon gewusst, wäre das mit Alex nie passiert! Und *du* hast doch auf ihn eingetreten. *Dir* hat es doch gefallen, deinen Feminismus auszuleben.«

Mo lacht. »Ernsthaft, Jenni?«

Jenni lässt die Flasche in die Spüle fallen, dieses Grinsen kotzt sie an. Sie schubst Mo an den Schultern zurück.

Mo muss nicht körperlich werden, mit Worten kann sie Jenni gezielter treffen: »Wenn Sonja was zugestoßen ist, ist es deine Schuld.«

Jenni schnappt nach Luft, sie ballt die Fäuste, kann sich gerade noch zurückhalten, als Mo ihrem Gesicht so nah kommt, dass Jenni ihren scharfen Atem riechen kann: »Du hast ihn umgebracht!«

Fassungslos taumelt Jenni gegen die Wand. »Warum sagst du das?«

»Weil ich es seit zwanzig Jahren sagen will: *Du* hast ihn umgebracht!«

»Denkst du das *wirklich*?«

»Du wolltest ihn freilassen, und plötzlich war er tot, und deine Probleme waren gelöst – wie praktisch.«

Auf einmal kann Jenni nicht atmen.

»Du weißt gar nicht, wie sehr ich dir glauben wollte, aber –

oh, bitte, jetzt heul doch nicht. Ich habe lange genug meine Klappe gehalten.«

»Ich habe Alex geliebt!«

»Er lag schwer verletzt in seiner eigenen Scheiße! Tagelang!«

Jenni krallt ihre Finger in die Fliesenfugen hinter sich.

Aber Mo ist noch nicht fertig. »Du bist nach dem Abi gleich abgehauen. Ein größeres Schuldeingeständnis gibt es wohl nicht.«

Jenni schüttelt den Kopf, Mo soll endlich still sein.

»Ich habe damals hinter dir gestanden, und du hast mich verlassen!«

»Ihr habt mich beide verlassen.« Kaja steht in der Küchentür, die Arme vor der Brust verschränkt. »Ihr habt mich alle im Stich gelassen, als ich klein war, und dann, als Mama krank war, ist keiner zurückgekommen. Ihr habt euch ein schönes Leben gemacht, und ich war mit einem Pflegefall zu Hause. Habt ihr auch nur ein Mal daran gedacht?«

Für einen Moment ist es still, all die Anschuldigungen hängen im Raum wie Nebel, so dicht, dass sie ihr die Orientierung rauben.

Jenni reißt die Schränke auf: wirft Teller auf den Boden, schmeißt Tassen gegen die Wände, bis das Porzellan wie Granatensplitter in den Haaren stecken bleibt, Wangen und Arme aufkratzt. Jenni schreit, als sie den nächsten Stapel greift und das Porzellan gegen die Fliesen knallt, sie schreit und schreit.

MO sieht Jenni entgeistert zu. Sie ist verrückt geworden. Und dann öffnet sie selbst einen Hängeschrank und greift nach den Gläsern. Sie zerschellen mit einem höheren Klang, einem zittrigen Klirren. Das zweite wirft sie mit mehr Kraft, das dritte bringt sie zum Lächeln. Mit jedem Glas wird der Stein in ihrem

Inneren ein Stück leichter, und die Zerstörung scheint endlich zu lösen, was der Alkohol nur flüchtig überdeckt hat.

Sie will nie wieder aufhören, geht zu den Schälchen über. Eins prallt ungesprungen ab, fliegt zurück gegen den Herd, ein langer Riss teilt das Ceranfeld. Wie betäubt nimmt Mo wahr, dass Jennis nackte Füße blutige Abdrücke hinterlassen. Selbst da kann sie nicht aufhören.

Kawumm! Eine riesige Salatschüssel zerschellt, dann herrscht Stille. Lange Sekunden vergehen.

Jenni stellt den Teller, den sie in den Händen hält, zurück ins Regal.

Mo betrachtet die zerkratzten Beine ihrer Schwester und spürt, wie ihre eigenen Schnittverletzungen in der Stille brennen.

Sie dreht sich zu dem Geräusch um, die Scherben knirschen unter ihren Pantoffelsohlen: Kaja steht da, mit angewinkelten Armen, als hielte sie die Schüssel noch immer in den Händen, und sieht aufs Scherbenmeer.

KAJA reicht ihren Schwestern Besen und Kehrblech.

Jenni hat ihre Füße grob verbunden und in die Schuhe gesteckt.

Porzellan und Glas kratzen über den Steinboden, rasseln in einem gebrochenen Takt aneinander, als die Besen sie zu einer Welle auftürmen.

»Dass ihr mir die Küche picobello wieder aufräumt, nachdem ihr sie benutzt habt«, sagt Jenni im Tonfall ihrer Mutter.

Sofort sieht Kaja vor sich, wie sie in einer Mehlwolke Weihnachtsplätzchen ausstechen und ihre Mutter kopfschüttelnd im Türrahmen steht.

Jenni lächelt nicht, blickt starr auf Kajas Besen, der Scherben auf ihr Kehrblech lädt.

»Mo! *Einer* von euch muss die Spülmaschine ausräumen«, ruft Mo und hält den Müllbeutel auf. »Mo! Wer von euch geht einkaufen?«

»Einen habe ich noch.« Jenni streckt den Rücken durch. »Kinder, ich bin zu Hause, wer no-hoch?«

»Scheiße, Mama kommt«, ruft Kaja und glaubt für einen Moment selbst daran. »Schnell, tut so, als würdet ihr schlafen.«

Alle drei lassen ihre Köpfe auf die Brust sinken und schließen die Augen. Sie bleiben reglos, bis Kajas Lachen sie weckt. »Unglaublich, dass wir gedacht haben, es würde funktionieren.«

»Wisst ihr noch, das eine Mal?«, fragt Mo und wird von ihrem eigenen Lachen unterbrochen.

»Als wir die Kissenschlacht in Mamas Bett gemacht haben?«, fragt Jenni grinsend.

Kaja fährt fort, das Lachen ist jetzt nicht mehr aufzuhalten: »Sonja springt hoch, schlägt Mo das Kissen ins Gesicht und fällt plötzlich um wie ein Brett.«

Jenni stützt sich auf ihren Knien ab. »Sie liegt da, als würde sie schlafen, während wir weiterspringen. Ich gucke zur Seite und …« Sie holt tief Luft, die Worte sind beim Lachen kaum zu verstehen. »Mama steht in der Tür.«

»Die Arme verschränkt«, übernimmt Mo. »So wütend, Gott weiß, wie lange sie da schon stand, und Sonja liegt da, in unserer Mitte, wie wir kreischen, und *schläft*! Glaubt wirklich, dass es funktioniert!«

»Hat uns einfach hängenlassen«, sagt Kaja, und ein Lachanfall überrollt sie. Er tut gut, nimmt die Last der letzten Tage von ihr, überbrückt die Distanz zwischen ihnen.

Sie räumen auf, in Anekdoten vertieft.

Als sie fertig sind und ins Wohnzimmer gehen, fällt Kaja in Jennis Arme. Sie ist groß und weich und riecht noch genauso, wie sie immer schon gerochen hat, und eine Note ihres Schweißes erinnert an ihre Mutter. Kaja will sie nicht mehr loslassen.

»Jenni«, sagt Kaja, und sie kann ihre Schwester dabei nicht ansehen. »Hat Mo recht? Hast du es getan?«

Jenni versteift sich in ihren Armen, dann, fast schon schmerzhaft, umklammert sie Kaja, drückt sie fest an ihren Körper, als wollte sie sie in der Mitte durchbrechen wie einen Zweig. »Nein«, flüstert sie. »Ich schwöre – bei allem, was ich habe.«

»Okay.« Kaja winkt Mo heran.

Wenn auch zögerlich, fügt sie sich in die Umarmung ein.

»Die Polizei hatte Beweise«, sagt Jenni und löst sich. »Wie sonst hätten sie auf ihn kommen sollen? Er hatte einen Prozess, einen gründlichen, immerhin war er wie alt? Fünfzehn?«

»Hat er uns denn nie beschuldigt?«, fragt Kaja, ihr fehlen so viele Erinnerungen.

Jenni zieht sich einen Stuhl heran und lässt sich darauf fallen. »Doch hat er. Wir wurden vernommen, du auch, Kaja, aber sie konnten dich nicht knacken, und Mama hatte uns Alibis gegeben. Letztendlich hatte er auch keine Beweise für seine Behauptungen. Erst viel später wurde nach Fingerabdrücken und Haaren gesucht, aber da waren bereits so viele Polizisten durch die Ruine gelaufen, dass die Spuren unbrauchbar waren. Ich nehme an, die Beweise gegen ihn waren ohnehin so belastend, dass sie es nicht für nötig hielten, nach mehr zu suchen.«

»Aber was will er jetzt von uns?«, fragt Mo. »Nein, Jenni, bevor du protestierst, ich weiß, wen ich gesehen habe. Du musst mir jetzt auch vertrauen.«

Zu Kajas Überraschung nickt Jenni zögerlich, und nach einigem Überlegen sagt sie: »Er hätte bestimmt eine mildere Haftstrafe bekommen, wenn ich die Freiheitsberaubung zugegeben hätte. Vielleicht macht er uns auch dafür verantwortlich, dass wir ihm überhaupt die Chance gegeben haben zu töten.«

»Wie oft er Tiere gequält oder in Kadavern herumgestochert hat … Vielleicht war es nur eine Frage der Zeit, bis er es getan hätte«, sagt Mo.

»Aber warum das alles jetzt?«, fragt Kaja. »Er wurde doch nach dem Jugendstrafrecht verurteilt, wie viel bekommt man da maximal? Zehn, fünfzehn Jahre? Er ist seit Jahren draußen, warum ist er jetzt hier? Woher weiß er, dass wir alle hier sind?«

Jenni schweigt, und Mo sieht ihre große Schwester an, als hätte sie noch immer leise Zweifel an ihrer Unschuld, wohingegen Kaja fest daran glaubt, dass Jenni die Wahrheit sagt. Und selbst wenn sie für Alex' Tod verantwortlich ist, würden sie zu ihr halten, wie damals.

»Ich habe es nie für besonders schlüssig gehalten, dass er der Täter ist«, fährt Mo fort. »Aber wenn er wirklich ein Psychopath ist, der keinerlei Mitgefühl besitzt … dann muss es vielleicht gar keinen Sinn ergeben. Solche Menschen brauchen kein Motiv, nur die Möglichkeit.«

MO lauscht dem Surren des Dynamos. Nur Jennis Rad wirft einen Lichtkegel auf die Straße des Pirolatals, an ihrem eigenen rostigen Fahrrad hängen die Kabel nutzlos wie Spinnenbeine um die Lampe. Die schwarzen Dünen türmen sich seitlich auf, unheimlich und doch schützend, schirmen sie den kalten Wind ab.

Im Mondlicht schimmert silbern Mos Narbe auf dem Handrücken, ganz so wie ein Miniaturabbild des Vollmonds. Sie kann die Glut noch fühlen. Sie ist unerbittlich gegenüber anderen und unerbittlich gegen sich selbst. Das monotone Summen versetzt Mo in eine Trance, lässt Gedanken ungestört durch ihre Erinnerungen treiben.

Ihre Angst um Sonja wächst mit jeder Stunde, und doch klammert sie sich an die Hoffnung, dass Jenni recht behält und alles nur ein dummer Streich ist. Als sie essen gegangen sind, hat sie unentwegt aus dem Fenster gesehen, sich so sehr darauf konzentriert, Sonja vorbeilaufen zu sehen, dass sie zweimal hochgeschreckt ist, doch beide Frauen hatten letztendlich keine große Ähnlichkeit.

Das Warten macht sie mürbe. Sie können nichts tun. Sie gehen essen wie normale Touristen, dabei haben sie gestern ihre Mutter begraben und vermissen heute ihre Schwester. Sie fühlt sich vollkommen leer, und zugleich ist alles in ihr in Aufruhr, als würden Ameisen durch ihre Blutbahnen krabbeln.

Mit jedem Tritt in die Pedale fragt sie sich: »Was wäre wenn? Was wäre wenn?« Doch sie will die Thesen nicht zu Ende denken, genauso wenig wie die Theorien, die ausgesprochen wurden. Mo muss daran glauben, dass sie Sonja unbeschadet finden. Sie folgt Jennis Licht, folgt ihr, wie sie es immer getan hat. Inzwischen hätte sie eine Firma leiten können oder ein Land regieren, und doch wäre es unmöglich gewesen, dieses Rollenmuster zu durchbrechen und sich ihrer älteren Schwester nicht zu fügen.

Zurück im Ferienhaus verteilen sie sich auf die Zimmer. Mo überlegt, dieses Mal im Elternschlafzimmer zu übernachten, doch wieder kommen die Erinnerungen an Streit und Gepolter in ihr hoch, an Gespräche, die sie lieber nicht gehört hätte. Wie kann Sonja hier schlafen?

Es gibt den Ausblick auf die Dünen, die sich beim Sonnenuntergang golden färben, doch das Innere des Zimmers atmet die Vergangenheit. Aber nicht nur die Erinnerungen quälen sie – Sonjas Bett ist an einer Ecke zurückgeschlagen, als wäre sie nur kurz aufgestanden, um ein Glas Wasser zu holen, und würde jeden Moment wieder darunterschlüpfen. Diesen Platz will Mo nicht einnehmen.

Wieder unten auf dem kleinen harten Sofa zu schlafen,

kommt auch nicht in Frage, denn ihr Rücken tut noch weh von letzter Nacht.

Jenni akzeptiert stumm, dass sich Mo zu ihr ins Zimmer schleicht und sich in ihr altes Bett legt, doch der Schlaf will nicht kommen.

Mo öffnet die Augen; die Dunkelheit bleibt unverändert – die Vorhänge ebenso schwarz wie ihre Lider.

Jennis Atem geht gleichmäßig, aber flach. Auf keinen Fall darf ihre große Schwester vor ihr einschlafen. Sie schnarcht genauso merkwürdig wir ihr Vater mit einem ploppenden Geräusch beim Ausatmen.

Mo steht wieder auf und schiebt die Gardine halb zur Seite. Das Mondlicht lässt die Umrisse der Möbel deutlich werden.

»Was soll das?«, murmelt Jenni und blinzelt sie über die Schulter hinweg an.

»Es ist mir zu dunkel.«

»Mir ist es jetzt zu hell.«

Die Tür schleift über den Teppich, und Kaja steht in Boxershorts und T-Shirt darin. »Kann ich bei euch schlafen? Es ist so gruselig da unten.«

Genervt dreht sich Jenni zur Seite, steht aber wider Erwarten auf und geht mit hängenden Schultern in Sonjas Zimmer. »Ich schlafe nicht in der Mitte«, ruft sie.

Mo folgt ihren Schwestern in das Zimmer ihrer Eltern und sieht vor sich ihre Mutter reglos auf der Bettkante sitzen und ihren Vater, wild gestikulierend, vor den Kleiderschränken auf und ab gehen. Jenni durchquert diese Vorstellung, als sie um das Bett zur Fensterseite geht und die Gardinen zuzieht.

»Ich kann in die Besucherritze«, sagt Kaja.

»Auf gar keinen Fall.« Jenni lässt sich ins Bett fallen. »Du bist immer so warm. Mo geht in die Mitte.«

Mo spürt die schmale Rille unter ihrer Wirbelsäule, sie huscht je zur Hälfte unter eine Decke. »Aber atmet mich nicht an. Und wer schnarcht, fliegt raus.«

Jenni hat ihnen den Rücken zugedreht.

Kajas Zähne schimmern bläulich grau im schwachen Licht, als sie Mo anlächelt.

Wie merkwürdig, hier in Sonjas Bett zu liegen und nicht zu wissen, wo sie ist. In einem Ferienhaus? In dem Keller eines Wohnhauses? Vielleicht in einem Versteck draußen in den Dünen? Der Wind dreht und klatscht Regentropfen in einem Schwall gegen die Fensterscheibe, dann ist es wieder still.

Mo stellt sich Sonja vor, wie sie geknebelt und gefesselt auf einem Stuhl sitzt, umgeben von nacktem Beton. Das Gesicht schmutzig vom Staub, die Sommersprossen schimmern durch eine Tränenspur hindurch.

Ihr Entführer steht bedrohlich hinter ihr und trägt eine Henkersmaske. In Gedanken nimmt sie seine Maske ab und versucht, sein Gesicht altern zu lassen. Doch er wird weder zu Tom noch zu einem anderen Mann, er bleibt das Kind, das er einst gewesen ist.

Sie hat oft darüber nachgedacht, ihn um Verzeihung zu bitten. In ihren Gedanken hat sie viele Briefe geschrieben, einmal sogar einen realen – abgeschickt hat sie keinen.

Und wenn doch, wäre Sonja dann noch hier?

Es ist schon komisch, in all den Jahren sind sie alleine zurechtgekommen, aber jetzt, da sie zu dritt im Bett liegen, ist das Fehlen der einen nicht zu ertragen.

Eine Träne löst sich, läuft über ihre Schläfe und verliert sich in ihrem Haar.

»Wir finden sie«, flüstert Kaja und sucht unter der Decke nach Mos Hand, findet aber nur ihren Oberschenkel.

Es kitzelt, und Mo lacht unwillkürlich auf, was nur noch mehr Tränen löst.

Schließlich findet Kaja grinsend Mos Hand. Ihre Haut ist warm und der Griff fest.

Jenni dreht sich zu ihnen um, und Mo kann die Gedanken ihrer Schwester förmlich spüren, wie sie mit sich hadert.

Da greift Mo mit der freien Hand nach Jennis und hält ihre Schwestern fest. Eine warm und klein, die andere groß und kalt, und doch sind beide stark. Bald schon werden sie zu viert hier liegen, wie früher im Bett ihrer Eltern, und Sonja wird ohne Punkt und Komma quasseln, bis Jenni ihr das Kissen über den Kopf zieht. Mo lächelt und fühlt die Tränenspur auf ihrem Gesicht trocknen.

1998

MO verstand nicht, was die Polizei gesagt hatte. Alex sollte tot sein. Gestern waren sie noch alle bei ihm gewesen, und Mos Wahrnehmung war durch Wein und die Zigarette getrübt gewesen. Nun kam es ihr unwirklich vor, als wäre nicht sie es gewesen, deren Sneaker in seine Rippen getreten hatten. Sonja hatte gesagt, dass es ihm gestern Abend gut ging, dass er viel getrunken hatte. Sein Kopf war verletzt, er hatte anfangs Blut verloren, aber nicht so viel. Er konnte sprechen und fluchen und betteln.

Jenni hatte ihn befreien wollen, sie war lange weg und kam alleine zurück. Mo wollte nicht weiter nachdenken. Sie wollte nicht glauben, dass jemand in ihrem Alter tot war. In ihrem Alter lebte man in dem falschen Bewusstsein, unsterblich zu sein. Noch weniger verständlich als das erschien ihr der Gedanke, dass sie schuld an seinem Tod sein konnte. Hatte das Warten auf eine Lösung schließlich sein Schicksal besiegelt? Waren Alex' Verletzungen größer, als sie alle gedacht hatten, war er an seinem Knebel erstickt? War er bei dem Versuch zu fliehen ein weiteres Mal gestürzt? Wie sonst hätte er sterben sollen? Und doch konnte Mo nicht glauben, dass sie diese Schuld zu tragen hatten. Geschockt hatte sie nur einsilbig auf die Fragen des Polizisten geantwortet.

Aus Jenni war nicht viel rauszubekommen, sie weinte die ganze Zeit. Der Streit am Morgen und Jennis Verschwinden blieben unerwähnt. Ihre Mutter sagte, sie seien die ganze Zeit zusammen gewesen, und ließ den Polizisten nicht alleine mit ihnen sprechen. Ob sie ahnte, dass ihre Kinder etwas damit zu tun haben konnten, oder ob sie ihnen einfach nur eine belastende Situation ersparen wollte?

Der Polizist wollte gerade gehen, als Sonja ins Haus trat.

Sie schien ihn gar nicht wahrzunehmen, erst als er sie sanft an der Schulter berührte, sah sie auf.

»Kennst du Alexander Kramer?«

»Ja.«

»Kennst du das alte Internat?«

»Ja.«

»Warst du schon mal dort?«

Sonja zuckte mit den Schultern. »Hin und wieder. Wieso?«

Der Polizist sah Sonja lange in die Augen, und sie starrte, ohne zu blinzeln, zurück.

»Wo warst du heute Morgen?«

»In den Dünen mit meinem Vater. Wir haben uns den Sonnenaufgang angeschaut.«

»Etwas spät dafür.«

»Danach war ich mit ihm frühstücken.«

»Im Ort?«

»Bei ihm zu Hause.«

Der Polizist ließ seinen Stift über den Block fliegen, ohne Sonja aus den Augen zu lassen.

»Ist Alex wieder aufgetaucht?«, durchbrach Sonja die Stille.

Der Polizist nickte.

»Wo war er denn?«

»In der Ruine. Er ist verstorben.«

Sonjas Augen weiteten sich, erschrocken taumelte sie rückwärts, bis sie gegen den Körper ihrer Mutter stieß.

»Haben Sie Ihre Fragen jetzt gestellt?«, fragte ihre Mutter bissig.

Der Polizist sah auf seinen Block, machte ein paar Ergänzungen und steckte ihn schließlich zurück in die Brusttasche.

»Ja. Danke für Ihre Mithilfe.«

»Wenn Sie noch mal mit meinen Kindern reden wollen, geht das ausschließlich in meiner Anwesenheit.«

»Wir versuchen, einen Mord aufzuklären.«

»Dann sollten Sie besser nach dem Mörder suchen.«

»Das tun wir, Frau Neumann. Keine Sorge.«

SONJA drehte gedankenverloren die Spielfigur zwischen ihren Fingern. Der schwarze Stein, der ein Walfängerboot symbolisierte, sah von jeder Seite gleich aus.

»Du bist dran, Schatz«, sagte ihre Mutter.

»Greenpeace gewinnt immer«, maulte Mo. »Das ist so ein Scheißspiel.«

»Du spielst doch gar nicht mit. Sonja wollte es gerne spielen, danach können wir ja was anderes machen.«

Mo hatte gar nicht so unrecht. Greenpeace waren die grünen Steine, die dreimal so häufig vorhanden waren und mehr Bewegungsmöglichkeiten hatten, um ihre Schiffe vor die Walherde zu stellen und sie vor den Jägern zu schützen.

Sonja würfelte eine Vier. Sie hatte einen Wal erschossen.

»Sehr gut, Schatz.«

Mo rümpfte die Nase.

»Morgen fahren wir wieder«, sagte ihre Mutter und rollte den Würfel über den Tisch. »Dann ist der Spuk vorbei.«

Sonja bemerkte, wie die Finger ihrer Mutter zitterten, als sie den Stein in Sonjas Schussbahn setzte. Die Nachricht von Alex' Tod kreiste so laut in den Köpfen aller, dass Sonja das Gefühl hatte, ihre Gedanken zu hören. Die Familie tat fast schon zwanghaft etwas Normales, aber ein Junge war tot, einer, den sie im Bunker eingesperrt hatten. Obwohl ihr ganzer Körper das Trauma spürte, schrie ihr Kopf: Denk nicht darüber nach. Denk nicht darüber nach!

»Verdächtigt die Polizei uns?«, fragte Mo.

»Nein, sie müssen diese Fragen stellen. Ich möchte trotzdem nicht, dass ihr alleine mit der Polizei sprecht. Ihr seid nicht volljährig bis auf Jenni.« Ihre Mutter streckte die Arme über den Tisch und berührte Sonjas und Mos Hände. »Wenn ihr mir etwas sagen wollt, bin ich immer für euch da.«

Sonja hatte zum ersten Mal seit langem das Gefühl, wieder ihre Mutter vor sich zu sehen – das Leid eines anderen hatte sie wieder zusammengeschweißt. Sie vermisste auch ihren Vater nicht mehr – hatte ihm überhaupt jemand Bescheid gegeben? Schließlich war er es, der die Distanz suchte, und Sonja konnte es endlich akzeptieren.

»Danke, Mama«, sagte Mo.

Sonja sah ihrer Mutter in die Augen. Sie meinte zwar, was sie sagte, aber Sonja wusste auch, dass ihre Mutter die Wahrheit nicht verkraften würde. Ob sie bereits ahnte, dass ihre Töchter nicht ganz so unschuldig waren, ob sie diesen Gedanken verdrängte, weil er ihr Weltbild zerstören würde? Erstmals verstand Sonja, wieso ihr Vater nie Zweifel an seinen Kindern geäußert hatte. Was für eine Ironie, dass ihre Mutter jetzt in derselben Gutgläubigkeit gefangen war. Sie verstand jetzt auch die Lüge ihrer Mutter, um die Familie zu schützen, und genauso würde auch Sonja lügen, sollte ihre Mutter je fragen, ob ihre Töchter etwas mit Alex' Tod zu tun hätten. Darum hatte auch Mo gelogen, als sie das Geheimnis vor allen anderen erfahren hatte und so tat, als wüsste sie es nicht. Schweigen war ein Schutz. Schweigen war Liebe zu jemandem, der an der Wahrheit zerbrechen konnte.

»Wir können auch abbrechen«, sagte Sonja. »Dann können die anderen mitspielen.«

»Wie du willst. Mo, fragst du deine Schwestern, ob sie mitspielen wollen?«

»Kaja, Jenni, wollt ihr was spielen?!«, brüllte Mo durchs Haus.

»Geh bitte zu ihnen«, sagte ihre Mutter.

Mo stand genervt auf.

»Sonja, du hast gewonnen«, sagte ihre Mutter, als sie die Klötze einsammelte.

»Nein«, widersprach Sonja. »Der Jäger verliert immer.«

MO hatte sich nur aus einem Grund an den Tisch gesetzt: Sie wollte nicht mit Jenni reden, wollte die Frage nicht stellen, die unaufhörlich durch ihren Kopf hallte.

Jenni lag auf dem Bett, strich sich mit den Händen über die Augen, doch sie konnte nicht alle Tränenspuren beseitigen. Ihre Wangen glänzten, und ihr Haar war an den Seiten nass.

»Willst du mit uns was spielen?«

Jenni antwortete mit Tränen erstickter Stimme. »Was denn?«

»Keine Ahnung. Irgendwas.«

»Ich komm gleich.«

Mo blieb in der Tür stehen. Hatte sie ihn durch ihr Zögern umgebracht? Oder hatte Jenni ihn gar nicht wirklich befreien wollen? Hatte sie am Morgen einen ganz anderen Plan verfolgt? War sie dazu in der Lage? Mo konnte es sich nicht vorstellen, andererseits hätte sie sich auch nicht vorstellen können, dass Jenni einen Jungen mit blutendem Schädel in einen Bunker sperrte und gefangen hielt.

Was war, wenn Jenni etwas getan hatte und Mo dann ein unvorstellbares Geheimnis mit sich herumtragen musste? Wie sollte sie Jenni je wieder in die Augen sehen? Wie mit sich selbst leben?

»Jenni, was ist passiert?« Die Frage stand nun ausgesprochen im Raum. Gleich würde sie antworten. Gleich würde sie sagen, sie hätte ihn umgebracht.

»Ich weiß es nicht. Als ich kam, war die Polizei schon da.«

»Du warst lange weg.«

»Ich war vorher noch am Strand. Bin rumgelaufen. Hätte ich das nicht getan, würde er dann noch leben?« Jenni brach wieder in Tränen aus. »Ich habe das doch nicht gewollt. Ich wollte ihn befreien. Wirklich.«

Mo schwieg.

»Du glaubst mir doch.«

»Ja.« Sie ging zu ihrer Schwester, setzte sich auf die Bettkante.

Jennis Arme legten sich um sie, zogen sie zu ihr hinunter. »Ich wollte doch nur …«, schluchzte Jenni. »Ich wollte nur, dass er mich liebt.«

Mo strich ihr über den Rücken.

»Wäre ich nicht mit ihm in den Bunker gegangen, wäre das nie passiert. Hätte er doch nur nicht mit mir geschlafen, wäre die Flasche nicht da gewesen.« Jennis Wimpern glänzten nass, sie waren zu dicken Strähnen verklebt. »Ich wünschte, ich hätte ihn nie getroffen. Wieso hat Patze ihn uns vorgestellt?«

»Ich weiß es nicht.«

»Dieses dämliche Grinsen, ich habe es nicht mehr ertragen; diese Sorglosigkeit, als wenn ihm die Welt gehört, und ich kriege einen Tritt nach dem nächsten.«

»Ist schon gut.« Mo strich ihr über den Kopf, irgendwann musste sie leer geweint sein.

»Er sollte wissen, wie es sich anfühlt, wenn dich deine letzte Hoffnung in deiner größten Not fallen lässt. Aber ich wollte nie, dass er stirbt.«

Sie war es nicht – sie hatte es gesagt, und Mo glaubte ihr. Und doch blieb das Bild in ihrem Kopf: Jenni baute sich vor Alex auf, der gefesselt und kraftlos am Boden lag. Er bäumte sich auf, zog ein letztes Mal an den blutigen Fesseln. Er wollte leben, wollte es um jeden Preis.

Nein, ich glaube ihr, sagte sich Mo, und um Alex stellten sich alle Schwestern auf, die ihm schweigend beim Sterben zusahen. Er war gestorben, weil keine von ihnen gehandelt hatte.

»Ich sag Kaja Bescheid.« Mo ging aus dem Zimmer. Die Wände im Flur bewegten sich, Alex' Lachen erklang in ihrem Ohr; es war das herausfordernde Lachen eines Achtzehnjährigen, der dachte, die Welt würde auf ihn warten und dass es nichts gab, das ihm in die Quere kommen konnte. Nichts bis auf ein paar Mädchen.

Mo lehnte ihren Kopf an den Metallrahmen der Badezimmertür, die Kälte tat gut. Bald würde es vorbei sein. Dann waren sie wieder zu Hause – weit weg von Ruinen und Inseln. Sie atmete tief ein und aus, löste sich von der Wand und ging hinunter ins Wohnzimmer.

Inzwischen waren Sonja und ihre Mutter zu einer Runde Uno übergegangen.

»Jenni kommt gleich.«

»Wie schön«, sagte ihre Mutter. »Zwei ziehen.«

»Vier ziehen«, rief Sonja, als sie eine weitere +2-Karte auf den Stapel warf. Ein Grinsen huschte über ihr Gesicht, das sie so schnell wieder verbarg, wie es gekommen war.

Mo ging ins Kinderzimmer.

Kaja saß auf dem Bett und starrte auf den Teppich vor ihren Füßen.

»Ist alles in Ordnung?«

Kaja antwortete nicht.

»Wir wollen was spielen, kommst du mit?«

Schweigen.

Das war der Moment, vor dem sich Mo immer gefürchtet

hatte. Sie hatten ihrer kleinen Schwester zu viel zugemutet, und jetzt war sie daran zerbrochen. Sie kniete sich vor Kaja hin, nahm sie in die Arme wie ein Baby und fühlte sich so verbunden mit dem kleinen Menschen, so voller Liebe und Reue.

»Seine Mama ist jetzt traurig«, flüsterte Kaja. »Mama war auch traurig, als ich weg war. Aber ich bin wiedergekommen.«

Mo kam sich dumm vor. Wie konnte es sein, dass Kaja die Einzige war, die das große Ganze sah? Alex' Mutter würde sich auf ewig fragen, was geschehen war, warum ihr Sohn sterben musste, und auch Julian musste mit dem Verlust leben. Trotz dieser vagen Vorstellung war es für Mo nicht greifbar, was sie durchmachten; der Schock hinderte sie weiterhin daran, die Realität zu akzeptieren. An dieses Ende hatte sie nie geglaubt, konnte es auch jetzt nicht.

Kaja löste sich aus ihrer Umarmung, stand auf und reichte Mo die Hand. »Komm, wir gehen spielen.« Vielleicht hatten sie Kaja doch nicht zerstört, vielleicht hatten sie sie unbesiegbar gemacht.

JENNI hatte wilde Träume. Sie rannte am Strand entlang, das Meer brauste in ihren Ohren, und der Wind überschlug sich, als er ihre platschenden Schritte verfolgte. Der Nachthimmel hatte die Sterne gefressen. Die Strandkörbe warfen Schatten, hinter denen maskierte Männer mit Messern lauerten, deren Klingen im Mondlicht aufblitzten.

Jenni spürte, wie Blut ihren Kopf hinunterlief, als duschte sie darunter. Bei ihrem Sprint gerann es zu einer dicken braunen Kruste. Der salzige Geruch der Nordsee vermischte sich mit dem nach Eisen und Verwesung.

Der Vollmond nahm rasant ab, wurde zu einer Sichel, die sich drehte und Alex' Grinsen widerspiegelte. Zähne bildeten sich.

Augen öffneten sich hinter Nachthimmellidern. Die getigerte Grinsekatze aus dem Wunderland sprang vom Himmel, blauwalgroß, im Flug kleiner werdend. Als sie vor Jenni landete, war sie beinahe auf Katzengröße geschrumpft, doch mit der Kraft eines Löwen schlug sie ihre Krallen in Jennis Augenhöhlen und riss das Fleisch in tiefen Furchen ihre Wangen hinunter. Die salzige Luft setzte sich darin fest, brannte und eiterte.

Sie spürte Narben in dicken Wülsten darüber wuchern, so schwer, dass sie den Kopf nicht heben konnte.

Jenni schrie und schrie und schrie.

Der Wecker riss sie endlich aus dem Schlaf. Sie berührte ihre Wangen – sie waren glatt, doch der Schmerz war noch immer spürbar. Ihr Herz raste. Die Finger tasteten höher, wanderten über die Lider, in der noch nicht vergessenen Angst, keine Augen mehr zu haben. Die Wimpern waren verklebt von den Tränen am Abend, bevor der Schlaf sie endlich geholt hatte.

Vorsichtig rieb Jenni über ihre Lider, die Sonne stand bereits am Himmel. Mo schlief noch, ihre blonden Haare lagen auf dem blauen Kissen aufgefächert. Noch einmal befühlte sie ihr Gesicht.

Heute verließen sie endlich die Insel.

SONJA packte ihren Koffer. Anschließend wollte die Familie noch einmal an den Strand, dem Meer auf Wiedersehen sagen. Sie konnte es nicht erwarten, von der Insel zu kommen.

Im Haus liefen sie wie Ameisen durcheinander, sammelten Sachen ein, die sich über drei Wochen verstreut hatten. Mo und Kaja standen vor dem Regal, sortierten Bücher und Spiele. Ihre Mutter räumte die Spülmaschine aus, Jenni legte Klamotten, die über Stühlen und Couch ausgebreitet lagen, zusammen, und Sonja suchte verzweifelt nach ihrem Discman.

Es klopfte an der Tür, und der Ärmel eines weiß-blau gestreiften Hemdes unter gebräunter Haut war durch die Wohnzimmerscheibe zu sehen.

»Wer ist das?«, fragte ihre Mutter.

»Herr Jansen«, antwortete Jenni und winkte ihn herein.

Sonja mochte sein offenes Gesicht mit dem lauten Mundwerk, das im Kontrast zu seinem eher stillen Wesen stand. Vor allem war er ein Mann, der sich nicht mit falscher Freundlichkeit aufhielt.

»Moin, Kinners. Na, wird gepackt?«

»Ja«, riefen alle vier im Chor.

»Schade«, sagte er.

Niemand widersprach.

»Hallo, Herr Jansen.« Ihre Mutter kam aus der Küche und reichte ihm die Hand.

»Moin, meine Liebe. Habt ihr's schon gehört?«

»Von Alexander?« Ihre Mutter senkte die Stimme. »Die Mädchen hatten sich mit ihm angefreundet. Furchtbare Sache, ich kann's noch gar nicht glauben. Weiß man denn schon, was passiert ist?«

»Gefunden haben sie de Jung in der Ruin.«

»Aber was ist passiert? Kann es nicht doch ein Unfall gewesen sein? Da ist doch alles einsturzgefährdet.«

»Nee.« Herr Jansen beugte sich zu ihrer Mutter. Sonja spitzte die Ohren, konnte aber nichts verstehen.

»Erschlagen?«, entfuhr es ihrer Mutter.

Jansen nickt.

»Von wem?«

Sonja fühlte die Stille im Raum.

Herr Jansen fuhr sich über die Bartstoppeln, die ein schabendes Geräusch von sich gaben, das unangenehm in Sonjas Ohr kratzte. »Man kann in de Lüü nich reinkiecken.« Er schüttelte den Kopf. »Es war wohl der Cousin. Sie haben ihn schon festgenommen. Wie heißt er gleich?«

»Julian.«

2018

KAJA nimmt einen Löffel Sahne und gießt ihn in die Tasse, er versinkt auf dem rotbraunen Grund, ohne Spuren zu hinterlassen. Erst allmählich steigen einzelne weiße Fäden wie tanzende Schleier an die Oberfläche, die sich von selbst ausdehnen, bis sie sich die ganze Farbe des Tees einverleiben. Nur eine leichte Nuance bleibt zurück, ein trüber erdiger Ton wie Schmutz auf der Haut eines Jungen. Wie Schmutz auf der Haut ihrer Schwestern.

»Ich kann hier nicht länger rumsitzen.« Mo schlägt sich auf die Oberschenkel und springt vom Sofa auf. »Es ist schon Nachmittag, wie lange sollen wir denn warten?«

Kaja blickt zu Jenni, um zu sehen, ob die eine Antwort hat, ob sie endlich ihr Einverständnis gibt, die Polizei zu rufen, denn seit dem Morgen wird Sonja vierundzwanzig Stunden vermisst.

Jenni bemerkt ihren fragenden Blick und schüttelt den Kopf.

»Ich verstehe nicht, wovor du Angst hast, Jenni«, sagt Kaja. »Es ist verjährt.«

Jenni senkt den Blick und atmet tief ein, als wollte sie etwas sagen, aber hüllt sich doch nur in Schweigen. Immerhin zieht sie inzwischen die Möglichkeit in Betracht, dass Julian tatsächlich auf der Insel ist und Kontakt zu Sonja hatte.

»Ich fahr etwas über die Insel«, sagt Mo und geht zur Garderobe. »Dieses Rumsitzen macht mich wahnsinnig.«

Kurz überlegt Kaja mitzugehen, doch sie könnte einen Anruf

auf dem Handy in der dicken Jackentasche überhören oder einen auf dem Festnetztelefon verpassen oder jemanden, der ins Haus zurückkehrt. »Wenn Mo wieder da ist, rufen wir die Polizei und melden Sonja als vermisst.« Sie linst wieder zu Jenni, die den Blick abgewandt hat und stur aus dem Wohnzimmerfenster starrt. Man sollte meinen, dass sie aus ihren Fehlern gelernt hat und endlich weiß, dass man eine Situation nur durch aktives Handeln ändern kann, und wieder wartet sie ab. Kaja nippt an ihrem Tee, doch auch sie bleibt sitzen.

MO fährt am Schullandheim vorbei, biegt Richtung Kino ab und radelt weiter durchs Dorf: an der Eisdiele vorbei auf *Fokko Gerdes* zu, biegt an der Lale-Andersen-Statue ab und weiter zum Seemannshus. Immer wieder heftet sich ihr Blick auf die Passanten und Radfahrer, auf die Kundschaft in den wenigen geöffneten Cafés und Läden, die durch die Schaufenster erkennbar sind. Aber sie kann weder Julian noch Sonja ausmachen. Sie biegt ab und fährt über die Kirchstraße, wo sie vor einem riesigen Grundstück anhält, auf dem nichts ist außer einer nackten Wiese. Die Ruine ist nach dem großen Brand vor neun Jahren restlos verschwunden. Ausradiert von der Landkarte. Mo hat sie noch genau vor Augen, das riesige Gemäuer mit den zwei Flügeln und schwarzen Fenstern – offene Münder mit eingeschlagenen Zähnen. Die abgerissenen Tapeten, die kaputten Türen, der Staub und Asbest, der im schweren Sommerlicht von den Decken rieselte, sind für immer fort. Selbst der Bunker ist zugeschüttet. Dieser Teil der Familiengeschichte ist verbrannt, abgerissen, und Gras ist über alle Spuren gewachsen.

Damals war sie so erleichtert, als sich Julian als psychopathischer Mörder herausstellte und sie demnach weder Schuld an Alex Tod trugen noch Konsequenzen zu erwarten hatten.

Sie weiß, dass sie die Verantwortung für das, was passiert ist, zu lange nicht getragen hat. Alex' Familie hätte es verdient, die ganze Geschichte zu erfahren, nicht bloß das Ende. Sie wendet den Blick von der Wiese ab, dreht ihr Fahrrad um und fährt zurück in Richtung Ort, doch nicht ohne einen Schlenker in Richtung Kirche zu machen. Zu Glaubensstätten gehen Menschen, wenn sie sich machtlos fühlen, und Mo braucht Hoffnung, vor allem Vergebung, und wer weiß, vielleicht kann sie dort auch wieder ihre Mutter hören.

Einige Meter vor ihr auf der anderen Straßenseite öffnet sich die Tür eines Ferienhauses, und ein Mann tritt heraus. Ihr Herz setzt aus. Er ist es. Sie erkennt die Kleidung, die große Statur, die Stimme, die etwas ins Haus hineinruft. Gerade noch rechtzeitig fährt sie an ihm vorbei, bevor er sich vollends zur Straße dreht und die Eingangstreppen heruntersteigt. Erst nach einigen Metern traut sich Mo, über die Schulter nach hinten zu sehen. Er geht in die entgegengesetzte Richtung. Ohne zu überlegen, dreht sie um.

JENNI lag die halbe Nacht wach, und ihr Geist, zwischen Schlaf und Bewusstsein, stellte immer wieder die gleiche Frage: Kann Tom wirklich Julian sein?

Es bleiben Ungereimtheiten, aber Jenni kann auch nicht länger die Fakten ignorieren. Wenn Sonja abgehauen ist, hätte sie dann nicht wenigstens ein paar Sachen mitgenommen? Wäre sie wirklich bei einem fast Fremden untergekommen, der dann noch aus ihrem Haus Kleidung holt? Seit letzter Nacht, als sie mit Mo und Kaja im Bett lag, ist auch in ihr die Angst um Sonja gewachsen. Julian hat ihre erste Liebe auf dem Gewissen – sie darf nicht noch jemanden durch seine Hand verlieren.

Mo hat gesagt, er sei ein Psychopath, der kein Motiv brauche, aber dafür ist alles viel zu persönlich. Jenni hätte damals vor Gericht ihre Mitschuld zugeben müssen. Wie wäre seine Strafe dann ausgefallen? Wäre er dann auch hier und würde sie nach Sonja suchen lassen, so wie er damals nach Alex gesucht hat?

Jetzt ist es bereits Nachmittag. Jenni sitzt am Esstisch und wartet. Sie wartet, dass etwas passiert, dass Julian zur Tür hereinspaziert, eine Waffe auf ihren Hinterkopf richtet und schießt. Dass so ein kleines Stück Metall Leben nimmt, ist ihr unbegreiflich. Es ist *zu* einfach, denn Jenni weiß, wie lange Sterben dauern kann.

»Jenni.«

Kaja steht in der Küchentür, ihr Handy in der Hand. »Wir wissen, wo er ist.«

»Was?«

Kaja läuft zum Windfang und zieht sich die Schuhe an.

»Mo hat angerufen, sie ist in seinem Zimmer.«

Jenni hört, was sie sagt, aber es dringt nicht zu ihr durch.

»Jenni!«

Sie zuckt zusammen. »Mo ist bei ihm?«

»In seiner Wohnung! Wir müssen uns beeilen.«

MO sieht sich im Einzimmerapartment um. Das Zimmer eines Mörders. Es sieht gar nicht so merkwürdig aus, kein Blut an den Wänden, keine Leichenteile, die auf dem Herd in einer Suppe köcheln. Das einzig Verdächtige ist die penible Ordnung, eine Ordnung, die sie aus ihrer eigenen Wohnung kennt. Die Kleidung liegt fein säuberlich gefaltet auf einem Stuhl. Die Decke und das Kissen auf dem Einzelbett sehen aus, als hätte noch nie jemand darin geschlafen.

Auf dem Nachtschränkchen scheint alles im rechten Winkel ausgerichtet zu sein: Wecker, Lampe, ein Bleistift neben dem

Roman: Mark Twain – *Die Abenteuer von Tom Sawyer und Huckleberry Finn*. An einer Stelle klebt ein Post-it. Mo öffnet die Seite und liest die mit Bleistift markierten Zeilen. Es geht um einen großen Baum, der während des Sturms vom Blitz getroffen und auf das Lager der drei Jungs gefallen war. Der Baum, einst Beschützer, ist zur Ruine geworden, und sie waren während des Unglücks nicht dabei gewesen.

Es wundert Mo, dass er eine Geschichte über Freundschaft liest und über einen Jungen, der mit seiner Freundin in einer Höhle festsitzt. Liest er vor dem Schlafengehen ein paar Seiten, unterstreicht mit dem Bleistift die inspirierenden Zitate, die zu ihrer aller Geschichte passen?

Konzentriere dich, ermahnt sich Mo. Hier drin muss es etwas geben, das sie zu Sonja führt, vielleicht ist sie sogar hier – im Schrank oder im Bad.

KAJA fährt, so schnell sie kann, die kalte Luft in ihrer Kehle erzeugt einen Eisengeschmack. Der Herbst haucht schon den Atem des Winters.

»Ich versteh das nicht. Wie hat sie ihn denn gefunden?«, keucht Jenni eine Reifenlänge hinter ihr.

»Sie hat ihn wohl aus dem Haus kommen sehen.«

»Und jetzt ist sie in seinem Zimmer?«

»So, wie ich das verstanden habe, ja.« Kaja hebt die Beine hoch, als sie durch eine tiefe Pfütze fährt, das Wasser spritzt in hohem Bogen zu den Seiten weg.

»Wie ist sie denn reingekommen?«, fragt Jenni weiter.

»Was weiß ich. Halt die Augen offen, es kann nicht mehr weit sein.« Kaja fühlt, wie ein einzelner Tropfen auf ihrem Handrücken aufschlägt, dann setzt der Platzregen ein.

MO öffnet die Badezimmertür und sieht vor sich die blutige Dusche aus Psycho: ein halb heruntergerissener Vorhang, der teils den toten Körper einer nackten Frau bedeckt. Sie schaltet das Licht ein, und das Bild verschwindet.

Das Bad ist sauber, fast schon steril. Keine Wasserflecken, nur wenige Badeutensilien, fein säuberlich aufgereiht. Ein einzelnes dunkles Haar liegt verloren auf den weißen Fliesen, sticht heraus in diesem Raum der Reinlichkeit wie ein Blutfleck im Schnee.

Sie tritt nicht auf die Fliesen, will keine Abdrücke hinterlassen und überblickt ohnehin das kleine Bad. Sie schaltet das Licht aus, schließt die Tür und geht zum Kleiderschrank. Darin befinden sich mehrere Stapel mit zusammengelegter Kleidung und eine Regenjacke auf dem Bügel, die über einem Paar Wanderschuhen schwebt.

Mo tastet die Kleidung ab, ohne zu wissen, wonach sie sucht. Irgendetwas muss es geben. Eine Waffe oder einen ausgearbeiteten Plan mit Fotos, die über Wollfäden miteinander verbunden sind, der ihr seine nächsten Schritte verrät.

Mo sieht unter dem Bett nach.

Sie erstarrt.

Ihr Herz macht einen Aussetzer. Jemand ist an der Tür. Versteck dich. Sie hört einen Reißverschluss. Ihre Beine bewegen sich nicht. Versteck dich! Ein Schlüssel dreht sich im Schloss.

Das Bett.

Die Tür springt auf.

Mo sieht seine Füße durch die Tür kommen.

Sie liegt unter dem schmalen Bett – dem ältesten Versteck der Welt.

Julian betritt das Zimmer. Er schlüpft aus seinen nassen Schuhen heraus, stellt eine Einkaufstüte ab und hängt den tropfenden Mantel über den Stuhl, dann verharrt er.

Mo hält den Atem an.

Er geht am Bett vorbei ins Badezimmer. Sie hört ihn schniefen. Das erste Geräusch, das er von sich gibt.

Gänsehaut überzieht ihre Arme.

Sein Pullover, der an Kragen und Schultern dunkel vom Regen ist, fällt zu Boden.

Wenn er jetzt duschen geht, kann sie ihn überwältigen. Doch womit? Die Nachttischlampe hat einen schweren Fuß. Zu unsicher, wenn er nicht direkt zu Boden geht, kommt Mo nicht gegen ihn an. Das einzig Vernünftige ist abzuhauen, sobald sich die Gelegenheit bietet.

Der Föhn geht an.

Das laute Geräusch bringt Mo auf den Gedanken: Wenn er sie nicht hören kann – obwohl ihr Herz so laut schlägt, dass es schmerzt –, kann er sie auch nicht sehen. Ein kindlicher Gedanke, doch er bringt sie dazu, näher an den Rand des Bettes zu kriechen, ihr Gesicht liegt nur halb im Schatten.

Julian steht mit dem Rücken zu ihr, doch sie kann in dem großen Spiegel sein Gesicht sehen. Er hält die Augen geschlossen, als er den Föhn über die Haare führt und dann über seine nackte blasse Brust, auf der sich Muskeln abzeichnen, die ihm eine athletische Figur verleihen. Die Adern treten deutlich an seinen Armen hervor. Als er bei ihnen im Ferienhaus gewesen ist, war Mo so voller Emotionen, dass sie nicht auf Details geachtet hat. Jetzt sucht sie nach Hinweisen, die ihr Gewissheit geben, und erkennt wenige blasse Sommersprossen auf seinen scharfkantigen Wangen. Auch die Form der schmalen Augenbrauen, die vermutlich wie sein Haar braun gefärbt sind, erinnern an das vage Bild, das sie von Julian als Teenager hatte.

Plötzlich sieht sie Alex' schiefes Lächeln vor sich. Er sieht ihm ähnlich, nur statt eines extrovertierten Charmes strahlt er eine unnahbare, fast kalte Attraktivität aus. Mo erkennt ihn, weil sie *weiß*, dass er es ist. Aber wäre sie ihm völlig unerwartet begegnet, hätte er sich unvermutet in ihr Leben geschlichen, wäre sie auf ihn reingefallen? Hat Sonja ihn erkannt, aber so getan, als täte sie es nicht? Hatte sie einen Plan, der schiefging? Oder wusste sie einfach nicht, wer vor ihr stand?

Julian schlägt die Augen auf. Die gleiche Augenfarbe wie früher, ein dunkles Nordseegrün. Er blickt in den Spiegel, reglos. Sieht er sie an oder an ihr vorbei?

Mo hält den Atem an, endlose Sekunden vergehen, dann schiebt sie sich langsam zurück gegen die staubige Wand. Sie wird am Schlag ihres Herzens ersticken.

Der Föhn wird ausgeschaltet, Mo hört noch weiter das gleichmäßige Rauschen. Seine Schritte sind betont gemächlich. Zu gemächlich? Er öffnet den Schrank, eine Spur zu ruckartig.

Mo versucht, ihre Atmung zu regulieren, doch die Panik hat sie fest im Griff, ihr Körper klebt am Teppich.

Julian wird eine Schrotflinte aus dem Schrank ziehen, die das Holz des Bettes in Splitter reißt, Daunen werden im Kugelhagel auf sie regnen.

Doch es bleibt still.

Mo presst sich gegen die Wand, das Einzelbett kommt ihr jetzt winzig vor, sie hat das Gefühl an den Seiten und am Fußende herauszuragen, doch Julian zieht etwas aus dem Schrank und streift es sich über den Oberkörper.

Mo weiß nicht, wie lange sie noch so flach atmen kann, während ihr Herz hämmert. Jeden Moment glaubt sie, seine Hände zu spüren, die sie an den Knöcheln packen und herauszerren werden.

Julian bückt sich, und Mo schließt automatisch die Augen, um nicht Gefahr zu laufen, bei dem Anblick seiner Augen laut zu schreien, doch als nach endlosen Sekunden nichts passiert, blinzelt sie und sieht, dass er sich seine Wanderschuhe anzieht und festschnürt.

Er zieht sich eine Regenjacke über, nimmt noch etwas vom Haken und zieht die Tür hinter sich zu. Sie hört, wie er den Schlüssel ins Schloss steckt. Aber die Angst, eingesperrt zu werden, ist nichts im Vergleich zu den letzten Minuten.

Vom Flur aus hört sie Stimmen, die sich unterhalten, kann die Worte aber nicht verstehen. Vermutlich ist es Frau Jakob, die großmütterliche Vermieterin. Mo hat sie davon überzeugt, dass sie ihrem Freund Tom einen Überraschungsbesuch abstatten wollte. Ob Frau Jakob ihn jetzt danach fragt und er zurückkommen wird?

Mo kann sich nicht mehr bewegen.

»Ich wollte zum Strand«, hört sie seine Stimme plötzlich sehr klar und dann wieder leiser werdend.

Frau Jakob lacht.

Dann bewegen sich seine Schritte laut polternd die Treppe hinunter.

»Genießen Sie die Nordseeluft, heute wird es noch stürmisch werden«, ruft Frau Jakob, dann fällt die Haustür ins Schloss.

Aus ihrem Versteck kann Mo dennoch nicht hervorkommen, der Schock sitzt tief. Einzig die Erinnerung, dass sie Sonja damals alleine in die Ruine geschickt hat, eine Dreizehnjährige, lässt sie langsam wieder zu Kräften kommen. Jetzt liegt ihre Schwester vielleicht selbst gefesselt in einem Bunker, darauf wartend, dass ihr jemand Wasser gibt.

Mo bewegt ihre Finger nacheinander, das Gefühl für ihren Körper kommt zurück. Sie schiebt sich unter dem Bett hervor und zwingt sich aufzustehen. Obwohl sie gehört hat, wie die Tür abgeschlossen wurde, dreht Mo den Knauf, kalt und schwer füllt er ihre Handfläche aus – und lässt sich drehen. Sie kann ihr Glück nicht fassen, es muss eines dieser Schlösser sein, die sich von innen immer öffnen lassen. Dabei ist der Riegel nicht zurückgesprungen, was nur bedeuten kann, dass Julian nicht abgeschlossen hat. Vielleicht war es ein Versehen, oder aber er hat bloß so getan.

Mo rennt zur kleinen Küchenzeile und holt ein Messer aus der Schublade. So ausgeliefert wie eben will sie sich nie wieder fühlen. Dann zieht sie die Zimmertür einen Spalt auf, wartet ein paar Sekunden, bevor sie hinaustritt.

Von unten dringen gedämpft Stimmen aus dem Fernseher durch die Decke. Der Flur ist leer.

Sie schleicht zur Treppe, sieht über das Geländer nach unten zur Haustür. Nichts.

»Viel Spaß am Strand«, flötet eine Stimme hinter ihr.

Mo wäre vor Schreck fast die Stufen hinuntergestürzt.

Frau Jakob schlurft über den Flur, einen Stapel Wäsche auf dem Arm balancierend. »Alles in Ordnung? Hat er sich denn nicht über die Überraschung gefreut?«

Mo ringt sich ein Lächeln ab, halb nach hinten gewandt, und steigt die Treppe hinab. »Doch, doch, sehr.«

»Gehen sie nur nicht zu weit, das Wetter ändert sich im Sekundentakt.« Frau Jakob verschwindet in einem der Gästezimmer.

Mo öffnet die Haustür, und der eisige Wind schlägt ihr ins Gesicht. Vereinzelt fallen dicke Tropfen auf ihr Haar und den Asphalt. Sie hebt die Hände, wie Tränen fällt der Regen darauf; hinterlässt runde Abdrücke, die fransig auseinanderplatzen. Mo läuft auf der leeren Straße Richtung Westen, während sie ihr Handy aus der Tasche zieht.

Von Julian ist nichts zu sehen.

Wie lange hat sie unter dem Bett gelegen? Sekunden? Minuten?

Da – Äste knacken, Blätter rascheln. Zweihundert Meter vor ihr lehnt an einem morschen Zaun das Fahrrad aus dem Schuppen. An den Zaun grenzt ein Gebüsch, aus dem ein Mann tritt, und obwohl sie das Gesicht verborgen hinter Mütze und Schal nicht erkennt, ist sie sicher, dass es Julian ist. Er steht mit dem Profil zu Mo, reglos.

Der Regen wird stärker, sie blinzelt. Wimpern und Augenbrauen halten die meisten Tropfen ab. Sie hätte sich gerne die Hand vor die Stirn gehalten, fürchtet aber, dass jede Bewegung ihn auf sie aufmerksam machen würde.

Julians Hände sind in den Manteltaschen vergraben; wird er eine Waffe ziehen und sie erschießen, am helllichten Tag wie in einem Western?

Sie fühlt das Gewicht des Messers in ihrer Manteltasche.

Er sieht über die Schulter zum Gebüsch, hält kurz inne, dann wendet er Mo vollends den Rücken zu und läuft Richtung Strand.

Mo zieht den Mantel hoch, nimmt den Saum ihres Pullovers und reibt das Display ihres Handys damit trocken. Der kalte Wind streift ihren nackten Bauch wie eine Messerklinge.

»JENNI, hö du a?«

»Was?!« Der Wind zerhackt Kajas Worte, und der Regen prasselt so laut auf Jennis Kapuze, dass sie kaum etwas versteht. Schmerzhaft löst sie ihre eingefrorene Hand vom Lenker und zieht die Kapuze nach hinten.

»Du klingelst!«

Jetzt hört sie schwach die Melodie. Sie fühlt die leichte Vibration ihres Handys, als sie es aus der Tasche zieht. Mos Name leuchtet auf dem Display.

»Mo?«, brüllt sie gegen Wind und Regen an. »Was?« Jenni hält an, das Fahrrad zwischen den Beinen haltend, schiebt die Kapuze wieder übers Haar und hält sich ein Ohr zu. Mos Stimme ist jetzt klar zu hören.

»Bleib, wo du bist!«, fordert Jenni. »Wir sind fast da.«

Mo handelt überlegter als Jenni, weniger impulsiv; trotzdem gefällt ihr der Plan ganz und gar nicht. »Das ist eine schlechte Idee. Warte auf uns.«

»Ich habe dir vertraut, jetzt musst dir mir vertrauen«, hört sie Mo sagen, bevor sie auflegt.

Benommen steckt Jenni das Telefon zurück in die Tasche.

»Was hat sie gesagt?«, will Kaja wissen.

Jennis Gedanken sind so laut, dass sie glaubt, Kaja geantwortet zu haben.

»Jenni, was hat sie gesagt?« Kajas Fahrradklingel schrillt.

»Sie verfolgt ihn, er geht zum Strand.«

»Welcher Aufgang?«

»Bei der Mutter-Kind-Klinik.«

»Sind sie zu Fuß?«

»Ja.«

»Wir können sie noch einholen!« Kaja will wieder auf ihr Fahrrad steigen.

»Sie hat gesagt, wir sollen erst was nachgucken.«

»Was denn?«

»Sie weiß vielleicht, wo Sonja ist.«

KAJA und Jenni rasen durch die leeren Straßen. In der schummerigen Dämmerung dringt nur aus wenigen Fenstern Licht; die meisten Ferienhäuser stehen leer oder werden von einsamen Gastgebern bewohnt. Sie fahren an dem nackten Grundstück vorbei, auf dem einst das Ungetüm der Ruine gestanden hat, vorbei an dem y-förmigen Grundriss der Inselschule, den neuen Wohnungen, deren Fassaden und Dächer noch keine Spuren der Witterung zeigen. Kurz vorm Ende der Straße säumt ein Wall von wilden Hecken und Bäumen die rechte Seite, er endet abrupt vor einer Wiese, auf der die Hälfte des morschen umgefallenen Zauns liegt.

Kaja lehnt ihr Rad an die Bretter, die noch im Boden stecken, neben das Rad ihres Vaters, das im Schuppen fehlte.

»Hier muss er aus dem Gebüsch gekommen sein.« Jenni steigt vom Rad und stellt ihres daneben. Sie betritt die Wiese und läuft, die Straße im Rücken, am Rand des Gebüschs entlang.

Kaja geht noch einmal die Straße ab, sucht nach einer Lücke im Gestrüpp. Obwohl die Äste kahl sind, sind sie so dicht ineinander verschlungen, dass sie selbst ohne Blätter undurchdringlich wirken. Doch da, in der Bewegung erkennt Kaja eine weiße Fassade.

»Kaja!«, ruft Jenni. »Komm her!«

JENNI läuft über einen kaum erkennbaren Trampelpfad am Rande des Gebüschs über die Wiese. Über den braunen Ästen der dichten Heckenrosen, an denen noch vereinzelt verkümmerte Hagebutten hängen, ragt die »krumme Nase«, der grüne Kirchturm in Form eines Schiffsbugs, hervor. Nach wenigen Metern bemerkt sie eine lichte Stelle im Gebüsch. Gebückt geht sie unter tief hängenden Ästen auf ein kleines Haus zu. Die graugrüne Wellblechfassade ist halb in den Boden gebaut, so dass Jenni sie überragt und über das von Moos und Gräsern dicht bewachsene Flachdach sehen kann. Die hintere Fassade verschwindet komplett im Hügel, ein Bunker aus einem der Weltkriege, versteckt hinter Gestrüpp und niedrigen Bäumen. Anstelle einer Tür gibt es zwei Laub bedeckte Stufen, die zu einem Fenster hinunterführen, Rahmen und Scheibe fehlen.

Sie ruft nach Kaja, und obwohl das Gebüsch eine überschaubare Größe hat, ist es so dicht, dass sie die Straße nicht mehr sehen kann. »Ich geh zuerst rein«, sagt Jenni, als Kaja über die Wiese zu ihr aufgeschlossen hat.

Dann setzt Jenni sich auf die nasse Stufe und lässt die Beine ins Innere baumeln. Vor ihr liegt das grüne Fenster mit zersplitterter Scheibe auf dem nackten Beton. Sie stößt sich ab, Scherben knirschen unter ihren Schuhen.

»Was siehst du?«, fragt Kaja, die vor dem Fenster hockt und auf Jenni hinabblickt.

»Es ist nur ein kleiner Raum.« In einer Ecke stapeln sich Dachpfannen und etwas Müll liegt herum. Vermutlich die Hinterlassenschaften von Jugendlichen, die auf Entdeckungstour waren. Wie damals die Internatsruine ziehen sie Orte an, wo Erwachsene nicht zu finden sind. Jenni durchquert den circa zwölf Quadratmeter großen Raum und entdeckt einen schmalen Durchgang in der rechten hinteren Ecke. »Hier ist ein Flur!«

Er ist pechschwarz, undurchdringlich; riecht nach Moder und Zerfall, anders als in der Ruine – viel schmutziger, viel hoffnungsloser. Jenni zieht ihr Handy heraus und schaltet die Taschenlampenfunktion ein: Das Licht zerstört die Endlosigkeit.

»Sonja!«

MO beobachtet ihn aus sicherer Entfernung. Wie zu erwarten, biegt er hinter dem Gebüsch links ab, wo ein Schild neben leeren Fahrradständern den Strandübergang »Kinderkur« markiert. Sie späht um die Ecke. Der gepflasterte Aufgang schlängelt sich leicht hinauf und führt auf halber Höhe zu einem Toilettenhäuschen, dessen Dach über die Dünen schaut. Mo wartet, bis Julian aus ihrem Sichtfeld verschwunden ist, bevor sie ihm weiter folgt.

Ein Ehepaar kommt ihr entgegen, die dunklen Kapuzen

der Regenjacken tief ins Gesicht gezogen. Sie grüßen blind ins Nichts, und Mo nickt stumm zurück.

An den Toiletten knickt der Weg ab. Mo erhascht noch einen Blick auf Julians Mütze, als er kurz vor der Kuppe in einer leichten Kurve hinterm Gestrüpp verschwindet.

Vereinzelt leuchten orangene Sanddornbeeren an blattlosen Ästen mit langen Dornen auf. Dicke Tropfen baumeln von den vergorenen Früchten und fallen aufs Dünengras, sobald sie zu schwer sind.

Der Wind heult erneut auf, schlägt Mo Regen ins Gesicht; sie sieht zu Boden, schirmt ihre Augen mit der Hand ab.

»Bei dem Wetter noch einen Spaziergang?« Aus dem Nichts ist ein Mann hinter der Kurve erschienen, mit rundem Bauch und einem kleinen Terrier an der Leine, dessen Fell vom sich drehenden Wind in alle Richtungen gewirbelt wird. Der Mann schiebt sich an ihr vorbei, seine Stimme dröhnt in ihrem Ohr: »Sie holen sich noch den Tod.«

Vorsichtig späht sie um die Kurve: Die Kuppe ist jetzt erkennbar, Julian aber nicht mehr zu sehen. Mo rennt los. Mit jedem Schritt auf die vom Sand bedeckten Pflastersteine öffnen sich die Dünen wie ein Vorhang, die am höchsten Punkt den Blick aufs Meer freigeben.

Die Nordsee hat in der Dämmerung die graue Farbe des Himmels angenommen, nur wenn sich die Wellen auftürmen, schimmert dunkles Grün hindurch. Die Gischt schäumt vor Wut, Wellen bauen sich in zwei Meter Höhe auf, schlagen donnernd ineinander, ergießen sich über den Strand, ziehen sich zurück, nur um mit neuer Kraft anzugreifen. Der Anblick raubt ihr den Atem.

Mo sieht zum unteren Ende des Aufgangs. Julian ist weg. Ist er nach rechts oder links gegangen? Sie rennt fast lautlos den Weg hinunter, Steine gibt es keine mehr, nur noch den Sand, der von ihrer Sohle in die Höhe gerissen wird. Dort, wo ihre Fußspuren zurückbleiben, wird heller Pudersand aufgewirbelt, den der Regen sogleich dunkel färbt und damit die Fährte verbirgt.

KAJA rennt durch den kleinen Raum auf den Durchgang zu und starrt in einen Tunnel aus Finsternis, dessen Ende sie nicht sehen kann. Sofort übermannt sie eine Beklemmung angesichts der Schwärze, all die irrationalen Ängste, was dort auf sie lauern könnte, werden in ihrem Kopf laut, doch Kaja verscheucht sie. Dahinter ist ihre große Schwester, sie ist nicht alleine, und so rennt sie mit eingezogenem Kopf durch den Flur, die Hände vor sich ausgestreckt.

»Jenni?« Ihre Stimme klingt dumpf.

Ein schwacher Schimmer erhellt die Betonwand am Ende des Flurs. Kaja sieht um die Ecke: Das Licht kommt von einem vergitterten Fenster auf der linken Seite, vor dem Blätter im Wind zittern. Nackte Ranken schlängeln sich hindurch bis auf den Boden. Am Ende des Flurs ist die Haustür, auch hier nutzen die Pflanzen jede Lücke aus, um ins Innere zu gelangen, als versuchten sie, die Tür aus den Angeln zu heben.

Rechts gibt es einen weiteren Raum, auch dieser besitzt vergitterte Fenster, die etwas Licht hineinlassen. Eine halb aufgetürmte Mauer ist in der Hälfte des Zimmers errichtet worden. Dahinter hockt Jenni auf dem kalten Beton, Kaja kann ihre Schuhe und Teile des Rückens erkennen.

Sie sieht sich selbst von außen, wie in einem Traum: Ihre kleinen Kinderhände klammern sich im Meer an Sonjas Schulter fest, und Sonja strampelt wild, rettet Kajas Leben. Jetzt will sie Sonja retten – ein Leben für ein Leben. Sie muss die Chance haben, ihre Schuld wiedergutzumachen. Kaja berührt die Mauer und öffnet die Augen.

Jenni hält Sonjas Schlafanzug in der einen Hand, der verdreckt und durchnässt in der verrottenden Umgebung liegt, die andere ist um einen zerknüllten Zettel herum zur Faust geschlossen, und Kaja weiß, dass sie zu spät kommen. Erneut warnt sie ihre Intuition. Taumelnd lehnt sie sich an eine Wand und rutscht langsam daran hinunter, starrt unentwegt auf den Schlafanzug, in dem ein Körper stecken sollte. Sie will den Brief nicht lesen.

Kaja will sich an Sonjas kühle Stimme erinnern, an ihr raues, lautes Lachen, an den Stolz in ihren Bewegungen, der immer auch eine kühle Abweisung enthält. Aber es kommen nur verzerrte Bruchstücke. Wie hat ihr Gesicht ausgesehen, als sie die Treppe hinaufgerannt ist, was waren ihre letzten Worte? Zwanzig Versionen blitzen auf, doch nichts ist wirklich greifbar, nichts bringt ihr auch nur für ein paar Sekunden den Menschen, der ihre Schwester gewesen ist, zurück.

JENNI zupft ein langes rotes Haar von dem Schlafanzug und dreht es zwischen den Fingerspitzen, die bald taub vor Kälte sind. Als sie noch Kinder waren, hat sie Sonja oft das leuchtende Haar gekämmt.

»In der Schule nennen sie mich Pumuckl«, sagte Sonja mit Tränen in den Augen.

»Die sind nur neidisch, weil sie so gewöhnlich aussehen.«

Was würde Jenni jetzt dafür geben, sie noch einmal trösten zu können, ihr noch einmal in die Augen zu sehen.

Gestern am Strand hat sie sich eine Frage gestellt, die sie jetzt, wo das Abstrakte zur Realität geworden ist, beantworten kann: Ja, sie würde ihr Leben geben, um Sonjas zu retten. Sie murmelt Gebete, dass Gott Sonja zurückbringen und dafür Jennis Leben nehmen möge. Sie versucht, das Wunder zu verhandeln, würde ihren Körper hergeben, in dem Sonjas Geist wohnen könnte.

Da hört sie Sonjas Stimme, so sarkastisch wie immer: »Wie egoistisch von dir. Wer sagt denn, dass es auf der Erde besser ist? Willst mir nur wieder meinen Platz im Paradies streitig machen.« Sie hört ihr kratziges Lachen und muss unter Tränen lächeln.

Jenni denkt an Sonja und sieht sie vor sich als Kind, als Teenager, sie sieht Sonja, als sie noch eine Beziehung zu ihr gehabt hat, und ihr Herz ist voll Scham – sie hat ihre wertvollste Aufgabe, eine große Schwester zu sein, nicht erfüllt und stattdessen ein Beispiel von Distanz und Gleichgültigkeit vorgelebt, dem – wie immer – alle gefolgt sind.

Dabei fühlt sie die Liebe, die ihr Herz ausfüllt, in unveränderter Kraft. Sie liebt ihre Schwestern. Sie sind noch immer das Wichtigste in ihrem Leben, und sie hasst sich dafür, es Sonja nie gesagt zu haben.

Jetzt, wo alle tot sind, müssen wir uns nie wiedersehen. Das war das Letzte, was Jenni zu ihr gesagt hat. Es verfolgt sie. Und sie kommt nicht umhin zu denken, dass sie, wenn sie es nicht gesagt hätte, jetzt nicht diesen Brief in den Händen halten würde. Sonjas enge und schräge Schreibschrift – optisch schön, aber schwer zu lesen:

Ich wünschte, wir hätten miteinander sprechen können. Aber sooft ich es wollte, hat mein Mut versagt. Verzeiht mir und lebt wohl.

Und darunter in einer unbekannten krakeligen Schrift: *Ich gebe euch die Grausamkeit der Hoffnung, viel Spaß beim Suchen.*

Wie recht er hat. Ganz automatisch spult Jennis Kopf Erklärungen ab, wo Sonja sein könnte, wohlauf und quicklebendig, weil das alles nur Indizien sind, aber sie weiß es besser. Er hat schon einmal getötet. Die Ereignisse wirken surreal in ihrer Wiederholung. Ein Traum, den sie bereits geträumt hat und aus dem sie trotz des Erkennens nicht aufwachen darf. Sie will diese Hoffnung nicht.

Jenni zieht ihr Handy aus der Tasche.

»Was machst du?«, flüstert Kaja, ohne sie anzusehen.

»Ich rufe die Polizei. Wir bringen den Irren zurück hinter Gitter.« Jenni telefoniert in Eile und Wut, erzählt von Sonja und von Mo, die mit Julian am Strand ist. Und obwohl die Skepsis, auch nach mehreren Versicherungen, dass es sich um die Wahrheit handelt, am anderen Ende spürbar ist, versprechen sie vorbeizukommen.

Sobald sie auflegt, spürt sie die Tränen in den Augen, aber sie muss jetzt stark sein. Nur der Gedanke an Mo, die alleine mit einem Psychopathen ist, zwingt sie zum Handeln.

»Besser, du bleibst hier und wartest auf die Polizei«, sagt sie zu Kaja, die ebenfalls aufsteht.

»Nein, ich komme mit.«

»Ich will wenigstens eine von uns in Sicherheit wissen.«

»Jenni, wir haben es damals gemeinsam durchgestanden, und wir werden es auch dieses Mal schaffen.«

MO spürt, wie der Sand unter ihren Füßen nachgibt. Eine Böe wirft den letzten Nieselregen wie Spucke in ihr Gesicht, dann hört er abrupt auf. Das Meer hat noch immer nicht an Kraft verloren. Kurz nach dem Aufgang steckt ein Metallschild an einem hohen Pfahl im Sand: »Warnung! Kein fester Untergrund bei Niedrigwasser. Es besteht Lebensgefahr!«

In beide Richtungen hält Mo Ausschau nach einer schwarzen Gestalt, die im Dunst spaziert, doch sie erblickt nur eine Ödnis aus Grau und Beige. Plötzlich überkommt sie die Erinnerung an ihren Traum vor zwei Nächten. Sie am Strand und Alex, der mit einem Messer auf sie eingestochen hat. Sie hat den Schmerz gefühlt, und die Angst hielt nach dem Erwachen noch einige Minuten an. Am beängstigendsten war es jedoch, wie erleichternd es sich im Traum angefühlt hat, als sie starb. War es die Vision ihrer Zukunft? Ihr Herz rast, und sie sieht nervös in alle Richtungen. Noch steht sie am Aufgang, im Schutz des hohen Grases. Dünne Zweige sind entlang der Düne und alle paar Meter auch längs in den Boden gesteckt, um die Menschen davon abzuhalten, sie zu betreten. Vielleicht hält sich Julian dort versteckt.

Einem Gefühl folgend, läuft Mo Richtung Westen und huscht hinter die erste Stöckerwand, durchquert geduckt den Bereich bis zur nächsten. Sie spät durch die Äste und die Dünen rauf, bemerkt nichts, rennt ins zweite Gatter und ins dritte, und endlich sieht sie ihn aus den Dünen treten und über den Strand Richtung Meer laufen.

Mo hält sich versteckt, zieht ihr Handy aus der Jeans. Auf dem Display leuchtet eine Nachricht auf: *Sonja ist tot. Wir kommen, bleib, wo du bist.*

Sie kann es nicht glauben. Nicht weil sie es für unmöglich hält, sondern weil sie nichts fühlt. Die einzige Reaktion ihres Körpers ist eine Leere, die ihr eine Scheißangst einjagt und sie zugleich jede Vorsicht vergessen lässt.

Da spaziert der Mörder ihrer Schwester über den Strand, in seiner Kluft des Todes – wasserdicht.

Das Messer liegt schwer in ihrer Tasche, sie greift danach und rennt los, Julians Rücken im Visier. Sie ist ein wildes Tier, eines, das keine Chancen ausrechnet, eines, das nur noch dem Instinkt folgt. Sie beißt sich auf die Unterlippe, rennt schneller, immer schneller, seine Gestalt wird größer, das Wellengebrüll spornt sie an, der Wind heult – sie springt!

JENNI schiebt ihr Rad mit Wucht in den Ständer, das Blech zittert noch, als sie den Aufgang hinaufrennt. Noch immer würde sie Kaja lieber in Sicherheit wissen, aber da ist keine Kraft und keine Zeit zum Diskutieren, sie muss daran glauben, dass sie ihre Schwester schützen kann. Sie biegen um die Kurve, rennen bis zum höchsten Punkt der Düne, wo Sand den steinigen Untergrund ablöst. Die Wellen erheben sich mächtig im Licht der blauen Stunde. Sie hält nach einer oder zwei Gestalten Ausschau, die über den Sand laufen oder in den Dünen hocken.

Jenni kneift die Augen zusammen, um in der einsetzenden Dunkelheit etwas zu erkennen. Da registriert sie den dunklen Schatten, der beinah in den Ausläufern des Meeres liegt.

Sie rennt los und hört, dass Kaja ihr folgt. Und während der kalte Wind in ihren Lungen brennt, will Jenni nicht mehr hoffen. Die Realität hat ihren Glauben zerstört, als sie Sonjas Nachricht gefunden hat, und der Schmerz ist so allgegenwärtig, dass sie sich weigert, auf Mos Leben zu vertrauen. Doch ist es unmöglich, den Tod ihrer Schwester zu erwarten, und so läuft die Hoffnung mit – ungefragt – wie ein Naturgesetz.

Julian hockt über ihrer Schwester, die am Boden liegt.

Jenni stößt ihn in den Sand und lässt sich neben Mo auf die Knie fallen. »Was ist mit dir?«, ruft sie und versucht, Mo aufzuhelfen.

Ihre Schwester ringt panisch nach Luft, in ihrem Blick erkennt sie Alex wieder, wie er sie angefleht hat mit Verzweiflung in den Augen. Jenni ist damals eiskalt geblieben. Woher ist diese Angst gekommen, die keinen Raum für Gnade ließ? Und jetzt sind sie es, die aufs Überleben hoffen.

»Er hat …«, Mo holt Luft, »… mir in den Bauch«, wieder ein flacher Atemzug, »geschlagen. … Messer.« Mo deutet nach rechts.

Wie in Zeitlupe folgt Jenni dem Zeigefinger und sieht das

Küchenmesser auf dem nassen Sand liegen. Noch ehe sie sich regen kann, stürzen sich Kaja und Julian darauf. Mit schnellen Handgriffen hat er sie überwältigt, hockt sich hinter die im Sand sitzende Kaja und hält ihren Hals im Würgegriff, in der anderen Hand hat er das Messer.

Jenni sieht ihm erst jetzt zum ersten Mal richtig ins Gesicht und bemerkt eine gewisse Ähnlichkeit mit Alex, aber vielleicht ist es auch nur Einbildung. Julian hat sich sehr verändert, dennoch erkennt sie den unreifen Jungen, der Möwen tötete und Quallen zerhackte, und sie sieht, wie er mit dem blauen Spaten auf Alex' Schädel einschlägt.

»Lass sie los!« Jenni will aufstehen und auf ihn zugehen, doch Julian verstärkt den Griff um Kajas Hals.

»Komm nicht näher.«

»Julian, bitte lass sie gehen. Kaja hat am wenigsten damit zu tun«, fleht Mo, die endlich wieder Luft bekommt.

»Fühlt ihr das jetzt?«, er richtet die Klinge auf Kajas Bauch. »Habt ihr jetzt auch mal Angst?«

Jenni sieht das Entsetzen in Kajas Augen, sie schaut mit denselben großen Kinderaugen wie damals, als sie im Licht der Luke auf der Leiter stand und Jenni und Alex im Bunker entdeckte. Ihre Augen hatten danach nie mehr denselben naiven Glanz.

Dieses Mal wird Jenni sie schützen. Sie muss nur Zeit gewinnen und im richtigen Moment zuschlagen.

»Wo hast du Sonja versteckt?«, fragt Jenni und lässt unauffällig den Blick über den Strand wandern. Da ist niemand, der ihnen helfen könnte.

Julians Stimme ist leise, und Jenni muss sich konzentrieren, um ihn im Wind zu hören. »Ihre Leiche, meinst du? Oder glaubt ihr, dass sie noch lebt? Hoffnung tut weh, oder? Man glaubt ans Happy End, weil alles andere nicht vorstellbar ist. Ihr habt mir damals dabei zugesehen, wie ich die ganze Insel nach Alex abgesucht habe. Jenni, du hast meiner verzweifelten Tante gesagt, dass du nicht weißt, wo er ist, und alles tust, um ihn zu finden. Ich habe euch vertraut, und ihr habt mein Leben zerstört. Meine Familie hat sich von mir abgewandt, irgendwann haben selbst meine Eltern mir nicht mehr geglaubt. Fünfzehn Jahre habe ich gesessen. Ich bin praktisch im Gefängnis aufgewachsen. Das war meine ganze Jugend, und als ich rauskam, war ich allein. In all den Jahren habe ich es nicht geschafft, mir etwas aufzubauen. Das Suchen hört einfach nicht auf, und euer Leben geht ganz normal weiter, als sei nie etwas passiert!«

Das Licht ist fast verschwunden, sie sind nur noch blasse Schatten auf dem Sand.

»Aber du hast Alex doch umgebracht«, ruft Mo.

Julian sieht sie an, sein Blick ist fassungslos, mit geöffnetem Mund sitzt er da, ringt nach Worten. »Du lügst genauso dreist wie Sonja. Warum hätte ich das tun sollen?«

Jennis Gedanken rasen, als sie versucht, eine Antwort auf Julians Frage zu finden. Auf einmal ist sie voller Zweifel. Hat Mo recht gehabt? Ist Jenni etwa die Mörderin? Sie sieht vor sich die Ruine, die Polizisten und Schaulustigen, die sich davor tummeln. Was ist vorher passiert? Ist sie wirklich den Strand entlanggelaufen, oder war sie bei Alex im Bunker? Sie hat die Erinnerung bildhaft vor Augen: Julian, der mit dem Spaten auf die Qualle einschlägt. Aber Jenni ist gar nicht dabei gewesen. Sonja hat es ihr so lebhaft erzählt, dass Jenni glaubt, es selbst gesehen zu haben. Jetzt kann sie hören, wie Metall auf Knochen schlägt. Fühlt den Widerstand des Aufpralls in ihren Armen. Hat sie den Spaten geschwungen, um den Konsequenzen ihrer Taten zu entgehen? Hat sie anschließend alles vergessen, weil das Trauma zu tief sitzt, um sich zu erinnern?

»Ihr habt mich damals in eine Falle gelockt«, schluchzt Julian, und seine Fingerknöchel treten weiß über dem Messergriff hervor.

»Ich kann mich nicht daran erinnern«, sagt Jenni und spürt Mos Blick. Hat sie sich all die Jahre selbst belogen? Sie sucht nach Erinnerungen, findet bloß Fragmente. »Die Polizei war da, und, nein, warte. Wer hat es uns gesagt? Herr Jansen kam, er hat gesagt, dass die Polizei Beweise hätte, dass du festgenommen wurdest.«

Und Jenni erinnert sich, dass sie nicht schockiert war, sondern nur erleichtert. Das waren ihre ersten perfiden Gedanken. Ein Aufatmen. Alex war nicht an den Folgen der Verletzung gestorben, die sie ihm zugefügt hatte. Jenni war nicht schuldig.

Julian lässt das Messer sinken, hält Kaja aber weiterhin im Würgegriff. »Ja, ich habe die Polizei zur Ruine gebracht, zur Kellertür. Die Luke zum Bunker stand offen, sie haben ihn gleich gefunden«, sagt Julian und sieht noch immer nicht auf. »Hakan hat ausgesagt, ich hätte Tiere gequält und getötet. Es hätte mir Spaß gemacht, sie leiden zu sehen.« Tränen steigen ihm in die Augen und passen nicht zu dem, was er tut.

Jenni versucht, Kaja mit Blicken zu vermitteln, dass alles gut wird, dass sie sie aus dem Griff befreien wird.

»Meine Geschichte hat die Polizei nicht mal untersucht: Von den Mädchen, die kaltblütig morden und falsche Beweismittel platzieren, wollte niemand etwas hören.«

»Wovon sprichst du?«, fragt Mo.

1998

JULIAN fuhr am Friedhof vorbei. Die Insel erwachte, die ersten Frühsportler kamen ihm vom Strand entgegen. Er selbst saß schon seit einer Weile auf dem Fahrrad. Sobald der Morgen dämmerte, war Julian dankbar aus dem Bett gekrabbelt, in dem er eine weitere schlaflose Nacht verbracht hatte. Seit Alex' Verschwinden fühlten sich die Nächte an wie Zeitverschwendung und Schlaf wie Verrat.

Julian warf einen Blick auf den Imbiss, der in den frühen Morgenstunden noch geschlossen war. Vor wenigen Tagen hatten sie hier die Möwen gefüttert, er konnte nicht mehr darüber lachen. Er schob das Rad den Strandaufgang hinauf, verharrte kurz am höchsten Punkt, dort, wo man durch ein Fernrohr den Horizont nach Schiffen absuchen konnte. Über dem Meer kreiste seit gestern kein Hubschrauber mehr. Inzwischen hatten sie die Suche nach Alex eingestellt. Die Vorstellung, dass er ganz alleine irgendwo da draußen war, erschien ihm so beängstigend, dass er die Augen abwenden musste, und als sein Blick über den Strand wanderte, sah er Jenni, die vom Sportstrand in seine Richtung lief. Sie rannte mit unkontrollierten Bewegungen. Er überlegte, sie abzufangen, aber wusste nicht, was er sagen sollte. Sie erzählte ihm immer das Gleiche: Alex wollte schwimmen gehen. Die Vorstellung, dass er in der Weite des Meeres …

Er drehte um und fuhr über die schmale Strandpromenade, an deren Rand die Heckenrosen so dicht wuchsen, dass man das

Meer nicht sehen konnte. An der *Düne 13* ließ er sich den Berg hinunterrollen und wünschte sich, der kühle Fahrtwind würde das Gefühl, er hätte Alex im Stich gelassen, mit sich nehmen. Unermüdlich fuhr Julian die Insel ab und dachte bei jedem Jungen im dunklen T-Shirt und braunem Haar: Da ist er!

Und für einen Moment erfüllte ihn das Glücksgefühl, etwas lang Gesuchtes endlich gefunden zu haben, bis die Realität alle Träume zunichtemachte. Der eine Junge war zu klein, der andere hatte blonde Strähnen, jener einen anderen Gang. Und doch stellte sein Hirn unentwegt Verknüpfungen her, selbst wenn es jeder Logik widersprach, dass Alex mit einer fremden Familie im Eiscafé saß.

Julian fuhr am Kino vorbei, in dem er diesen Sommer nicht ein Mal gewesen war, und sah auf die Plakate: *James Bond – Der Morgen stirbt nie*, *Anastasia*, *Titanic*, *Stadt der Engel*. Er fuhr weiter über den Hospizplatz. An der Kreuzung zur Barkhausenstraße ließ er eine Kutsche vorbei, deren Fahrgäste betroffen an ihm vorbeiblickten, denn neben ihm auf dem Laternenpfahl klebte ein Bild von Alex mit der Überschrift: VERMISST! Die Touristen sahen nur ein Foto, das Mitleid hervorrief. Julian sah einen Jungen, der existierte, der weinte und lachte und sich stritt; der Mädchen küsste und kleine Cousins ärgerte.

Julian umfuhr das Schullandheim in einem u-förmigen Bogen und kehrte auf die Straße zurück. Seine Mutter wollte nicht, dass er alleine unterwegs war, doch sie kam erst am Nachmittag auf die Insel. Obwohl auch seine Tante es ihm verboten hatte, sagte sie nichts, wenn er sich auf die Suche machte, wohl in der stillen Hoffnung, dass Julian ihren Sohn finden würde. Julian war alles lieber, als dazusitzen und sich zu fragen, was mit Alex passiert war: War er ertrunken, lag verletzt in einem Graben, war im Watt stecken geblieben und von der Flut geholt, vom Kindermörder verschleppt worden? So vieles war möglich und jede Theorie beängstigend, also blieb Julian nur die aktive Suche, um die Gedanken zu vertreiben.

Er fuhr auf die Bäckerei an der Kreuzung zu. Vielleicht waren die Neumanns schon wach. Dann könnte er fragen, ob sie ein Fernglas hatten, und damit zur Seenotbeobachtungsstation gehen, um von dort aus die Dünen abzusuchen. Sonja würde vielleicht mitkommen. Er mochte ihren bösen, sturen Blick – umso magischer hatten sich da die wenigen Augenblicke angefühlt, in denen sie ihm ein Lächeln geschenkt hatte.

In dem Moment schoss ein orangener Haarschweif auf einem blauen Rad über die Kreuzung. Letzte Nacht war Sonja wie der Teufel aus der entgegengesetzten Richtung gekommen.

Vielleicht brauchte sie Hilfe mit ihrem Vater. Julian wollte nichts lieber, als jemandem zu helfen, irgendwo nützlich zu sein.

Er trat kräftig in die Pedale, bog an der Kreuzung rechts ab.

Sonja radelte zweihundert Meter vor ihm. Sie wich einer Delle auf der Straße aus, ihr Rad schwankte, und er glaubte, sie würde stürzen, doch sie fing sich wieder und strampelte weiter.

Trotz der angenehmen Kühle des Morgens begann Julian zu schwitzen, es war schwer, bei dem Tempo mitzuhalten.

Sonja fuhr am Fischladen und dem Müllcontainerplatz vorbei, bog am Spielplatz ab und fuhr über die Bahnschienen.

Seine Beine brannten, doch er hielt durch, folgte ihr in den Süderdünenring. Der Schweiß rann ihm unter dem Haaransatz die Stirn hinunter und verfing sich in seinen Augenbrauen.

Auf dem Teil der Insel war er bislang nur wenige Male gewesen. Da man doch sonst nur dieselben Straßen nahm, kam es ihm wie eine andere Stadt vor. Dann sah er das riesige, zweiflügelige Kasernengebäude mit den eingeschlagenen Fenstern. In dem Geisterhaus war er mal mit Alex und Hakan gewesen. Da, an der roten Backsteinwand, lehnte Sonjas blaues Rad und wirkte irgendwie unnatürlich inmitten der kaputten Szenerie.

Julian hörte auf zu treten und ließ sein Rad ausrollen. Er fürchtete sich nicht vor dem Haus, nur vor dem, was Sonja hier wollte, alleine, in dem Tempo einer Wahnsinnigen. Er schob das Rad über die Wiese und lehnte es neben Sonjas. Der Seiteneingang war abgeschlossen, doch das Schloss am Haupteingang war zerstört, und die schwere Holztür ließ sich einfach aufdrücken.

Die Kühle der Ruine ließ eine Gänsehaut über seine Arme wandern. Unter seinen Schuhen knirschten Glas und Schutt. Er spähte in die Zimmer mit den offenen Türen: Die Stockbetten waren teils von den Wänden in den Raum gezogen worden, standen neben zerschlagenen Kommoden und abgerissenen Postern. Julian stolperte über einen Damenschuh, dessen unmodischer Schnitt aussah, als würde er seit den Siebzigern hier liegen. Sein Herz raste. Wäre er mit Hakan oder Alex hier, hätte ihm die Umgebung nichts ausgemacht. Lachend wären sie durch die langen Flure gerannt, hätten Dosen durch die Zimmer gekickt, hätten jaulend wie tollwütige Hunde die Geister vertrieben, noch bevor sie ihren Spuk beginnen konnten. Jetzt aber war er alleine und fühlte sich verletzlich. Niemand wusste, dass er hier war. Nur sein Fahrrad an der Wand zeugte von seiner Existenz.

»Sonja?«, flüsterte er. Nichts. Bloß sein eigener heißer Atem und seine schüchternen Schritte. Er räusperte sich. »Sonja?« Es war, als störte seine Stimme die Stille. Von außen befühlte Julian seine Hosentasche und ertastete erleichtert ein längeres Stück Holz, auf dem sein Vater einst Julians Namen eingebrannt hatte. An einem Ende des Stiels saß ein Metallring. Er fühlte die Einkerbungen an der einen Seite. Sie beherbergte und schützte das Wichtigste: eine zehn Zentimeter lange aus Edelstahl gefertigte Klinge. Im langen Flur ging er auf das Treppenhaus zu, die Pflanzen, die durch den oberen Stock hereinwuchsen, raschelten in einer sanften Brise.

Plötzlich erklang ein lauter Knall und echote an den zerfetzten Tapeten der Ruine entlang auf ihn zu. Blitzschnell griff er in seine Hosentasche, zog das Messer heraus, drehte den Ring auf und ließ die Klinge herausspringen. Julian hielt den Atem an. Hier mitten auf dem Flur stand er wie auf dem Präsentierteller. Er rannte los, auf die Treppe zu.

Etwas kam um die Kurve, knallte mit Wucht gegen seine Schulter, so dass er zu Boden stürzte. Die Klinge klirrte schrill auf dem Linoleum.

Sonja war ebenfalls gestürzt, saß nun mit von sich gestreckten Beinen vor ihm und rieb sich den Arm.

»Geht es dir gut?«, fragte er.

Die Angst fiel von ihm ab, jetzt, da er nicht gegen ein Phantom kämpfte.

»Was machst du hier?«, fragte sie.

»Ich habe dich gesehen und … ich weiß auch nicht, wollte sehen, wo du hinfährst.«

Ihre Augen wurden glasig. Erst jetzt bemerkte er ihr verquollenes Gesicht, das mit roten Flecken übersät war, auch am Hals zeichneten sich Spuren ab, ähnlich eines Ausschlags. Ihre Schultern zitterten.

Julian krabbelte zu ihr. Ihr Körper war steif, und als er sie in die Arme nahm, entfuhr ihr ein Schluchzen, so laut, dass deutlich wurde, wie lange es in der angespannten Enge ihres Inneren gefangen gewesen war.

»Was ist passiert?« Er sah sich um, ob er die Ursache fand, doch überall waren Zeichen von Zerstörung und Zerfall. »Wo warst du denn?«

Sonja antwortete nicht. Sie weinte eine ganze Weile, bis sein T-Shirt mit Tränen durchtränkt war.

Lange saßen sie da, dann wurde Sonja irgendwann still und ihre Muskeln entspannten sich.

Julian streichelte über ihren Arm. Es gefiel ihm, sie zu halten, ihren Körper zu spüren, sie zu beschützen.

»Was ist passiert?«, fragte er wieder.

»Ich wollte das nicht«, flüsterte Sonja mit kratziger Stimme an seiner Brust.

»Was denn?«

»Da war so ein Druck in mir, der musste raus.«

»Wovon sprichst du?«

»Ich bin kein Opfer.« Sonja sagte das mit fester, entschlossener Stimme.

Er blickte auf ihre zitternden Lippen, auf denen vereinzelt feine Sommersprossen tanzten. Ihre Nähe ließ ihn schwindeln. Er senkte den Kopf und berührte ihren Mund mit seinem. Ihrer schmeckte salzig, nach einem heißen Sommer. In ihm tobte ein Sturm, dessen Kraft ihn ängstigte, der aber nichts als Schönheit hinterließ.

Sonja wich zurück, nicht so wie am Strand – ohne Wut.

»Entschuldigung«, flüsterte Julian.

Sonjas Augen huschten hin und her, versuchten, seinen Blick einzufangen.

Ihr Atem strich über seine Wange, und er verspürte Erregung, beschämt legte er die Hände über seinen Schritt.

Sonjas Blick folgte seiner Bewegung, die Augenbrauen skeptisch zusammengezogen, und als sie ihn nach zähen Sekunden wieder ansah, war ihr Blick der einer Jägerin, die ihre Beute erfasst hatte. Sie holte aus und schlug ihm mit Wucht auf die Nase.

Tränen schossen ihm in die Augen. Der Schmerz war erträglich, aber das Blut schoss heraus und tropfte auf sein gelbes T-Shirt. Er versuchte, es mit den Händen aufzufangen.

»Du hast mich angefasst.« Sonjas Tonfall war so bestimmt, dass es ihm nicht in den Sinn kam zu widersprechen.

»Entschuldigung«, stammelte er.

Sonja griff nach seinem T-Shirt und zerrte es ihm über den Kopf, er wehrte sich nicht, versuchte noch immer zu begreifen, was geschah.

Die Kühle auf seiner Haut machte ihm seine Nacktheit bewusst, er schämte sich für die blasse speckige Haut, die sich über den Bund seiner Hose wölbte. Da war nichts, was sie nicht schon am Strand gesehen hätte, aber hier in der Ruine wirkte es fehl am Platz, machte es ihn verwundbar.

Sonja knüllte das T-Shirt zusammen und drückte es gegen seine Nase. »Du hättest nicht herkommen sollen«, sagte sie, und ihr Blick war streng.

»Dann lass uns gehen.« Seine Worte wurden durch den Stoff gedämpft.

»*Du* gehst.« Sonja entriss ihm das Shirt und stand auf.

Seine Nasenlöcher waren verklebt vom vertrockneten Blut, er betastete sie mit dem Finger, etwas frisches Rot klebte daran, aber es hatte fast aufgehört.

»Was ist mit dir?«

»Ich komme nach.«

»Mein T-Shirt.« Sein Blut zeichnete sich deutlich auf dem hellen Stoff ab.

»Das kannst du wohl schlecht wieder anziehen. Fahr so nach Hause. Du bist doch ein Junge.«

»Soll ich es nicht mitnehmen?«

»Geh nach Hause!«, schrie sie, der Blick voller Zorn.

Julian stand auf, verunsichert von ihrem Verhalten, das in Sekundenschnelle wechselte. »Ich lass dich hier nicht alleine.« Entgegen seiner Intention klang er fragend.

Sonja schubste ihn nach hinten, er knallte mit dem Rücken gegen die Wand. »Du bist nur ein fettes Schwein!« Sie ging rückwärts, wie um noch einmal Anlauf zu nehmen, da stieß ihre Sandale gegen das Messer, das über den Boden rutschte.

Erstarrt sah Julian, wie sie es mit dem T-Shirt in der Hand umklammerte und aufhob. »Verpiss dich.« Da rannte Sonja um die Ecke, und er hörte eine schwere Eisentür zufallen.

Er folgte ihr, zerrte an der Tür, doch sie bewegte sich nicht. Mit den Fäusten schlug er dagegen, schrie Sonjas Namen wieder und wieder. Als er am Griff zog, rutschten seine Hände ab, er stolperte zurück – und eine Erkenntnis traf ihn.

Was sie unter Tränen gestammelt hatte, erschien endlich einen Sinn zu ergeben, den er nicht begreifen *wollte*. Etwas war passiert. Mit ihr. Mit diesem Ort. Etwas oder jemand war mit ihr hinter der Tür. Er rannte durch den langen Flur, stieß die schwere Eingangstür auf und trat ins Sonnenlicht. Julian sprang auf sein Rad und fuhr geradewegs zur Polizei.

2018

JENNI kneift die Augen zusammen. Eine Böe fegt über den Strand, peitscht eine Ladung Regentropfen in ihr Gesicht, dann ist es wieder still.

Sie hat Mühe, das eben Gehörte zu einem sinnvollen Bild zusammenzusetzen. Ist Alex letztendlich doch an seinen Verletzungen gestorben, und Sonja hat ihn gefunden? Was wollte sie in der Ruine? Ihm etwas zu trinken geben, ihn befreien? Wie schrecklich muss es gewesen sein, einen Toten zu sehen. Sie war erst dreizehn Jahre alt.

All die Jahre hatte Jenni diese Wut auf Sonja, auf das Lieblingskind ihres Vaters, dabei hat Sonja alles getan, um Jenni zu schützen. Warum hat sie es ihr nie erzählt?

»Ich wollte ihr helfen, und sie hat mich verraten. Und ihr habt alle geschwiegen.« Julian schluchzt. »Warum musste er sterben?«

Jenni sieht vor sich, wie Julian mit einem Spaten auf Alex' Schädel einschlägt, so hat sie es sich all die Jahre vorgestellt. Im zittrigen Bild wechseln Julian und Sonja die Gestalt, stehen nebeneinander, werden zu einer Person; und dann ist es Jenni selbst, die den Spaten in der Hand hält und zuschlägt. Sie erinnert sich an das Gefühl, das die Flasche macht, als sie auf Alex' Schädel prallt, und sie hört das Geräusch, als er von der Leiter fällt und sein Kopf auf den Beton knallt.

»Vielleicht hat Sonja die Polizei in die Irre geführt, aber sie hat ihn nicht getötet.« Jennis Stimme – tränenerstickt – kämpft darum, gehört zu werden. »Ich war es. Ich habe ihm auf den Kopf geschlagen und ihn da unten an seinen Verletzungen sterben lassen.«

»Er wurde nicht erschlagen.« Julians Stimme ist ruhig und nüchtern. Er lockert den Griff um Kajas Hals etwas. »Er hatte eine Schädelfraktur, gestorben ist er durch Ersticken. Ich kenne die Scheißakte auswendig.«

»Das kann nicht sein.«

»Sonja hat es doch zugegeben!«

»Bevor du sie umgebracht hast? In Todesangst hat sie sicher die Wahrheit gesagt.« Da erst wird Jenni wieder bewusst, mit wem sie redet. Was er getan hat.

»Woher wusstest du, dass wir auf Langeoog sind?«, fragt Mo.

»Ich wusste es nicht. Fünf Jahre lang habe ich versucht, mir ein Leben nach dem Gefängnis aufzubauen, ich habe meinen Namen ändern lassen, alle Verbindungen gekappt, aber bin an jedem Versuch gescheitert. Ich habe keinen Sinn gefunden und auch kein Vertrauen.

Mein Psychologe hat gesagt, geh nach Langeoog, dorthin, wo alles angefangen hat, und sag der Vergangenheit Lebewohl. Doch die Vergangenheit war schon weg: die Ruine – nur Gras. In meinen Gedanken ist alles so mächtig gewesen, und in der realen Welt existierte nichts mehr davon.

Ein paar Tage später war das Allerheiligenschwimmen. Ich bin mit all diesen Fremden ins eiskalte Wasser gerannt. Die Kälte nahm mir die Luft, diese rohe Kraft, dieses Ausgeliefertsein, aber gleichzeitig war es so reinigend – ein unbeschreibliches Gefühl.

Die Zuschauer haben uns zugejubelt, und ich dachte, dass ich wieder jemand sein kann. Ich bin mehr als nur die Vergangenheit.

Am Abend gehe ich in die *Düne,* und wer steht hinter dem Tresen?« Er lacht freudlos. »Ich dachte, jetzt verlierst du doch noch deinen Verstand. Aber je länger ich sie beobachtet, ihre Stimme gehört habe, desto sicherer war ich mir, dass sie es ist. Vor ein paar Stunden habe ich der Vergangenheit Lebewohl gesagt, und dann stand sie vor mir.« Wieder ein Lachen. »Ausgerechnet Sonja. Als hätte sie mir der Himmel geschickt.« Er macht eine Pause, als würde er über die richtige Reihenfolge der Ereignisse nachdenken. »Ich bin nach Hause und wusste nicht, was ich tun sollte. Immer habe ich mir ausgemalt, wie ich euch zur Rede stelle. Ich dachte, Jenni hätte ihn umgebracht, und Sonja hätte nur die falschen Beweise platziert, als sie ihn fand. Und jetzt waren wir beide auf der Insel! Es war meine Chance, Antworten zu finden und mit der Sache abzuschließen.

Ich bin am nächsten Tag wieder in die *Düne* gegangen, ich wollte ihr sagen, wer ich bin, aber es gefiel mir, sie so ahnungslos zu sehen, ihr plötzlich überlegen zu sein. Als Kind hatte ich um ihre Aufmerksamkeit gekämpft, und endlich nahm sie mich wahr.

Ich weiß nicht, warum ich trotz allem mit ihr geschlafen habe. Es war, als wäre das gar nicht ich gewesen. Ich habe es einfach zugelassen. Aber dann hat sie mich doch erkannt, und ihre Verachtung war wieder da. Sie hat mich rumgeschubst, wie damals. Und plötzlich wart ihr alle wieder da, und ich habe mich nicht getraut, zu euch an den Tisch zu gehen. Ich bin weggelaufen wie ein Feigling.

Abends habe ich gedacht: Jetzt oder nie! Ich wollte endlich eine Erklärung von Sonja.

Sie war so überheblich. Nichts wollte sie zugeben, sich für nichts entschuldigen. Wie kann jemand so eiskalt sein? Hat sie überhaupt jemals einen Gedanken an mich oder Alex verschwendet?«

»Sie hat an Alex gedacht. Das haben wir alle.« Kajas sanfte Stimme erklingt in der Dunkelheit. »Es tut mir leid, was dir passiert ist, aber wir wussten davon nichts.«

»Ihr wart doch alle da!«, schreit er, schubst Kaja von sich weg und steht auf. Sie krabbelt in Mos und Jennis Arme. »Er war tagelang da unten! *Ein* Wort, Kaja. Ein Scheißwort, mehr hättest du nicht sagen müssen!«

»Wir waren Kinder.«

»Das war ich auch!«

»Hör auf!«, schreit Jenni. »Ich habe ihn eingesperrt. Es war meine Schuld. Bitte sag mir, wo Sonja ist.«

»Das tut weh, oder, Jenni? Ich durfte auch nicht auf Alex' Beerdigung gehen. Fragst du dich, ob es schnell ging? Ob sie lange in dem kalten Bunker lag?«

»Was auch immer sie dir angeblich erzählt hat«, rief Jenni. »Sonja hatte keinen Grund, Alex zu töten.«

»Warte«, flüstert Kaja und kneift die Augen zusammen, als würde sie einen Gedanken aus ihrem Gedächtnis schütteln, dann reißt sie die Augen weit auf und sieht aus wie das kleine Mädchen von damals. »Jenni, ich erinnere mich.«

1998

KAJA lief zu den Dünen hinterm Haus. Nach alter Familientradition wollte sie den Sonnenaufgang sehen – etwas unzerstörbar Schönes, das Menschen nicht verhindern konnten.

Sie lief auf die erste hohe Düne, auf der anderen Seite hinunter und dann die zweite hinauf. Hier war man sichtgeschützt von den Häusern im Rücken und der seitlich verlaufenden Straße, alles andere war wildes Land.

Etwas unterhalb der Düne gab es eine leichte Einkerbung, doch der Familienplatz war besetzt. Der lichte Hinterkopf ihres Vaters starrte sie an. Kaja rührte sich nicht, als könne er sie sonst sehen oder ihre Präsenz fühlen. Ihr Vater trug ein grünes T-Shirt und Jeans, er hatte seine Ellenbogen auf die Knie gestützt und legte den Kopf in den Nacken, um aus einer Flasche zu trinken. Sie konnte die hellen Brauen sehen und die Wimpern, die sich wie ein Fächer um die geschlossenen Lider legten. Sie wollte ihm in die Arme laufen, seine große Hand fühlen, die über ihren Rücken rieb. Sie wollte sein Rasierwasser riechen, seine Stimme hören, die alle Probleme ins Lächerliche zog, bis man selbst darüber lachte.

Er senkte den Kopf, und Kaja rannte, ohne zu wissen, warum, hinter die Kuppe, wo sie außer Sichtweite war. Sie vermisste ihren Vater fürchterlich. Da waren Mos und Jennis Stimmen, die sagten, er sei nicht mehr ihr Vater, und Kaja hatte das Gefühl, sich zwischen ihm und ihren Schwestern entscheiden zu müssen. *Sie* waren da. Er hatte in den letzten Tagen nicht versucht, sie zu sehen, hatte nicht einmal angerufen.

Kaja ging seitlich um die Düne herum. Auf allen vieren kroch sie ins Gebüsch, von wo sie rundherum geschützt war und gleichzeitig, durch die Blätter, ihren Vater im Profil sah.

Ihr Vater drehte den Kopf zu ihr, seine Augen waren von geplatzten Äderchen gerötet, und dicke Tränensäcke lagen darunter. Er lächelte.

Obwohl er über das Gebüsch hinwegsah, fühlte Kaja sich angesprochen. Sie wollte rückwärts durch die Dornen kriechen und zu ihm laufen, da hörte sie Schritte. Sonjas lange Storchenbeine staksten an Kaja vorbei. Sie umarmte aus dem Stand ihren Vater und setzte sich neben ihn ins Gras. Er legte den Arm um ihre Schultern.

»Papa, wie kannst du jetzt schon trinken?«

»Schon?« Er lachte. »Noch. Ich war noch gar nicht im Bett.«

Sonja schüttelte den Kopf.

Ihr Vater strich ihr übers Haar. »Ach, Sonja, wenn ich dich nicht hätte. Du bist die Einzige, die zu mir hält.«

»Es geht los«, sagte sie nüchtern.

Der obere Rand der Sonne erschien leuchtend orange am Himmel, während ihr erstes Licht blutrot über die Dünen kroch. Anders als beim Untergang wirkte sie klein und vertrieb doch die Geister der Nacht.

Sie saßen da und sahen dabei zu, wie die Sonne höher stieg. Die Vögel erwachten zwitschernd, die Insekten summten, die Wärme breitete sich über der Insel aus und kündigte einen weiteren heißen Sommertag an.

Kajas Arme, Beine und der Nacken taten ihr weh vom Hocken im engen Gebüsch, doch wie ihr Vater und ihre Schwester blieb sie reglos und sah weiter in den Himmel. Solange die Sonne stetig am Himmel aufstieg, schien die Zeit stehenzubleiben, und das war die größte Erleichterung, die sie in den letzten Tagen gefühlt hatte.

»Ich möchte, dass du bei mir wohnst«, sagte ihr Vater, und Kaja erschrak vor dem plötzlichen Klang seiner Stimme.

»Wir reisen doch eh morgen ab.«

»Ich meine danach. Ich werde mich von Mama trennen.«

Kaja spürte, wie ihre Kehle eng wurde.

Ihr Vater trank noch einen Schluck Bier, dann wurde seine Stimme laut. »Hast du gehört? Du wirst bei mir wohnen.«

»Was ist mit Mama?«

»Die hat doch ihre Wunschkinder.«

Sonja wandte den Kopf vom Schauspiel ab, blickte streng in seine Augen. »Sie sind auch deine Kinder. Du kannst sie nicht abschieben.«

»Das will ich auch nicht, aber ich brauche Zeit. Wenn ich sie sehe, sehe ich Lügen. Nur du und Kaja seid echt, aber sie ist noch so klein.«

»Ich gehe dahin, wo meine Schwestern sind!«

Seine Augen verdunkelten sich, als hätte jemand einen Schalter in ihm umgelegt und Finsternis erschaffen. Er packte Sonja am Arm. »Also lässt du mich im Stich?!«

Sie versuchte, ihn abzuschütteln. »*Du* zwingst mich doch zu wählen. Und wenn ich es muss, dann bleibe ich bei meinen Schwestern.«

Ihr Vater beugte sich über sie. »Es ist schon alles mit deiner Mutter besprochen, die will dich eh nicht bei sich haben.«

Sonja kroch nach hinten, um von ihm wegzukommen, doch er hielt sie erneut am Arm fest. »Deine Mutter ist an allem schuld, ich werde nicht zulassen, dass du so wirst wie sie!«

Sonja versuchte, von ihm loszukommen.

»Du gehörst zu mir!« Martins Fuß stieß gegen die Flasche, Bier floss glucksend ins Dünengras.

»Lass mich los! Ich will nicht bei dir sein!«, schrie Sonja und wehrte sich mit aller Kraft.

»Hör auf!« Ihr Vater versuchte, ihre Arme und Beine zu fassen, sie niederzudrücken. »Du verlässt mich nicht«, murmelte er, und seine Augen schienen zu jemand anderem zu gehören. Sie waren trüb und in eine andere Welt gerichtet.

Da erst wurde Kaja bewusst, dass sie keinen Film sah, sie war nicht machtlos. Ihre Muskeln spannten sich an wie bei einer Katze, die zum Sprung ansetzt. Ein Fasanenschrei erklang so hell, so eindringlich, als würde er ihr seine Stimme leihen.

Endlich ließ ihr Vater Sonjas Schultern los, setzte sich auf seine Unterschenkel – er sah aus, als wäre er aus einem Traum erwacht. Verwirrt starrte er auf seine Hände, schüttelte immerzu den Kopf. »Es tut mir leid.«

Sonja kroch rückwärts von ihm weg.

»Sonja, ich wollte dich nicht anschreien«, sagte er. Seine Augen schimmerten feucht. »Aber du musst bei mir bleiben.«

Sie stand auf, und anders als bei Kaja liefen ihr keine Tränen über das Gesicht.

»Sonja, wenn du mich verlässt, dann habe ich keinen Grund zu leben, verstehst du? Du bist mein Ein und Alles, und wenn du nicht mit mir kommst, dann wird mir etwas Schlimmes zustoßen. Das willst du doch nicht.« Ihr Vater streckte eine Hand nach ihr aus, berührte sie aber nicht. Mit tränenerstickter Stimme sagte er: »Du musst bleiben, Sonja, du musst.«

Die Sonne stand direkt hinter Sonjas Kopf, das Licht wurde eins mit ihrem Haar.

Wie ein hilfloser Junge sah ihr Vater zu Sonja auf.

Sie drehte sich um und ging. Ihre Augen waren dunkel, kalt.

Etwas in ihrem Blick erschütterte Kaja zutiefst. Sie traute sich nicht, hinterherzulaufen und Sonja zu trösten. Noch tiefer kroch sie ins Gebüsch.

Ihr Vater saß da, den Kopf in die Hände gestützt, und schluchzte laut.

Kaja schloss die Augen, machte sich blind und taub für die Welt.

Die Sonne wurde größer und wärmer, ließ die Schatten kürzer werden. Als die kräftigen Strahlen sich im grünen Glas der Flasche brachen und Kaja blendeten, sah sie auf. Blätterschatten tanzten auf ihrer olivfarbenen Haut.

Ihr Vater war fort.

2018

JENNI spürt ihre Finger im beißenden Wind nicht mehr. Sie versucht, sich an die Jahre nach diesem Langeoog-Urlaub zu erinnern: Ihr Vater ist auf Abstand gegangen, zu allen. Selbst zu Sonja und Kaja. Ja, das hat sie immer gewundert, dass sie einander plötzlich so fremd waren.

Die Erbschaft – alles ging an Sonja. War es eine Entschuldigung für die Drohung, die er ausgesprochen hatte? Warum hatte Sonja ihr nie etwas gesagt? Jenni versucht, sich vorzustellen, wie Sonja sich gefühlt haben musste, als sie von dem einen Mann, von dem sie geglaubt hatte, er würde sie immer beschützen, so emotional erpresst worden war. Was er ihr aufgebürdet hatte. Jenni weiß noch genau, wie machtlos sie sich gefühlt hatte, als ihre Eltern sich ohne Vorwarnung völlig verändert hatten. Die Mädchen waren auf sich gestellt gewesen, das ganze Dasein hatte sich fragil angefühlt, und Sonja, noch fünf Jahre jünger als Jenni, sollte für das Leben oder Sterben ihres Vaters verantwortlich gemacht werden.

»Ich habe lange geglaubt, dass Jenni es getan hat und ihr alle davon wusstet.« Julian lässt das Messer in den Sand fallen. »Bis Sonja endlich zugab, dass sie ihn getötet hatte, doch sie erzählte, dass ihr sie dazu überredet hättet.«

»Das haben wir nicht«, versicherte Jenni.

Julian dreht sich zum Wasser, vor ihm nur eine schwarze Masse. »Ich will nicht mehr«, sagt er. »Es hört nie auf weh zu tun.«

Jenni steht auf und berührt ihn an der Schulter. »Ich denke jeden Tag an Alex, und ich werde mir nie vergeben.«

Sein Gesicht ist silbern vom Mondlicht, seine Unterlippe zittert.

Jenni sieht ihm fest in die Augen, dem Mörder ihrer Schwester, und doch kann sie ihn nicht hassen. Sie hält ihn fest in den Armen, spürt seine Hand auf ihrem Rücken.

»Ich wollte mich rächen.« Julian steht da, groß und stark, und dennoch wirkt er so zerbrechlich. »Aber ich bin nicht wie ihr.«

Jenni will sich von ihm lösen, doch er hält sie fest. Sie sieht auf die schemenhaften Gestalten von Kaja und Mo, auf das unvollständige Bild ihrer Schwestern, die aufstehen und näher kommen. »Wo ist Sonja?« Jenni will die Hoffnung nicht zulassen, aber wie immer taucht sie ungefragt auf und setzt sie in Brand.

Julian zuckt mit den Schultern und gibt Jenni frei. »Ich weiß es nicht. Sie ist abgehauen und untergetaucht. Sie wollte nicht dabei sein, wenn ihr die Wahrheit erfahrt.«

Sirenen hallen wie kreischende Vögel durch die Nacht.

»Sie hat das zugelassen?« Jenni weiß nicht, ob sie ihm noch glauben kann.

»Sie wusste nichts von alldem hier. Ich hatte doch auch keinen Plan, ich wollte nie eine von euch ernsthaft verletzen, ich wollte nur, dass ihr auch mal fühlt, was ich damals gefühlt habe. Ich hätte euch zum Bunker gelockt, wenn Mo nicht plötzlich in meinem Zimmer aufgetaucht wäre, ich wollte, dass ihr genauso viel Angst um sie habt wie ich damals um Alex. Aber ich hätte euch nie wirklich geschadet.«

»Sonja lebt«, flüstert Kaja und fällt Mo in die Arme.

Sie lebt, aber niemand weiß, wo sie ist und ob sie jemals wiederkommen wird. Sie hat ihre Schwestern im Stich gelassen, oder ist sie Jennis Beispiel gefolgt, hat sich genau wie sie vor vielen Jahren gegen die Verantwortung entschieden?

Sonja soll Jennis Jugendliebe getötet haben, und Julian, den sie all die Jahre gehasst hat, ist unschuldig, und wer ist Jenni? Wer ist sie in der ganzen Geschichte?

Sie lässt ihre Schwestern und Julian stehen, der ihr regungslos nachblickt, und geht in die Schwärze hinein.

»Jenni!« Kajas Schrei weht zu ihr übers Wasser.

Jenni dreht sich um, sieht den Schein der Taschenlampen wie Irrlichter über die Dünen zucken. Sie brauchen die Hilfe nicht mehr. »Ich komme gleich wieder!«, ruft sie und lächelt ihren Schwestern zu.

Das Meer sticht in ihre Haut wie Nadeln. Sie ringt nach Luft, aber die Kälte verhindert, dass sich ihre Lungen weiter ausdehnen, und das Herz hämmert gegen ihre Brust. Die Dunkelheit ist beängstigend, wenn sie zu weit reingeht, könnte sie die Orientierung verlieren. Ihre Hände sind so kalt, dass sie die Finger nicht mehr strecken kann, aber sie weiß, dass ihre Schwestern warten und sie wärmen werden, wenn sie zurückkommt, und vielleicht können sie dann endlich wieder eine Einheit sein und Sonja finden.

Die Flut hat die drei schon fast erreicht, bald wird sie den Sand von ihrer aller Spuren reinigen, als wären sie nie da gewesen.

Das möchte auch Jenni. Sich reinigen, so wie Julian es beschrieben hat. Die Vergangenheit abwaschen, Klarheit durch Kälte erlangen. Sie fühlt, wie das Wasser ihren Hals küsst. Sie dreht sich auf den Rücken, der Schmerz lähmt ihre Muskeln, vor allem aber ihr Innerstes. Endlich kann sie es zulassen, sich selbst hören.

Jenni sieht hinauf, und über ihr ist die Wolkendecke aufgerissen und hat ein Fenster in den Himmel geöffnet. Sterne funkeln wie Wegweiser in der Finsternis. Im Angesicht des Universums wird ihr ihre eigene Nichtigkeit bewusst, und es erfüllt sie mit Dankbarkeit.

Für das Meer sind sie nichts, und mit ebendieser Gleichgültigkeit hat es Jenni immer behandelt: Mal trug es sie, mal zog es sie in die Tiefe; mal wollten die Wellen ihre Knochen brechen, mal ihr einen Moment der Freiheit schenken. Die Nordsee hält sie sanft in ihren kalten Armen, und inmitten dieses Wesens, das geprägt ist durch den Wechsel von Ebbe und Flut, von Gefahr und Leichtigkeit, da fühlt Jenni nichts als Frieden.

Epilog

SONJA steht im weißen Sand und sieht auf das türkisfarbene Meer. Ihre Haut liebt die Wärme, die auch im Schatten spürbar ist. Ihr Neustart auf Langeoog hat letztendlich zu einem weiteren Neustart auf Phuket geführt. Eine Insel ist so gut wie die andere. Die Entscheidung zur Flucht war eine für sich selbst und gegen die Familie.

Sie liebt ihre Schwestern, aber sie könnte ihren Anblick nicht ertragen, wenn sie erkennen, was Sonja getan hat. Wie könnte sie Jenni erklären, dass sie ihre Liebe umgebracht hat, nachdem sich Jenni jahrzehntelang für seinen Tod verantwortlich gefühlt hat.

Sie hat Jenni nur einen Zettel mit ein paar Zeilen dagelassen, zu mehr war sie nicht imstande. Sie weiß, dass Julian ihr die Nachricht überreicht hat, weil er sich, trotz allem Leid, eine gewisse Sanftheit bewahrt hat, weshalb er Sonja gehenließ, anstatt sich zu rächen.

Sie hörte förmlich Mos Tadel, wie sie so naiv sein konnte, mit Julian zusammen zu seiner Wohnung zu fahren, als er mitten in der Nacht im Garten stand. Aber Sonja hatte sich ihm immer überlegen gefühlt.

Sie saßen auf dem Bett in seiner kleinen Ferienwohnung, und Sonja erzählte ihm, wie Alex in dem Bunker gelandet war, von ihrer Familie und Jennis Verlustängsten und dass er letztendlich seinen Verletzungen erlegen war. Sie hatte ihn befreien wollen, aber sie war zu spät gekommen. Als dann Julian aufgetaucht war, hatte er ihr alles geliefert, was sie gebraucht hatte, um die Schuld auf ihn zu lenken. Nachdem Sonja all seine Fragen beantwortet hatte, brachte er sie vor die Haustür.

»Die Ruine hatte nicht den einzigen Weltkriegsbunker. Es gibt noch einen, direkt hier in der Straße«, sagte er, als sie ihr Fahrrad vom Zaun holen wollte.

Sonja zeigte sich unbeeindruckt. »Wohnst du deshalb hier?«

»Sollte man meinen.« Er lachte freudlos auf, und sie wusste nicht, ob über die Fügung des Schicksals oder über seinen gerissenen Plan. »Alex wurde erstickt. Wieso musst du immer lügen?«

Noch ehe sie reagieren konnte, hatte er sie überwältigt, bis ihr schwarz vor Augen wurde und sie sich im kalten Bunker wiederfand. Er wollte Sonja dortbehalten, bis ihre Schwestern sie fanden, doch in der Kälte hätte sie keine zwei Tage überlebt. Und so brachte er sie voller Reue zurück in sein Zimmer, legte sie ins Bett und wärmte sie auf. Am nächsten Morgen gestand sie ihre Schuld ein und erzählte, dass sie es für ihre Schwestern getan hatte.

»Ich wünschte, ich könnte dich hassen, aber du warst noch so jung«, hatte Julian gesagt, und Sonja hatte ihn schließlich davon überzeugen können, dass er sie die Insel und ihre Schwestern ohne ein Wort des Abschieds für immer verlassen ließ. Er war zu ihrem Haus gefahren und hatte ein paar Sachen geholt, damit sie hatte verschwinden können.

Sonja zieht die Möglichkeit in Betracht, dass Julian ihre Schwestern trotzdem auf eine erfolglose Suche schicken könnte, und der Gedanke quält sie. Aber sie ist feige. Sie will die Blicke nicht auf sich spüren, wenn sie die Wahrheit erfahren, und in einem ist sie absolut sicher: Julian würde ihren Schwestern nichts antun. Etwas in ihr fühlt sich zu ihm hingezogen, selbst jetzt. Vielleicht weil sie beide über Jahre hinweg das gleiche Geheimnis geteilt haben: Sie hat es nie preisgeben wollen, ihm hat nie jemand geglaubt.

Sie schließt die Augen und denkt an die Nacht zurück, als sie noch nicht wusste, wer er ist. Etwas in ihr wollte ihn kennenlernen, hat ihn vielleicht erkannt. Sie hofft, dass diese Gedanken bald vergehen werden, wie alles irgendwann vergeht.

Julian ist jemand, der sich ans Leben klammert und um seinen Seelenfrieden kämpft, während Sonja es nicht wagt, sich einen Sinn im Leben zu geben, und nichts als Chaos hinterlässt.

Jetzt ist sie ganz allein. Alle Konten sind gelöscht: Handynummer, Bankkonto, E-Mail-Account, Facebook, Instagram – alles weg. Keiner weiß, wo sie ist, und sie hat nicht vor, es jemandem zu sagen.

Sonja hat eine Kiste in ihrem Inneren, die ist verschlossen und mit Ketten gesichert, sie steht in einem Raum, der ganz mit weißer Watte gefüllt ist, damit sie nicht aneckt, damit das Helle das Dunkle überwiegt. In der Kiste ruhen wenige Stunden, an die sie sich immer geweigert hat zu denken, aber jetzt muss sie sie ein Mal zulassen.

Sonja läuft aus den Dünen, und in ihr hat sich alles aufgelöst. Da waren der Wahnsinn in den Augen ihres Vaters und die Drohung, dass sein Leben von Sonjas Entscheidung abhängt. In den letzten Tagen hat niemand gefragt, was sie will. Sie muss das Geheimnis um Alex' Verbleib wahren und musste nachts alleine zum Bunker fahren, sie darf nicht entscheiden, ob sie bei ihrem Vater oder ihrer Mutter wohnen will. Tagelang musste sie den Babysitter für ihren Vater spielen, und keine ihrer Schwestern stand ihr zur Seite, und wenn sie ihnen erzählen würde, was ihr Vater gesagt hat, würden sie sagen, Sonja solle doch dann bei ihm einziehen. Sie gehört jetzt nicht mehr dazu. Ihre eigene Machtlosigkeit und Abhängigkeit werden ihr schmerzlich bewusst.

Sie holt das Rad aus dem Garten und fährt zur Ruine, rennt die Kellertreppe hinunter, öffnet die Luke und klettert in den Bunker. Sie sieht Alex im schwachen Licht, wie er sie erleichtert ansieht, glaubt, dass sie gekommen ist, um ihr Versprechen wahrzumachen, und vielleicht ist sie das auch. Sie löst das Klebeband, und er sagt: »Sonja, du musst mich befreien. Du musst.« Nein, nein, ich entscheide, ich entscheide jetzt! Und sie hält ihm den Mund zu, damit er endlich aufhört zu reden, und dann ist alles schwarz.

Sie hat keine Erinnerung an das, was passiert ist, sie weiß nur, dass sie auf einmal vor ihm steht und er nicht mehr atmet. Und für einen kurzen Moment ist es, als hätte sie das Gleichgewicht wiederhergestellt. Als wäre das Leid, das ihr zugefügt wurde, neutralisiert durch das Leid, das sie zufügen konnte. Aber dann kommt die Panik. Die Reue. Die Angst. Sie rennt die Kellertreppen hoch, will nur raus, und dann ist da Julian.

In jenen Minuten erkennt sie nicht, welche Auswirkungen ihr Handeln hat. Sie nimmt einer Mutter das Kind, einem Jungen das Leben, einem anderen die Zukunft.

Sonja kehrt ins Ferienhaus zurück, schließt die letzte Stunde in eine Truhe ein und baut über die Jahre Watte drumherum. Sie hat das Erlebte von sich abgetrennt, als wäre es nicht ihr passiert.

Sonja sieht auf die Wunde an ihrem Unterarm, die bald zu einer ewig währenden Narbe verwachsen wird. Es ist ihre selbst auferlegte Strafe, von nun an alleine leben zu müssen, und sie setzt all ihre Energie in den Gedanken, dass sie ihre Schwestern liebt. Sie fühlt die Zusammengehörigkeit stärker als in den letzten Jahren. Diese Verbindung bleibt.

Nachwort

Alle Örtlichkeiten sind fiktionalisiert und stehen in keiner Verbindung zu den real existierenden. Ebenfalls sind alle Figuren frei erfunden.

Ohne die großartige Website internat-langeoog.com hätte ich die Ruine nicht zum Leben erwecken können.

Danke an alle, die mir mit ihrem Expertenwissen ausgeholfen haben.

Danke!

Auf Langeoog habe ich als Kind beschlossen, Schriftsteller zu werden, und jetzt spielt mein Debütroman in meiner Herzensheimat. Mein Dank gilt allen Insulanern, Arbeitern und (Stamm-)Gästen, die die Insel und meine vielen Urlaube geprägt haben.

Ein besonders großer Dank gilt meinen Geschwistern. Thorben und Lara – wer wäre ich ohne euren Tadel, eure Herausforderungen, euren Humor und euer blindes Vertrauen? Dieser Roman kann nur annährend beschreiben, was ihr mir bedeutet.

Danke, Papa, dass du auch ein Träumer bist und mich in meinen Entscheidungen immer unterstützt.

Danke an meine Agentin Petra Eggers, dass du mich mit den wunderbaren S. Fischer Verlagen zusammengebracht hast.

Meine Lektorin Carla Grosch hat mir geholfen, das Potenzial dieses Romans zu entfalten. Ich danke dir für dein Herzblut und deine Visionen. Volker Jarck, danke für deine dramaturgischen Impulse. Ein großer Dank auch an Ilona Jaeger – für deine Geduld mit mir und dein gründliches Lektorat, um meinen Roman auf Herz und Nieren zu prüfen.

Weiterentwicklung erfolgt nicht ohne Kritik und gute Ratschläge. Danke, Xaõ Seffcheque, für deine jahrelange Unterstützung und dass du dein Wissen mit dem Nachwuchs teilst. Gleiches gilt auch für Hanns-Josef Ortheil, danke für deine Hilfe und den Glauben an meine Arbeit.

Zu guter Letzt: Danke an all meine großartigen Freunde, ihr seid Rückhalt und Inspiration.

Ibettchen, mein Cheerleader im Schreiben und im Leben.

Anjo, der Austausch mit dir hat mir durch einige Schreibblockaden geholfen und meine wirren Gedanken geordnet.

Helena, deine Ratschläge sind unbezahlbar.

Trude Teige
Als Großmutter im Regen tanzte
Roman

Als Juni ins Haus ihrer verstorbenen Großeltern auf der kleinen norwegischen Insel zurückkehrt, entdeckt sie ein Foto: Es zeigt ihre Großmutter Tekla als junge Frau mit einem deutschen Soldaten. Wer ist der unbekannte Mann? Die Suche nach der Wahrheit führt Juni nach Berlin und in die kleine Stadt Demmin im Osten Deutschlands, die nach der Kapitulation von der russischen Armee überrannt wurde. Juni begreift, dass es um viel mehr geht als um eine verheimlichte Liebe. Und dass ihre Entdeckungen Konsequenzen haben für ihr eigenes Glück.

Aus dem Norwegischen
von Günther Frauenlob
384 Seiten, gebunden